KENNETH OPPEL

# DANGER EXPRESS

Aus dem Englischen
von Anja Hansen-Schmidt



ALADIN

KAPITEL 1

# DER BAHNHOF AM SCHIENENKREUZ

Drei Stunden bevor die Lawine abgeht, sitzt William Everett auf einer umgedrehten Kiste und wartet auf seinen Vater.

Der Ort hier hat noch nicht mal einen Namen. Auf dem verwitterten, handgeschriebenen Schild, das an einen schiefen Pfahl neben den Gleisen genagelt ist, steht nur: Meile 2553. Farbe ist von Buchstaben und Ziffern herabgelaufen. Als Will und seine Mutter am Tag zuvor aus dem Zug gestiegen sind, hat der Schaffner gerufen: »Ende der Strecke! Farewell Station!« Will wusste nicht recht, ob »Farewell« der Name der Stadt war oder ob der Mann ihnen nur einen höhnischen Abschiedsgruß mit auf den Weg geben wollte.

Der Bahnhof besteht aus einer hölzernen Plattform ohne Dach. Dann gibt es noch einen Wasserturm und einen Kohlenschuppen, aus dem die Züge mit Brennstoff versorgt werden. Von einem Telegrafenmast führt ein Draht zu einer Hütte. Dort döst der Bahnhofsvorsteher auf seinem Hocker hinter einer schiefen Tür, die fest zugezogen ist, um die eisige Novemberkälte abzuwehren.

Die Stadt macht den Eindruck, als wäre sie eben erst aus der Wildnis gestampft worden. Hinter Will, etwas zurückgesetzt von der Straße aus zerwühltem Dreck und Schnee, erstreckt sich ein lustloses Gewirr aus Holzhäusern. Es gibt einen Krämerladen, eine Kirche und eine große Pension. In der wartet seine Mutter auf ihn. Sie ist müde nach der fünftägigen Reise von Winnipeg hierher, genau wie Will. Aber er hat genug von engen Räumen und Menschen. Er möchte allein sein und frische Luft atmen.

Er ist schmutzig, seine Haare müssten dringend gewaschen werden. Es juckt ihn hinter den Ohren. Bestimmt hat er wieder Läuse. Das Badezimmer in der Pension war am vergangenen Abend heiß umkämpft und Will ist nicht zum Zug gekommen.

In die Holzbretter unter seinen Stiefeln hat jemand zwei Anfangsbuchstaben in ein schiefes Herz gekerbt. Ob er wohl jemals Buchstaben in so ein Herz ritzen wird? Er zieht den Kragen enger zusammen. Die Kälte dringt durch die abgewetzte Stelle an seiner rechten Achsel. Seine Mutter findet, er sei zu dünn. Aber im Augenblick ist sein Körper eben so, wie er ist.

Wenigstens hat er warme Füße. Die Stiefel sind sein allerneuester Besitz. Nur die Schnürsenkel gehen ständig auf, obwohl er sie mit einem Doppelknoten bindet.

Die Schienen glänzen, als wären sie eben erst verschraubt worden. Will stellt sich vor, wie sein Vater dabei hilft, die langen Eisenstränge zu verlegen, und folgt den Schienen mit den

Augen in Richtung Westen, wo sie schon bald von einem dichten, schneebedeckten Wald verschluckt werden. Sein Blick wandert an den hoch aufragenden Bergen empor – als würde die Erde selbst ihre rauen Fäuste heben, um alle fernzuhalten. Wie schlägt man eine Schienentrasse durch eine solche Wildnis? Wolken streifen die eisigen Gipfel und malen ruhelose Schatten auf die zerfurchten Hänge aus Fels und Schnee.

Aus dieser Richtung wird sein Vater kommen. Heute vielleicht oder morgen. Und Will wird da sein, um ihn zu begrüßen.

Er zieht sein Skizzenbuch und den Bleistift aus der Jackentasche. Das Skizzenbuch ist selbst gemacht aus den Packpapierbögen, die seine Mutter aus der Stofffabrik mit nach Hause bringt. Will hat gelernt das Papier auf eine ganz besondere Art zu falten und an den Kanten durchzuschneiden, so dass am Ende ein Büchlein mit sechzehn Seiten entsteht. Ein paar wenige Fadenstiche halten es zusammen. Er zieht seinen abgewetzten Handschuh aus, damit er den Stift besser führen kann.

Jenseits der Gleise sind zwei große und mehrere kleine Zelte auf einer ansonsten leeren Fläche aufgestellt worden. Zwischen den Zelten stehen Wagen, einige noch mit Gepäckbündeln und Kisten beladen. Pferde schnuppern an der zerfurchten Erde. Über dem größten Zelt prangt ein Schild: ZIRKUS GEBRÜDER KLACK. Mehrere schäbig gekleidete Männer bauen Holzbuden auf. Die Schläge ihrer Hämmer hallen einsam von den Bergen wider.

Will kaut eine Weile an seinem Stift und fertigt dann mit vorsichtigen Strichen eine grobe Skizze der Szenerie an. Als Nächstes versucht er, das Gewebe und den Faltenwurf der Zelte einzufangen, das ständig wechselnde Licht des Vorgebirges.

»Was malst du da?«

Er hebt den Kopf. Vor ihm steht ein Mädchen in seinem Alter. Wieso hat er sie nicht kommen sehen? Sie trägt ein schlichtes, graues Kleid. Ihre glatten, hellen Haare sind in der Mitte gescheitelt und zu zwei Zöpfen geflochten.

»Nichts.« Er klappt sein Buch zu.

Bestürzt stellt er fest, dass sie näher kommt. Mit Leuten zu reden liegt ihm nicht besonders, vor allem nicht mit Fremden. Schon gar nicht mit Mädchen.

Ihre graublauen Augen unter den dicken Brauen glänzen lebhaft. Wenn sie lächelt, zeigt sich eine kleine Lücke zwischen ihren Schneidezähnen. Sie ist keine perfekte Schönheit wie Theresa O'Malley – aber etwas an ihr weckt den Wunsch in ihm, sie näher zu betrachten. Wenn er sie zeichnen könnte, würde er vielleicht herausfinden, was es ist. Aber er ist nicht gut darin, Menschen zu zeichnen. Menschen sind schwierig.

»Darf ich mal sehen?«, fragt sie.

Er zeigt seine Zeichnungen nicht gern. Meistens versteckt er sie lieber, vor allem vor anderen Jungs, weil die das für Weiberkram halten. Doch dieses Mädchen wartet einfach geduldig. Und ihr Gesicht ist so freundlich.

Er zeigt ihr das Bild.

Ihre Augen werden groß. »Ach du grüne Neune! Ich wünschte, ich könnte so gut malen! Wer hat dir das denn beigebracht?«

»Niemand. Nur ich mir selbst.«

Vor ein paar Jahren war er krank und musste wochenlang das Bett hüten. Um sich abzulenken, erfand er ein Zeichenspiel. Was er malte, spielte dabei keine Rolle: ein Stuhl, ein Hemd an einem Haken, ein Schuh. Er tat so, als wären seine Augen die Spitze des Stifts auf dem Papier. Und während er mit dem Blick langsam an den Umrissen seines Zeichenobjekts entlangwanderte, bewegte er gleichzeitig den Stift, ohne dabei aufs Blatt zu schauen. Darin konnte er sich so sehr vertiefen, dass er darüber seine brennenden Augen und die schmerzenden Glieder ganz vergaß. Die Zeit verflog. Und oft war er überrascht, wie präzise diese blinden Skizzen wurden – besser als alles, was er zu Stande brachte, wenn er dabei auf das Papier sah. Nachdem er wieder gesund geworden war, zeichnete er weiter und trug von da an die selbst gemachten Skizzenbücher überall mit sich herum.

Ohne zu fragen, nimmt ihm das Mädchen das Buch aus der Hand und blättert darin.

»He!«, protestiert Will.

»Schau mal das hier! Wo ist das?« Sie deutet auf die Zeichnung von einer halb fertiggestellten Holzbrücke, die über eine tiefe Schlucht führt.

»In den Rocky Mountains.« Sie wirkt so freundlich und interessiert, dass er ihr nicht wirklich böse sein kann.

»Arbeitest du bei der Eisenbahn?«, fragt sie.

Er lacht über diese Vorstellung, obwohl er sich insgeheim freut, dass sie meint, er wäre im richtigen Alter und ausreichend kräftig dafür. »Ich nicht, aber mein Vater. Er baut an der transkanadischen Eisenbahnstrecke mit.« Die Worte machen ihn stolz. »Ich zeichne, was er in seinen Briefen beschreibt.«

»Deine Bilder sind so gut, als wärst du wirklich dabei gewesen.«

»Nein, ich war eigentlich noch nirgendwo.«

Er verrät ihr nicht, dass dieses Skizzenbuch ein Geschenk für seinen Vater sein soll. Er hofft, es wird seinem Dad gefallen, als Andenken an die vielen Abenteuer beim Eisenbahnbau.

Das Mädchen blättert um und stutzt. »Soll das ein Schneemensch sein?«

Er nickt. »Ja, genau. Das ist ein Sasquatch.«

»Hat dein Vater wirklich einen gesehen?«

»Schau mal.« Will zieht seinen kostbarsten Besitz hervor: einen gelben, gebogenen Zahn mit scharfer Spitze, den ihm sein Vater vor Monaten geschickt hat. »Der stammt von einem riesigen Sasquatch-Männchen, das sie erschießen mussten.«

Das Mädchen untersucht den Zahn mit größter Sorgfalt. »Eine Menge Leute glauben ja, dass es die gar nicht gibt. Das könnte auch gut ein Bärenzahn sein.«

Will ist empört. »Das ist kein Bärenzahn! Die Sasquatch gibt es wirklich. Sie machen 'ne Menge Schwierigkeiten da oben in den Bergen.«

»Wie lange ist dein Vater schon weg?«

»Seit drei Jahren. Aber jetzt ist er fertig. Wir wollen ihn hier treffen. Dann ziehen wir nach Westen.«

Sie folgt seinem Blick zu den Bergen und schweigt.

»Bist du von hier?«, fragt Will.

»Wir sind nur zu Besuch.«

»Wartest du auch auf jemanden?« Die Pensionswirtin hat ihm erzählt, dass die Stadt bald überquellen wird vor Männern, die von den Arbeitslagern herunterkommen.

Das Mädchen schüttelt geheimnisvoll den Kopf und klettert vom Bahnsteig. Etwas entfernt haben Arbeiter ein langes Brett auf zwei klapprigen Holzböcken stehengelassen. Leichtfüßig hüpft das Mädchen auf die Planke und spaziert mit ausgestreckten Armen hinüber, einen Fuß vor den anderen setzend, das Kinn in die Höhe gereckt. In der Mitte macht sie einen Handstand.

Beim Anblick ihrer Unterhose läuft Will rot an. Er weiß, er sollte nicht hinschauen, aber er ist so überrascht, dass er die Augen gar nicht mehr so schnell abwenden kann. Den restlichen Weg über das Brett legt sie auf Händen zurück, dann springt sie wieder auf die Füße und verneigt sich graziös.

»Du gehörst zum Zirkus«, ruft Will. »Bist du eine Akrobatin?«

»Seiltänzerin.« Sie hüpft von dem Brett hinunter und kehrt zum Bahnsteig zurück.

»Du kannst auf einem Seil laufen?«

Will war erst einmal, zu seinem Geburtstag, in einem Zirkus. Damals haben ihn die Artisten, die das hoch gespannte Hanfseil überquerten, besonders fasziniert.

»Man nennt mich die kleine Wunderfee.« Sie rümpft die Nase. »Was für ein alberner Name. Das liegt nur daran, dass ich mit sechs Jahren angefangen habe. Eines Tages will ich die Niagarafälle überqueren. Da geht's dreihundertfünfzig Meter in die Tiefe! Aber eigentlich möchte ich mal eine berühmte Entfesselungskünstlerin werden – Ketten können mich nicht fesseln, Schlösser mich nicht halten.«

Will ist sprachlos.

»Versuch doch mal, mich festzuhalten. Ich komme aus jedem Griff wieder raus.«

»Glaube ich dir«, sagt er schüchtern.

»Pack meinen Arm. Mit beiden Händen!« Sie nimmt seine Hände und legt sie an ihren Oberarm.

Verlegen krümmt Will die Finger.

»Fester!«

Er drückt stärker zu.

Sie vollführt eine einfache, schnelle Bewegung und befreit sich aus seinem Griff, ehe er überhaupt begreift, was passiert.

»Nicht schlecht«, sagt er. Er deutet mit dem Kopf auf die Zelte jenseits der Gleise. »Und wer sind die Gebrüder Klack?«

»Uriah und Crawford. Aber Crawford ist schon tot. Er war der Schlauere von den beiden. Ist schon eine ziemlich miese Truppe. Aber besser als nichts.«

Will kommt sich auf einmal vor wie ein kleines Kind. Im Gegensatz zu seinem Vater hat er Abenteuer bisher nur in seiner

Fantasie erlebt oder in sein Skizzenbuch gezeichnet. Dieses Mädchen scheint aus einer ganz anderen Welt zu stammen. Die Begegnung mit ihr ist wie die Aussicht auf einen unbekannten Weg, dem Will am liebsten auf der Stelle bis zum Horizont folgen würde, um zu sehen, was am anderen Ende liegt.

»Du könntest Künstler werden«, sagt sie und deutet auf sein Skizzenbuch. »Ist das dein Traum?«

»Weiß nicht.« Wieder ist er schüchtern. Er wünschte, er hätte irgendwelche Pläne und Träume … »Ich mach das einfach nur so.«

»Es ist dumm, wenn man sein Talent nicht nutzt.«

»So gut bin ich ja nicht.«

»Finde ich schon.«

Hitze steigt ihm ins Gesicht. Warum muss er immer gleich rot werden? Das ist wirklich die Pest! Um das Thema zu wechseln, fragt er: »Du kennst sicher viele Tricks, oder?«

»Was denn zum Beispiel?«

»Kannst du einen Verschwindetrick?«

»Na klar«, sagt sie nach kurzem Zögern.

»Zeig mal.«

»Ich habe aber noch keine Lust zu verschwinden.«

Wenn Will lächelt, kneift er ein Auge stärker zu als das andere. »Du kannst es nicht, was?«

Das Mädchen hebt hochmütig die Augenbrauen. »Ganz schön unhöflich, mich eine Lügnerin zu nennen.«

»Ich hab dich nicht …«, fängt er an.

In der Ferne pfeift eine Lokomotive und Will springt auf.

Der Zug ist noch weit weg – kommt aber aus der falschen Richtung.

»Ist das dein Vater?«, fragt das Mädchen.

Will schüttelt den Kopf.

»Komm doch heute Abend in den Zirkus.«

»Was kostet das denn?« Er weiß, dass seine Mutter sich ums Geld sorgt. Ihr ganzes Leben macht sie das schon.

»Für dich nichts«, sagt das Mädchen. »Und bring deine Eltern mit. Du musst dem Mann am Eingang nur ›Jeg inviterte‹ sagen.«

»Ist das Zirkusgeheimsprache?«, fragt Will aufgeregt.

»Das heißt nur ›Ich bin eingeladen‹ auf Norwegisch.«

»Du bist aus Norwegen?«

»Halb Norwegerin, halb Französin«, erklärt sie schulterzuckend.

Will findet das unglaublich exotisch. »Ich komme gern«, sagte er.

Mit einem neuerlichen Pfeifen nähert sich der Zug langsam dem Bahnhof. Nun kommt auch der Bahnhofsvorsteher aus seiner Hütte.

»Zeigst du mir jetzt den Verschwindetrick?«, fragte Will.

Das Mädchen grinst. »Nur, wenn du versprichst, dass du kommst.«

»Na gut, ich verspreche es.«

Er betrachtet den Zug und stellt fest, dass es kein Güterzug ist. Hinter der Lok hängen nur zwei Wagen, die sehr vornehm aussehen.

»Ich frage mich, wer da wohl drinsitzt«, sagt er, doch als er sich umdreht, ist das Mädchen verschwunden. Er schaut sich suchend um. Keine Spur von ihr. Die Lokomotive fährt an ihm vorbei und rollt den Bahnsteig entlang. Das Mädchen kann auf keinen Fall vor dem Zug auf die Schienen gesprungen sein! Er lächelt in sich hinein. Vielleicht kennt sie ja tatsächlich einen Verschwindetrick. Da fällt ihm ein, dass er noch nicht mal ihren Namen weiß …

Und sie hat noch seinen Sasquatch-Zahn! Hektisch klopft er seine Tasche ab. Leer.

Der Zug bleibt stehen. Der Lokführer und ein kräftiger Heizer springen von der Lokomotive und rufen den Bahnarbeitern Befehle zu. »Sie braucht Wasser und was zu futtern, Männer!«

Will rennt den Bahnsteig entlang, um vor dem Zug die Gleise zu überqueren. Vielleicht kann er sie noch einholen. Plötzlich steigt ein Mann aus einem Waggon. Will prallt mit voller Wucht gegen ihn und landet auf dem Boden. Bevor er sich wieder aufrappeln kann, fällt sein Blick auf glänzende Schuhe, die immer noch sicher auf dem Bahnsteig stehen.

»Tut mir leid, Sir!«, keucht er und schaut nach oben.

Der vornehme Herr ist ziemlich stämmig. Da ist es kein Wunder, dass ihn der Zusammenstoß nicht umgeworfen hat! Er hat einen ordentlich gestutzten Bart und einen eckigen Schädel mit hoher Stirn. Unter einer teuren Weste und einem ebensolchen Mantel wölbt sich ein dicker Bauch.

Will ist überrascht, dass die Augen des Mannes ihn nicht

wütend betrachten, sondern amüsiert. »Du hast es ja ganz schön eilig, Bursche.«

»Tut mir leid, Sir, aber … da war so ein Mädchen … Sie … hat mir was … weggenommen …«

»Ah. Hat dir wohl das Herz gestohlen, was?«

Will läuft knallrot an. »Nein …«, murmelt er. »Meinen Sasquatch-Zahn.«

»Ach wirklich?«, sagt der Fremde neugierig. Er bückt sich und hebt Wills Skizzenbuch auf. Mit hochgezogenen Augenbrauen mustert er die Zeichnungen. Will würde sich am liebsten in Luft auflösen, mit Knall oder ohne, egal. Aber das Skizzenbuch will er mitnehmen. Und er kann schlecht verlangen, dass der Mann es ihm zurückgibt.

»Schöne Bilder«, sagt der feine Herr. »Ich vermute mal, jemand aus deiner Familie arbeitet bei der Eisenbahn?«

Will zwingt sich, dem Mann in die Augen zu schauen. »Mein Vater, Sir. Ich warte auf ihn.«

Auf einmal kommt ihm der Gentleman bekannt vor, obwohl er ihn nicht recht einordnen kann.

»Ist er noch oben in den Bergen? Wie heißt er?«

»James Everett.«

Der Herr nickt kurz. »Ein guter Mann.«

Will traut seinen Ohren nicht. »Sie kennen ihn?«

»Natürlich. Ich lege großen Wert darauf, meine besten Arbeiter zu kennen. Ich bin der Generaldirektor der Kanadisch-Pazifischen Eisenbahngesellschaft. Mein Name ist Cornelius Van Horne.« Er streckt Will die Hand entgegen.

Einen Moment lang ist Will wie gelähmt. Natürlich kennt er den Mann! Er hat sein Bild schon in der Zeitung gesehen und sein Name taucht ständig in den Briefen seines Vaters auf. In den letzten fünf Jahren hat Van Horne jedes Detail beim Bau der neuen Eisenbahnstrecke genauestens überwacht. Er ist Generaldirektor, Ingenieur, Visionär – und wird von einigen Mitarbeitern auch gerne mal als Sklaventreiber bezeichnet, wie Wills Vater berichtet. Aber Wills Vater hat auch Geschichten erzählt, wie Van Horne sich mit einem Zwanzig-Kilo-Rucksack auf dem Rücken durch unberührte Wälder gekämpft und einen reißenden Fluss überquert hat.

Will schüttelt ihm die Hand. Der Händedruck des Eisenbahnmagnaten ist knapp und kräftig.

»Wie heißt du?«, erkundigt sich Van Horne.

»William Everett, Sir.«

»Du hast deinen Dad schon eine ganze Weile nicht mehr gesehen, was?«

»Ja, Sir.«

»Ich sag dir was, William Everett. Warum fährst du nicht mit uns zusammen hoch? Wir sind selbst in die Berge unterwegs.« In seinen Augen blitzt der Schalk. »Du kannst deinen Vater überraschen und noch vor Einbruch der Dunkelheit mit ihm zusammen wieder hier sein. Und vielleicht findest du da oben ja einen neuen Zahn von einem Sasquatch.«

Etwas regt sich in Wills Innern, so als würde eine Tür aufgehen. Vielleicht ist es die Begegnung mit dem Zirkusmädchen, vielleicht der Anblick der hohen Berge, die wie ein Tor zu einer neuen, gefährlichen Welt vor ihm aufragen – er hat jedenfalls das Gefühl, als würde sein ganzes Leben auf den Kopf gestellt. Sein Vater hat so viele Abenteuer erlebt! Er wäre vielleicht beeindruckt, wenn auch Will etwas Tollkühnes unternimmt. Außerdem hat er seinen Vater seit Jahren nicht gesehen, wie kann er sich da die Chance entgehen lassen, ihn ein bisschen früher zu treffen?

»Habe ich noch Zeit, um meiner Mutter Bescheid zu sagen?«, fragt Will.

Wie zur Antwort beugt sich der uniformierte Schaffner aus dem Wagen und ruft: »Alles einsteigen, Sir!«

»Kommst du nun mit, William Everett?«, fragt Van Horne. »Das wäre doch eine aufregende Geschichte, findest du nicht? Und es ist immer gut, wenn man eine eigene Geschichte zu erzählen hat.« Damit dreht sich der Eisenbahnmagnat um und steigt zurück in den Waggon.

Will schaut zur Pension hinüber, wo seine Mutter auf ihn wartet, und dann zu den Bergen. Die Lokomotive pfeift. Er beißt die Zähne zusammen und atmet tief ein. Dann schaut er den Stationsvorsteher an, der ihn neugierig beobachtet. »Könnten Sie bitte Lucy Everett ausrichten, dass ich zum Lager hochgefahren bin, um meinen Vater zu treffen? Sie wohnt in Mrs. Chesters Pension.« Das wäre erledigt! Er springt die Stufen zum Zug hinauf.

Im Innern des Waggons bleibt er wie angewurzelt stehen. Mit einem Schlag fühlt er sich schäbig und fehl am Platze. Er war noch nie in einem so vornehmen Salon. Die elegant gekleideten Herren verströmen eine ganz besondere Aura aus Zigarrenrauch und Brandy. Und alle starren ihn an.

»Wie ich sehe, hast du dir ein Schmuddelkind mitgebracht, Van Horne«, sagt einer von ihnen.

»Hüten Sie Ihre Zunge, Beddows«, entgegnet Van Horne scharf. »Das hier ist William Everett, der Sohn eines Gleisarbeiters. Er fährt mit uns hoch, um seinen Vater zu treffen.«

Will bemerkt, wie einer der feinen Herren ein Fenster öffnet. Er kann sich nicht vorstellen, dass er schlimmer riecht als der viele Zigarrenrauch. Dennoch wünscht er sich in diesem Moment, mit der Samttapete zu verschmelzen.

Doch Van Horne legt ihm seine große Hand auf die Schulter und stellt ihm mit einem ironischen Grinsen die Anwesenden vor. »William, der bärtige Mann dort ist Mr. Donald Smith, Präsident der Eisenbahngesellschaft. Der bärtige Mann da drüben ist Walter Withers. Und der Mann hier mit dem *besonders* üppigen Bart ist Sandford Fleming, einer unserer Landvermesser und Ingenieure …« Will nimmt keinen einzigen Namen wirklich auf, sondern nur nickt und versucht, diesen berühmten, reichen Männern in die Augen zu sehen. Sein Magen krampft sich zusammen. »Und der Herr dort ohne Bart ist Mr. Dorian«, schließt Van Horne schließlich und deutet auf einen großen Mann mit lockigen schwarzen Haaren.

»Sehr erfreut, Will.« Im Gegensatz zu den anderen kommt Mr. Dorian zu Will und schüttelt ihm die Hand. Er hat auffallend hohe Wangenknochen, eine olivbraune Haut und dunkle, durchdringende Augen.

»Danke sehr«, murmelt Will.

»Mr. Dorian hat großen Gefallen an einem Gemälde von mir gefunden«, erklärt der Eisenbahnmagnat und geht zu einem Ölgemälde an der Wand des Waggons. »Ich habe deine Zeichnungen gesehen, Junge«, sagt er lächelnd. »Was meinst du? Taugt das Bild hier was?«

Will mustert es prüfend. Auf dem Gemälde ist ein Haus im Winter zu sehen, mit mehreren Schlitten davor und einem Schmied, der einem Pferd die Hufe beschlägt. »Mir gefällt es«, sagt er schließlich.

Mr. Dorian legt den Kopf schief. »Ich biete einen guten Preis dafür.«

»Der Preis spielt keine Rolle«, sagt Van Horne lachend. »Ich möchte mich nun mal nicht davon trennen. Es ist mein Stolz und erfreut mein Herz. Haben Sie nicht schon genug hübschen Krimskrams in Ihrem Zirkus versammelt?«

»Mancher Krimskrams ist nun mal hübscher als anderer«, sagt Mr. Dorian. Seine Stimme klingt tief und hat einen leichten Akzent. Will vermutet, es könnte Französisch sein.

»Gehört Ihnen der Zirkus neben dem Bahnhof?«, platzt es aus ihm heraus. Vielleicht kennt der Mann das Mädchen und kann ihm seinen Namen verraten.

»Gott bewahre, nein.«

»Ich hab gehört, dass sie dort eine gute Seiltänzerin haben«, sagt Will, um zu zeigen, dass er sich auskennt.

»Tatsächlich? Nun, ich suche immer nach neuen Talenten.«

Zu Wills Erleichterung nehmen die Herren nun ihre Gespräche wieder auf. Er hockt sich leise in die hinterste Ecke des Waggons, beobachtet von dort die Männer und hört ihnen zu. Allerdings wagt er es nicht, sein Skizzenbuch hervorzuziehen, aus Angst, es könnte unhöflich wirken.

Der Mann namens Withers scheint Fotograf zu sein, denn er und sein Assistent überprüfen immer wieder mehrere große Kisten, die eine Kamera und allerlei andere Geräte enthalten.

Mit einem Ruckeln fährt der Zug höher in die Berge hinauf. Seit Farewell sind sie an keiner menschlichen Behausung mehr vorbeigekommen. Meistens kann Will nur die riesigen Kiefern sehen, die neben den Gleisen wachsen, doch manchmal wird der Wald lichter und er erhascht einen Blick auf von der Sonne beschienene schroffe Felsen oder einen Strom schwarzen Wassers, der sich über eine Klippe ergießt. Als der Zug über eine Holzbrücke fährt und Will tief unter sich eine zerklüftete, brodelnde Gebirgsschlucht erblickt, wird ihm ein wenig mulmig zu Mute.

Ein Schaffner kommt und serviert ein Mittagessen aus kaltem Hühnerfleisch, gedämpftem Gemüse und gekochten Kartoffeln. Nachdem Van Horne gegessen hat, schickt er den Bediensteten zu Will, woraufhin der dem Jungen mit mürrischer Miene einen Teller und eine Serviette reicht. Will sitzt einen Moment lang mit dem Teller da und fragt sich, womit er essen soll, bis er merkt, dass in die dicke Serviette ein Besteck eingewickelt ist.

Will hält Messer und Gabel genauso, wie die Männer es tun, und bemüht sich, manierlich zu essen. Das Essen schmeckt sehr gut, auf jeden Fall besser als die Pampe am vorigen Abend bei Mrs. Chester. Etwas Soße tropft auf seine Weste. Er versucht, sie mit der Serviette abzutupfen, verteilt sie dabei aber nur noch mehr und rubbelt schließlich so fest wie möglich an dem Fleck herum, bis er verschwunden ist.

»Ich habe auch ein Skizzenbuch.« Van Horne sitzt auf einmal neben ihm. »Was hältst du davon?«

In den Händen hält er ein wunderschön gebundenes Buch. Das Papier ist so weich und weiß, dass Will unwillkürlich mit dem Finger darüberstreicht. Über zwei Seiten hinweg prangt die Zeichnung von einer so ungewöhnlichen Maschine, dass Will einen Moment braucht, um zu begreifen, was er da sieht. »Ist das eine Lokomotive?«

»In der Tat.«

»Aber eine Lok kann doch nicht so groß sein, oder?«

»Merk dir meine Worte: Wenn sie erst einmal gebaut ist, wird sie auf diesen Schienen fahren. Und vielleicht fährst du irgendwann auch mal mit ihr.«

»Van Horne«, sagt Sandford Fleming, »man kann Ihnen wirklich kein Geheimnis anvertrauen.«

»Es ist nicht nötig, ein Geheimnis daraus zu machen«, erwidert Van Horne und zwinkert Will zu. »Ich bin sowieso der Einzige, der diesen Zug bauen kann, und bauen werde ich ihn auf jeden Fall. Wer weiß, vielleicht wird eines Tages jemand wie unser Will ihn steuern.«

»Wie soll die Lokomotive denn heißen, Sir?«

»Der Trans-Kanada-Express.«

Gelächter kommt von dem Mann mit dem riesigen weißen Rauschebart. »Schon der Bau der Gleise hat uns fast zehnmal in den Ruin getrieben – und das ganze Land dazu. Ich bewundere Ihren Appetit aufs Risiko.«

»Mein Appetit ist wahrlich gewaltig, Smith«, entgegnet Van Horne. »Ohne ihn hätten wir die Schienentrasse nie fertiggestellt.«

»Und nicht zu vergessen einer ordentlichen Portion Glück«, bemerkt Smith. »So, meine Herren, wer hat Lust auf eine Partie Poker?«

Es wird plötzlich dunkler im Waggon und Will meint erst, sie wären in einen Tunnel gefahren. Doch bei einem Blick aus dem Fenster entdeckt er dichte Bäume zu beiden Seiten, so nah, dass ihre Äste mit einem schabenden Geräusch gegen den Waggon stoßen.

»Warum sind die verflixten Bäume nicht zurückgeschnitten worden?«, will Van Horne zornig wissen. »Das habe ich doch schon bei meinem letzten Besuch hier oben angeordnet. Das ist nicht …«

Ein dumpfer Schlag ertönt. Will schaut sich um und kann gerade noch eine dunkle Gestalt erkennen, die flink an einem Fenster vorbei aufs Dach klettert. Schwere Schritte sind von oben zu hören.

»Meine Herren, wir haben einen ungebetenen Gast«, sagt Van Horne und zieht eine Pistole aus seinem Jackett.

»Was ist das?«, fragt Will mit zugeschnürter Kehle. »Ist das ein …?«

»Ja. Kopf runter und weg von den Fenstern«, befiehlt Van Horne.

Starr vor Schreck beobachtet Will, wie die anderen Männer ebenfalls Waffen hervorziehen. Sandford Fleming nimmt eine Flinte von einem Gestell an der Wand und lädt sie. Die Männer eilen hastig an die Fenster, schieben die Scheiben nach unten und beugen sich hinaus. Dann zielen sie mit zusammengekniffenen Augen und feuern drauflos. Die Schüsse sind ohrenbetäubend laut, trotzdem sind über ihnen panisch polternde Schritte zu hören. Die Dachbalken des Waggons erzittern unter dem gewaltigen Gewicht des Schneemenschen.

Fotograf Withers kauert am Boden und schaut sich verängstigt um. Sein Assistent wimmert leise. Mr. Dorian, der einzige andere Mann ohne Waffe, steht gelassen in der Mitte des Wagens, einen amüsierten Ausdruck auf dem Gesicht.

»Rasch, meine Herren«, ruft Van Horne. »Wenn er die Lokomotive erreicht, bringt er den Lokführer um!«

Sie laden noch einmal ihre Waffen und verdoppeln ihre Anstrengungen. Der Pulverdampf brennt Will in den Augen. Immer noch tappen schwere Schritte langsam über das Dach vorwärts – bis sie plötzlich innehalten.

»Ich kann ihn nicht mehr sehen!«, brüllt einer der Männer.

Mr. Dorian nimmt die letzte verbliebene Flinte aus dem Gestell und geht ruhig zum vorderen Wagenende. Mit gerötetem Gesicht bleibt er stehen, lauscht und feuert schließlich einen einzigen Schuss durch das Dach ab.

Von oben ertönt ein lautes Krachen, dann ein scharrendes

Geräusch. Will fährt herum und sieht einen braunen Umriss am Fenster vorbeifallen. Er rennt hinüber und erhascht gerade noch einen Blick auf eine riesige, pelzige Gestalt, die neben den Schienen zusammengebrochen ist. Ihm wird ganz heiß und sein Herz schlägt auf einmal wie wild. Er lässt sich auf einen Sitz plumpsen.

»Hier. Das beruhigt die Nerven«, sagt Van Horne und reicht Will ein kleines Glas Brandy.

Will nimmt den Schnaps mit zitternder Hand und kippt ihn in einem Zug hinunter.

»Wir haben's fast geschafft.« Van Horne klopft ihm auf die Schulter. Dann wendet sich der Eisenbahnmagnat an Mr. Dorian. »Gut gemacht, Sir. Sie sind ein durchaus nützlicher Gast.«

Fenster werden geschlossen, die Männer stecken ihre Waffen weg, zünden die Zigarren neu an und gießen sich Brandy ein.

Je weiter sie ins Gebirge vordringen, desto holpriger wird die Reise. Der Zug braust ruckelnd über unebene Abschnitte in den Gleisen und biegt quietschend um scharfe Haarnadelkurven. Trotz der beiden Öfen im Waggon wird es kalt. Will starrt auf die Landschaft aus Fels, Wald und Schnee hinaus und fragt sich, ob er nicht doch besser in Farewell geblieben wäre.

Nach einer weiteren halben Stunde stößt die Lokomotive ein durchdringendes Pfeifen aus und wird langsamer.

»Also, meine Herren«, sagt Van Horne und erhebt sich, »sind Sie bereit, Geschichte zu schreiben?«

Als der Zug anhält, wartet Will, bis die Männer alle ausgestiegen sind. Er hofft, dass Van Horne ihm sagt, wo er seinen Vater findet, doch der Eisenbahnmagnat scheint ihn vergessen zu haben. Will bleibt allein zurück.

»Raus mit dir, Bursche«, schickt ihn der Schaffner unfreundlich weg.

Will steigt aus dem Zug. Hier gibt es keinen Bahnsteig, nur Schotter. Trotz der Sonne herrscht eisige Kälte und neben den Schienen türmt sich Schnee. Kieferngeruch steigt ihm in die Nase. Er atmet tief ein und marschiert los.

Links der Gleise senkt sich das Gelände zu einem lichten Wald hin ab, der jäh an einem steilen Abgrund endet. Aus der Tiefe dringt das wilde Rauschen eines vom Hochwasser angeschwollenen Flusses herauf. Ein Stück weiter den Hang hoch, rechts von den Schienen, ist ein Stück Wald für das Lager der Arbeiter gerodet worden.

Rauch steigt aus den Schornsteinen der baufälligen Baracken; zahlreiche Männer tummeln sich davor. Will ist zu schüchtern, um laut nach seinem Vater zu rufen. Vermutlich sollte er einfach hinübergehen und nach ihm fragen – doch er fürchtet sich.

Die Direktoren der Eisenbahngesellschaft gehen die Schienen entlang. Withers, der Fotograf, bildet das Schlusslicht. Sein Assistent und er schwanken unter dem Gewicht ihrer Ausrüstung.

»William?«

Will dreht sich um. Einen Mann kommt auf ihn zu; kein

feiner Herr, sondern ein hochgewachsener Arbeiter mit einer Kappe auf dem Kopf. Das Gesicht ist gebräunt von Wind und Sonne, und er ist dünner als die Person, die Will in den vergangenen drei Jahren immer wieder aus dem Gedächtnis heraus gezeichnet hat. Doch als der Mann ihn dann mit dem vertrauten schiefen Grinsen ansieht, weiß Will ohne jeden Zweifel, dass sein Vater vor ihm steht.

»Will«, sagt James Everett und umarmt ihn ganz fest. Unter der muffigen Kleidung fühlen sich Arme und Brust seines Vaters so hart an wie der Granit, den er für die Schienen aus den Bergen sprengt. Will fühlt sich sofort völlig sicher und geborgen.

»Mr. Van Horne hat gesagt, du wärst mit dem Zug der Eisenbahngesellschaft gekommen!«

»Er hat mich eingeladen.«

James Everett schüttelt den Kopf. »Na, das ist ja ein Ding.«

»Unterwegs ist ein Schneemonster auf das Zugdach gesprungen.«

»Ein Sasquatch? Das überrascht mich nicht. Wo ist deine Mutter?«

»Sie wartet in Farewell auf uns.«

»Gut. Sie weiß aber, dass du hier bist?«

»Ich hab ihr eine Nachricht überbringen lassen.«

Sein Vater packt ihn an den Schultern und mustert seinen Sohn. »Du bist richtig groß geworden. Irgendwann wirst du mal größer sein als ich. Ein prächtiger Bursche, durch und durch.«

Will strahlt. Er versucht, sich im Gesicht seines Vaters zu erkennen, und findet sich in dem schiefen Lächeln wieder. Sie haben eine ähnliche Statur, auch wenn Will erst noch hineinwachsen muss. Sein rotes Haar stammt von der Mutter, aber er hat die großen Hände seines Vaters geerbt. Sein Vater erinnert ihn an die Bäume, die er auf der Zugfahrt von Winnipeg gesehen hat: Bäume, die auf kargem, hartem Boden gedeihen und dadurch umso stärker und sturer geworden sind.

»Ich hab dir was mitgebracht«, sagt Will zögernd, aus Furcht, sein Vater könnte das Geschenk kindisch finden. Doch bevor er sein Skizzenbuch aus der Tasche ziehen kann, ertönt ein lautes Glockenläuten.

»Kannst du es mir nach der Zeremonie geben?«, sagt sein Vater. »Sie fangen jeden Moment an. Das musst du sehen. Sie schlagen den letzten Gleisnagel ein.«

Der letzte Gleisnagel. Diesen Begriff hat Will viele Male in der Zeitung und in den Briefen seines Vaters gelesen. Die Wörter haben einen so machtvollen Klang, dass sie wie das Echo eines Donnerknalls in der Luft hängen. Will lässt das Skizzenbuch in der Tasche stecken. Sein Vater führt ihn zu der größer werdenden Menschenmenge. Will genießt lächelnd das Gewicht der väterlichen Hand auf seiner Schulter.

Ein gutes Stück vom Hauptcamp der Arbeiter entfernt befindet sich ein zweites Lager. Hier gibt es keine Holzbaracken, nur Zelte und morsche Unterstände, in denen Chinesen Tee trinken und ihre schäbigen Taschen zusammenpacken.

»Kommen sie nicht zur Zeremonie?«, fragt Will.

»Nein«, antwortet Wills Vater leise. »Sie mögen die Eisenbahn nicht und ich kann es ihnen nicht verdenken. Sie mussten die gefährlichsten Arbeiten verrichten und haben viele Landsleute verloren.«

Da entdeckt Will etwas. Entsetzt bleibt er stehen. Auf der Spitze eines hohen Pfahls ist ein Schädel aufgespießt. Fliegen umschwärmen das verfaulende Fleisch und einen Moment lang meint Will, der Kopf sei menschlich – bis er die räudigen, sonnenbleichen Fellflecken sieht.

»Ein Sasquatch?«, fragte er seinen Vater.

James Everett nickt. »Der hier hat sich nachts angeschlichen und einen der chinesischen Sprenger getötet.«

»Warum haben sie seinen Kopf aufgespießt?«

»Ein paar der Männer meinen, das würde weitere Schneemenschen abschrecken. Tut es aber nicht. Zumindest nicht mehr, seit wir angefangen haben sie abzuschießen.«

Will hat die Briefe seines Vaters so oft gelesen, dass er sie fast auswendig kann. Im vergangenen Jahr, als die ersten Bautrupps das Gebirge erreichten, wurden sie von den Indianern vor den »sasq'ets«, den »Stockmännern«, gewarnt. Viele Arbeiter hielten das für abergläubischen Unsinn. Doch das war es nicht. Erst kamen die Jungen. Sie waren nur lästig, stibitzten Essen aus den Speisezelten und spielten wie drollige Affen mit den Werkzeugen der Arbeiter. Die Erwachsenen dann waren jedoch alles andere als drollig.

»Komm jetzt«, sagt sein Vater.

Sie stehen hinten in der Menge. Wills Vater schiebt ihn weiter nach vorn. Niemand scheint es zu stören, dass sich James Everett vorbeidrängt, denn er hat für jeden ein freundliches Wort. Die Männer sagen »Ist das dein Sohn?«, »Er ist dir ja wie aus dem Gesicht geschnitten!« und »Sorg dafür, dass er auch was sieht!«. Kurz darauf findet sich Will in der Nähe der Ehrengäste wieder, mit denen er hergefahren ist. Mr. Smith mit seinem Zylinder ist der Größte, und Will kann auch Van Horne erkennen, der sich mit dem Mann mit dem gewaltigen Bart unterhält. Sie alle tragen mollig warme Wollmäntel über den dicken Bäuchen.

Auf beiden Seiten der Gleise haben sich Arbeiter wie Wills Vater versammelt. Sie sind ärmlich gekleidet, einige rauchen, und alle sehen so aus, als könnten sie ein heißes Bad und eine anständige Mahlzeit vertragen.

»Meine Herren, sind wir bereit?«, fragt Withers und beugt sich über seine Kamera.

Van Horne tritt vor. »Dieser gewaltige Schienenweg«, ruft der Eisenbahnmagnat, »wird unser neues Herrschaftsgebiet durchqueren und es von Küste zu Küste verbinden. Männer, ihr alle habt lange und hart für diesen Moment geschuftet, und es gibt keinen unter euch, der nicht seinen Anteil zu diesem glorreichen Vorhaben beigetragen hat. Seid stolz darauf, denn eine solche Herkulesaufgabe wird es nie wieder geben – ihr alle werdet für immer in die Geschichtsbücher eingehen!«

Will ertappt sich dabei, wie er mit der übrigen Menge jubelt.

»Und um diese gewaltige Unternehmung abzuschließen«, sagt Van Horne, »wird Mr. Donald Smith, Präsident der Kanadisch-Pazifischen Eisenbahngesellschaft, nun den letzten Nagel einschlagen!«

Noch mehr Jubel ertönt, als Mr. Smith mit einem silbernen Vorschlaghammer in der Hand vortritt. Ein schmächtiger Bahnbeamter eilt mit einem langen, geschmückten Samtkästchen herbei. Will kommt es vor, als würden selbst die Männer in der Menge einen kleinen Schritt nach vorn machen. Ein kollektives Raunen zieht wie das Flüstern eines Bergwinds durch die Zuschauer. Will stellt sich auf die Zehenspitzen, um zu sehen, wie Smith den fünfzehn Zentimeter langen Gleisnagel aus dem Etui nimmt. Das trübe Schimmern von Gold ist unverkennbar, ebenso das Funkeln von Diamanten, die an der Seite des Nagels eingelassen sind und einen Namen bilden, den Will aus der Ferne nicht entziffern kann.

»Hab gehört, der hat mehr als zweihunderttausend Dollar gekostet«, hört Will jemanden verbittert flüstern. »Und wenn ich zehn Leben lang arbeiten würde, könnte ich nicht so viel verdienen.«

Will dreht sich um und sieht einen Mann im Alter seines Vaters mit hellen Haaren und ein paar grauen Stellen im Bart hinter sich stehen. Seine Augen sind von einem kalten Blau und seine Nase scheint schon mehr als einmal gebrochen zu sein.

»Wenn ihr mich fragt, das ist 'n Verbrechen, so viel Geld für so 'n Gleisnagel auszugeben, nachdem wir zwei Monate lang geschuftet haben, ohne den Lohnwagen zu Gesicht zu bekommen. Wetten, Van Horne hat auf seinen Lohn nie verzichten müssen?!« Der Mann schaut Will herausfordernd an, worauf der Junge hastig den Blick abwendet.

»Van Horne hat sich am Ende für uns eingesetzt, Brogan«, sagt Wills Vater leise. »Er hat seinen Teil der Abmachung eingehalten.«

»Er hat aber auch das bessere Ende erwischt«, schnaubt Brogan abfällig.

»Ich bin bereit, wenn Sie es sind, Mr. Smith«, verkündet Withers hinter der großen Kamera.

Donald Smith setzt den Nagel auf die letzte Eisenschiene und packt den Vorschlaghammer.

»Jetzt alle bitte stillstehen«, ruft der Fotograf. »Und Sie, Mr. Smith, halten Ihre Position, sobald Sie den Nagel getroffen haben.«

Smith schlägt zu und erstarrt.

»Und … wunderbar!«, ruft der Fotograf.

Aber Smith hat nicht richtig gezielt und den Nagel nur verbogen, anstatt ihn hineinzutreiben.

Van Horne lacht herzhaft. »Smith, Sie haben zu viel Zeit hinter Ihrem Schreibtisch verbracht.«

»Ich kann ihn für Sie wieder gerade biegen, Sir«, sagt der Assistent und versucht vergeblich, den Nagel mit der Hand zu lösen. Van Horne tritt vor und reißt den Nagel mit einem schnellen Ruck heraus. Dann nimmt er Smith den Hammer aus der Hand und klopft den kostbaren Goldnagel mit einem kräftigen Schlag wieder gerade.

»Erweisen Sie mir die Ehre, Van Horne«, sagt Smith freundlich. »Niemand hat mehr Lebensenergie in den Bau dieser Strecke gesteckt.«

»Mag sein.« Van Horne sieht sich in der Menge um und sein Blick fällt auf Will. »Aber dieser Schienenweg ist für eine neue Generation gedacht, die noch lange, wenn wir verschwunden sind, auf ihm fahren wird. Junge, möchtest du mir helfen?«

Die Augen sämtlicher Zuschauer richten sich auf Will, bohrender als der grelle Schein der Sonne.

»Mach schon«, flüstert Wills Vater und legt ihm die Hand auf den Rücken. »Du schaffst das.«

»Ja, Sir!«, sagt Will. Vor Nervosität klingt seine Stimme viel lauter als beabsichtigt. Er tritt vor, auf Beinen, die sich merkwürdig getrennt von seinem Körper anfühlen, und nimmt den silbernen Vorschlaghammer, den Van Horne ihm reicht.

»Mit einer Hand hältst du ihn oben fest«, erklärt ihm der Eisenbahnmagnat leise. »Richtig zupacken. Dann hebst du den Hammer über deine Schulter. Und die ganze Zeit den Nagel anschauen.«

Will kann jetzt die Diamanten in der Seite des Nagels deutlich sehen und den Namen, den sie darstellen. Leise murmelt er das Wort vor sich: »Craigellachie.«

»So wird dieser Ort hier einmal heißen«, erklärt Van Horne. »Und jetzt hau ordentlich drauf!«

Will spannt die Muskeln an und schlägt zu. Er weiß nicht, ob er getroffen hat, bis er den Jubel der Menge hört.

»Gut gemacht, Junge!«, ruft Van Horne. »Der letzte Gleisnagel!«

»Du hast die Bahntrasse vollendet, Will!«, sagt sein Vater und klopft ihm auf den Rücken.

»Alles einsteigen in Richtung Pazifik!«, brüllt Donald Smith.

Unten an den Gleisen pfeift die Lokomotive. Zahlreiche Männer ziehen ihre Pistolen hervor und schießen in die Luft. Die Schüsse hallen von den schneebedeckten Hängen wider wie ein gewaltiges Silvesterfeuerwerk.

Als die Ballerei nachlässt, zieht plötzlich ein kaum wahrnehmbares Grollen durch die Landschaft. Will schaut beunruhigt zu seinem Vater. James Everett legt schützend die Hand über die Augen und starrt zu den Berggipfeln hinauf. An einem Hang über ihnen wellt sich die unberührte Schneedecke und kommt ins Rutschen. Weißer Nebel steigt auf und schiebt einen immer größer werdenden Schneekamm vor sich her.

»Achtung, Lawine!«, brüllt James Everett und zeigt nach oben. »Lawine!«

Chaos bricht aus. Männer rennen durcheinander und suchen Schutz. Sie schauen zu den herabstürzenden Schneemassen auf und versuchen zu erraten, wo die Lawine wohl herunterkommen wird. Rufe wie »Nicht da lang!«, »Klettert auf die Bäume!« und »Bleibt dicht bei den Felshängen« schwirren durch die Luft. Withers schnappt sich Kamera und Stativ und rennt den anderen Würdenträgern hinterher zum Zug.

»Lasst die Lok zurückfahren! Los!«, schreit Van Horne.

»Männer, sucht Deckung. Am besten hinter den Schneetunneln!«

»Hier lang«, ruft Wills Vater und läuft los. Will weiß, dass die hölzernen Schutzbauten in den Bergen den Schnee von den Gleisen fernhalten sollen – aber sind sie stabil genug, um der Wucht einer Lawine standzuhalten?

Das Donnergrollen wird immer lauter. Will rennt seinem Vater hinterher, stolpert und fällt hart auf die Gleise. Diese verflixten Schnürsenkel! Als er aufstehen will, bleibt die Schuhspitze unter der Gleisschwelle stecken. Ein brennender Schmerz fährt durch seinen Knöchel. »Dad!«

Sein Vater dreht sich um und eilt zu ihm zurück. »Ist dein Bein gebrochen?«, keucht er.

»Eingeklemmt.« Will versucht, sich zu befreien, aber mit jedem Ruck wird der Schmerz größer.

Der Boden fängt an zu beben.

»Egal! Zieh einfach den Schuh aus!« Wills Vater schaut zu der Schneewelle hoch und dann wieder auf den Stiefel, wo seine Finger hektisch an den Schnürsenkeln zerren. »Fast geschafft ... und jetzt raus mit dem Fuß!«

Mit einem schmerzerfüllten Stöhnen zerrt Will seinen Fuß aus dem Stiefel.

Sogleich hievt sein Vater ihn hoch. »Stütz dich auf mich.«

Ganz in ihrer Nähe beugt sich ein Mann über das Gleis und versucht, einen Gleisnagel mit einem Brecheisen herauszustemmen.

Will schaut auf die Schneemassen hinter sich und weiß,

dass es zu spät ist. Sein Blick begegnet dem seines Vaters. »Es tut mir leid«, sagt Will, als ein von Eisstücken durchsetzter Wind über sie hereinbricht.

»Versuch, oben zu bleiben!«, brüllt sein Vater über das Dröhnen hinweg. »Schwimm!«

Sein Vater verschwindet in dem Schneesturm und Will rennt los. Der Schmerz in seinem Fuß ist längt vergessen. Blindlings flieht er vor dem Schnee. Es ist, als würde er auf einem weißen Teppich laufen, der ihm unter den Füßen weggezogen wird. Er stolpert und weiß genau, dass es sein sicherer Tod ist, wenn er fällt. So wirft er seinen Körper nach vorn und strampelt wild mit Armen und Beinen, um an der Oberfläche des wirbelnden Schneemeeres zu bleiben. Die Lawine verschlingt ihn und donnert mit beängstigender Gewalt über ihn hinweg. Ihm bleibt keine Zeit, sich zu fürchten, er kann nur um sich schlagen wie ein wildes Tier, um in der Schneeflut nicht unterzugehen. Er wird nach unten gezogen, krallt sich wieder nach oben, holt keuchend Luft und wird von den gewaltigen Kräften der Lawine mitgerissen.

Etwas Langes, Schmales wirbelt an ihm vorbei und köpft ihn fast. Eine verbogene Stahlschiene. Rechts von sich entdeckt er die schemenhafte Gestalt seines Vaters, der kurz neben ihm schwimmt und sofort wieder verschwindet. Äste von einem verschütteten Baum ragen vor ihm aus dem Schnee. Er versucht, danach zu greifen, wird jedoch vorbeigetrieben. Ihm wird klar, dass der Schnee ihn durch das Waldstück spült, direkt auf die Schlucht zu. Wieder ragen einige Äste direkt vor ihm auf, und diesmal erwischt er sie und hält sich mit aller Macht daran fest. Sein Körper wird von der Wucht des Schnees herumgeschleudert, aber er lässt nicht los, auch nicht, als sein Kopf in der Lawine untergeht und Schnee in seine Nase dringt. Er muss würgen und ringt nach Luft.

Dann, auf einmal – Ruhe. Totenstille. Er löst eine Hand von dem Ast und wühlt sich mit ihr zu seinem Körper, um Platz vor seinem Gesicht zu schaffen. Dann stößt er den Arm wild nach oben und durchbricht die Schneeoberfläche. Zerdrückter Schnee schmilzt in seinem Kragen, rinnt ihm an Rücken und Brust hinunter. Er sieht ein Stück Himmel über sich und saugt gierig die frische Luft ein. Langsam hievt er sich aus dem Schnee und zieht sich auf den Baum.

Zitternd betrachtet er die völlig verwandelte Landschaft. Schnee türmt sich mindestens fünf Meter hoch zwischen den Bäumen, von denen viele umgeknickt sind. Überall liegen Trümmer herum, Äste und Eisenschienen, die aus dem Schnee aufragen, Holzschwellen. Die Bahngleise und Schneetunnel liegen hinter dem Wald verborgen. Über ihm scheint die Sonne. Die Vögel fangen fröhlich an zu zwitschern. Will denkt an das Skizzenbuch in seiner nassen Tasche, an die Bleistiftlinien, die auf dem feuchten Papier zerflossen sind.

Von den Bäumen ertönt ein Laut, wie Will ihn noch nie in seinem Leben gehört hat: ein raues Heulen, das zu einem kummervollen Seufzen verklingt.

»Will! Bist du verletzt?« Ein Stück von ihm entfernt klammert sich sein Vater an einen Baum.

»Nein, mir ist nichts passiert!«

»Ich komme zu dir«, ruft sein Vater.

Im gleichen Moment entdecken sie beide den goldenen Gleisnagel, der ein Stück weiter oben am Hang aus dem Schnee ragt.

Will hört ein Rascheln. Ein schneebedeckter Mann krallt sich ganz in ihrer Nähe an einem Baum fest. Er hat einen Schal vor sein Gesicht gebunden, so dass nur die Augen zu sehen sind.

»Alles in Ordnung?«, ruft Wills Vater ihm zu.

Der Mann sagt nichts, sondern hebt nur die Hand. Seine Augen sind auf den goldenen Nagel gerichtet, das sieht Will genau.

»Hilfe!«

Der gedämpfte Ruf kommt von einer Stelle ein Stück hangabwärts von ihnen, keine zehn Meter von Will entfernt, dort, wo der Wald zu der Schlucht und dem rauschenden Fluss hin abfällt. Will kneift die Augen zusammen. Ganz vorn an der Kante klammert sich Cornelius Van Horne an den dürren Ast eines knorrigen Baums, während seine Beine bereits über dem Abgrund baumeln.

»Halten Sie sich fest, Sir!«, ruft Wills Vater ihm zu. »Ich komme!« Er schaut zu dem Mann mit dem Schal vor dem Gesicht. »Los, hilf mir!«

Der andere schweigt und rührt sich nicht. Von den Bäumen ertönt wieder dieses heisere Heulen.

»Was ist das?«, fragt Will, obwohl er es längst weiß.

»Der Ast wird nicht mehr lange halten!«, ruft Van Horne mit bemerkenswerter Ruhe.

»Dad?«, sagt Will und eine entsetzliche Furcht zieht wie ein Kälteschauer durch seine Adern.

»Bleib, wo du bist, Will. Es wird alles gut.«

Will beobachtet, wie sein Vater vorsichtig über das Schneefeld zu dem Eisenbahnmagnaten hinunterrutscht, wobei er immer wieder Hände und Füße in den Schnee stemmt, um nicht zu schnell zu werden. Rechts von ihm murmelt und knarzt die aufgehäufte Schneeverwehung an der Felskante. Will spürt das Vibrieren in seinem Körper. Der Schneeberg, der sich oberhalb der Schlucht angesammelt hat, kann jeden Moment abrutschen.

»Ich krieg Sie da schon runter, Sir«, sagt Wills Vater, als er die dürre Kiefer erreicht. Er schlingt die Arme um den Stamm und streckt Van Horne die Hand entgegen. »Ich halte Sie fest, Sir, und Sie ziehen sich zu mir hoch.«

Der Eisenbahnmagnat ist ein großer Mann und Wills Vater ächzt unter seinem Gewicht. Mit aller Kraft stemmt sich James Everett gegen den Stamm und zerrt Van Horne nach oben.

Will beobachtet, wie sich sein Vater dicht vorm Abgrund abmüht, und sein Herz pocht wie ein kleines, panisches Tier in seiner Brust.

Van Horne streckt die andere Hand aus, greift nach einem Ast und hilft nun ebenfalls mit. Mit viel Mühe erreicht er schließlich den Stamm und hält sich daran fest. Beide Männer legen die Köpfe an die Rinde und holen tief Luft.

Will atmet erleichtert aus. Da hört er ein Rascheln hinter sich. Der vermummte Mann rutscht vorsichtig über den Schnee zu dem goldenen Nagel hinunter. Er sieht Will an und hält einen geschwollenen Finger an den Mund. »Psst.« Dann pflückt er den goldenen Gleisnagel aus dem Schnee. »Du und ich«, zischt er Will zu, »wir haben eine Vereinbarung, klar? Wenn du was sagst, suche ich nach dir und deinem Dad und schlitze euch die Kehlen auf. Kapiert?«

Entsetzt starrt Will in das verhüllte Gesicht des Mannes und auf den schmalen Streifen Haut um die kalten, blauen Augen herum. *Ich erkenne dich*, denkt er, sagt aber nichts.

Der Mann namens Brogan dreht sich um und kämpft sich den Hang hinauf. Dabei stößt er gegen einen abgebrochenen Ast, der plötzlich zum Leben erwacht und ihn am Knöchel packt. Mit einem Grunzen versucht Brogan sich loszureißen, doch der Zweig biegt sich und wird immer länger. Wie ein verzauberter Baum, der aus dem Boden emporschießt, fährt aus dem Schnee ein langer Arm hervor. Bald wachsen ihm noch dazu eine knochige Schulter und ein schmaler Kopf, beides voller Schnee. Brogan schreit entsetzt auf, als ihn das Wesen zu sich zerrt. Ein ranziger Moschusduft weht zu Will hinüber, während sich der Sasquatch strampelnd aus dem Schnee befreit. Will versteht jetzt, warum die Indianer sie »Stockmänner« nennen: Ihre Gliedmaßen sind dünn und gleichzeitig so kräftig, dass es scheint, als wären sie aus unzerbrechlichem Bergholz geschnitzt.

Der Sasquatch ist noch jung und ein gutes Stück kleiner als

Will. Obwohl der Schneemensch den Mund weit aufgerissen hat und die Zähne fletscht, kann Will nicht recht erkennen, ob er angreifen will oder nur deshalb auf Brogan klettert, um nicht wieder im Schnee zu versinken. Brogan schlägt panisch nach dem Sasquatch, dann zieht er ein Messer aus der Tasche und stößt es dem Ungetüm in die Schulter. Mit einem schmerzerfüllten Schrei bricht es zusammen.

Etwas Dünnes, Langes landet neben Brogan im Schnee. Will hält es erst für einen abgeknickten Baumwipfel, aber es ist kein Baum. Es ist ein zwei Meter langes Fellbündel, das von oben herabgesprungen kommt, um sein Kind zu schützen. Will vergeht fast vor Angst. Die Arme des Wesens erinnern an riesige, knorrige Äste, die klauenbewehrten Füße an krumme Wurzeln. Der alte Sasquatch packt Brogan an Arm und Bein und schleudert ihn in hohem Bogen davon. Der goldene Gleisnagel fliegt aus Brogans Tasche und landet nicht weit von Will entfernt im Schnee. Brogan selbst segelt durch die Luft, schlittert mit einem Entsetzensschrei über das Schneefeld und stürzt über die Kante in die Schlucht.

Mit bebender Brust begutachtet der Sasquatch sein Junges, dann dreht er sich zu Will.

»Dad!«, brüllt Will.

»Rühr dich nicht!«, ruft sein Vater. »Dreh dich nicht um! Ich komme!«

Will klammert sich an den Baum und starrt den Sasquatch an, der sich den Schnee aus dem Fell schüttelt. Er ist wie gelähmt vor Angst.

»Sie will nur ihr Kind, Will«, ruft sein Vater. »Zeig ihr, dass du keine Bedrohung bist. Sieh ihr nicht in die Augen.«

Will spürt ein Zittern und sieht, wie der riesige Schneehaufen wie ein träger Fluss langsam an seinem Baum vorbei in Richtung Abgrund gleitet. Große Schneeplatten fallen hinunter. Die Kiefer, an der sich sein Vater festhält, knarzt bedrohlich und kippt langsam in Richtung Schlucht.

»Er fällt!«, brüllt Will. Um ihn herum wellt sich die Schneeoberfläche.

»Schwimmen!«, ruft Wills Vater Van Horne zu und beide Männer kämpfen sich wild strampelnd den Hang hoch zu Will. Der Schnee rutscht ihnen weiter entgegen. Für Will sieht es so aus, als würden sie sich kaum bewegen, dabei kämpfen sie mit aller Kraft gegen die Flut.

Dann dreht er sich wieder zu den beiden Sasquatch um, die nun auf ihn zugespült werden. Hastig verzieht sich Will hinter den Stamm. Mit dem Schnee rutscht auch der goldene Nagel den Hang hinab, und als er an Wills Baum vorbeikommt, schnappt der Junge danach.

»Wir kommen, Will!«, ruft sein Vater hinter ihm.

Doch der Sasquatch ist schneller. Will kann nicht anders – er sieht dem Wesen ins Gesicht und blickt in Augen, so alt wie die Berge und ebenso erbarmungslos.

»Geh zur Seite, Will!«, hört er seinen Vater rufen, dann ertönt ein lauter Knall.

Will dreht sich um und sieht Van Horne mit einer rauchenden Pistole in der Hand. Die Sasquatchmutter bricht zusammen. Ihr schlaffer Körper wird vom Schnee mitgerissen. Das Junge fängt an panisch zu kreischen, den spitzen Mund weit aufgerissen, und trudelt direkt auf Will zu.

Da kommt ein riesiges Netz durch die Luft geflogen und legt sich über den kleinen Sasquatch. Zappelnd und jaulend prallt das Geschöpf gegen den Baum. Will lehnt sich weit zurück, um nicht in die Reichweite seiner Hände zu geraten.

»Nicht schießen!«, ruft eine Stimme zwischen den Bäumen.

Mr. Dorian taucht auf Schneeschuhen auf, zusammen mit drei weiteren Männern, die dicke Seile über den Schultern tragen. Und endlich kommen auch die Schneemassen wieder zum Stillstand.

»Wir haben ihn, meine Herren. Alles in Ordnung«, ruft Mr. Dorian. »Halten Sie sich an den Seilen fest!«

Jedem der Gestrandeten wird ein Seil zugeworfen. Will klammert sich fest und wartet, bis Mr. Van Horne und sein Vater zu ihm hinaufgezogen werden.

»Will«, sagt sein Vater. »Geht es dir gut?«

Will nickt, er bringt kein Wort heraus.

»Nun denn, Dorian«, keucht Van Horne, »Sie sind also nicht nur wegen meines Gemäldes gekommen?«

»Ich bin aus vielerlei Gründen gekommen«, sagt Mr. Dorian. »Um mitzuerleben, wie die großartigste Eisenbahnstrecke der Welt fertiggestellt wird – und um einen Sasquatch für den großartigsten Zirkus der Welt zu finden.«

KAPITEL 2

# DER TRANS-KANADA-EXPRESS

*Drei Jahre später*

»Wie lang ist der Zug denn nun genau?«

»Wie viele Passagiere kann er transportieren?«

»Wird er auf seiner Jungfernfahrt pünktlich am Ziel eintreffen?«

Die Fragen der Reporter gehen wie ein Trommelfeuer auf Will und seinen Vater nieder, die neben der riesigen Lokomotive auf dem Bahnsteig stehen. Trotz des kalten Aprilwetters kann Will die Hitze des gewaltigen Brennkessels spüren.

»Nun, meine Herren«, sagt Wills Vater mit einem freundlichen Lächeln zu den Reportern, »der Trans-Kanada-Express ist ganz einfach der längste Zug der Welt. Wenn wir die letzten Wagen angekuppelt haben, wird er 978 Waggons ziehen.«

»Aber ist er auch stark genug dafür?«, ruft ein Journalist, ein mageres Bürschlein, das nur aus Ecken und Kanten besteht.

Wills Vater sieht ihn erstaunt an. »Ob er stark genug ist? Meine Herren, schauen Sie sich diesen Zug doch an!«

Auch Will dreht den Kopf. Die Lokomotive dampft. Ihr heißer Atem steigt aus den Schornsteinen über dem dreigeschossigen Heizkessel. Die erwartungsvolle Kraft ihrer Kolben lässt den Bahnsteig erzittern und ist selbst durch die Luft hinweg spürbar. Riesig und schwarz ragt sie auf, wie aus Donner und Blitz geschmiedet. Eine Galeone aus Stahl auf neun gewaltigen Radsätzen. Hinter dem Kessel hängen eiserne Heizersitze, auf denen rußgeschwärzte Männer bereitstehen, um Kohle in den Kessel zu schaufeln und den Trans-Kanada-Express in Bewegung zu setzen.

»Das ist die stärkste Dampflok der Welt«, erklärt Wills Vater den Reportern. »Sie könnte den Mond aus seiner Umlaufbahn ziehen, wenn wir ihn irgendwie an ihr befestigen könnten. Und was die Länge des Zuges betrifft: Wenn Sie von der Lokomotive bis zum letzten Waggon laufen würden, wären das fast zwölf Kilometer. Laut unserer Passagierliste sind 6495 Menschen für die Fahrt an Bord. Mehr Zahlen habe ich Ihnen leider nicht zu bieten, meine Herren.«

Beifall und gutmütiges Gelächter steigen von der wogenden Menschenmenge auf. Will hat den Bahnhof noch nie so voll gesehen – halb Halifax ist zu ihrer Verabschiedung gekommen.

Neidisch schaut er seinen Vater an. Er selbst hätte keinen Ton herausgebracht. Aber sein Vater beantwortet alle Fragen völlig gelassen in ganzen Sätzen, ohne auch nur einmal ins Stocken zu geraten. Will hat sich mittlerweile daran gewöhnt, den Vater in eleganten Anzügen und in der Gesellschaft anderer wichtiger Männer zu sehen. Trotzdem ist er immer noch ein wenig überrascht darüber, wie sehr sich sein Vater verändert hat – wie sehr sich überhaupt ihr ganzes Leben in den letzten drei Jahren verändert hat.

Hinten in der Menge sind mehrere Fotografen damit beschäftigt, mit Kameras, die auf hohen Stativen thronen, Bilder zu knipsen. Will hofft, dass die Reporter endlich mit ihnen fertig sind, aber noch ist es nicht so weit.

»Mr. Everett, stimmt es, dass Mr. Van Horne Sie kurz vor seinem Tod persönlich dazu bestimmt hat, sein Unternehmen zu vergrößern und eine Schifffahrtslinie zu gründen? Obwohl der Aufsichtsrat jemanden mit mehr Erfahrung dafür vorgeschlagen hat?«

Wills Vater holt einmal tief Luft, so dass seine Nasenflügel beben. »Ich fühle mich sehr geehrt, dass Mr. Van Horne mir eine solch bedeutende Position anvertraut hat«, antwortet er. »Und es ist mein größtes Ziel, dafür zu sorgen, dass seine Schiffe den Pazifik ebenso kühn überqueren, wie seine Züge durch unser Land fahren.«

»Es gibt Gerüchte, der Trans-Kanada-Express sei zu groß«, wirft ein anderer Reporter ein.

Wills Vater lacht. »Wie könnte er zu groß sein?«

»Zu lang für die Kurven, zu schwer für die Brücken, zu hoch für die Tunnel.«

Entrüstung blitzt auf dem Gesicht von James Everett auf. »Sir, als Cornelius Van Horne diese Eisenbahnstrecke gebaut hat, hatte er die Zukunft bereits im Blick. Lange bevor der letzte Gleisnagel eingeschlagen wurde, fertigte er schon Skizzen des Trans-Kanada-Express an. Er ist genau die Art von Zug, die er sich auf dieser Schienenstrecke wünschte.«

Will erinnert sich daran, wie Mr. Van Horne ihm damals im Eisenbahnwaggon der Gesellschaft seine Zeichnungen gezeigt und nach seiner Meinung gefragt hat. In den letzten Jahren saß der Eisenbahnmagnat häufig bei ihnen am Tisch und fand dabei immer auch Zeit für ein Gespräch mit Will. Er war an allem interessiert: Insekten, Kriege, Spiele, berühmte Künstler …

»Wie sicher ist die Strecke?«, will ein Reporter wissen. »Ich habe gehört, die Sumpflöcher des Muskeg können einen ganzen Zug verschlingen.«

»Diesen hier nicht.«

»Und was ist mit den Bergen?«, beharrt der Reporter. »Lawinen. Sasquatch?«

»Ich würde Ihnen nicht empfehlen, das Gebirge zu Fuß zu überqueren«, sagt Wills Vater, »aber solange Sie den Trans-Kanada-Express nicht verlassen, wird Ihnen nichts geschehen. Nun denn, meine Herren …«

»Sind Sie denn gar nicht abergläubisch, weil Sie seinen Leichenwagen auf der Jungfernfahrt dabeihaben?«

Will schaut hoch. Er ist neugierig, was sein Vater darauf wohl antwortet.

James Everett schüttelt den Kopf. »Nicht im Geringsten. Es war Mr. Van Hornes Wunsch, dass sein Leichnam nach seinem Tod mit der Eisenbahn, die er gebaut hat, durchs Land gefahren wird.«

»Und wo soll er seine letzte Ruhe finden?«

»Er wird nicht zur Ruhe gebettet werden. Er bleibt ständig in Bewegung, so wie Mr. Van Horne es zu Lebzeiten war, und fährt für immer kreuz und quer über den Kontinent.«

In der Menge murmelt es erstaunt, einige Leute wechseln besorgte Blicke. Auch Will hört zum ersten Mal davon.

»Wenn Sie dazu neigen, an Geister zu glauben«, sagt Wills Vater, »so kann ich Ihnen versichern, dass wir uns keinen fähigeren und wohlwollenderen Geist wünschen könnten, der über diesen Zug wacht. Wenn Sie mich jetzt bitte entschuldigen würden ...«

»Ist es wahr, dass der goldene Gleisnagel bei ihm im Sarg liegt?«

»Vielen Dank, meine Herren, und auf Wiedersehen!«

»Was sagt Ihr Sohn dazu, auf dieser Jungfernfahrt mit dabei sein zu dürfen?«

Wills Kehle ist wie zugeschnürt. Schweigend und erwartungsvoll starren die Reporter ihn an. Eine gefühlte Ewigkeit lang ist sein Kopf ganz leer. Dann holt er tief Luft und versucht, wie sein Vater zu lächeln. »Das wird sicher ein tolles Abenteuer«, sagt er.

»Alle einsteigen, meine Damen und Herren«, verkündet Mr. Everett und führt Will durch die Menge davon.

Mit klopfendem Herzen geht Will an der Lokomotive und dem dreistöckigen Tender dahinter vorbei. Der Vorratsbehälter ist mit Tonnen von Kohle und Wasser gefüllt. »Was ist das?«, fragt er und deutet auf einen kleinen Wagen, der hinter dem Tender angekuppelt ist.

»Ein Schlafwagen«, sagt sein Vater. »Für die Lokführer und Heizer, die die Lokomotive fahren.«

Will braucht nicht zu fragen, was für ein Waggon als Nächstes kommt. Es drängen sich bereits so viele Menschen um ihn, dass er nicht nah genug rankommt, um die Inschrift an der schwarzen Eisenhülle zu entziffern. Ein beleibter Wachmann warnt die Schaulustigen davor, den Wagen anzufassen.

Will war bei der Beerdigung dabei. Sein Vater gehörte zu Van Hornes Sargträgern, die mit dem Sarg zum Altar schritten. In der riesigen Kathedrale kam Will sich unter den vielen Würdenträgern, Politikern und Unternehmern ganz klein und unbedeutend vor. Er mochte Mr. Van Horne sehr. Viele schöne Reden wurden über ihn gehalten – aber sie sprachen alle nur von seinen Leistungen und seinem Dienst am Volk und gar nicht von dem Menschen, den Will in Erinnerung hat.

»Unser Abteil ist gleich da vorn, nur noch ein paar Wagen«, hört Will seinen Vater sagen. Sie gehen an mehreren schlichten Waggons vorbei, in denen Will Frachträume und Unterkünfte für das Zugpersonal vermutet.

Und dann verändert sich der Zug auf einmal. Zweigeschossige, vornehme Waggons mit schimmernden Hüllen aus Mahagoni und Kupfer und blitzblanken Fenstern ragen über dem Gleis auf.

»Das ist unserer«, sagt Mr. Everett beim ersten Wagen. Will steigt die eleganten Eisenstufen zu einer kleinen, überdachten Plattform hinauf, wo ein weiß behandschuhter Schaffner auf sie wartet.

»Willkommen an Bord, Mr. Everett«, begrüßt der Schaffner seinen Vater, dann nickt er Will zu. »Und Master Everett. Sie sind im ersten Abteil zu Ihrer Rechten untergebracht.«

»Vielen Dank, Marchand«, sagt Wills Vater.

Will geht nach ihm durch die dicke Holztür. Der Waggon riecht nach neuen Teppichen und Holzpolitur. Linker Hand führt ein schmaler, holzgetäfelter Gang mit großen Fenstern und einem Messinghandlauf durch den Wagen.

Will ist mittlerweile schon häufig Zug gefahren, aber der Anblick ihres Abteils verschlägt ihm die Sprache. Statt eines bequem gepolsterten Sitzplatzes in einem Passagierwagen, wie er es bisher gewohnt ist, breitet sich vor ihm ein luxuriöser Salon mit Sesseln, Sofas, Beistelltischchen, elektrischen Lampen und Vasen mit frischen Blumen aus.

»Das würde Mom bestimmt gefallen«, sagt Will bewundernd.

Er stellt sich vor, wie sie über die rote Samttapete streicht, beim Anblick des Perserteppichs leise seufzt und dann das Samtrollo mit den Fransen bewundert, das diskret hinuntergezogen ist, um den Blick auf das Werksgelände hinter den Schienen zu verbergen.

»Oh, sie hat sich im Columbia-Kurier auch sehr wohlgefühlt«, sagt sein Vater.

Wills Mutter ist schon vor sechs Wochen mit den Zwillingen und dem Kindermädchen Richtung Westen gefahren, um ihr neues Zuhause in Victoria einzurichten.

Will öffnet eine Tür und steckt den Kopf in einen Waschraum mit glänzendem Porzellan und polierten Messinghähnen. »Müssen wir die Betten abends runterklappen?«, fragt er und sucht die Wand nach Griffen ab.

»Nein.« Sein Vater öffnet eine weitere schmale Tür, hinter der Will einen Schrank vermutet hat. Stattdessen offenbart sich eine elegant geschwungene Eisentreppe. »Unsere Schlafzimmer sind oben.«

*»Oben?«* Will stürmt die Treppe hoch zu einem kleinen Gang mit zwei Türen. Die erste führt in ein großes Schlafzimmer mit Doppelbett. Keine Pritsche zum Ausklappen wie sonst in den Schlafwaggons – sondern ein richtiges Bett. Die zweite Tür führt in sein Zimmer. Darin befinden sich ein Einzelbett, ein Nachttisch und ein Kleiderschrank.

Will macht sich daran, sämtliche Schubladen und Schränke aufzuziehen. Alles ist klug durchdacht, damit der knappe Platz bestmöglich genutzt wird. Der Zug erinnert ihn ein bisschen an ein Schiff, eine lange, schmale Landfregatte, die über den Kontinent dampft. Am besten gefällt ihm das große Fenster, durch das er hinausschauen kann, wenn er im Bett liegt.

Eine kribbelnde Aufregung steigt in Will hoch. Am liebsten wäre ihm, der Zug würde sofort losfahren. Er möchte endlich unterwegs sein. Aber seltsamerweise reicht es ihm auf einmal nicht mehr aus, ein ganzes Land von Küste zu Küste zu durchqueren, um ein neues Leben in einer neuen Stadt zu beginnen. Schließlich ist er schon häufiger umgezogen, an neue Orte, in neuere, größere Häuser. Er sehnt sich nach mehr.

Als er wieder hinunterkommt, sitzt sein Vater bereits am Schreibtisch und arbeitet. Der Anblick seines Rückens, die kräftigen Schultern, der gesenkte Kopf und das Kratzen der Feder auf dem Papier – das alles ist Will aus den vergangenen drei Jahren nur zu vertraut. Jedenfalls dann, wenn sein Vater zu Hause ist und nicht irgendwo unterwegs auf Reisen.

»Liegt er im Sarg?«, fragt Will.

Verwirrt hebt sein Vater den Kopf.

»Der Gleisnagel«, fügt Will hinzu.

Sein Vater lächelt amüsiert. »Willst du bei der Zeitung Karriere machen?«

»Du musst es doch wissen«, sagt Will. »Du warst einer der Sargträger.«

Sein Vater schaut ihn vorsichtig an. »Nun ja, ich vermute, du hast ein Recht darauf, es zu wissen. Schließlich hast du den Nagel eingeschlagen.«

»Und ihn aus dem Schnee gerettet«, erinnert ihn Will.

Will träumt immer noch von dem Nagel. Im Traum sucht er nach ihm und meint zu wissen, wo er ist. Es gibt Hinweise. Jemand behauptet, er läge oben auf einem Berg, ein anderer sagt, er befände sich direkt hier um die Ecke. Wenn Will sich nur beeile, könne er ihn holen. Aber der Traum endet immer gleich. Jedes Mal, wenn Will um die Ecke biegen oder den Berg erklimmen will, wacht er auf.

»Ja«, sagt sein Vater. »Van Horne wollte, dass der Gleisnagel mit ihm begraben wird. Aber das musst du für dich behalten.«

»Natürlich«, erwidert Will. »Warum sollte ich es jemandem verraten, wenn ich ihn doch selbst stehlen will?«

Will ist sich nicht so sicher, ob sein Vater den Witz lustig findet; er ist immer so ernst.

Aber James Everett lacht tatsächlich kurz auf. »Ich muss noch ein bisschen arbeiten. Warum gehst du nicht schon mal los und erkundest den Zug? Nach der Abfahrt treffen wir uns beim Begrüßungsempfang im Aussichtswaggon.«

Will verlässt das Abteil und schlendert durch den Wagen. Immer wieder drückt er sich gegen die Wand, damit die vornehmen Damen und Herren und die Schaffner mit ihrem Gepäck an ihm vorbeikönnen. Am Ende des Gangs öffnet er eine Tür – und steht auf einmal im Freien auf einer kleinen Plattform über der Kupplung. Er geht zum nächsten Waggon hinüber, wo ein Schaffner die Tür von innen öffnet.

Nach einer Weile verliert Will den Überblick darüber, wie viele Waggons er schon durchquert hat. Alle tragen berühmte Namen: MacDonald, Crowfoot, Champlain, Brock, Van Horne. Ob eines Tages wohl mal einer nach seinem Vater benannt wird?

Will betritt einen Waggon namens Vancouver und findet sich in einer gemütlichen Bibliothek wieder, die mit langen Lesetischen, grün beschirmten Lampen und deckenhohen Regalen aus Walnussholz zwischen den Fenstern ausgestattet ist. Eine hübsche Bibliothekarin schaut von ihrem Schreibtisch auf. Obwohl Will kein Wort sagt, legt sie mahnend den Zeigefinger an die Lippen.

Nach der Bibliothek führt ihn der Gang an einem Friseurladen vorbei, wo ein Mann mit gewaltigen Koteletten zurückgelehnt in einem Stuhl sitzt und sich die Nasenhaare stutzen lässt. Hinter der nächsten Tür befindet sich ein schicker Kosmetiksalon, dahinter kommen eine Schneiderei, ein Schuster, bei dem man sich die Schuhe polieren lassen kann, und ein kleiner Laden, wo es von Zigarren bis Schlafpulver alles zu kaufen gibt.

Der Trans-Kanada-Express scheint endlos lang zu sein, Will hat erst einen Bruchteil der ersten Klasse erkundet. Der Zug ist wie eine fahrende Stadt. Im nächsten Waggon betritt er den Billardsalon. Zwei Männer stolzieren bereits mit ihren Stöcken um den Tisch herum und murmeln etwas über die erbärmliche Lage an den Aktienmärkten.

Nach einem weiteren Gang landet Will in einem blau-gold gekacheltem Sportraum, der einem türkischen Bad ähnelt. Er geht hinein und setzt sich auf ein kompliziertes Gerät mit verschiedenen Hebeln. Dann steigt er hastig wieder hinab, bevor die Apparatur ihn in die Länge ziehen oder ihm die Beine brechen kann.

Im nächsten Waggon befindet sich ein riesiger Salon mit Ledersesseln, Beistelltischen und dicken Teppichen. Licht dringt durch die schräg gestellten Fensterläden. Große Deckenventilatoren wirbeln die Luft auf. Kellner in schwarzen Westen beugen sich diskret vor, um Bestellungen aufzunehmen. In der Ecke spielt ein Mann auf einem Flügel. Zahlreiche Leute halten sich bereits hier auf, sitzen in kleinen

Gruppen zusammen, unterhalten sich und trinken Tee oder Kaffee.

Will sieht sich hoffnungsvoll nach jemandem in seinem Alter um. Vergebens.

Im nächsten Waggon kommt er in einen weiteren Salon, diesmal mit einer Treppe. Das ist also der berühmte Aussichtswagen! Die Wände zu beiden Seiten bestehen aus mit Gold bedampftem Glas und sind im Moment noch von Musselinvorhängen verhüllt, damit das Werksgelände dahinter nicht zu sehen ist. Hinter einer riesigen, halbrunden Messingbar thront ein uniformierter Barmann, aus dessen Hals Rauch aufsteigt. Neugierig tritt Will näher. Sein Vater hat ihm von diesem Barkeeper erzählt, der gänzlich automatisch funktioniert und mit dem gleichen Dampf angetrieben wird, der auch die Kolben des Trans-Kanada-Express in Bewegung setzt. Der Automat schenkt gerade einem Mann einen Drink ein. Er greift das Glas mit mechanischen Fingern, die stark genug zupacken, um es gut zu fassen, aber nicht so fest, dass es zerbricht. Eine kleine Dampfwolke ausstoßend übergibt er es dem Mann.

»Einen Whiskey, bitte«, sagt Will, sobald er an der Reihe ist.

Der Automat steht da und rührt sich nicht. Das ist ein wenig irritierend, weil der Kopf aus Gips gemacht ist und einen freundlichen, aber starren Gesichtsausdruck trägt.

»Einen Whiskey«, wiederholt Will.

»Vielleicht ein Ingwerbier«, erwidert der Automat und Will fährt erschrocken zusammen. Dann entdeckt er einen menschlichen Barkeeper, der ein Stück entfernt den Tresen abwischt. »Netter Versuch, Kleiner.«

Will wartet, bis der Automat ihm ein Ingwerbier eingeschenkt hat, und nimmt es mit nach oben. Der erste Stock des Aussichtswagens ist von einer Glaskuppel gekrönt und bietet einen grandiosen Ausblick. Hier oben sitzen nur wenige Passagiere, vielleicht weil es etwas kühl ist. An einem eleganten Tisch, der sich aus der Wand ausklappen lässt, schreibt ein Mann einen Brief. Ganz hinten führt eine Tür auf die großzügige Terrasse hinaus.

Will geht ins Freie und lehnt sich gegen das Messinggeländer. Überrascht stellt er fest, dass der Zug ein Stück vorwärtsgerollt ist, ohne dass er es bemerkt hat. Sämtliche Waggons der ersten Klasse stehen nun außerhalb des Bahnhofs, damit auch die Passagiere der zweiten Klasse über die Bahnsteigrampe einsteigen können. Vermutlich wird der Trans-Kanada-Express für die Dritte-Klasse-Passagiere erneut ein Stück vorfahren. Nur die Kolonisten dürfen nicht bequem über die Rampe einsteigen. Von seinem Beobachtungsposten aus kann Will das ganze Bahnhofsgelände überblicken, bis dorthin, wo sich auf dem Schotterstreifen neben den Schienen ärmlich gekleidete Passagiere scharen, die eigentümliche, schäbige Koffer, prallvolle Kisten und in Tücher gewickelte, heulende Babys bei sich tragen. Den Anblick kennt Will von Halifax. Dort im Hafen gehen jede Woche an Pier 21 Schiffe mit Siedlern aus der ganzen Welt vor Anker.

Auf dem riesigen Werksgelände vor ihm werden Güterwaggons und Gepäckwagen hin und her rangiert, um sie an den Trans-Kanada-Express anzukuppeln, der dazu Stück um Stück vorrückt.

Nachdenklich kaut Will an seinem Bleistift und holt sein Skizzenbuch heraus. Es ist ein hübsches, schmales Büchlein, nagelneu für die Reise. Die Seiten sind sogar dick genug für Wasserfarben, aber er zeichnet lieber mit Bleistift.

Auf einem alten, rostigen Güterwagen sieht er einen Jungen stehen und winken. Einen Moment lang kommt es Will so vor, als würde er sich selbst durch die Zeit hinweg zuwinken. Bevor er reich wurde, war er arm. Noch vor drei Jahren hat er in einem Mietshaus in Winnipeg gewohnt, das direkt an das Werksgelände des Bahnhofs angrenzte. Er vermisst die alte Wohnung nicht, mit den groben, zugigen Holzböden, den undichten Fenstern und dem Geruch von Kohl und nassen Socken im Treppenhaus. Aber er denkt oft daran, was Van Horne ihm am Bahnhof von Farewell gesagt hat: dass man eine gute Geschichte braucht. Eine Geschichte, die nur einem selbst gehört.

An jenem Tag in den Bergen hat er eine Geschichte bekommen und eine sehr beeindruckende noch dazu. Kurz hatte er das Gefühl, sein Leben würde nun richtig anfangen. Endlich würde er seine eigenen Abenteuer erleben, vielleicht sogar gemeinsam mit seinem Vater. Aber dann verpuffte seine eigene Geschichte fast sofort wieder und er konnte nur zusehen, wie stattdessen das Leben seines Vaters fröhlich Fahrt aufnahm.

Nach der Lawine beförderte Mr. Van Horne Wills Vater zum Ingenieur der Küstenstrecke. Innerhalb weniger Wochen zogen sie um, jedoch nicht wie geplant nach Westen, sondern zurück nach Osten, an Winnipeg vorbei nach Halifax. Ihre neue Wohnung war sauber, hell und geräumig. Glänzende, neue Möbel standen auf einmal neben den schäbigen, alten Betten, Tischen und Stühlen.

Es war eine bedeutende Beförderung, und Wills Vaters meinte, Cornelius Van Horne habe sich auf diese Weise dafür bedanken wollen, dass er ihm das Leben gerettet hatte. Bald jedoch stellte sich heraus, dass der Eisenbahnmagnat noch weit größere Pläne mit James Everett hatte. Van Horne sagte, Wills Vater zeige ein ungewöhnlich vielversprechendes Talent. Und bald darauf wurde James wieder befördert, zum stellvertretenden Bezirksdirektor der Küstenstrecke.

Kurz danach zogen sie in ihr erstes Haus in der Nähe des riesigen, bewaldeten Point-Pleasant-Parks, der auf drei Seiten vom Atlantischen Ozean umgeben ist. Das Haus besaß einen Garten, der nur ihnen gehörte.

Will bekam schönere Schuhe, seine Kleider besaßen mehr Knöpfe und steifere Krägen. Er ging nicht mehr in eine öffentliche Schule, sondern besuchte fortan eine kleine Privatschule. Will fand das ganz in Ordnung. Dort musste er sich wenigstens nicht dafür schämen, gute Noten zu haben. Trotzdem fühlte er sich unter den Söhnen und Töchtern reicher Geschäftsleute und Politiker nicht wirklich wohl und hielt einen gewissen Abstand zu ihnen. Immerhin gab es einen Kunstlehrer, der ihn ermutigte zu malen und ihm einmal pro Woche nachmittags zusätzlich Kunstunterricht erteilte. So entwickelte sich das Zeichnen von einer Freizeitbeschäftigung zu einer Leidenschaft.

Zu Hause hatten sie nun eine Köchin und ein Dienstmädchen. Seine Eltern begannen, ihre neuen Freunde zu bewirten und abends auszugehen. Seine Mutter schlüpfte so mühelos in ihr neues Leben wie in eines ihrer neuen Kleider.

Zum ersten Mal in Wills Leben war sein Vater nicht mehr monatelang am Stück unterwegs. Doch manchmal war es immer noch so, als wäre er weit weg. Er verbrachte fast den ganzen Tag in seinem Büro, und wenn er heimkam, wartete dort weitere Arbeit auf ihn – riesige Ordner und Bücher, die er studieren musste.

Wenn Will ihn lange genug drängte, erzählte er manchmal von den Tagen, als er noch Schwellen verlegt hatte, oder von seinen Abenteuern in den Bergen. Dann hatte Will das Gefühl, seinen alten Vater zurückzuhaben, wie er ihn sich anhand seiner Briefe vorgestellt hatte. Will konnte nie genug von diesen Erzählungen bekommen. Doch mehr und mehr klangen sie wie Geschichten aus Büchern. Wie Geschichten, die seine Eltern am liebsten vergessen würden.

Nach der nächsten Beförderung seines Vaters zogen sie in ein noch größeres Haus, mit einem makellosen Rasen, der sich bis zum Wasser erstreckte. Eines Tages stand ein Klavier in der Wohnstube und mit ihm zusammen tauchte eine kleine, alte Dame auf, die nach Mottenkugeln roch und

Will das Klavierspielen beizubringen versuchte. Will hasste das Instrument. Doch er konnte noch so wild auf die Tasten hämmern und die Tonleitern noch so sehr verunstalten, seine Mutter ließ nicht zu, dass er den Unterricht aufgab. Eines Tages drohte sein Vater, das Klavier raus in den Garten zu zerren und mit einer Axt zu Kleinholz zu verarbeiten. Will wartete geradezu verzweifelt darauf, dass der Vater es auch tat. Aber Mr. Everett besann sich eines Besseren und zog sich wieder in sein Arbeitszimmer im ersten Stock zurück.

Im letzten Monat dann kam die größte Beförderung von allen: Sein Vater übernahm den Posten des Generaldirektors für das neue Schifffahrtsunternehmen der Eisenbahngesellschaft, das in Victoria saß, wo die großen Dampfer in Richtung Orient aufbrachen. Und wieder einmal zogen sie quer über den gesamten Kontinent, um ein neues Leben zu beginnen.

Rasch zeichnet Will mit ein paar groben Strichen die rostigen Güterwaggons am Rand des Werkgeländes in sein Buch. Doch dann ertappt er sich dabei, wie er anstelle des Jungen auf dem Dach ein Mädchen skizziert, das einen Handstand macht.

Den Sasquatch-Zahn hat er nie zurückbekommen.

Am späten Nachmittag ist der Trans-Kanada-Express schließlich bereit zur Abfahrt. Oben auf der Aussichtsterrasse frischt der kühle Atlantikwind auf. Mittlerweile hat die Lokomotive die Waggons der ersten Klasse neben das Bedfordbecken gezogen. Viele Kilometer entfernt und längst außer Sicht werden hinten auf dem Bahnhofsgelände die letzten Waggons angekuppelt.

Mittlerweile ist es auf der Terrasse voll geworden. Beim langen, schrillen Pfeifen der Lokomotive pocht Wills Herz aufgeregt im Takt der Kuppelstangen des Zuges. Eine riesige Rauchwolke steigt aus dem Schornstein auf.

Tschu …

Und noch einmal.

Tschu-tschu … tschu-tschu-tschu …

Dann bewegt sich der Zug, diesmal nicht mit einem trägen Vorwärtsrollen, sondern in einem konzentrierten Kraftakt.

Tscha-tscha-tscha … tschatschatscha …

Der Zug wird schneller. Die graue Rauchwolke steigt zum Frühlingshimmel auf und zwischen den Kolben quellen kleine Dampfwölkchen hervor.

Tscha-tsch-tsch-tscha-tsch-tsch-tschtschtschtschtschtsch-tsch …

Endlich fahren sie!

»Ein Glas Champagner, Sir?«, fragt ihn ein Kellner und hält ihm ein Tablett mit schlanken Glaskelchen hin.

»Danke«, sagt Will und nimmt ein Glas. Er trinkt einen Schluck und genießt den frischen, prickelnden Geschmack in seiner Kehle. Er lächelt zufrieden. Den Automaten an der Bar konnte er nicht täuschen, den Kellner hier schon. Und warum auch nicht? Alle sagen, er würde älter aussehen, weil er längst so groß ist wie sein Vater und vermutlich noch größer werden wird. Sein erstes Glas Champagner.

Er schließt die Augen. Er ist unterwegs. Und er hat einen Plan.

Nur weiß sein Vater noch nichts davon.

KAPITEL 3

# ABENDUNTERHALTUNG

Zurück im Abteil ziehen Will und sein Vater sich für das Abendessen um. Wills Vater hat seit seinen Tagen als Schwellenleger etwas zugenommen, aber mit dem kurz geschorenen Bart und den durchdringenden Augen gibt er immer noch eine gute Figur ab.

Wills Hemd ist so gestärkt und steif, dass es sich anfühlt, als würde er in einer Eisenrüstung stecken, wenn er sich bewegt.

»Kann ich nicht bei dir in der Lok mitfahren?«, fragt er seinen Vater.

»Das geht nicht, William. Das habe ich dir doch schon erklärt.«

Sein Vater wird auf der Jungfernfahrt des Trans-Kanada-Express der Oberlokführer sein. Bei ihrem ersten Halt morgen wird er in die Lokomotive einsteigen und sich mit den anderen Lokführern abwechseln. Wenn er frei hat, wird er nicht in ihrer luxuriösen Kabine schlafen, sondern in dem rußigen Schlafwagen für das Zugpersonal direkt hinter dem Tender. Sein Vater wird den Zug über die Rocky Mountains steuern und Will sieht ihn erst in Lionsgate City wieder. Das ist keine Überraschung für ihn, er wusste es schon. Trotzdem nagt es an ihm, dass sein Vater ihn allein zurücklässt. Wieder einmal.

»Hier hast du es doch viel bequemer«, meint der Vater. Dann rückt er Wills Krawatte gerade. »Hunger?«

Sie verlassen das Abteil und reihen sich in den Menschenstrom in Richtung Speisewagen ein. Während sein Vater höfliche Worte mit anderen Fahrgästen wechselt, schaut Will sich noch einmal nach jemandem in seinem Alter um. Er fühlt sich zu jung und fehl am Platz.

In den letzten Jahren hat er in einigen vornehmen Restaurants gegessen, aber keines war so feudal wie dieses. Trotz des langen und schmalen Wagens verströmt der Raum den Eindruck prunkvoller Größe mit den verspiegelten Wänden und der himmelblauen Decke, auf die kleine Engel gemalt sind, die hinter den Ecken hervorspähen. Wendeltreppen führen zu den Galerien hinauf, die sich unterm Dach des Waggons entlangziehen. Auf einem kleinen Balkon singt eine Frau Opernarien.

Der Kellner führt Will und seinen Vater zu ihrem Tisch. Mit schwungvoller Geste legt er ihnen die Servietten auf den Schoß und reicht jedem von ihnen ein schmales Lederbuch.

Will starrt auf die Speisekarte, aber seine Gedanken wirbeln durcheinander. »Für mich bitte das Lamm«, sagt er schließlich zu dem Kellner. »Englisch gebraten.« Nachdem auch sein Vater bestellt hat und der Kellner verschwunden ist, sagt Will zögernd: »Ich habe über nächstes Jahr nachgedacht.«

»Ich auch«, sagt sein Vater. »Wenn du mit der Schule fertig bist, möchte ich gerne, dass du bei uns anfängst.« James Everett sieht ihn mit hochgezogenen Augenbrauen an und grinst stolz, als hätte er seinem Sohn soeben ein Geschenk überreicht.

»Und was soll ich tun?«, fragt Will verwundert.

»Nun, ich denke, du würdest als Bürogehilfe anfangen. Aber wenn du dich geschickt anstellst, wirst du das nicht lange bleiben.«

Will denkt an seinen Bleistift und wie er damit Zahlen in Kontobücher schreibt, anstatt zu zeichnen. »Ich weiß nicht«, murmelt er.

»Was weißt du nicht?«

Will schluckt. »Ich weiß nicht so recht, ob ich das will. Es gibt da eine Kunstschule in San Francisco, die sehr gut sein soll. Eigentlich hatte ich gehofft, ich könnte dort studieren.«

»Studieren, um ein Künstler zu werden?«

Will nickt.

»Du hast auf jeden Fall Talent, Will«, sagt sein Vater mit gerunzelter Stirn. »Keine Frage.«

Sein Vater klingt nicht begeistert. Er hat sich nie besonders für Wills Zeichnungen interessiert. Ob er überhaupt das Skizzenbuch noch hat, das er ihm damals geschenkt hat?

»Mir würde es gefallen«, fährt sein Vater fort, »wenn du dieses Talent als Ingenieur oder Architekt für unser Unternehmen einsetzen würdest. Denk doch nur, was du alles entwerfen könntest! Ich habe beobachtet, wie du vorhin die Lokomotive betrachtet hast.«

Will nickt. »Sie ist wirklich beeindruckend.«

»Die Kanadisch-Pazifische Eisenbahngesellschaft braucht Männer, die neue Ozeandampfer entwerfen und Brücken konstruieren, um unsere Schienen über die ganze Welt zu führen. Es gibt angeblich bereits Pläne, über die Beringstraße eine Brücke zu bauen, damit wir Asien auch ohne Schiffe erreichen können.«

Will rückt sein Besteck zurecht. »Ich weiß nicht, ob mir diese Arbeit wirklich liegt.«

»Ob sie dir *liegt?* Was für ein Unsinn! Ein Mann tut, was nötig ist, um im Leben voranzukommen und eine Familie zu ernähren.«

Der Teller mit dem Lamm steht nun vor Will. Obwohl es zu seinen Leibgerichten gehört, hat er auf einmal keinen Appetit mehr.

»Als Künstler wirst du deinen Lebensunterhalt nicht verdienen können, William«, sagt sein Vater. »Deine Mutter und ich haben dich gern malen und zeichnen lassen – als Hobby. Künstler führen alle ein elendiges Leben.«

»Es stört mich nicht, arm zu sein«, erwidert Will und fügt hinzu: »Wir waren auch mal arm.«

»Armsein ist keine Schande«, entgegnet James Everett, sein Blick jedoch huscht durch den Speisewagen. »Aber es ist töricht, danach zu streben, wenn es bessere Möglichkeiten gibt.«

»Es gibt aber nichts, was ich lieber tun würde«, sagt Will schlicht.

Sein Vater mustert ihn eindringlich, und einen Moment

lang meint Will, Mitgefühl in seinen Augen zu erkennen. Doch dann schnaubt er nur. »William, mein Junge, das ist in meinen Augen ein recht fruchtloses Unterfangen.«

Will zwingt sich, einen Bissen zu essen. Das Fleisch liegt ihm schwer im Mund und schmeckt nach Blut. Er spült es mit Wasser hinunter. »Ich habe doch getan, was du wolltest«, sagt er. »Ich habe fleißig gelernt …«

»Und warum auch nicht?«, entgegnet sein Vater verärgert. »Du hattest die Gelegenheit – eine sehr seltene Gelegenheit noch dazu –, eine hervorragende Ausbildung zu bekommen. Fleißig zu lernen war das Mindeste, was wir von dir erwarten konnten.«

»Das weiß ich ja«, sagt Will und starrt auf das klein gemusterte Tischtuch, um sich zu konzentrieren. »Dafür bin ich euch auch sehr dankbar. Und ich habe mich wirklich angestrengt. Ich habe sogar ein Jahr lang Klavierunterricht ertragen, obwohl ich es gehasst habe, nur weil Mutter es wollte.«

»Du hast schreckliche Töne auf diesem Instrument hervorgebracht.«

»Das war Absicht. Mir ist nun mal das Zeichnen das Liebste.«

Sein Vater zuckt mit den Schultern. »Du malst ja auch jeden Tag. Und das kannst du auch gern weiter tun. Aber *nachdem* deine eigentliche Arbeit getan ist.«

»Das reicht mir aber nicht. Ich brauche mehr Übung, das hat Mr. Grenfell auch gesagt. Ich bin gut darin, Dinge zu kopieren. Aber ich bin immer noch ein schrecklich schlechter

Maler. Wenn ich Menschen porträtiere, sehen sie einfach nicht echt aus. Irgendwas fehlt ihnen immer …«

»Und du denkt, diese tolle Schule in San Francisco könnte daran etwas ändern?«

»Das weiß ich erst, wenn ich es probiert habe.«

»Aha. Und du erwartest von mir, dass ich dir dieses närrische Experiment auch noch bezahle?«

»Ich komme schon selbst für mich auf!«

»Ach wirklich?«

Wills Gesicht wird rot. »Warum nicht? Du hast auch gearbeitet, als du so alt warst wie ich.«

»Hätte ich deine Möglichkeiten gehabt, hätte ich solche Arbeiten nie gemacht.«

»Und was ist mit dem Eisenbahnbau? Du sagst doch immer, es sei so ein tolles Abenteuer gewesen.« Will holt tief Luft. »Ich möchte meine eigenen Abenteuer erleben.«

Einen Moment lang schauen die Augen seines Vaters an ihm vorbei in die Ferne. »Du hast gesehen, wie es in den Bergen war, William. Harte Männer, die Knochenarbeit leisten. Frostbeulen im Winter und Mückenschwärme im Sommer. Schlechtes Essen. Späte Bezahlung. Jeden Tag das Risiko, von einem Sasquatch zerrissen oder versehentlich in die Luft gesprengt zu werden.« Etwas sanfter fährt er fort: »An jenem Tag hättest du da oben getötet werden können. Deine Mutter war furchtbar wütend auf mich. Sie und ich, wir wollen nicht, dass du so ein hartes Leben führen musst. Dafür bist du nicht gemacht.«

Wieder einmal überkommt Will ein Gefühl der Demütigung. Es ist nicht das erste Mal, dass sein Vater so etwas sagt. Er hält Will für zu schüchtern, zu empfindlich. Zu *weich.*

»Ich weiß nicht, wozu ich gemacht bin«, sagt Will leise. »Genau das will ich ja rausfinden.«

Nach dem Abendessen gehen Will und sein Vater zum Lionsgate-Salonwagen, der während der Essenszeit in ein Theater verwandelt worden ist: Mehrere Reihen mit samtbezogenen Stühlen stehen vor einer kleinen Bühne, die von japanischen Wandschirmen umrahmt wird.

Will setzt sich neben seinen Vater. Das restliche Essen verlief schweigend und angespannt, ohne weitere Worte über Wills Zukunft.

Zahlreiche Männer schlendern mit Zigarren und Gläsern voll Portwein oder Brandy herein, ihre Frauen am Arm, und nehmen auf den Stühlen Platz. Will entdeckt sogar einen Polizisten in der typisch kanadischen roten Uniform. »Ist das nicht Sam Steele?«, fragt er seinen Vater.

»Er hat mitgeholfen, in den Arbeiterlagern oben in den Bergen für Recht und Ordnung zu sorgen, deshalb haben wir ihn auf die Jungfernfahrt eingeladen.«

Sein Anblick kommt Will vor wie ein Bild aus einem Buch. Steele ist tatsächlich so hochgewachsen und kräftig, wie es von ihm berichtet wird.

»Wir haben mindestens einen Polizisten auf jeder Fahrt mit dabei«, erklärt sein Vater. »Sie sollen in den Waggons nach dem Rechten sehen.«

Als endlich alle sitzen, tritt ein elegant gekleideter Mann auf die Bühne. Das Publikum verstummt.

»Meine Damen und Herren, herzlich willkommen an Bord des Trans-Kanada-Express, dem größten und prächtigsten Zug der Welt.«

Höflicher Applaus ertönt, dazu ein paar barsche »Hört, hört«-Rufe aus dem Publikum.

»Ich bin Mr. Beecham, der Zugführer. Ich freue mich sehr, eine solch erlesene Gesellschaft zu unserer Jungfernfahrt an Bord zu haben. In diesem Raum findet sich eine beispiellose Ansammlung der besten und klügsten Köpfe unseres Landes. Ich grüße Sie, meine Damen und Herren, die Sie alle Ihren Beitrag zum Aufbau unserer glorreichen Nation leisten! Und zu Ehren unserer ersten Nacht auf diesem Zug haben wir ein Programm zusammengestellt, um Sie zu unterhalten, zu erfreuen und für ein wenig Nervenkitzel zu sorgen. Wir beginnen mit einem Vortrag unseres aktuellen Poet Laureate Sir Allen Nunn.«

Als der berühmte, vom Staat zum Hofdichter berufene Schriftsteller aufsteht und sein Gedicht vorträgt, schweift Wills Aufmerksamkeit ab. Der Mann spricht offenbar davon, Unkräuter aus einem Garten zu rupfen, aber Will ist sich nicht ganz sicher. Seine Stimme leiert vor sich hin und hebt und senkt sich dabei wie das eintönige Brausen einer Meeresbrandung.

Von irgendwoher ertönt plötzlich das unnatürlich laute Rauschen einer Toilettenspülung. Sie rauscht sehr lange Zeit, das Wasser gurgelt und wird durch ein unsichtbares Leitungsgewirr durch die Wände gesaugt. Alle im Raum versuchen, das Geräusch zu ignorieren. Will beißt sich auf die Lippen, kann aber ein leises Kichern nicht unterdrücken.

Der Historiker, der auf den Dichter folgt, ist ein wenig interessanter, weil er vom Bau der Eisenbahnstrecke erzählt. Will kennt die Geschichten zwar schon, aber sie sind wenigstens spannend.

»Einige von Ihnen haben sicher schon bemerkt, dass wir hier in einem überaus langen Zug sitzen«, sagt Mr. Beecham, als er wieder auf die Bühne kommt. »Unsere fahrende Stadt besteht aus Waggons der ersten, zweiten und dritten Klasse und den Kolonistenwagen, dahinter kommen noch mehrere Kilometer Güterwaggons. Und achtzig dieser Güterwaggons beherbergen den weltbekannten Zirkus Dante. Der Trans-Kanada-Express befördert den Zirkus nach Lionsgate City, wo seine Tournee durch unseren Kontinent beginnt. Freundlicherweise darf ich heute Abend den Zirkusdirektor persönlich bei uns begrüßen, der uns mit seiner Zauberei begeistern und zum Staunen bringen möchte. Meine Damen und Herren, Applaus für Mr. Dorian!«

Will setzt sich aufrecht hin. Hinter einem der Wandschirme tritt ebenjener Zirkusmann hervor, dem Will vor drei Jahren schon begegnet ist. Würdevoll schreitet er in die Mitte der Bühne, die Hände hinter dem Rücken verschränkt. Die Gaslaternen des Waggons werden von den Schaffnern so abgedunkelt, dass nur Mr. Dorian hell erleuchtet ist.

»Ich glaube nicht an Magie, meine Damen und Herren. So etwas gibt es nicht. Was die Leute als Magie bezeichnen, sind lediglich die unerklärten Geheimnisse unserer Welt. Und auf dieser Strecke, die wir nun zurücklegen, gibt es unendlich viele Wunder zu bestaunen. Dieser Schienenweg wurde mitten durch die Wildnis geschlagen und führt uns von Ozean zu Ozean, durch Landschaften, die kaum ein zivilisierter Mensch je gesehen hat. So offenbart uns diese stählerne Straße zahlreiche Geheimnisse, die wir lange Zeit als bloße Legenden abgetan haben: der Muskeg, der ganze Züge verschlingt, und die menschenfressenden Wendigos aus den nördlichen Wäldern, ganz zu schweigen von Seeungeheuern oder den riesigen Schneemenschen, den Sasquatch, die im Gebirge ihr Unwesen treiben.«

Im Wagen ist es nun so still geworden, dass Will das rhythmische Klappern der Schienen wie einen verschreckten Herzschlag in seiner Brust spüren kann. Aus eigener Erfahrung weiß er, dass es die Sasquatch wirklich gibt. Und durch die Briefe seines Vaters hat er auch von den anderen rätselhaften Wesen gehört, aus Geschichten, die von den Erlebnissen anderer Leute berichten. Er hat keine Ahnung, wie viel er davon wirklich glauben soll.

»Nun, meine Damen und Herren«, fährt Mr. Dorian fort, »es gibt zahlreiche Wunder auf dieser Welt, und ich habe Dinge gesehen, die Sie erschrecken und mit Furcht erfüllen würden. Doch heute möchte ich Ihnen ein gänzlich anderes Mysterium näherbringen.« Nach einer dramatischen Pause tritt er näher zum Publikum. »Der Mesmerismus, die Kunst des Hypnotisierens, zählt zu den stärksten Mächten der Welt. Monster und Armeen sind nichts im Vergleich zu der Macht, die Augen und Stimme eines Mannes besitzen können, und zu dem Einfluss, den er ausüben kann, wenn Menschen ihm aus freiem Willen heraus zuhören. Wenn sie seiner Stimme lauschen, ihm in die Augen schauen und die Einladung akzeptieren, seinen Worten zu folgen ...«

Fast scheint es, als sei es im Abteil auf einmal noch dunkler geworden, denn Mr. Dorians Gesicht wirkt auf einmal viel heller. Will spürt nur noch die unergründlichen schwarzen Augen des Mannes und die Stimme, die ihn einlädt, etwas zu tun – was genau, weiß er nicht, weil er nicht mehr hören kann, was gesagt wird, bis ...

Will sieht sich im Wagen um, in dem es auf einmal wieder heller wird, und findet sich zusammen mit den anderen Zuschauern auf den Beinen wieder. Er hat absolut keine Erinnerung daran, aufgestanden zu sein. Der Rest des Publikums ist ebenso verblüfft wie er. Nervöses Kichern und staunende Rufe erfüllen den Raum.

»Meine Damen und Herren, bitte verzeihen Sie«, sagt Mr. Dorian lächelnd. »Wie unhöflich von mir, aber ich habe Ihnen lediglich vorgeschlagen aufzustehen, und Sie sind dieser Bitte äußerst bereitwillig nachgekommen. Bitte setzen Sie sich wieder ... Sehr freundlich von Ihnen.«

Die Zuschauer setzen sich mit einem dümmlichen Grinsen wieder auf ihre Stühle.

»Das ist doch ein Trick«, murrt ein stämmiger Mann in seinen Schnurrbart.

»Ganz und gar nicht, mein Herr«, entgegnet Mr. Dorian. »Das ist die Macht des Mesmerismus. Möchten Sie mir vielleicht behilflich sein, das zu beweisen?«

Der Schnurrbärtige winkt mürrisch ab, aber sogleich melden sich andere Freiwillige. Will beobachtet überrascht, wie einer nach dem anderen vorgeht und von Mr. Dorian in eine Art Trance versetzt wird. Eine Frau zwitschert wie ein Kanarienvogel, ein Mann singt ein Wiegenlied aus seiner Kindheit, ein dritter Zuschauer meint, er würde eine Leiter hochklettern, und schnauft und ächzt bei jedem eingebildeten Schritt.

Jedes Mal, wenn Mr. Dorian nach einem neuen Freiwilligen fragt, wünscht sich Will, nicht so schüchtern zu sein. Ihm gefällt die Vorstellung, hypnotisiert zu werden. Wie würde es sich wohl anfühlen, nicht mehr er selbst zu sein? Aber er mag dabei nicht von so vielen Leuten beobachtet werden.

»Meine Damen und Herren«, sagt Mr. Dorian, »ich habe Ihnen ja bereits erklärt, dass ich nicht an Zauberei, sondern nur an die Macht des Verstandes glaube. Und wie ich sehe, haben wir heute einen äußerst brillanten Verstand unter uns. Mr. Sandford Fleming, wenn ich mich nicht täusche?«

»So ist es«, sagt ein Mann.

Will reckt den Kopf und entdeckt jenen Mann mit dem »besonders üppigen Bart«, den Mr. Van Horne ihm vor drei Jahren im Zug vorgestellt hat. Mr. Flemings Bart scheint noch üppiger geworden zu sein – wenn das überhaupt möglich ist – und bauscht sich so mächtig über seinem Kragen, dass es aussieht, als habe er keinen Hals. Seine Frau sitzt ein gutes Stück von ihm entfernt.

»Sir, ich möchte Ihnen Respekt zollen«, sagt Mr. Dorian. »Falls Sie es nicht wissen sollten, meine Damen und Herren, Mr. Fleming ist jener geniale Kopf, der das Konzept einer Normalzeit und verschiedener Zeitzonen entwickelt hat. In unserem Zeitalter von Blitz und Dampf bewegen wir uns mit einer solchen Geschwindigkeit vorwärts, dass es notwendig ist, die Zeit Stunde um Stunde anzupassen, wenn wir über den Kontinent eilen. Ist es nicht bemerkenswert, dass es in einer Sekunde noch zehn Uhr sein kann und in der nächsten erst neun Uhr? Und wenn ich mich nicht irre, passieren wir demnächst eine solche Zeitzonengrenze, nicht wahr, Mr. Fleming?«

»In der Tat«, stimmt Fleming ihm zu.

»Haben Sie sich je gefragt, meine Herrschaften, was passiert, wenn wir eine Zeitzone durchqueren? Wie lässt sich die Zeit umstellen? Denn in Wirklichkeit ändert sie sich ja nicht. Ich glaube, Mr. Fleming, auf Sie geht auch der Begriff einer ›kosmischen Zeit‹ zurück, die überall auf der Welt gleich ist.«

»Auch das ist richtig.«

»Wir haben also eine Normalzeit, die sich ständig verändert, je weiter wir uns voranbewegen, und eine kosmische Zeit, die immer gleich bleibt. Nun, hier lässt sich etwas Bemerkenswertes beobachten: Wenn wir uns in schneller Geschwindigkeit durch die Zeitzonen bewegen, kommt irgendwann der Moment, wo die Wirklichkeit die kosmische Zeit wieder einholt. Um Ihnen das zu demonstrieren, lade ich Sie alle ein, auf Ihre Uhren zu schauen.«

Gemeinsam mit den anderen Männern im Raum zieht Will gehorsam seine Taschenuhr hervor.

»Beobachten Sie bitte, wie sich der zweite Zeiger um die Uhr bewegt. Und denken Sie daran, dass wir gleich eine Stunde gewinnen werden. Sie reisen also alle eine ganze Stunde in der Zeit zurück. Ist das wahr? Natürlich nicht, und doch … siehe da.«

Will starrt auf das Ziffernblatt. Der zweite Zeiger gleitet gleichmäßig voran.

Tick … tick …

»Schauen Sie gut hin«, dröhnt Mr. Dorians tiefe Stimme, »wie der Zeiger seine Runden zieht. Schauen Sie …«

Tick … tick …

»Er läuft und läuft, er kennt seinen Weg«, erklingt Mr. Dorians Stimme wie aus großer Ferne. »Halten Sie immer gut die Augen auf ihn gerichtet, meine Damen und Herren.«

Auf einmal beobachtet Will staunend, wie sich der zweite Zeiger krümmt und stockt und schließlich zitternd auf der Stelle verharrt. Wie lange das so geht, weiß er nicht, weil er die Augen nicht abwenden kann. Undeutlich hört er die staunenden Rufe im Waggon. Ein paar Leute murmeln: »Unglaublich!« Dann wandert der zweite Zeiger auf einmal weiter, Will blinzelt und schaut zu Mr. Dorian.

»Nun, meine Damen und Herren, was ist passiert? Ich werde es Ihnen erklären. Ihr Körper und überhaupt sämtliche Materie in diesem Raum haben sich einfach an die neue Wirklichkeit, an die neue Zeit angepasst. Aber wenn ich Ihnen nun sage, dass ich während dieses kurzen Innehaltens der Zeit die Bühne verlassen habe, zwischen Ihnen herumgegangen bin und ein paar Dinge eingesammelt habe, ohne dass Sie es bemerkt haben?«

»Unmöglich!«, ruft jemand.

»Wirklich?«, sagt Dorian und zieht eine Geldbörse aus der Tasche. »Sir, ich glaube, die gehört Ihnen, nicht wahr? Hier sind die Initialen HD eingraviert.«

»Wie zum Teufel …«

»Und hier habe ich ein Paar Manschettenknöpfe aus Jade von Ihnen dort, Sir!«

»Unglaublich«, sagt der Mann und schaut auf seine losen Manschetten.

Will lacht gemeinsam mit seinem Vater, bis Mr. Dorian auch auf sie zeigt.

»Und von dem Herrn da drüben … ein Schlüssel an einer Kette, der äußerst wichtig aussieht.«

Wills Lächeln verschwindet abrupt, als er das besorgte Gesicht des Vaters sieht.

»So, wenn ich Sie nun bitten dürfte, zu mir zu kommen und Ihre Besitztümer wieder abzuholen«, sagt Mr. Dorian. »Oh, und bitte vergessen Sie nicht, Ihre Uhren um eine Stunde zurückzustellen!«

»Geh schon«, zischt sein Vater. »Hol den Schlüssel.«

Will stockt der Atem.

»Mach schon, Will!«, drängt Mr. Everett ungeduldig.

Will steht auf und geht mit panisch rasendem Herzen nach vorn. Es hilft nicht gerade, dass Mr. Dorian noch größer wirkt, je näher er der Bühne kommt.

Der Zirkusdirektor lächelt, als er Will den Schlüssel reicht. Er schüttelt Wills Hand und lässt sie nicht mehr los. Ob er den Jungen wiedererkennt?

»Wenn Sie schon bei mir sind, junger Mann, dürfte ich Sie vielleicht bitten, mir bei unserer letzten Nummer zu assistieren?«

Will bringt kein Wort heraus.

»Ausgezeichnet«, sagt Mr. Dorian. »Und nun, meine Herrschaften, bitte begrüßen Sie die einzigartige Entfesselungskünstlerin des Zirkus Dante – die wundersame Maren!«

Ein Mädchen in einem bunten, extravaganten Kostüm taucht wie ein exotischer Vogel hinter dem Wandschirm auf. Will hat noch nie eine so stark geschminkte Frau gesehen. Ihre Lippen sind knallrot angemalt, ihre Augenbrauen mit Kohlestift nachgezogen. Ihre Arme und Beine sind nackt. Wills Kopf wird ganz heiß.

»Schlösser können sie nicht halten! Ketten können sie nicht fesseln!«, verkündet Mr. Dorian.

Das Mädchen trägt ein zusammengerolltes Seil und mehrere schwere Ketten mit sich.

»Nun, ich bin mir sicher, Sie denken, es wäre ein Trick dabei, meine Freunde. Deshalb werde ich diesen jungen Mann hier aus dem Publikum bitten, Ketten und Seil so an der jungen Dame zu befestigen, wie er es für nötig hält.«

Das Mädchen streckt Will die Sachen entgegen.

»Bitte untersuchen Sie zuerst die Materialien«, fordert Mr. Dorian. »Vergewissern Sie sich, wie stabil alles ist.«

Will prüft Seil und Ketten, ist aber abgelenkt von dem Mädchen, das ihn anlächelt. Sie hat eine Lücke zwischen den Vorderzähnen und ihre Augen strahlen ein Leuchten aus, das nicht nur vom Schein der Gaslaternen kommt.

»Und was soll ich jetzt tun?«, flüstert er.

»Fessle mich«, raunt sie.

Nervös wickelt er das Seil um ihren Körper.

»Fester, junger Herr, fester!«, ruft Mr. Dorian.

»Ich will ihr nicht wehtun«, protestiert Will.

Das Publikum lacht.

»Du tust mir nicht weh«, sagt Maren. »Mach nur.«

»Du bist es, nicht wahr?«, flüstert er.

Sie nickt fast unmerklich.

Er knotet das Seil mehrere Male fest. »Du hast noch meinen Sasquatch-Zahn«, murmelt er.

»Ich weiß.«

Nun wickelt Will die Ketten um sie herum, sichert sie mit schweren Vorhängeschlössern und zieht prüfend an ihnen, ob sie auch richtig geschlossen sind.

»Vielen Dank, junger Mann. Wenn Sie bitte zur Seite treten würden …«

Ihre Blicke begegnen sich noch einmal, dann wendet sie

sich zum Publikum. Mit einer schwungvollen Geste wirft Mr. Dorian ein großes Seidentuch über das Mädchen und verwandelt es in einen riesigen Kokon, der sich kettenklirrend bewegt, während es aus seinen Fesseln schlüpft. Will kann Marens ruhigen Atem hören.

»Das dürfte reichen!«, ruft Mr. Dorian nach wenigen Sekunden, greift ungeduldig eine Ecke des Tuchs und reißt es weg.

Das Publikum stöhnt auf, denn das Mädchen ist nicht mehr da. Nur das Seil und die Ketten liegen in einem Haufen auf dem Boden.

»Meine Damen und Herren«, ruft Mr. Dorian und lüpft seinen Zylinder, »der Verschwindetrick!«

Das Publikum klatscht immer noch wild, als Mr. Beecham, der Zugführer, Will am Ärmel zupft. »Du kannst dich jetzt wieder auf deinen Platz setzen, Junge«, sagt er. Mr. Dorian verschwindet gerade hinter einem der Wandschirme.

»Ich würde gern mit ihnen reden.«

»William!«, ruft sein Vater. Will dreht sich um und sieht seinen erwartungsvollen Blick.

»Wo sind sie untergebracht?«, erkundigt er sich hastig bei Mr. Beecham. In der Eile hat er seine Schüchternheit ganz vergessen.

»Heute Abend schlafen sie in der zweiten Klasse. Und während unseres Halts morgen kehren sie zu ihren eigenen Wagen zurück.«

»Will!«, ruft sein Vater noch einmal.

Obwohl Will sich nichts sehnlicher wünscht, als Maren nachzulaufen und mit ihr zu sprechen, geht er zögernd zu seinem Vater.

»Den Schlüssel«, sagt Mr. Everett.

Will zieht den Schlüssel aus der Tasche und drückt ihn seinem Vater in die Hand. »Ich will den Zauberer kurz was fragen«, sagt er.

Sein Vater zieht überrascht die Augenbrauen hoch, nickt aber. »Dann sehen wir uns nachher im Abteil.«

Will saust los und zwängt sich zwischen Menschen und Stühlen hindurch. Beim Aussichtswaggon lichtet sich die Menge, nur um kurz vor dem Speisewagen wieder dichter zu werden. Das Mädchen kann keinen großen Vorsprung haben! Hinter der Küche hat sich ein Kind unter wütendem Gebrüll auf den Boden geworfen. Die genervte Mutter kniet daneben und versucht, es zu beruhigen. Will springt über die beiden hinweg und entdeckt einen Schaffner.

»Der Zirkusmann und seine Assistentin?«, fragt er. »Haben Sie sie gesehen?«

»Sind eben hier vorbeigekommen.«

Will rennt durch den dahinbrausenden Zug. Als er am Ende eines weiteren Waggons die Tür aufreißt, schlägt ihm ein Schwall überraschend kalter Nachtluft entgegen. Ein Bremser im Arbeitsoverall steht in einer Ecke der kleinen Plattform, eine rot aufleuchtende Zigarette im Mund. Er nickt Will kurz zu.

Hinter der nächsten Tür steht Will auf einmal in einem Garten, in dem es warm ist wie in einem Treibhaus. Hohe Pflanzen ragen um ihn herum auf, Vögel kreischen unter dem hohen Glasdach und es riecht nach Sommer. Lichterketten beleuchten einen gepflasterten Pfad, ein Brunnen gluckert leise.

Anschließend eilt Will durch den beißenden Qualm eines Rauchsalons. Im nächsten Wagen muss er langsamer gehen, um das rutschige Deck eines Schwimmbads zu überqueren. Das Wasser im Becken funkelt farbig, und erstaunt sieht er alle möglichen exotischen Fische herumschwimmen. Bei näherer Betrachtung stellt er fest, dass sie in einem flachen Aquarium unter dem Becken untergebracht sind.

Er rennt weiter, vorbei an einem kleinen Kino, wo es nach gebrannten Mandeln und Popcorn duftet. Wie können Maren und Mr. Dorian nur so weit voraus sein? Der endlos lange Zug dampft ruckelnd und ratternd auf seinem Weg aus Eisen dahin. Er riecht Seife und Bleiche, als er an einer Wäscherei vorbeikommt.

Schweißgebadet landet Will plötzlich vor einer großen Tür, auf der steht: ZU DEN WAGEN DER ZWEITEN KLASSE. Eifrig greift er nach dem Messingknauf, der sich jedoch nicht drehen lässt. Er rüttelt daran und sucht nach einem Riegel.

Da tritt ein akkurat gekleideter Schaffner mit einem Stift in der Hand aus einem Abteil. »Kann ich Ihnen helfen, Sir?«

»Ich möchte gern durch die Tür, bitte«, erklärt Will.

»Dahinter befindet sich die zweite Klasse, Sir«, sagt der Schaffner.

»Ich weiß. Da ist jemand, mit dem ich reden möchte.«

Der Schaffner zwingt ein geduldiges Lächeln auf sein Gesicht. »Haben Sie ein Ticket für die zweite Klasse, Sir?«

»Nein.«

Als würde er einem kleinen Kind etwas erklären, sagt der Schaffner langsam: »Dann dürfen Sie die Wagen der Zweiten Klasse auch nicht betreten. Die Tür bleibt verschlossen. So ist es komfortabler für alle.«

Will entdeckt einen Schlüsselring am Gürtel des Schaffners. »Aber den Zirkusdirektor haben Sie doch durchgelassen, oder?«

»Ja, das habe ich, Sir. Aber nur auf Grund einer besonderen Vereinbarung.«

»Ich muss ihn unbedingt was fragen.«

Der Schaffner nickt verständnisvoll. »So lautet aber nun mal die Vorschrift in diesem Zug, Sir. Die Türen zwischen den verschiedenen Passagierklassen bleiben verschlossen.«

Einen kurzen Moment lang ist Will in Versuchung, dem Mann zu sagen, wer sein Vater ist, und zu fordern, dass er ihm die Tür öffnet, aber er bringt es nicht über sich.

»Wenn Sie eine Nachricht hinterlassen wollen«, sagt der Schaffner, »kann ich sie gern weiterleiten.«

»Nicht nötig. Vielen Dank.«

Was um alles in der Welt sollte er ihr schreiben? Kopfschüttelnd stellt er sich den Brief vor.

*Ich hätte gerne meinen Zahn zurück.*
*PS: Seit drei Jahren träume ich davon, dich wiederzusehen.*
*Du bist auf einem Brett balanciert und warst dann auf einmal verschwunden. Du bist das tollste Mädchen, das mir je begegnet ist.*
*Ein verliebter Vollidiot*

Mit wackligen Knien wandert er zurück zu den vorderen Wagen. Er spürt das Ruckeln und Schwanken des Zuges und fragt sich, wie lange es wohl dauert, bis er sich daran gewöhnt hat.

Im Aussichtswagen steigt er die Treppe hoch und geht ins Freie. Obwohl die Terrasse an der Rückseite des Waggons liegt und vom Fahrtwind abgeschirmt ist, bibbert er in der kalten Nachtluft. Außer ihm stehen noch ein paar andere Passagiere draußen und bewundern die Aussicht. Will legt den Kopf zurück – und es offenbart sich ihm eine neue Welt. Ehrfurchtsvoll betrachtet er die Sterne. Sternbilder, die er nur aus Büchern kennt, funkeln auf einmal über ihm – sogar sämtliche Sterne aus Orions Gürtel und Bogen!

Er schaut über den Trans-Kanada-Express hinweg, ein endlos langer, dunkler Strich in der Landschaft. Grüne Laternen leuchten außen an den Waggons. In der Ferne erkennt er den erleuchteten Aussichtswagen der zweiten Klasse, der lange nicht so groß und prächtig ist wie ihrer. Vor den hellen Fenstern zeichnet sich eine dunkle Gestalt ab, zu der sich gleich darauf eine deutlich größere Gestalt mit einem Zylinder gesellt. Es sieht aus, als würden sie zu ihm rüberschauen.

Die kleinere Gestalt hebt die Hand und winkt. Instinktiv winkt Will zurück.

Will kehrt in ihr Abteil zurück und findet seinen Vater im Morgenmantel vor, wie er Zigarre rauchend im kreisrunden Schein des gelben Lichts einige Papiere studiert. »Hast du deine Frage stellen können?«, fragt er und schaut auf.

Will schüttelt den Kopf. »Sie waren schon in der Zweiten Klasse und der Schaffner hat mich nicht durchgelassen.«

Wills Vater nickt. »Da sind die Zugvorschriften sehr streng. Was wolltest du den Mann denn fragen?«

»Etwas über den Verschwindetrick«, sagt Will. Er will seinem Vater nicht von dem Mädchen erzählen. Wie soll er ihm den dringenden Wunsch, mit ihr zu reden, erklären? Das wäre ihm nur peinlich.

Auf dem Schreibtisch liegt der Schlüssel, den Mr. Dorian seinem Vater aus der Tasche gezaubert hat. Er ist ungewöhnlich dick, mit sehr vielen Einkerbungen. Will weiß sofort, wofür er ist. »Der gehört zu Mr. Van Hornes Bestattungswagen, oder?«

Sein Vater presst zögernd die Lippen zusammen, antwortet dann aber: »Ja, und ich wünschte sehr, Mr. Dorian hätte nicht die Aufmerksamkeit auf ihn gelenkt.«

»Von den anderen weiß ja keiner, wofür er ist.«

»Du hast es gewusst.«

»Nur wegen deines Gesichts. Da wusste ich gleich, dass es was Wichtiges sein muss. Aber hast du nicht gesagt, der Waggon hätte keine Tür?«

»Das haben wir den Zeitungen so erzählt. Der Waggon ist aus der Hülle eines alten Kriegsschiffs gefertigt, aus Stahlplatten, die mehr als einen Zentimeter dick sind. Trotzdem gibt es eine Tür.«

»Und wo?«, fragt Will.

Der Gesichtsausdruck seines Vaters schwankt zwischen Belustigung und Gereiztheit. »Alles kann ich dir nun wirklich nicht verraten. Aber der Schlüssel ist nicht nur für die Tür. Bevor man sie überhaupt aufmachen kann – wenn man sie denn findet –, gibt es noch ein weiteres Schloss, das man öffnen muss.«

»Und wofür ist das?«

»Damit wird der Strom abgeschaltet, der durch die äußeren Wände des Waggons fließt.«

»Das ist jetzt ein Witz, oder?«

Mr. Everett schüttelt den Kopf. »Wer den Waggon berührt, bekommt einen elektrischen Schlag verpasst, der den stärksten Mann umhaut. Van Horne hat es selbst entworfen. Vor Jahren hat er mir schon Zeichnungen davon gezeigt. Er wollte, dass sein Sarg und der Gleisnagel vor Grabräubern geschützt sind.«

Will runzelt die Stirn. »Was ist mit dem Wachmann? Wieso bekommt der keinen Schlag?«

»Er befindet sich nie auf dem Wagen oder im Innern. Er hat

ein eigenes kleines Abteil im hinteren Teil des angrenzenden Dienstwagens.«

Will mustert seinen Vater aufmerksam. »Und was steckt noch alles in Van Hornes Wagen?«

James Everett stößt eine Wolke Zigarrenrauch aus. »Allerlei Krimskrams. Van Horne war ein Sammler und wollte seine Lieblingsstücke auch nach seinem Tod bei sich haben.«

»Warst du schon mal drin?«

Will bezweifelt, dass sein Vater zu Hause so mitteilsam gewesen wäre. Vielleicht liegt es an dem fahrenden Zug, dass er redseliger ist als sonst. »Ja, ich habe das Beladen des Waggons überwacht. Es fand heimlich statt, mitten in der Nacht.« Sein Blick schweift in die Ferne, als erinnere er sich an etwas Erstaunliches – oder Beunruhigendes. »Ich kann jedem, der es schafft, da reinzukommen, nur viel Glück wünschen. Mehr will ich dazu nicht sagen.«

Will wünscht, er hätte das Wageninnere auch sehen können, eine Schatzkammer, erhellt von Laternenlicht. »Und du hast den einzigen Schlüssel?«

»Es gibt noch einen zweiten. Den hat der Wachmann.«

Das muss der dicke Kerl mit Bart sein, der in Halifax die Schaulustigen verscheucht hat.

»Also«, sagt sein Vater und macht die Zigarre aus. »Nun bist du in etwas eingeweiht, über das nur eine Handvoll Menschen Bescheid weiß.«

Will freut sich über das Vertrauen. Das macht ihm Mut. »Wir haben unser Gespräch von vorhin nicht beendet.«

Ein verschlossener Ausdruck legt sich auf das Gesicht seines Vaters. »Doch, das haben wir.«

»Ach, und wie?«

»Du hast gesagt, du möchtest eine Kunstschule in San Francisco besuchen. Ich bin dagegen. Ich finanziere dir gern ein Studium an einer anständigen Universität, wenn du dir ein sinnvolles Fach aussuchst. Aber du wirst auf keinen Fall Kunst studieren. Das verbiete ich.«

Verbieten? Will steht vor seinem Vater, ein heißes Zittern steigt in ihm auf. Er kann nichts sagen, weil seine Stimme dann bestimmt vor Zorn bebt und er auf keinen Fall Schwäche vor seinem Vater zeigen will. Stattdessen dreht er sich also um und steigt die Stufen zu seinem Schlafabteil hoch.

Dort geht er zum Fenster und schaut hinaus. Er kann jedoch nur sein eigenes Spiegelbild erkennen. Schnell schaltet er das elektrische Licht aus. Er lehnt den Kopf an das kühle Glas und versucht, gleichmäßig zu atmen.

Er denkt an Maren. Ob das ihr richtiger Name ist? Haben Zirkusleute nicht immer einen Künstlernamen? Sie hat die Ketten abgeworfen und ist vor aller Augen verschwunden. Unglaublich. Er wünscht, er könnte das auch.

Sobald der Zug morgen hält, wird er aussteigen und sie abfangen, wenn sie zurück zu den Wagen des Zirkus Dante geht. Er möchte wissen, wie es ihr ergangen ist, seit er sie zuletzt gesehen hat, an welchen Orten sie überall war, welche neuen Tricks sie gelernt hat.

Er zieht sein Skizzenbuch heraus und versucht, das Bild

heraufzubeschwören, wie sie da auf der Bühne steht. Über die Jahre hat er viele Male versucht, sie zu malen, aber die Ergebnisse haben ihn nie zufriedengestellt. Diesmal ist es nicht anders.

Der Zug braust durch die Nacht. Will macht sich bettfertig. Auf seinem Nachttisch liegt ein kleiner Klumpen gewachster Watte, die er sich laut Schlafwagenschaffner in die Ohren stopfen soll. Aber Will möchte die Geräusche des Zuges nicht ausblenden. Ihm gefällt das überraschend laute Rattern über die Schienen, die unaufhörliche Bewegung.

In dieser Nacht ist sein Schlaf erfüllt von den langen und kurzen Pfiffen einer Lok und vom Bild eines schwarzen Pferdes, das ein kleines Stück vor ihm über die Schienen galoppiert. Und seine Träume rennen dem Pferd hinterher.

KAPITEL 4

# DER BAHNHOF AM SCHIENENKREUZ

Erst nach dem Mittagessen nähert sich der Trans-Kanada-Express dem Kreuzungsbahnhof. Will spürt, wie der Zug langsamer wird, und eilt zum Aussichtswaggon, um einen besseren Ausblick zu haben. Draußen auf der Terrasse stellt er fest, dass es nun, da sie weiter im Norden sind, deutlich kälter geworden ist. Kiefern wachsen dicht neben den Gleisen. Von einer Ortschaft oder einem Bahnhof ist weit und breit nichts zu sehen.

Zurück im Abteil trifft er seinen Vater beim Packen eines kleinen Koffers an. Mr. Everett trägt eine schlichte Arbeitskleidung aus Hemd, Hose und Weste und hat eine Lokführermütze auf dem Kopf. Irgendwie wirkt er schlanker und jünger und ähnelt mehr dem Mann, den Will vor drei Jahren in Craigellachie abgeholt hat.

»Diesen Zug zu fahren ist eine ziemliche Herausforderung«, sagt sein Vater und Will spürt seine Freude.

Er ist immer noch sauer wegen der strengen Worte am vergangenen Abend und weil James Everett seinen Sohn mal wieder allein lässt, um ohne ihn Abenteuer zu erleben. Deshalb schweigt er.

»Du passt auf dich selbst auf, während ich weg bin«, sagt sein Vater. »Wenn du etwas brauchst, frag Beecham.«

Will grunzt. Der Zug stößt mehrere kurze Pfeiftöne aus und wird noch langsamer. Hinter den Fenstern weichen die Bäume einem Kiesstreifen neben den Gleisen. Will sieht ein paar Bretterbuden und Verkäufer, noch mehr Verkaufsstände, kleine Zelte und dann ein größeres Segeltuchgebilde, noch mehr Buden und noch mehr Menschen, die zusammenlaufen – ein richtiges Meer an Menschen, die dem langsam vorbeirollenden Zug zuwinken.

»Überall, wo der Zug hält, schießen solche provisorischen Siedlungen aus dem Boden«, erklärt sein Vater. »Die Leute stellen ihre Buden über Nacht auf und bauen sie wieder ab, wenn der Trans-Kanada-Express weiterfährt. Sie wenden sich hauptsächlich an die Kolonisten. In ihren Waggons gibt es keine Verpflegung, deshalb müssen sie sich Vorräte für die Reise zulegen.«

Mit einem aufgeregten Kribbeln beobachtet Will, wie die Händler den Passagieren lachend zurufen und -winken. Das Ganze wirkt wie ein Jahrmarkt, ein enorm großer noch dazu, der sich endlos weit die Gleise entlang bis zum Schienenkreuz zieht.

Als der Trans-Kanada-Express schließlich anhält, nimmt Wills Vater seinen Koffer und sie verlassen gemeinsam die Kabine. An ihrem Waggon ist eine kleine Treppe ausgeklappt worden, über die Will nun auf den hölzernen Bahnsteig steigt. Sein Körper meint immer noch, in Bewegung zu sein, und er schwankt leicht wie ein Seemann beim Landgang. Gut gekleidete Händler bieten den mit ihm aussteigenden Fahrgästen Becher mit sprudelndem Mineralwasser, Orangen aus Weidenkörben und Seidenschals an.

»Wir sehen uns dann in Lionsgate City«, verabschiedet sich sein Vater von ihm.

Will nickt. Er will nicht zeigen, wie gekränkt er ist. »Wie lange dauert der Aufenthalt hier? Ich würde mich gern ein bisschen umsehen.«

»Um sechs Uhr solltest du wieder im Zug sein. Dann fahren wir weiter. Und hüte dich vor Taschendieben.«

Will schaut auf die Uhr. Er hat noch gut vier Stunden Zeit. Das dürfte genügen, um Maren zu finden. Hastig klopft er auf seine Jackentaschen, um sich zu vergewissern, dass er Skizzenbuch und Stift dabeihat.

Mittlerweile schlendern viele weitere Passagiere der ersten Klasse über den Bahnsteig und genießen die frische Luft. Um den Bestattungswagen hat sich bereits eine beträchtliche Menschenmenge versammelt. Will bleibt ebenfalls stehen, um ihn genauer zu betrachten. Das pechschwarze Metall ist an den Ecken mit eleganten Metallfedern und kunstvollen Verzierungen geschmückt, die an Muscheln erinnern. Der Wagen ist groß wie ein Güterwaggon und wirkt unglaublich massiv und stabil. »Schauen Sie sich den Waggon nur gut an, meine Damen und Herren«, verkündet der Wachmann vor dem Samtband, das die Zuschauer auf Abstand hält. Er hat ein fleischiges, eckiges Gesicht und die Jacke über seinem Bauch spannt sich verdächtig. »Aber kommen Sie ja nicht zu nahe, wenn Sie keinen bösen Schlag abbekommen wollen.« Er deutet auf die großen, weißen Buchstaben an der unteren Hälfte des Waggons: GEFAHR! NICHT ANFASSEN! HOCHSPANNUNG!

Wie zum Beweis für diese Wörter landet eine Krähe oben auf dem Waggon. Ein lauter Knall ertönt, dann ein Lichtblitz und der Vogel fällt benommen in den Kies. Mehrere Leute weichen erschrocken zurück.

»Ist nur 'n Schutz, damit keiner den Wagen beschädigt«, erklärt der Wachmann und streckt sich gähnend.

An der Seite des Waggons hängt ein Schild, das wie ein Grabstein geformt ist. Darauf steht:

*Hier ruhen die sterblichen Überreste von*
*William Cornelius Van Horne.*
*Mit dem Bau der kanadischen Eisenbahn*
*trug er mehr als jeder andere dazu bei, die folgenden Worte*
*wahr werden zu lassen:*
*»Und er wird herrschen von einem Meer bis ans andere.«*
*(Psalm 72,8)*

»Schönes Grabmal«, sagt ein Mann, der Overall und Kappe eines Bremsers trägt, »für so 'nen alten Sklaventreiber.«

Der Wachmann reißt die Augen auf. »Haben Sie ihn gekannt?«

»Hab für ihn Löcher in die Berge gesprengt. Der hätte einen eher in den Tod geschickt, als auch nur eine Minute zu warten. Der war kein normaler Arbeiter wie Sie oder ich.«

Der Wachmann schweigt. Als der Bremser ihm eine Zigarette anbietet, nimmt er dankend an.

Will hätte den Bestattungswagen gern gezeichnet, aber er hat es eilig, Maren zu finden. Bestimmt will sie sich auch unter den Verkaufsständen umsehen. Herüberziehende Rufe, Gelächter und Musik locken Will wie das Lied einer Sirene. Er stürzt sich in die Menge.

Direkt hinter dem Bahnsteig verkaufen eifrige Jungen warme, klebrige Brötchen und Most. Ein zahnloser Mann schiebt Will eine Tüte mit gebrannten Mandeln in die Hand, und es scheint Will am einfachsten zu sein, dem Alten ein paar Münzen dafür in seinen Becher zu werfen. Jemand spielt Akkordeon. Neben einem Karren preist ein Bauer seine Äpfel und Birnen als die besten im Land an. Eine Gruppe braun gewandeter Mönche schichtet schweigend runde Käselaibe auf eine umgedrehte Holzkiste.

Will genießt das laute Gewühl. Er sucht weiter nach Maren, bis ihm einfällt, dass sie sicher nicht das Kostüm von gestern Abend tragen wird. Beim dem Gedanken an ihre schönen Beine bekommt er heiße Wangen. Wie soll er sie in dem Gewimmel nur finden? Mittlerweile hat er die Wagen der dritten Klasse erreicht. Dort tummelt sich fast schon eine kleine Stadt um den Zug herum. Aber vielleicht sucht Maren ja auch nach ihm.

»Echter Sasquatch-Urin!«, brüllt ein Mann hinter einer Holztheke. »Den gibt's nur hier!« Will möchte eigentlich einen Bogen um den Stand machen, doch zu seiner Bestürzung spricht ihn der Verkäufer direkt an. »Junger Herr! Für Sie mach ich einen Sonderpreis!« Er hält Will eine Ampulle hin.

Will senkt den Blick, aber einfach weiterzugehen, käme ihm unhöflich vor. Außerdem ist er nun doch neugierig geworden.

»Und wozu braucht man das?«, fragt er.

Das Gesicht des Mannes verzieht sich staunend. »Wozu? Mein Sohn, wir sind hier nicht in der Stadt. Ich weiß ja nicht, wo Sie hinwollen …«

»Nach Victoria«, sagt Will.

»Da haben Sie's ja! Da gibt's Bären und Berglöwen – und Schlimmeres.« Er schüttelt die Ampulle ein wenig. »Das hier ist Ihre Lebensversicherung. Ich garantiere Ihnen, dass der Urin von einem männlichen Sasquatch stammt. Durch größte Gefahr für Leib und Leben gewonnen! Ein paar Tropfen genügen und alle wilden Tiere halten sich von Ihnen fern. Sie sind quasi unantastbar!«

»Und wie sammelt man diesen Urin?«

»Tja, mein Sohn, diese Jäger sind tapfere Seelen. Völlig furchtlos. Ich nehme an, Sie haben noch nie eins dieser Geschöpfe aus der Nähe gesehen?«

Will schweigt.

»Aber vielleicht haben Sie ja auch gar nicht vor, die Stadt zu verlassen«, sagt der Händler und mustert Wills Kleidung und Schuhe. »In dem Fall brauchen Sie so was natürlich nicht.«

»Ich habe schon mal einen gesehen«, sagt Will.

Die Augen des Händlers werden schmal. »Dann haben Sie sicher Verwendung dafür.«

»Ich nehme eine Ampulle.«

»Der heutige Sonderpreis beträgt nur einen Dollar.«

Will kommt das recht teuer vor für ein bisschen Urin, aber vermutlich kommt man an so etwas tatsächlich nur mit großen Mühen heran. Es sei denn, es handelt sich um Quellwasser. Er sucht nach den Münzen in seiner Tasche und reicht sie dem Händler.

»Bitte sehr«, sagt der Mann lächelnd. »Und verwenden Sie es klug.«

Will geht weiter. Er kann nicht widerstehen, den Korken aus dem Fläschchen zu ziehen und zu schnuppern. Seine Nase zuckt angewidert. Die Flüssigkeit stinkt bestialisch und verströmt jenen unverkennbar ranzigen Hauch, der seine Haut kribbeln lässt. Hastig verkorkt er die Ampulle wieder und steckt sie gut gepolstert von seinem Taschentuch in die Brusttasche.

Ein Blick auf die Uhr verrät ihm, dass er schon gut eine Stunde unterwegs ist. Seine Füße werden allmählich müde. Mittlerweile hat er die Waggons der Kolonisten erreicht, wo an allerlei Verkaufsständen Lebensmittel und Kleider angeboten werden. Händler preisen lautstark Kartoffeln, ein Paar Stiefel, einen Krug Branntwein, eine Speckschwarte an. Eine Frau in einer fleckigen Schürze dreht einem Huhn den Hals um und beginnt, es zu rupfen. Würste brutzeln auf Kohlepfannen, Suppenkessel blubbern, Gerüche ziehen vorbei wie Dampf aus der Lokomotive.

Neben einem der Stände unterhalten sich ein Junge und ein Mädchen in Wills Alter, die Körper erwartungsvoll zueinandergeneigt. Als Will sich kurz darauf noch mal zu ihnen umdreht, küssen sie sich schüchtern lachend und der Junge greift nach der Hand des Mädchens.

Will läuft weiter. Wo ist Maren? Diese Welt ist so anders als die parfümgeschwängerte Ruhe in den Waggons der Ersten Klasse. Ein Dutzend unterschiedlicher Sprachen ertönt um ihn herum und er stellt fest, wie sehr ihm das gefällt.

Dann kommt er an einem Stand mit einer recht bescheidenen Auswahl an Waren vorbei: ein rostiger Flaschenöffner, ein Kompass mit einem Sprung im Glasdeckel, ein paar indianische Pfeilspitzen und eine Brille mit Stoff anstelle von Gläsern.

»Wozu soll die gut sein?«, fragt Will den Verkäufer spontan. Da erst bemerkt er, dass die Augen des Mannes trübe sind vom grauen Star. Sein Blick geht direkt durch Will hindurch und doch scheint er genau zu wissen, wovon Will spricht. »Für den Muskeg«, sagt er nur.

Will spürt das gleiche Schaudern wie am vergangenen Abend, als Mr. Dorian diese geheimnisvolle Gegend erwähnt hat. Er weiß nur so viel darüber, dass es fast unmöglich war, Schienen durch den Muskeg zu verlegen. Immer wieder versanken Kies und Stahl in diesem Sumpfland, einmal verschwand sogar ein ganzer Zug darin. Sein Vater hat ihm Geschichten von Arbeitern erzählt, die sich vor Verzweiflung in die Sümpfe stürzten und nie wieder auftauchten.

»Aber wozu ist sie gut?«, fragt Will und nimmt die Brille in die Hand.

»Setzen Sie sie auf.«

Will hält sich die Brille vor die Augen. Der Stoff ist sehr dünn. Er kann tatsächlich noch etwas erkennen, wenn auch nur schemenhaft. Der Mann vor ihm ist lediglich ein blasser Schatten.

»Können Sie meine Augen sehen?«, fragt der Mann.

»Nein.«

»Das ist auch gut so. Man darf der Nebelhexe nicht in die Augen sehen.«

Verdutzt nimmt Will die Brille wieder runter. »Welcher Nebelhexe?«

»Sie lebt an den nördlichen Ufern des Lake Superior, wo die Schienen direkt vorbeiführen. Wer ihr in die Augen sieht, ist verloren.«

»Was passiert dann mit einem?«, will Will wissen.

»Oh, sie nickt einem einfach nur zu. Und selbst wenn man sofort den Blick von ihr abwendet, hilft das nichts mehr. Wenn Sie sich das nächste Mal zu ihr umdrehen, ist sie schon ein bisschen näher gekommen.«

»Aber ich sitze doch in einem Zug«, wendet Will mit einem nervösen Lachen ein. »Verfolgt sie mich auf ihrem Besen?«

»Sie braucht keinen Besen. Sie fährt einfach mit Ihnen mit.« Der Mann grinst und offenbart dabei einige fleckige Zahnstümpfe. »Beim ersten Mal steht sie nur neben den Gleisen. Aber wenn Sie sie das nächste Mal sehen, sitzt sie schon neben Ihnen im Zug.«

Will bekommt eine Gänsehaut.

»Sie sitzt einfach neben einem, lieb und ruhig, und man kann sich nicht rühren oder um Hilfe rufen. Würde Ihnen sowieso nichts nützen, weil keiner außer Ihnen sie sieht. Und Sie sind hilflos, weil Sie sich nicht bewegen können. Und Sie können sich auch nicht wehren, wenn sie sich ganz langsam zu Ihnen beugt und Ihnen was ins Ohr flüstert.«

»Was flüstert sie denn?«, fragt Will, ohne zu merken, dass er selbst die Stimme gesenkt hat.

»Das ist bei jedem anders, heißt es. Aber manche Menschen stehen auf, nachdem sie ihr 'ne Weile zugehört haben, verlassen den Waggon und werfen sich vom Zug. Manchmal werden sie von den Rädern überrollt, manchmal landen sie im Sumpf und werden in die Tiefe gezogen.«

»Eine ganz schön gruselige Geschichte«, meint Will.

Der Mann zuckt mit den Schultern. Will kauft die Brille.

Er geht weiter. Die Sonne steht am Himmel, es ist auf einmal warm geworden. Er sucht überall nach Maren, obwohl es ihm zusehends sinnlos vorkommt. Es sind einfach zu viele Menschen unterwegs. Er kauft ein sprudelndes Apfelgetränk von einem Händler. Weil es so erfrischend ist, kauft er gleich danach noch einen Becher.

Neben den Schienen ruft ein Mann in einem Bremseroverall: »Fünf Cent für einen Spaziergang auf dem Dach des Trans-

Kanada-Express, dem großartigsten Zug der Welt!« Auf zwei Güterwaggons rennen zwei Bremser die Trittbretter entlang und springen mühelos über die Lücke zwischen den Wagen. Will fragt sich, ob der Lokführer wohl davon weiß, aber hier hinten, weit entfernt von der ersten Klasse, wirkt der Zug wie eine andere Welt.

»Wer will noch mal?«, schreit der Mann.

»Ich«, hört Will sich sagen. Bisher hatte er kein Glück bei seiner Suche nach Maren, aber von dort oben entdeckt er sie vielleicht …

»Ah, der junge Bursche hier will es versuchen. Einen Nickel, bitte, und hoch mit dir!«

Will packt die dünnen Metallsprossen der Leiter und klettert möglichst schnell und selbstbewusst nach oben. Ein kleiner, drahtiger Bremser mit tiefen Tränensäcken unter den Augen hilft ihm aufs Dach.

Oben ist es herrlich. Um ihn herum erstrecken sich die Dächer der Zugwaggons. Mittlerweile muss er gut fünf Kilometer vom Bahnhof entfernt sein, auch wenn er weder das Gebäude noch sonst etwas von der Siedlung sehen kann. Hier sind die Gleise von Wald umgeben. Sein Blick wandert über die überfüllte Zeltstadt und hält erfolglos nach Maren Ausschau. Der Wind zaust ihm die Haare, und einen Augenblick lang stellt er sich vor, wie der Zug losfährt und ihn mit sich zum Horizont trägt.

»Schon mal aufm Güterwaggon gestanden?«, fragt der Bremser mit den Tränensäcken grinsend.

»Nein. Aber mein Vater war früher auch Bremser.«

»Ach ja?« Der Mann mustert Wills Kleider. »Dann hat er ja was aus sich gemacht, wa? Mal sehen, wie du dich schlägst! Erst mal nur langsam.«

Die Trittbretter sind keine dreißig Zentimeter breit und führen an der Mitte des Dachs entlang. Doch solange der Zug steht, ist es nicht schwer, auf ihnen zu laufen. Unten hat sich eine kleine Menschenmenge versammelt, die ihn beobachtet, aber Will bemüht sich, nicht darauf zu achten.

»Nicht übel«, sagt der Bremser. »Und jetzt versuch mal, in deinen schicken Schuhen zu rennen.«

Das ist deutlich schwieriger. Ein paarmal kommt Will aus dem Gleichgewicht und rutscht von den Trittbrettern ab.

»Junge!«, ruft der Bremser von hinten.

Will fährt herum.

Der Mann lacht. »Immer schön nach vorn schauen. Nie den Gleisen den Rücken zudrehen! Das ist die wichtigste Regel. Sonst fliegste vom Dach, wenn 'ne Kurve kommt!«

Will nickt kleinlaut. Das hat ihm sein Vater auch schon gesagt. Unten hat sich bereits eine Warteschlange gebildet.

»Und, wagste den Sprung?«, fragt der Bremser.

Will mustert die Lücke. Wenn sein Vater das geschafft hat, kann er das auch. Er geht ein paar Schritte zurück, atmet tief ein und rennt los. Den Blick starr nach vorn gerichtet stößt er sich ab, fliegt über die Lücke und landet mit einem dumpfen Schlag auf der anderen Seite. Sofort ist der zweite Bremser da und hält ihn fest.

Die Zuschauer am Boden applaudieren.

»Du hast den Dreh raus, Junge«, sagt der zweite Bremser. »Die Gewerkschaft sucht immer nach neuen Männern.«

Die Menge unten lacht. Will wird rot – vor Stolz, nicht vor Scham. Er hatte kein bisschen Angst beim Springen. Er wünscht sich, Maren hätte ihn sehen können, auch wenn das für sie sicher nichts Besonderes wäre. Dennoch. Er schaut sich ein letztes Mal suchend nach ihr um und steigt dann wieder nach unten.

Vor einem großen Segeltuchzelt hat sich eine lange Warteschlange gebildet. Durch den Eingang erhascht Will einen Blick auf zahlreiche Leute, die auf Sägeböcken sitzen und Blechteller mit fettigem Essen auf den Knien balancieren.

Auf einmal spürt er, wie er angestarrt wird. Vermutlich wegen seiner teuren Kleider. Schnell zieht er die Jacke aus, hängt sie sich über die Schulter und schlendert betont lässig weiter.

Um einen grob gezimmerten Pferch herum kauern aufgeregt schreiende Männer und beobachten aufmerksam zwei Hähne, die mit Rasierklingen an den Krallen aufeinander losgehen. Die Männer tauschen Geldscheine und Münzen als Wetteinsätze und feuern die kämpfenden Vögel an. Bei dem Anblick wird Will ganz flau und er geht hastig weiter.

Aus einer provisorischen Bierkneipe tönt kreischendes Gelächter und Gebrüll. Zwei Männer tauchen auf und blinzeln unsicher schwankend ins helle Licht. Überrascht erkennt Will den dicken Wachmann des Bestattungswagens und einen

Mann in einem Bremseroverall. Sie scheinen beste Freunde zu sein und klopfen sich brüllend vor Lachen auf die Schultern.

Will hat mittlerweile das äußerste Ende der Budenstadt erreicht. Immer noch ziehen sich die Güterwaggons des Trans-Kanada-Express unendlich weit die Gleise entlang. Mehrere Kilometer sei der Zug lang, hat Mr. Beecham gesagt. Will kann noch nicht mal die Zirkuswagen entdecken. Er schaut auf die Uhr und ist überrascht, wie spät es schon ist. Bald muss er sich auf den Rückweg machen.

Warum ist sie nicht gekommen, um sich die Verkaufsstände anzusehen? Um *ihn* zu sehen? Seufzend will er kehrtmachen, aber zuerst muss er dringend aufs Klo. Doch überall sind Leute und in die Kneipe will er nicht. Lieber verzieht er sich in den Wald.

Er geht zwischen die Bäume und sucht nach einem ruhigen Ort. Wenige Meter hinter ihm tummeln sich immer noch jede Menge Menschen, deshalb geht er noch weiter in den Wald hinein, über Zweige, die unter seinen Füßen knacken. Die Geräusche der Händlersiedlung verklingen, bis sie auf einmal vollends verstummen und durch Vogelgezwitscher ersetzt werden. Will achtet darauf, immer geradeaus zu gehen, damit er sich auf dem Rückweg nicht verläuft.

Im Wald ist es überraschend laut. Alle möglichen Wesen schnüffeln im Unterholz herum, einige davon klingen recht groß. Will holt die Ampulle mit dem Sasquatch-Urin aus der Tasche und zieht den Korken heraus. Er tropft ein bisschen davon auf seinen Zeigefinger und tupft ihn sich hinter die Ohren, so wie es seine Mutter mit ihrem Parfüm macht. Ein beißender Geruch breitet sich um ihn herum aus. Doch Vorsicht ist besser als Nachsicht. Er kann sich ja vor dem Abendessen gründlich waschen.

Als er ein Grunzen hinter sich hört, fährt er erschrocken herum. Halb versteckt im Gebüsch steht ein Mann mit dem Rücken zu ihm und pinkelt gegen einen Baum. Er murmelt etwas vor sich hin und lehnt sich gegen den Stamm. Vielmehr hält er sich krampfhaft daran fest. Dann tritt er zurück und zerrt betrunken seine Hose hoch. Dabei stolpert er, kippt kichernd zu Boden und rappelt sich mühsam wieder auf. Es ist der Wachmann des Bestattungswagens.

Will geht tiefer in den Wald und sucht sich einen eigenen Baum. Rasch erleichtert er sich und macht sich dann auf den Rückweg in Richtung Gleise.

Inmitten des Grüns fällt ihm die silberne Schlüsselkette sofort ins Auge. Will bückt sich und hebt sie auf. Sie enthält nur einen einzigen Schlüssel, der ungewöhnlich dick ist und viele Einkerbungen aufweist. Will erkennt ihn sofort – es ist der Schlüssel von Van Hornes Bestattungswagen, den auch sein Vater hat. Der Wachmann muss ihn fallen gelassen haben!

Schnell steckt Will den Schlüssel ein und will gerade zurück zu den Verkaufsständen rennen, um den Wachmann einzuholen, da hört er ein Ächzen neben sich. Bestimmt ist der Mann im Suff wieder gestürzt. Will fragt sich, ob er nicht seinen Vater darüber informieren sollte. Offensichtlich ist der

Mann für den Posten nicht geeignet. Will geht durch die Bäume auf das Geräusch zu. Durch das Laub kann er die blaue Uniform schon erkennen.

»Sie haben Ihren Schlüssel fallen gelassen!«, ruft Will und zieht den Schlüssel genau in dem Moment aus der Tasche, als der Mann in Sichtweite kommt. Er steht an einem Baum, die Augen vor Überraschung weit aufgerissen. Ein zweiter Mann drückt ihm den Ellbogen gegen die Kehle und zieht ein Messer zwischen den Rippen des Wachmanns hervor. Der Anblick der dunkelroten Klinge brennt sich augenblicklich in Wills Gedächtnis. Eine stechende Kälte breitet sich in ihm aus.

Der Mann mit dem Messer dreht sich um. Will erkennt die schiefe Nase sofort – und die blauen Augen, die sich nun auf den Schlüssel in seiner Hand richten.

Brogan stürmt ohne Zögern auf ihn zu – und Will flieht in panischer Angst zwischen die Bäume. Das Blut pocht in seinen Ohren. Er duckt sich unter Zweigen hindurch, Äste peitschen ihm ins Gesicht, seine Füße trampeln krachend durch Büsche und Unterholz. Immer tiefer rennt er in den Wald hinein. Als er es endlich wagt, sich umzudrehen, ist von Brogan nichts zu sehen.

Vor lauter Seitenstechen kann Will nicht mehr rennen. Er läuft langsamer und schaut sich überall um, lauscht durch sein eigenes lautes Keuchen hinweg nach Schritten. Vor ihm steht ein Baum mit Zweigen, die tief genug sind, um sich daran hochzuziehen. Hastig klettert er möglichst weit den Baum hinauf. Im Astgewirr verborgen kommt er allmählich wieder zu Atem. Er kann nicht wirklich weit sehen, hat aber einen guten Ausblick auf den Bereich um den Baum herum.

Er hört nichts und wartet. Zitternd wird ihm klar, dass es deutlich kälter geworden ist, nachdem die Sonne fast ganz hinterm Horizont verschwunden ist. Will schaut auf die Uhr. Der Minutenzeiger hat die Zwölf noch nicht ganz erreicht, dennoch bleibt ihm fast das Herz stehen.

Es ist fast sechs Uhr.

Will lauscht, ob er den Lärm der Budenstadt hören kann, aber da ist nichts. Er hat keine Ahnung, wo er ist. Der Wind frischt auf und bläst raschelnd durch die Zweige – ein Geräusch, das ihm seine Einsamkeit bewusst macht.

Da ertönt das lang gezogene Tuten einer Zugpfeife.

Der Trans-Kanada-Express macht sich bereit, den Kreuzungsbahnhof zu verlassen.

Er klettert den Baum hinunter, ohne sich um den Krach zu scheren, den er dabei macht. Er darf auf keinen Fall allein zurückbleiben, schon gar nicht nach Einbruch der Nacht. *Wie das Messer aus dem Körper geglitten ist!* Er springt das letzte Stück zu Boden und rennt los, in der Hoffnung, die richtige Richtung einzuschlagen. Ein zweiter langer Pfiff verrät ihm, dass sein Weg stimmt. Mittlerweile ist es ihm egal, ob Brogan ihn hört. Er muss unbedingt zurück zum Zug.

Erst jetzt merkt er, wie tief im Wald er sich befindet. Mit wachsender Verzweiflung stürzt er durch Dickichte und Unterholz und wartet darauf, dass die Bäume endlich dünner werden und er den Trans-Kanada-Express erblickt.

Durch das laute Hämmern seines Herzens hört er das langsame, gleichmäßige Rattern von Rädern, die über Schienen tuckern. Der Zug fährt ohne ihn ab! Keuchend rennt er noch schneller. Er stolpert über Wurzeln und fällt, ein Schuh fliegt davon. Keine Zeit, ihn zu holen. Völlig außer Atem rast er weiter.

Da! Ein heller Fleck zwischen den Bäumen. Neue Kraft strömt durch seine Beine. Hinter den Bäumen zuckeln langsam die Güterwaggons vorbei.

Er bricht aus dem Wald hervor. Von Bahnhof und Händlern ist weit und breit nichts zu sehen. Mit zunehmender Geschwindigkeit rattern die Güterwagen an ihm vorbei, und da kommt auch schon der Schlusswagen, der letzte Waggon des Trans-Kanada-Express. Er stürmt zu den Gleisen auf den roten Wagen zu. Schon rennt er neben ihm und versucht, auf gleicher Höhe zu bleiben. Er sieht die Eisenleiter und das Geländer der Plattform vor sich und weiß, dass er nur die eine Chance hat, denn der Zug nimmt Fahrt auf, während er selbst immer langsamer wird. Er packt das Geländer und spürt einen kalten, harten Ruck in den Armen. Seine Hand rutscht ab und greift erneut zu. Mit aller Kraft schließen sich seine Finger um das Eisen. Kurz bevor er von den Füßen gerissen wird, springt er – und landet auf der untersten Stufe des Wagens. Seine Knie knicken fast ein. Jede der vier Stufen erfordert eine ungeheure Anstrengung von ihm, dann ist er endlich oben auf der Plattform angekommen. Atemlos und benommen sinkt er gegen das Geländer.

KAPITEL 5

# DER SCHLUSSWAGEN

Will keucht immer noch, als auch schon die rote Waggontür aufgestoßen wird. Ein paar abgetragene Drillichhosen bauen sich vor ihm auf, eine Hand packt ihn am Kragen, reißt ihn hoch – und Will schaut in das zornige Gesicht eines jungen Mannes in Bremserkleidung. »Nicht auf meinem Zug!«, brüllt der Eisenbahner und zerrt Will zum Rand der Plattform.

Entsetzt schaut Will auf die vorbeirasenden Gleisschwellen. »Nein!«, ächzt er. »Warten Sie!«

»Du bist raufgesprungen, du kannst auch wieder runterspringen!«

»Was ist los?«, fragt ein zweiter Mann in der Türöffnung. Es ist ein älterer Chinese mit silbergrauen Haaren und einem faltenlosen Gesicht. Sein linkes Hosenbein flattert lose um ein Holzbein.

»Ein blinder Passagier«, sagt der Jüngere und verstärkt seinen Griff. Das und sein spitzer Schnurrbart verleihen ihm ein noch wütenderes Aussehen. »Den schmeiß ich runter.«

»Warte, Mackie«, sagt der Chinese. »Ist doch nur 'n Junge.«

»Bin ... kein ... blinder ... Passagier«, stammelt Will. »Hab Fahrkarte.« Und nach ein paar weiteren keuchenden Atemzügen: »Erste Klasse.«

Mackie lacht spöttisch und Will schaut an sich herab. Seine Jacke ist zerfetzt, seine Hose schmutzig und am Knie zerrissen, dazu hat er einen Schuh verloren. Er sieht gewiss nicht wie ein Passagier der ersten Klasse aus. Er sieht *gar nicht* wie ein Passagier dieses Zuges aus. Selbst die Fahrgäste in den Kolonistenwaggons sind besser gekleidet als er.

»Und wo ist deine Fahrkarte?«, will Mackie wissen.

Will schluckt. Er hat nicht daran gedacht, sie mitzunehmen. Er ist einfach davon ausgegangen, dass die Schaffner ihn kennen würden, wenn er wieder einsteigt.

»Ich heiße Everett«, ächzt er. »William Everett! Mein Vater ist James Everett!«

»Einer der Direktoren der Eisenbahngesellschaft?«, sagt der chinesische Wachmann mit hochgezogener Augenbraue.

»Der is doch nur 'n Landstreicher, Sticks!«, meint Mackie genervt.

»Das sind aber keine Landstreicher-Kleider«, sagt Sticks und mustert Will von oben bis unten. »Sie sind nur zerrissen und schmutzig.«

»Er hat nur einen Schuh!«, wendet Mackie ein.

»Aber der war teuer«, erwidert Sticks mit einem leichten Lächeln.

»Den anderen hab ich im Wald verloren«, murmelt Will.

»Und stinken tut er«, sagt Mackie. »Die Kleider hat der doch schon ’ne Ewigkeit an.«

»Das ist nur wegen dem Sasquatch-Urin«, erklärt Will.

Mackie schaut ihn fragend an. »Hä?«

»Um die wilden Tiere abzuschrecken. Hab ich bei einem Händler gekauft.«

»Und ’n Idiot isser auch«, sagt Mackie abfällig. »Weiß doch jeder, dass das Zeug nicht wirkt.«

Die ganze panische Energie, die Will durch den Wald und auf den Zug gebracht hat, verfliegt in diesem Moment. Er friert und ihm ist schlecht. Seine Glieder beginnen zu zittern.

»Er wird ja ganz bleich«, sagt Sticks. »Bring ihn rein.«

Mackie grummelt missmutig, zieht Will aber zur Tür und stößt ihn in den Wagen.

»Du bist sicher halb erfroren«, meint Sticks und führt Will zu einem dickbäuchigen Ofen im Innern des Schlusswagens. »Setz dich da hin.«

Will lässt sich schlotternd auf einen Stuhl sinken und schaut zu, wie der Eisenbahner ein paar Brocken Kohle in den Ofen wirft. Es ist schwer zu sagen, wie alt er ist. Er hat gütige Augen. Der Herd strahlt eine einladende Wärme aus und Will zittert noch mehr. Er hat gar nicht gemerkt, wie kalt ihm im Wald geworden ist. Er stellt die Füße möglichst dicht an die gusseiserne Ofenwand und hält seine Hände in die Wärme.

Oben auf der Herdplatte stehen mehrere Töpfe; in einem

köchelt es leise. Ein köstlicher Geruch zieht durch den Wagen.

Sticks gießt eine Flüssigkeit in eine Tasse und reicht sie Will. »Kannst du das halten?«

Will nickt und nimmt die Tasse dankbar entgegen. Einen Moment lang genießt er die Wärme an seinen Fingern. Als er die Tasse an den Mund hebt, stellt er fest, dass kein Tee darin ist, sondern eine köstliche Brühe. Gierig trinkt er davon.

Sticks holt derweil eine ordentlich gefaltete Decke von einer Pritsche und legt sie um Wills Schultern.

»Danke«, sagt Will.

Bald darauf breitet sich die Wärme der Suppe in ihm aus und das Zittern lässt nach. »Sind Sie der Schlusswagenschaffner?«, fragt er.

»So ist es. Ich heiße Paul Chan.«

Will schüttelt ihm die Hand. »Nett Sie kennenzulernen, Mr. Chan.«

Er schaut zu dem jüngeren Mann hinüber, der mit misstrauisch verschränkten Armen auf einem Stuhl hockt.

»Und das da ist der hitzköpfige Brian Mackie«, sagt Sticks, »mein Bremser.«

»Danke, dass Sie mich nicht vom Zug geworfen haben«, sagt Will.

Mackie grunzt schroff.

Zum ersten Mal nimmt Will seine Umgebung richtig wahr. Neben dem Ofen steht ein Holztisch. Auf einem Brett unter der Tischplatte sind Töpfe und Pfannen neben ein paar Papiertüten mit Reis, Zwiebeln und Kartoffeln verstaut. Über einem kleinen Waschbecken und einer Wasserpumpe hängen zwei Regalborde mit Geschirr, Besteck und Konserven.

Zu beiden Seiten der Kombüse steht jeweils eine schmale Pritsche. Hoch oben an den Wänden hängen Hemden, Jacken und Hosen an Haken. In eine Ecke drängt sich ein aufgeräumter Schreibtisch, darüber prangt eine Uhr neben einem kleinen Spiegel und ein Anschlagbrett mit Plänen und Listen. Ganz vorn im Wagen ist eine schmale Tür, hinter der sich vermutlich die Toilette befindet. Mittlerweile ist ihm klar geworden, dass die beiden Männer die ganze Fahrt in diesem Wagen verbringen. Das ist ihr Zuhause. Öllampen tauchen den Waggon in ein freundliches Licht. Beide Seitenwände haben eine kleine, quadratische Fensteröffnung, und die Wände sind sogar mit ein paar Bildern geschmückt.

Doch besonders interessant findet Will, was direkt über ihm liegt. Dort wölbt sich eine kleine Aussichtskuppel, die man über eine Leiter erreicht, mit Fenstern an allen vier Seiten und zwei Drehstühlen.

»Das ist die Kanzel«, erklärt Sticks, der seinen Blick bemerkt. »Da sitzen wir, wenn der Zug in einen Bahnhof rein- oder rausfährt oder wenn er rangiert wird, und geben acht, dass keine Hindernisse auf den Gleisen liegen.«

Unter anderen Umständen hätte Will zu gern gefragt, ob er mal hochsteigen und sich umsehen darf.

»Wir wollten gerade zu Abend essen«, sagt Sticks. »Hast du Hunger?«

»Ist natürlich nicht so edles Zeugs wie in der Ersten Klasse«, meint Mackie säuerlich.

Sticks nimmt drei Schüsseln vom Regal, lüpft den Deckel des größten Topfs und schöpft einen dicken Eintopf aus Karotten, Kartoffeln, Erbsen, Pastinaken und Rindfleisch heraus. Eine Schüssel reicht er Will, zusammen mit einem Löffel. Will stellt sie auf seinen Schoß und starrt auf das Essen. Gestern Abend erst hat er in der ersten Klasse feinstes Lamm gegessen, aber nun kommt es ihm so vor, als habe er noch nie etwas so Köstliches gerochen. Gierig schaufelt er den Eintopf in sich hinein.

»Da vorn kriegt man wohl nix zu essen«, spottet Mackie.

»Still, Mackie«, sagt Sticks mit ruhiger Autorität zu ihm. Er reißt ein großes Stück Brot von einem dunklen Laib und reicht es Will. »Kannst die Soße damit auftunken.«

Will wischt mit dem Brot die Schüssel aus und verschlingt das ganze Stück. Er genießt die Mahlzeit mit einer nicht gekannten Intensität. Ihm entgeht nichts: die körnige Textur, der Hefegeschmack. »Danke«, sagt er dankbar.

Ein paar melodiöse Töne schweben durch die Luft. Will schaut fragend auf.

»Meine Windspiele«, erklärt Sticks. »Hängen hinten draußen. Also, William Everett, willst du uns jetzt nicht erklären, was du in meinem Wagen zu suchen hast?«

Mit vollem Bauch kehren auch Wills Lebensgeister zurück und er fängt an, seine Geschichte zu erzählen. Dabei meidet er Mackies feindseligen Blick und schaut lieber Sticks an, der ihn geduldig mustert und hin und wieder nickt. Einmal kichert er sogar, als Will berichtet, wie er den Sasquatch-Urin gekauft hat.

An der Stelle, wo er den betrunkenen Wachmann im Wald gesehen hat, zögert Will – und erzählt lieber nichts von dem gefundenen Schlüssel. Er vertraut zwar Sticks, nicht aber Mackie. Dazu ist der Schlüssel zu wichtig. Er spürt ihn schwer in seiner Tasche, als er Sticks erzählt, wie der Wachmann erstochen wurde. An der Stelle beugt sich auch Mackie interessiert vor.

»Der Kerl mit dem Messer«, sagt Sticks leise, »hast du den erkannt?«

In seiner Erinnerung sieht Will das Messer in Brogans ausgestreckter Hand und sein Magen krampft sich zusammen.

»Er hat die Kleider eines Bremsers getragen. Sein Name ist Brogan.«

»So einen gib's hier im Zug nicht«, sagt Mackie zu Sticks.

»Bist du sicher, dass es eine Bremserkluft war?«, fragt Sticks.

Will zögert. »Na ja, es war jedenfalls ein Arbeitsanzug.«

»So 'n Overall kann jeder tragen«, sagt Mackie.

»Beschreib ihn doch mal«, sagt Sticks.

»Groß, aber nicht zu groß, helle Haare und 'ne Delle in der Nase, als wär sie mal gebrochen und nicht recht verheilt.«

Unwillkürlich passt Will sich der Sprechweise der beiden Zugmänner an, um nicht zu vornehm zu klingen. Ihm gefällt, wie sie reden, der raue Klang ihrer Worte. »Und blaue Augen«, fügt er hinzu.

»Du hast seine Augen gesehen?«, fragt Mackie.

»Ich bin ihm schon mal begegnet.«

Sticks Augen werden groß. »Wann denn?«

»Vor ein paar Jahren in den Bergen. Er wollte den letzten Gleisnagel klauen.«

Mackie lacht krächzend los. »Ja, klar, und du hast den letzten Nagel reingehauen, wa?«

»Hab ich wirklich«, sagt Will, der langsam genug von Mackies Spott hat.

»Verrückt und 'n Lügner noch dazu«, höhnt Mackie. »Ich hab das Foto von der Feier gesehen und da bist du ganz sicher nicht mit drauf.«

»Ich war nicht auf dem Foto«, erklärt Will, »weil ...«

»Weil Donald Smith den Nagel krumm gehauen hat«, unterbricht Sticks und nickt. »Davon hab ich gehört. Es hieß, ein Junge hätt ihn reingehauen.« Er schaut Will an. »Das warst also du.«

Will nickt.

»Und dieser Brogan?«, sagt Sticks. »Was ist mit dem da oben passiert?«

»Er wurde von einem Sasquatch angegriffen und ist in einen Abgrund gefallen. Alle dachten, er ist tot.«

»Glaubste dem das?«, fragt Mackie seinen Kollegen.

»Klar. Ich bin schon lange genug auf der Welt, um einen Lügner zu erkennen. Der Junge hier lügt nicht.«

»Das werden wir ja bald wissen«, meint Mackie.

»Ich bezweifle aber, dass dieser Brogan hier auf dem Zug

arbeitet«, sagt Sticks. »An dem Bahnhof haben sich 'ne Menge rauer Gesellen rumgetrieben.«

Will schaut auf seine Uhr. »Wie soll ich denn zurück nach vorn kommen?«

»Tja«, sagt Sticks, »unser Zug ist über neunhundert Waggons lang und es sind schon acht Kilometer bis zu den Kolonistenwagen. Über die Dächer der Güterwagen zu laufen, ist kein Spaziergang, außer, es macht dir nichts aus, im Dunkeln zu springen.«

Will weiß, dass der Trans-Kanada-Express erst am kommenden Nachmittag wieder Halt machen wird.

»Wenn dein Vater Generaldirektor ist«, sagt Mackie, »warum lässt er dann den Zug nicht für dich anhalten?«

»Er hat ja keine Ahnung, dass ich weg bin.« Das dämmert nun auch Will. »Er sitzt vorn in der Lok und fährt den Zug.«

»Dann weiß er auch, dass direkt hinter uns ein Güterzug fährt und dahinter dann ein Zug von der Intercolonial Railway«, sagt Sticks. »Wir können auf keinen Fall anhalten, sonst würden wir die ganzen Gleise blockieren. Und es gibt nun mal kein Abstellgleis, das lang genug für unseren Zug ist. Du wirst also bis morgen Nachmittag bei uns bleiben müssen.«

»Wie schön«, murrt Mackie.

»Mackie«, sagt Sticks warnend. »Noch ein unfreundliches Wort und du schläfst heute Nacht auf dem Dach.«

»Wär mir fast lieber, so wie der stinkt.«

»Mach jetzt den Abwasch. Und danach bringst du eine Nachricht hoch und sagst den anderen, sie sollen sie nach vorn durchgeben.« Zu Will sagt er: »Wir können dem Lokführer eine Nachricht schicken. Alle zwanzig Waggons gibt es einen Bremser.«

»Das wird den Männern aber gar nicht gefallen«, sagt Mackie. »Nicht im Dunkeln.«

»Wir sind noch eine ganze Weile auf gerader Strecke unterwegs«, sagt Sticks.

»Du hast leicht reden. Du musst ja nicht hoch. Außerdem sieht's aus, als würd's bald regnen.«

»Wir haben Vollmond. Also jede Menge Licht. Und es ist wichtig. Falls ein Wachmann ermordet worden ist, müssen die das wissen. Vor allem, wenn der Mörder bei uns im Zug sitzt.«

Wills Magen zieht sich zusammen. »Glauben Sie, er ist wirklich im Zug?«

»Kann schon sein. Aber wir haben ja 'n Mountie an Bord, der sich um so was kümmert.«

»Das ist Sam Steele«, sagt Will, um sich selbst aufzumuntern.

»Na bitte. Gibt keinen besseren Polizisten als Samuel Steele.« Sticks geht zu seinem Schreibtisch und schreibt eine Nachricht auf ein Stück Papier.

Mackie erhebt sich widerstrebend, pumpt Wasser in das Waschbecken und säubert die schmutzigen Schüsseln und das Geschirr. Will erinnert sich, dass sie früher in ihrer alten Wohnung auch so ein Waschbecken hatten. Er entdeckt ein Geschirrtuch und tritt vor, um zu helfen. »Mein Vater war auch mal Bremser«, sagt er zu Mackie.

Mackie grunzt. »Dann weißte ja, dass das so ziemlich die gefährlichste Arbeit ist, die's gibt, vor allem bei miesem Wetter. Dann sind die Trittbretter rutschig, Regen peitscht dir ins Gesicht. Ein Holperer oder 'ne plötzliche Kurve, und du rutschst aus und fliegst runter.«

Bei diesen Worten fällt Wills Blick unwillkürlich auf das Holzbein, das aus Mr. Chans Hose hervorragt. Er schaut schnell weg.

Trotzdem hat Mackie es bemerkt. »Nee, das kam nicht daher«, sagt er. »Er hat in den Bergen mit Nitro rumgemacht. Hat sich das Bein weggefetzt. Wenigstens hat er's überlebt. Darf jetzt immer drinnen arbeiten. Nicht so wie wir. Weißt du eigentlich, dass bei uns im Land jeden Tag fünf Bremser draufgehen?«

»Verschon den Jungen mit deinem Gejammer«, sagt Sticks scharf. »Und mich auch. Für jeden Schienenkilometer, den wir in den Bergen verlegt haben, sind vier meiner Landsleute gestorben.« Dann reicht er dem schmollenden Mackie einen Umschlag mit dem Siegel des Trans-Kanada-Express. »Und jetzt bring das gefälligst vor.«

»Ich hör mich mal um, ob irgendwer was über den Wachmann weiß«, sagt Mackie. Er nimmt Jacke und Kappe vom Haken, greift nach einer Laterne und verlässt den Wagen durch die vordere Tür.

»Achte nicht auf ihn«, sagt Sticks zu Will. »Er ist ein missmutiger Bursche. Wenn er mein Sohn wäre, hätte ich ihn einfach ausgesetzt.«

Will lächelt. Es geht ihm viel besser, seit er weiß, dass sein Vater eine Nachricht über ihn und den Wachmann erhalten wird – und dass auch Sam Steele davon erfährt. Sein Blick wandert durch den Wagen und dann nach oben zu den Fenstern in der Kanzel, wo der Vollmond am Himmel prangt. Die Vorstellung, einen Tag in diesem Waggon zu verbringen, erscheint ihm gar nicht mehr so schlimm, im Gegenteil, es gefällt ihm sogar. Wenn nur Mackie nicht wäre. Aber wer bekommt schon die Gelegenheit, in einem Schlusswagen durchs Land zu fahren? Das ist fast so aufregend wie vorn in der Lok.

Er merkt nicht mal, dass ihm die Augen zufallen, bis er Sticks sagen hört: »Warum legst du dich nicht ein bisschen aufs Ohr?«

Will nickt. Er fühlt sich unerklärlich schwer.

»Du kannst meine Pritsche haben«, sagt Sticks. »Aber bitte wasch dich zuerst, wenn es dir nichts ausmacht. Der Sasquatch-Urin stinkt ganz schön.«

»Tut mir leid«, sagt Will und stolpert auf unsicheren Beinen durch den Wagen. Hinter einer schmalen Tür findet er ein winziges Waschbecken und ein hartes Seifenstück. Er schrubbt sein Gesicht, besonders hinter den Ohren, bis die Haut ganz wund ist.

»Bitte schön«, sagt Sticks und deutet mit einem Nicken auf die Pritsche. Gerührt sieht Will, dass der Eisenbahner sogar die Decke für ihn zurückgeschlagen hat.

Will schlüpft aus der zerrissenen Jacke und der Weste, dann setzt er sich und zieht seinen Schuh aus. Es ist ein merkwürdiges Gefühl, im Bett eines anderen zu liegen. Sein Kopf sinkt auf das Kissen und er zieht sich die Decke bis zum Kinn. Die Wärme des Ofens weht über sein Gesicht. Von draußen zieht das leise Klirren der Windspiele herein. Die Matratze ist ein wenig durchgelegen, nicht zu vergleichen mit seinem festen, bequemen Bett in der ersten Klasse. Doch das gleichmäßige Rattern des Zuges wiegt ihn bald in den Schlaf.

KAPITEL 6

# EIN AUSSERPLANMÄSSIGER HALT

Als Will die Augen aufschlägt, dauert es einen Moment, bis er weiß, wo er ist. Die Windspiele klingen leise. Hinter den Fenstern des Waggons ist es noch dunkel. Mackie steht mit Kappe und Jacke da, die Laterne in der Hand, und redet leise mit Sticks, der an seinem Schreibtisch sitzt.

»Warum haben wir angehalten?«, fragt Will und setzt sich auf.

Sticks und Mackie drehen sich zu ihm um.

»Vor uns ist ein langsamer Güterzug«, erklärt Sticks. »Wir warten darauf, dass er auf ein Nebengleis fährt, damit wir überholen können.«

»Hat mein Vater die Nachricht schon bekommen?«

»Sie ist zu ihm unterwegs«, sagt Mackie.

Hoffnungsvoll fragt Will: »Halten wir so lange, dass ich nach vorn gehen kann?«

»Könnte sein. Wir wollten dich gerade wecken«, erwidert Sticks. »Mackie bringt dich bis zum nächsten Schaffner und der begleitet dich dann weiter. Vielleicht schaffst du es bis ganz vor, im schlimmsten Fall musst du bei einem Schaffner übernachten. Ich würde dich ja gern selbst zur Lok bringen«, der Chinese klopft auf sein Bein, »aber ich bin zu langsam.«

»Zieh deinen Schuh an«, sagt Mackie zu Will. »Und beeil dich.«

Hastig schnürt Will seinen Schuh zu. Ohne die Decke ist ihm wieder kalt, zitternd zieht er sich Weste und Jacke an. Er ist enttäuscht, dass er den Schlusswagen schon verlassen muss. Es ist so gemütlich hier und er mag Sticks. Sicher hat der alte Zugbegleiter viele Geschichten zu erzählen. Er versucht, die Dreckkrümel wegzufegen, die seine Hose auf der Matratze hinterlassen hat.

»Lass nur, Junge«, sagt Sticks.

»Vielen Dank, dass Sie mich so freundlich aufgenommen haben«, sagt Will.

Der Eisenbahner klopft ihm auf die Schulter. »Gern geschehen. Und jetzt beeil dich. Mit etwas Glück kannst du den Rest der Nacht in deinem eigenen Bett verbringen.«

Mackie geht bereits durch die vordere Tür hinaus. Will läuft ihm eilig hinterher, auf die Plattform und die Stufen runter auf den Schotter.

Trotz des Mondes und der Sterne ist die Nacht überraschend dunkel. Es dauert einige Minuten, bis Wills Augen sich daran gewöhnt haben. Seine Füße knirschen im Kies, während er an den dunklen Güterwagen vorbeigeht. Weit vor sich in der Ferne meint er, das ungeduldige Zischen des Dampfkessels zu hören. Aber vielleicht ist es auch nur das Brausen des Windes in den Bäumen. Er hat keine Ahnung, wo sie angehalten haben oder wie spät es ist. Er hat vergessen, auf die Uhr zu schauen, bevor sie den Zug verlassen haben. Nun muss er sich beeilen, um mit dem mürrischen Mackie Schritt zu halten.

Der dunkle Wald um sie herum verströmt eine drückende Stille, nur gelegentlich durchbrochen von einem hektischen Rascheln im Laub. Will meint, dicht über dem Boden Augen aufblitzen zu sehen, doch Mackie marschiert unverdrossen weiter.

»Glauben Sie, im Wald gibt es Bären?«

»Wahrscheinlich noch Schlimmeres«, sagt Mackie, ohne ihn anzusehen. »Ich hab hier draußen sogar mal 'n Wendigo gesehen.«

Bei dem Gedanken an diese werwolfartigen Untiere bekommt Will eine Gänsehaut. »Wirklich?«

»Zum Glück sind wir gerade gefahren. Hat sich auf 'n Viehwaggon gestürzt und fast die Tür rausgerissen.«

Will geht noch schneller. Vor ihm erstreckt sich der Zug in einer lang gezogenen Kurve. In gleichmäßigen Abständen leuchten rote Lichter an den Waggons. Will weiß von seinem Vater, dass die Bremser rote Laternen aufhängen, wenn der Zug stehen bleiben soll, um den Befehl weiterzuleiten. Sobald der Zug wieder losfährt, leuchten die Laternen grün.

Nach einer Weile sieht Will ein helles, weißes Licht vor sich, das hin und her schwingt.

»Da ist er ja«, sagt Mackie. »Er wird dich weiterbegleiten.«

Will kann nicht sagen, dass er enttäuscht wäre, aber gleichzeitig ist ihm ein wenig unwohl dabei, bei Dunkelheit von einem Fremden zum Nächsten weitergereicht zu werden. Mackie und er laufen an weiteren Güterwaggons vorbei, bis schließlich die hochgewachsene Gestalt des anderen Bremsers vor ihnen aufragt.

Will humpelt ein wenig wegen seines fehlenden Schuhs, und als er deshalb über eine Schwelle stolpert, packt Mackie ihn am Arm, damit er nicht hinfällt.

»Ist das der junge Herr?« Der andere Bremser kommt ihnen entgegen.

»Das isser«, erwidert Mackie.

Im plötzlich aufflackernden Schein der Laterne erhascht Will einen Blick auf ein schattenhaftes Gesicht mit einer Nase, die aussieht, als wäre sie einige Mal zu oft gebrochen worden. Plötzlich ist seine Kehle wie zugeschnürt. »Aber …« Entsetzt schaut er Mackie an und weicht zurück, doch der packt ihn noch fester am Arm. »Das ist er doch!«, ruft Will.

Eilig läuft Brogan auf ihn zu. Etwas blitzt in seiner Hand auf. Will versucht, sich aus Mackies Griff zu winden. Warum gibt er ihn nicht frei? Da erwacht sein Überlebensinstinkt und er wirft sich mit seinem ganzen Gewicht auf Mackie. Der Bremser stolpert und zieht Will fast mit sich zu Boden. Doch der Junge kann sich losreißen und rennt blindlings in Richtung Zugende davon. Er keucht so sehr, dass er nicht um Hilfe rufen kann. Brogans Stiefel knirschen hinter ihm im Kies.

Mit nur einem Schuh kommt Will nicht richtig voran, außerdem sieht er im Dunkeln fast nichts.

»Ich will nur den Schlüssel!«, ruft Brogan. »Her mit dem Schlüssel, Junge, dann lass ich dich leben!«

Will weiß, dass er lügt. Er schaut panisch zum Wald, der einige Meter von ihm entfernt aufragt, doch bis er dort ist, hat Brogan ihn längst eingeholt. Und auf der anderen Seite erhebt sich der Zug wie eine undurchdringliche Mauer, abgesehen von den schmalen Lücken zwischen den Waggons. Brogans keuchender Atem wird lauter.

Will hört auf zu denken und wirft sich einfach unter einen Waggon. Der Aufprall auf den harten Schienen raubt ihm den Atem. Das Gesicht dicht über dem Kies krabbelt er blindlings unter dem Wagen hindurch, während ihm der Geruch von Teeröl beißend in die Nase steigt. Fast hat er die andere Seite erreicht – da packt ihn eine Hand am Knöchel und zerrt ihn zurück. Er gräbt die Finger in den Schotter, greift nach dem Gleis und klammert sich strampelnd daran fest. Sein zweiter Schuh fliegt weg und er hört einen lauten Fluch, als sein Fuß Brogans Gesicht trifft. Er zappelt wild und tritt erneut zu. Doch Brogan hält seinen Knöchel fest gepackt und zieht ihn Stück für Stück zu sich. Will steckt die Hand in die Jackentasche, greift nach der Ampulle mit Sasquatch-Urin und drückt mit dem Daumen den Korken heraus. Ein Teil der stinkenden Flüssigkeit spritzt über seine Hand, als Brogan noch einmal brutal an ihm reißt, den Rest schleudert Will seinem Gegner in die Augen. Fluchend lässt der Bremser los, um sich das Gesicht abzuwischen. Will ist frei und krabbelt auf der anderen Seite des Zuges unterm Waggon hervor.

Brogan und Mackie folgen ihm bestimmt gleich, aber für ein paar wenige Augenblicke ist Will vor ihren Blicken verborgen.

Er holt tief Luft und rennt, so schnell er kann, auf Socken vom Zug weg. Er stürmt durch Gräser und Unterholz, bis er auf einmal zwischen den Bäumen steht. Hastig duckt er sich.

Er späht hinter einem Stamm hervor und sieht einen trüben Laternenstrahl in der Dunkelheit. Der Lichtschein wandert den Zug entlang, erst in die eine Richtung, dann in die andere, und schließlich hört Will einen unterdrückten Fluch. Eine zweite Laterne gesellt sich hinzu. Mackie und Brogan unterhalten sich leise.

Mackie, dieser Halunke, hat es die ganze Zeit gewusst! Er steckt mit Brogan unter einer Decke. Und Sticks? Wieso kannte er Brogan nicht? Aber vielleicht hat der Bremser seinen Namen geändert … Will hält die Luft an und betet, dass sie nicht im Wald nach ihm suchen. Mackie läuft zum Zugende, Brogan in Richtung Lok. Beide stochern mit ihren Lichtern wie mit Speeren zwischen den Rädern und den Waggons herum.

Möglichst schnell huscht Will durch das Unterholz in Richtung der weit entfernten Lokomotive, wobei er achtgibt, immer ein gutes Stück hinter Brogan zu bleiben. Er muss unbedingt zurück zum Zug! Wer weiß, wie lange der Trans-Kanada-Express hier stehen bleibt? Wenn er es bis zu den

Passagierwaggons schafft, kann er sich an Bord schleichen. Sobald er unter Leuten ist, kann ihm nichts mehr passieren.

Ohne seine Schuhe ist er schneller unterwegs und zum Glück rennt er in die richtige Richtung. Er hat gar nicht gewusst, wie viele verschiedene Schattierungen das nächtliche Dunkel haben kann: der Himmel, der Zug, die Wälder, der Boden unter seinen Füßen. Er hält den Blick auf Brogans Laterne vor sich gerichtet und wirft sich blitzschnell zu Boden, als der Strahl plötzlich in seine Richtung schwenkt.

Wie weit das Laternenlicht reicht und wie hell es ist! Wie ein lebendes Wesen streicht es über den Wald. Will weicht hastig zurück und versteckt sich hinter einem dicken Stamm. Der Lichtstrahl rückt näher und beleuchtet ein moderndes Stück Holz, Blätter und einen Busch, der wie eine Krone geformt ist und in seine Richtung zu weisen scheint. Kurz fällt der Schein auf den Stamm, hinter dem Will sich versteckt, dann wandert er auf der anderen Seite weiter und zögert schließlich. Will hält den Atem an. Das Licht wird heller und wackelt ein bisschen. Dann hört er Schritte. Brogan kommt! Will wagt nicht davonzurennen. Er kann nur hier stehen bleiben und sich mucksmäuschenstill verhalten.

Zweige knacken. Ein Laternengriff quietscht. Will meint, Brogan atmen zu hören; er stellt sich vor, wie der Mann die Laterne in der einen und das Messer in der anderen Hand hält. Plötzlich erlischt das Licht und Will hätte fast erschrocken aufgeschrien. Ein paar quälende Momente lang ist er völlig blind und hilflos. Stille. Er muss atmen und wartet auf das Geräusch sich entfernender Schritte, das aber nicht kommt. Irgendwo da in der Dunkelheit steht Brogan und wartet und lauscht.

Will muss atmen. Durch den Mund zieht er ein winziges bisschen Luft ein. Für ihn hört es sich wie ein lautes Schnaufen an. Wieder hält er den Atem an und lauscht noch aufmerksamer, um Brogans Standort ausfindig zu machen. Seine Schläfe pocht.

Ein einzelner Schritt, dann noch einer. Wills Pupillen ziehen sich zusammen. Er kann nicht sagen, ob die Schritte lauter oder leiser werden, denn in dem nächtlichen Wald klingen alle Geräusche lauter als sonst. Will beugt sich vor, bereit loszurennen, und sucht mit tiergleichen panischen Augen nach einem Pfad, der ihn tiefer zwischen die Bäume führt.

Doch dann entfernen sich die Schritte wieder. Er entspannt sich und atmet tief durch, riskiert einen Blick hinter dem Baum hervor und sieht die Gestalt des Mörders in dem schwingenden Licht zurück zum Zug marschieren.

Geduckt hastet Will weiter. Er weiß, dass noch mehr Bremser entlang des Zugs postiert sind. Etwa alle vierzig Waggons befindet sich ein Schlafabteil für das Zugpersonal. Er könnte zu einem hinrennen und um Hilfe rufen. Aber woher weiß er, ob er den Leuten trauen kann? Und noch ein schrecklicher Gedanke schießt ihm durch den Kopf. Die Botschaft an seinen Vater – gewiss hat Mackie sie nicht weitergegeben.

Es wird keine Hilfe kommen.

Will rennt weiter, um die vorderen Wagen noch zu erreichen. In der Ferne gellen zwei kurze, scharfe Pfiffe durch die Nacht. Dieses Signal kennt er nur zu gut: Der Zug fährt los. Will rennt noch schneller. Auf keinen Fall darf er hier mitten in der Wildnis zurückbleiben! Aber wenn er nun auf den Zug springt und wieder einem mordlustigen Bremser begegnet?

Vor sich sieht er eine rote Laterne grün werden. Und dann leuchten sämtliche Laternen entlang des Zugs eine nach der anderen grün auf. Mit quietschenden Kupplungen rollen die Wagen langsam an.

Hinter ihm im Wald bewegt sich etwas. Will dreht sich um und sieht nichts. Im Unterholz knackt es. Er denkt daran, was Mackie über den Wendigo gesagt hat, und rennt los.

Im Mondlicht werden die an ihm vorbeigleitenden Güterwaggons schneller. Sie haben keine Plattformen hinten, keine Treppe, nur ein paar Sprossen an der Seite. Will richtet den Blick auf die nächstgelegene Leiter, sprintet los und packt die unterste Strebe. Das dünne, kalte Metall gräbt sich in seine Handflächen. Strampelnd zieht er sich hoch, bis er die Füße auf die unterste Sprosse schwingen kann.

Als er sich umschaut, sieht er eine Laterne in der Ferne aufleuchten, in der Hand von jemandem, der sich aus einem Güterwaggon beugt. Will drückt sich eng an die Wagenwand. Selbst wenn er bisher nicht entdeckt worden ist, wird das sicher bald der Fall sein. Direkt um die Ecke, an der Rückseite des Güterwaggons, hängt noch eine Leiter. Dort könnte er wenigstens in dem Zwischenraum zwischen zwei Waggons Deckung suchen. Allerdings traut er sich im Moment nicht, auch nur einen Finger zu rühren. Er beißt die Zähne zusammen. Was hat er nur getan? Er kann sich nicht ewig an einem fahrenden Güterwagen festhalten!

Der Waggon strahlt Kälte aus, als wäre er ein Kühlschrank. Wills Hände sind taub, seine Arme erschöpft. Doch er muss handeln. Er löst eine Hand von der Leiter und tastet um die Ecke. Seine Finger finden die andere Leiter und greifen danach. Und bevor ihn sein Mut verlässt, lehnt er sich zurück und schwingt sich mit einem Ruck hinüber. Keuchend presst er das Gesicht gegen das kalte Metall und versucht mit aller Gewalt, das Zittern in Armen und Beinen zu unterdrücken, um nicht vom Zug zu stürzen.

Er wartet. Allmählich beruhigt sich sein Puls und passt sich dem Rattern und Rumpeln des Zuges an. Anders als bei den Passagierwagen gibt es hier keine Tür. Früher oder später wird man ihn entdecken. Wenn er nicht vorher runterfällt.

Er muss weiter nach vorn, so lange, bis er einen Passagierwagen erreicht oder – den Zirkus Dante! Hier irgendwo zwischen den Güterwaggons müssen die Zirkuswagen sein. Achtzig Waggons habe der Zirkus, hat der Zugführer gesagt.

Die Leiter führt zum Dach des Güterwaggons hinauf, wo die Trittbretter über die Dachkante ragen. Vor ein paar Stunden ist er noch über solche Planken gerannt. Aber da stand der Zug auch, während er jetzt mit sechzig Stundenkilometern durch die Dunkelheit rattert. Fünf tote Bremser jeden Tag.

Er klettert die Leitersprossen hoch, eine letzte noch, dann

ragt sein Kopf übers Dach hinaus. Als er sich umschaut, zieht sich sein Herz zusammen. Die Laterne ist ein ferner, weißer Punkt. Will kann nicht einschätzen, wie schnell sie sich bewegt, aber er weiß, dass sie in seine Richtung kommt.

Der Zug schwankt unerwartet und Wills Füße rutschen fast von der Leiter. Schwer atmend dreht er sich wieder nach vorn.

*Los!*

Auf dem Dach des Güterwaggons verläuft neben dem Trittbrett ein einzelner Handlauf. Will greift danach, zieht sich bäuchlings auf die Planke und hält sich krampfhaft fest.

Der Zug wackelt und schwankt und rattert ungeduldig vorwärts. Will traut sich nicht, aufzustehen, und kriecht lieber über das Brett. Doch das wird ihm nicht helfen, so werden sie ihn schon bald einholen. Er stemmt sich auf die Knie und krabbelt weiter, langsam nur, weil er sich unsicher fühlt. Das Dach des Güterwaggons ist zu beiden Seiten leicht geneigt. Eine falsche Bewegung und er rutscht hinunter.

Als Will erneut hinter sich schaut, bestätigen sich seine Befürchtungen: Der Laternenschein ist größer geworden. Ob sie ihn schon entdeckt haben? Als der Zug sich leicht zur Seite neigt, verliert Will fast das Gleichgewicht. *Immer schön nach vorn schauen. Nie den Gleisen den Rücken zudrehen.*

Er muss aufstehen. Will setzt einen Fuß auf das Trittbrett und richtet sich in Startposition eines Rennläufers auf. Dann drückt er sich hoch, die Knie leicht gebeugt, die Arme seitlich ausgestreckt. Er wird nicht nach unten schauen, nur nach vorn. Ein Schritt und noch einer. Seine Füße sind nur Schatten im Mondlicht. Der dunkle Umriss der Trittbretter ist sein einziger Wegweiser.

Kalte Luft schlägt ihm entgegen und er muss sich leicht nach vorn lehnen, um das Gleichgewicht zu halten. Je schneller er geht, desto sicherer werden seine Schritte. Am Ende des Wagens schaut er auf den ratternden, klaffenden Spalt vor ihm. Da rüberspringen – das bringt er nicht über sich. Lieber klettert er die Leiter runter, hangelt sich zum nächsten Waggon und steigt dort wieder hoch. Doch als er den Fuß auf die Sprossen setzen will, ist Bogans Laterne wieder ein Stück näher gekommen. Ihr Licht scheint bleich auf Wills Kleider.

Zum Klettern bleibt ihm keine Zeit. Also geht er ein paar Schritte von der Lücke weg, vergewissert sich, dass der Zug keine Kurve fährt, nimmt Anlauf und springt. Den Blick starr auf das Trittbrett gerichtet, landet er unsicher, fällt aber nicht.

Von nun an trabt er in einem gleichmäßigen Tempo weiter durch den Fahrtwind, während der nächtliche Wald zu beiden Seiten an ihm vorbeirast. Brogans greller Laternenstrahl verfolgt ihn wie ein Jagdhund. Will springt und rennt und zählt die Wagen. Fünf … sechs … sieben … Er kneift die Augen zusammen und blinzelt, als auf einmal etwas den Himmel verdunkelt.

Dann wird ihm klar, dass vor ihm die Wand eines zweistöckigen Güterwaggons aufragt. Keuchend bleibt er stehen. Was jetzt? Ihm rennt die Zeit davon! Er tritt zurück, springt hoch und greift unbeholfen nach der Leiter. Dabei knallt seine Wange hart gegen eine Sprosse und ein heftiger Schmerz schießt ihm durch den Kopf. Dennoch klettert er weiter.

Auf dem hohen Dach ist das Schwanken der Wagen noch stärker zu spüren. Als der Zug in eine Kurve biegt, kauert Will sich hastig nieder, um nicht runterzufallen. Das Laternenlicht hinter ihm ist verschwunden, für kurze Zeit ist er unsichtbar. Doch wie lange wird er dieses Tempo beibehalten können? Irgendwann holt Brogan ihn ein – und dann? Eine kurze Rangelei, ein Messerstich und ein Körper, der vom Zug fliegt. Allein bei dem Gedanken fühlt er sich einer Ohnmacht nahe, und fast wäre er in das Loch gefallen, das sich plötzlich vor ihm auftut. Erschrocken weicht er zurück. In das Dach ist eine rechteckige Öffnung eingelassen, die zu groß ist, um darüber hinwegzuspringen. An der Seite findet er einen schmalen Steg, der gefährlich nah an der Kante des Güterwaggons vorbeiführt. Ein falscher Schritt und er ist verloren.

Vorsichtig schiebt er sich zu dem Brett. Nun fühlt er sich wirklich wie ein Seiltänzer. Da streift auf einmal etwas Dickes, Raues seinen Fuß. Mit einem leisen Aufschrei sieht Will etwas an seinem Bein vorbeigleiten und in der dunklen Öffnung verschwinden. Heißer Tiergeruch weht zu ihm empor.

So schnell wie möglich balanciert er über das Brett, als sich auf einmal eine Gestalt vor ihm aufbäumt, die wie eine riesige Kobra aussieht. Sie schwankt, ihr Kopf ist ein zahnloses, klaffendes Loch und bläst ihm einen stinkenden Luftstoß ins Gesicht. Will stolpert und fällt. Hilflos greifen seine Hände ins Leere …

Die dunkle Schlange schlingt sich um seine Taille und hebt ihn durch die Dachöffnung in den Wagen. Will schreit auf, doch dann bemerkt er die riesenhafte Gestalt in der Dunkelheit und begreift, dass sich keine Schlange um ihn gewickelt hat, sondern der Rüssel eines Elefanten.

Eine dicke Strohschicht raschelt unter seinen Füßen, als er sanft auf den Boden gestellt wird. Der Rüssel gibt ihn frei und stupst ihn mit der Spitze neugierig an.

»Danke.« Mehr fällt Will zunächst nicht ein. Dann leuchtet sein Gesicht auf: Der Zirkus Dante! Das muss der erste ihrer Tierwaggons sein!

Noch nie ist er einem so großen Tier so nahe gekommen. Der Elefant könnte ihn ohne weiteres mit einem Fuß zertrampeln. Und wer sagt, dass er das nicht tun wird? Will wünscht, er hätte was Leckeres dabei, das er dem Dickhäuter geben könnte.

Wieder stößt der Rüssel gegen seine Tasche und da fallen ihm die gebrannten Mandeln ein. Will zieht die zerknüllte Tüte hervor und hält sie dem Elefant hin. Der Rüssel greift geschickt hinein, holt die letzten Nüsse heraus und befördert sie zu dem im Schatten liegenden Maul. Ein zufriedenes Kauen ertönt.

Ein Lichtstrahl wandert über die Dachöffnung. Will verzieht sich hastig in eine Ecke und häuft Stroh über sich.

Eine Gestalt taucht am Rand der Öffnung auf. Der Lichtstrahl schneidet durch die Dunkelheit. Will hält den Atem an. Zum ersten Mal kann er den Elefanten richtig sehen: die alte, gefleckte graue Haut und das große, geduldige Auge, das sich zusammenzieht, als ihm das Licht ins Gesicht scheint. Das Tier schnaubt verärgert. Sein Rüssel biegt sich in die Höhe und schlägt Brogan mit einer schnellen Bewegung die Laterne aus den Händen.

»Frecher Kerl«, hört Will Brogan murmeln. »Wart nur, ich zieh dir gleich den Rüssel lang. Ich weiß, dass du da unten bist, Junge! Und ich komm jetzt zu dir!«

Im Mondlicht sieht Will, wie der Elefantenrüssel ausholt und dem Bremser einen Stoß versetzt. Ein dumpfer Aufprall ertönt und dann ein lautes Fluchen, als der Elefant weiter auf Brogan einschlägt und ihm den Weg in den Stall versperrt.

Will springt auf. Vorn im Wagen entdeckt er eine kleine Tür. Es dauert eine Weile, bis er den Riegel aufbekommt, aber irgendwann hat er es geschafft und die Tür schwingt nach innen.

Er hört Schienenrattern, als er auf die schmale Plattform tritt. Hier gibt es kein Geländer, nur eine wacklige Holzplanke über der Kupplung. Die Lücke ist keine zwei Meter breit, aber Will zögert. Irgendwie findet er das noch unheimlicher, als über die Dächer zu springen. Die Schienen sind so dicht unter ihm! Er tritt auf das Brett, spürt das Vibrieren der eisernen Knochen und Sehnen des Zuges in seinem Körper und springt hinüber. Er klammert sich an den nächsten Wagen, öffnet die Tür und schlüpft hinein.

Noch mehr Tiere erwarten ihn, das verrät ihm der Geruch von Stroh und Mist. Hoch über ihm dringt Sternenlicht durch ein paar Fenster. Fast der gesamte Wagen ist ein riesiger Käfig, an dem nur ein schmaler Gang vorbeiführt. Eng an die Wand gedrückt schleicht Will so weit wie möglich von den Gitterstäben entfernt durch den Waggon. Ein leises Raubtierknurren dringt aus der Dunkelheit und seine Schritte werden schneller. Aus dem Augenwinkel sieht er eine schattenhafte Gestalt mit Streifen geduckt durch den Käfig schleichen. Der bengalische Tiger.

Am Wagenende angekommen öffnet Will die Tür und klettert über die Kupplung. Der tiefschwarze Himmel draußen wird allmählich heller.

Der nächste Waggon ist in mehrere Stallboxen unterteilt, aus denen das beruhigende Schnauben von Pferden zu hören ist. Wie weit muss er wohl noch gehen, bis er jemanden findet, der ihm helfen kann?

Im nächsten Waggon wohnen Affen, die ihn mit einem lauten Kreischen begrüßen. Anschließend betritt er einen großen, offenen Stall mit Kamelen, die furchtbar stinken. Es gibt keine Boxen, er muss mitten durch die Herde gehen. Die meisten Kamele sitzen nur herum und beobachten ihn trübselig, aber eines stemmt sich auf die plumpen Beine und stößt ein lautes, heiseres Blöken aus.

Im nächsten Waggon spürt Will sofort, dass hier etwas Besonderes untergebracht sein muss. Es gibt keine Fenster, nur ein paar schmale, vergitterte Luftschlitze hoch oben in der Wand. Und bevor er die Tür hinter sich zuzieht, sieht er noch, dass die Gitterstäbe deutlich dicker sind und enger beieinanderstehen. Dafür ist der Gang etwas breiter. Es riecht auch anders, ranzig und ein wenig süßlich.

Hastig schleicht Will durch den Wagen. Aus dem Käfig dringt ein überraschend leises Trippeln. Angst breitet sich wie ein Buschfeuer in Will aus. Auf einmal schwankt der Zug heftig, Will fällt und prallt gegen das Gitter.

Eine Hand schließt sich um sein Handgelenk.

Will verschluckt sich an seinem eigenen Entsetzensschrei und japst hustend nach Luft. Er will seinen Arm wegziehen, aber die Faust packt noch fester zu. Etwas Großes lauert auf der anderen Seite des Gitters. Ein Gesicht erscheint in der Dunkelheit. Zuerst fallen ihm die Augen auf, die viel intelligenter sind als die der anderen Tiere. Das Gesicht dazu ist lang und faltig, von dichtem Haar umkränzt.

Und auf einmal erwacht das tiefe Entsetzen wieder, das seit der Lawine vor drei Jahren in ihm geschlummert hat. Will versucht noch einmal, seinen Arm zu befreien, aber der Sasquatch verstärkt seinen Griff und zieht so heftig, dass Wills Gesicht direkt neben dem Kopf des Untiers gegen das Gitter gepresst wird. Heiße Luft aus den Nasenlöchern des Sasquatch strömt ihm ins Gesicht.

»Bitte«, fleht Will.

»Zurück!«, ruft eine Stimme. Will versucht, den Kopf zu drehen. Ein junger Mann mit einer Laterne und einem Stock in den Händen eilt zum Käfig. »Lass ihn los, Goliath!«

Der Griff des Sasquatch lockert sich, gibt den Jungen aber nicht frei. Nun kann Will die Hand des Schneemenschen sehen. Sie ist doppelt so groß wie seine, mit langen, ledernen Fingern. Im Stehen ist er größer als Will. Über seine linke Schulter zieht sich eine knallrote, dicke Narbe.

»Mach schon!« Der junge Mann schlägt klirrend mit dem Stock gegen die Stäbe. Endlich lässt der Sasquatch los.

Will sackt gegen die Wand, sein Mund ist wie ausgetrocknet vor Angst.

Im Schein des Laternenlichts kauert der Sasquatch am Boden und wiegt sich auf den Fersen hin und her, die Augen drohend auf den Mann gerichtet.

»So ist gut, Goliath«, sagt der Wärter. »Brav!« Er zieht etwas aus der Tasche und wirft es dem Sasquatch zu.

Fast abfällig hebt das Wesen es auf, schnuppert daran und steckt es sich in den Mund.

Nun wendet sich der junge Mann an Will. »Was zum Donnerwetter hast du hier verloren?«

»Ich heiße William Everett«, erklärt Will heiser. »Und jemand versucht mich umzubringen.«

KAPITEL 7

# ZIRKUS DANTE

Ohne Umschweife wird Will von einem schummrigen Wagen zum nächsten geführt. Der junge Mann hat ihm seinen Namen nicht verraten, sondern nur gesagt: »Das sollte Mr. Dorian erfahren.« Will nimmt an, dass der Mann zu den Dompteuren des Zirkus gehört. Er schaut etwas grantig drein. Vermutlich gibt er Will die Schuld daran, dass er aufgeweckt wurde. Der röhrende Ruf des Kamels war auf jeden Fall laut genug dafür.

Der Dompteur trägt weite Hosen und eine Weste und ist nicht viel älter als Will. Er ist etwas kleiner, hat aber kräftige Schultern und Arme. An seinem linken Unterarm prangen zwei Narben, die aussehen wie Krallenspuren.

»Der Sasquatch«, sagt Will, »ist das der, den Mr. Dorian in den Bergen gefangen hat? Als er noch ganz jung war?«

Der junge Mann schaut ihn an. »Woher weißt du das?«

»Wegen der Narbe an seiner Schulter«, sagt Will. Er ist so erleichtert, endlich auf jemanden gestoßen zu sein, der ihn nicht umbringen will! »Ich war dabei. Ich habe gesehen, wie er den Messerstich abbekommen hat. Sind Sie der Dompteur?«

»Dompteursgehilfe«, murmelt der Mann.

»Wie ist er so?«, fragt Will. »Der Sasquatch, meine ich.«

»Schlau.«

»Trainieren Sie ihn?«

»Einen Sasquatch trainiert man nicht. Manchmal lässt er dich denken, du würdest ihn trainieren. Er macht mit – solange man ihn nicht ärgert. Manchmal kommt es mir vor, als wäre er nur darauf aus, zu entkommen.«

Will hat den Überblick verloren, wie viele Waggons sie durchquert haben. Er sieht sich um. Auf beiden Seiten des Ganges hängen dicke Sackleinenvorhänge vor kleinen Kojen. Die Luft ist feucht vom Geruch vieler schlafender Menschen. Überall hängen Kleider, an Haken, Nägeln, die in die Decke gehämmert wurden, und provisorischen Wäscheleinen.

»Hier riecht was … faul«, grollt eine wütende Stimme in einer der unteren Kojen. »So richtig faul.« Ein Vorhang wird beiseitegezogen und ein riesiger Körper wälzt sich aus der Koje, so groß, dass er unmöglich in der kleinen Nische Platz finden kann. Als der Mann steht, stößt er mit dem Kopf fast gegen das Wagendach, deshalb neigt er sich leicht vor, wodurch Schultern und Brust noch breiter wirken. Dann zeigt er mit einem karottendicken Finger auf Will. »Den müssen wir vom Zug schmeißen«, sagt der Riese ungerührt und legt den Kopf schief, als würde er überlegen, wie er Will am besten packen könnte. »Dieser Gestank ist ja unerträglich. Ich werfe ihn am besten gleich runter.«

»Nein, warten Sie! Das ist doch nur Sasquatch-Urin«, sagt

Will, als der Riese auf ihn zukommt. »Das kann man abwaschen!«

»Mr. Beauprey hat eine sehr empfindliche Nase«, sagt der Dompteur, ohne sich groß um Wills Wohlergehen zu sorgen.

»Lassen Sie uns doch noch einen Moment warten, Mr. Beauprey«, sagt ein kleiner, korpulenter Mann, der aus der oberen Koje gehüpft kommt. Der Zwirbelbart ist das einzige Haar an dem ansonsten kahlen Mann und seine Kleider sehen aus, als würde er gleich zum Turnen gehen. Er zwinkert Will zu. »Es gibt noch genügend Gelegenheit, ihn vom Zug zu werfen. Vielleicht sollten wir erst ein bisschen mehr über ihn erfahren.«

»Ich sehe keinen Sinn darin zu warten«, widerspricht Mr. Beauprey mit gerunzelter Stirn.

»Wo hast du ihn gefunden, Christian?«, fragt der kleine Mann den Dompteur.

»Beim Händchenhalten mit Goliath.« Christian deutet mit einem Nicken auf Will. »Der Sasquatch-Urin hat dir das Leben gerettet. Das hat ihn verwirrt, sonst hätte er dir bestimmt den Arm abgebissen.«

Will nickt schwach. »Zum Glück.«

Noch mehr Leute kommen hinter den Vorhängen hervor und begaffen Will wie eine Zirkusattraktion.

»Wie bist du in unsere Wagen gekommen?«, fragt der kleine Dicke.

»Ich bin übers Dach gerannt. Euer Elefant hat mich runtergehoben.«

»Elfrieda«, sagt der Dompteur namens Christian liebevoll. »Du bist nachts über die Waggons gelaufen?«

Will nickt und Bewunderung breitet sich auf den Gesichtszügen des Riesen aus.

»Er sagt, da wär einer, der ihn umbringen will«, erklärt Christian zweifelnd.

Ein drahtiger Kerl im Unterhemd eilt vom hinteren Ende des Wagens herbei. »Da kommt ein Bremser«, flüstert er drängend. »Sieht wütend aus.«

Christian schaut verärgert. »Die dürfen hier doch gar nicht rein. Was hast du angestellt?« Ehe Will protestieren kann, packt Christian ihn am Arm und zieht ihn mit sich. Eilig laufen sie zum nächsten Waggon. In diesem Flur gibt es keine Vorhänge, nur Türen. Sie gehen zu einer davon, doch sie öffnet sich bereits, bevor Christian anklopfen kann. Die würdevolle Gestalt von Mr. Dorian in einem Seidenmantel erscheint in der Öffnung.

»Mr. Dorian«, ruft Will erleichtert.

Der Zirkusdirektor beachtet ihn nicht und sagt zu Christian: »Bring ihn rein.«

Will wird grob in das Abteil geschubst.

Die elegante Einrichtung ist beeindruckend, sogar im Vergleich mit der ersten Klasse. Samtvorhänge verdunkeln die Fenster, zwei Sessel thronen auf einem dicken Perserteppich, dazu ein kleiner Schreibtisch und mehrere vollgestopfte Bücherregale. Hinter einem Wandschirm ist ein großes Himmelbett verborgen. Ein großer Schrankkoffer steht aufrecht in der Ecke. An den Wänden hängt eine schwindelerregende Sammlung von Ölgemälden und allerlei indianisches Kunsthandwerk: eine Pfeife mit einem perlenverzierten Stiel, ein geschmückter Gänsekopf und eine Art Werkzeug mit einer teuflisch scharfen, dreieckigen Klinge.

»Wo ist der verfluchte Direktor?«, brüllt Brogan draußen auf dem Gang. »Jemand, der keine Missgeburt ist!«

Ängstlich dreht Will sich zu Mr. Dorian. Der Zirkusdirektor wirkt nicht im Geringsten beunruhigt.

»Wenn Sie wollen, können Sie den Chef sehen«, erwidert die dröhnende Stimme von Mr. Beauprey. »Aber sprechen Sie ihn ja mit ›Eure Lordschaft‹ an.«

Nach einer Pause erwidert Brogan: »Gut. Bring mich einfach zu ihm.«

»Christian, bitten Sie unseren Gast doch herein«, sagt Mr. Dorian. Dann klappt er den Deckel des Schrankkoffers auf und bedeutet Will hineinzugehen. Will tut wie befohlen, dann klappt der Deckel zu und es wird stockdunkel um ihn herum. Zum Glück kann er immer noch alles hören.

»Sind Sie hier der Boss?«, will Brogan wissen.

»In der Tat, Sir. Mr. Dorian, zu Ihren Diensten.« Dorian spricht mit ruhigen, gewählten Worten, die dennoch Autorität ausstrahlen. »Ich glaube nicht, dass wir einander schon vorgestellt wurden.«

»Ich bin Brinley. Der Chefbremser hier aufm Zug.«

*Also hat er tatsächlich seinen Namen geändert*, denkt Will im Innern des Koffers.

»Da ist 'n Junge auf den Zug gesprungen. Haben Sie den gesehen?«

Von draußen auf dem Gang bellt Mr. Beauprey herein: »Spricht er Sie auch mit ›Eure Lordschaft‹ an?«

»Schon gut, Mr. Beauprey, vielen Dank«, ruft Mr. Dorian. »Nun, Mr. Brinley, wir sind eben erst wach geworden, aber nein, ich habe keinen jungen Burschen gesehen. Ich werde meinen Leuten sagen, sie sollen die Augen nach ihm offen halten.«

»Ich finde, ihr seht alle ziemlich wach aus«, sagt Brogan unfreundlich. »Und ich kann ihn riechen. Ich weiß, dass er hier irgendwo steckt.«

»Bei allem Respekt, Sir«, sagt Mr. Dorian, »sind Sie sicher, dass der Geruch nicht von Ihnen selbst stammt?«

»Nur weil er mich mit dem Zeug bespritzt hat, als ich ihn fangen wollte!«

Mr. Dorian nickt verständnisvoll. »Ein sehr kräftiger Geruch.«

»Ein sehr, sehr schlechter Geruch!«, dröhnt Mr. Beauprey auf dem Gang.

»Tja«, sagt Brogan, »es stört sicher keinen, wenn ich mich mal umsehe.« Es klingt nicht wie eine Frage.

»Ich muss Sie höflich bitten, unsere Waggons zu verlassen«, erklärt Mr. Dorian. »Die Wagen sind Privateigentum des Zirkus Dante, und Sie sind nicht eingeladen, sich hier aufzuhalten.«

Brogan schnaubt höhnisch. »So brauchen Sie mir gar nicht

erst zu kommen. Sie hängen hier am Trans-Kanada-Express dran und brauchen unsere Lok und unsere Bremser. Deshalb werden Sie jetzt mal schön tun, was ich sage, weil Sie sonst 'ne Menge Ärger haben werden. Wenn sich rausstellt, dass Sie den Schurken verstecken, kuppeln wir Ihre Wagen beim nächsten Halt ab. Dann können Sie Ihre Kunststückchen den Moskitos zeigen.«

»Ich glaube nicht, dass Sie über die Autorität verfügen, so etwas durchzusetzen«, erwidert Mr. Dorian gelassen.

»Da lassen Sie sich mal überraschen. Ich nehme keine Befehle von so Zirkusgesindel entgegen, vor allem nicht von Mischlingen, wie Sie einer sind.«

»Wie aufmerksam Sie sind«, sagt Mr. Dorian ruhig. »Ich ziehe allerdings die Bezeichnung ›Métis‹ vor.«

Im Innern des Koffers staunt Will über die Selbstbeherrschung des Zirkusdirektors. Da er in Winnipeg aufgewachsen ist, kennt Will die Métis, Abkömmlinge von französischen Siedlern und Cree-Indianern. Er weiß auch, was für schlimme Beleidigungen sie ertragen müssen, vor allem nach ihrer gescheiterten Rebellion.

Will hört Brogan im Abteil herumgehen und Sachen verrücken. Er nähert sich dem Koffer und lacht. »Das wär doch mal 'n richtig dummes Versteck, was?«

Entsetzt hört Will, wie Mr. Dorian sagt: »Bitte, schauen Sie ruhig hinein.«

Will verschluckt sich fast. Unwillkürlich tritt er einen Schritt zurück. Doch es gibt nichts, hinter dem er sich verstecken könnte, keine dicken Fellmäntel, kein einziges Kleidungsstück. Die Schnalle klappt auf. Der Deckel wird aufgerissen, Brogan steht mit seiner gebrochenen Nase vor ihm und starrt ihm direkt in die Augen. Kein halber Meter trennt sie voneinander. Stumm starrt Will zurück. Brogans Augen huschen flink umher, dann presst er frustriert und wütend die Lippen zusammen. Er knallt den Deckel zu.

Erst jetzt fängt Wills Herz wieder an wie wild zu schlagen, vor Schreck ebenso wie vor Staunen.

»Wenn Sie jetzt fertig sind, Mr. Brinley«, ertönt Mr. Dorians Stimme, »würde Sie einer meiner Leute hinausbegleiten.«

»Ich brauche keine Begleitung! Merken Sie sich, was ich gesagt habe. Wir brauchen diesen Jungen. Die Mounties wollen ihn befragen.«

»Interessant«, sagt Mr. Dorian.

»Wegen Mordverdacht. Wenn Sie ihn finden, sagen Sie's mir oder meinen Leuten. Wir werden Ihre Wagen im Auge behalten, da können Sie einen drauf lassen.«

»Recht schönen Dank, Mr. Brinley. Mr. Beauprey, bitte führen Sie unseren ungebetenen Gast zur nächsten Tür.«

»Soll ich ihn vom Zug schmeißen?«, hört Will den Riesen sagen.

»Nein, Mr. Beauprey, das wird nicht nötig sein.«

Der Riese seufzt enttäuscht, dann entfernen sich Brogans Schritte. Die Abteiltür schließt sich wieder. Kurz darauf geht der Koffer auf und Mr. Dorian lächelt ihn an. »Du kannst rauskommen, Junge.«

»Wie kann das sein?«, fragt Will und späht in den Schrank. »Warum hat er mich nicht gesehen?«

Mr. Dorian steigt hinein. »Mach ihn zu«, sagt er zu Will. Will schließt den Schrank. Dann befiehlt Mr. Dorian aus dem Innern heraus: »Und nun öffne ihn wieder.«

Will öffnet die Tür – und steht vor einem leeren Koffer. »Wo sind Sie?«, fragt er ehrfurchtsvoll.

»Streck die Hand aus.«

Zögernd greift Will in den leeren Koffer und schreit erschrocken auf, als er eine unsichtbare Schulter berührt. Mr. Dorian kommt wieder zum Vorschein. »Ein ganz einfacher Trick. Ein Spiegel springt hervor, wenn der Deckel geöffnet wird und zeigt das Bild der seitlichen Kofferwand. Man meint nur, man würde die Rückwand sehen. Der Trick ist nicht wirklich narrensicher. Schließlich braucht man nur hineinzugreifen. Aber die Leute lassen sich von ihren Augen leicht täuschen.«

»Danke, dass Sie mich versteckt haben.«

»Du siehst für mich nicht wie ein Mörder aus, junger Mr. Everett. Das war schon vor drei Jahren so, als wir uns zum ersten Mal begegnet sind.«

»Ich wusste nicht, ob Sie sich noch an mich erinnern. Äh, Eure Lordschaft«, fügt Will hastig hinzu.

Mr. Dorian kichert. »Das ist wirklich nicht nötig. Und natürlich erinnere ich mich an dich. Was für ein ereignisreicher Tag. Vor allem für dich, nach dem, was man so hört.«

Nach ihrer Rettung aus der Lawine hatte Will Mr. Dorian nicht mehr gesehen. Die Eisenbahngesellschaft fuhr viele

Male zwischen dem Lager und Farewell hin und her, um Verwundete zu befördern und Vorräte für die Männer zu bringen, die auf ihren Abtransport aus den Bergen warteten. Es dauerte zwei Tage, bis Will und sein Vater in das Städtchen zurückkonnten. Mittlerweile waren Maren und der Zirkus der Gebrüder Klack längst weitergezogen – und Wills Leben hatte sich für immer verändert.

»Und nun wirst du also von diesem Mr. Brinley des Mordes angeklagt?«

»In Wirklichkeit heißt er Brogan. Er war auch oben in den Bergen. Er wollte den goldenen Gleisnagel stehlen.«

»Du scheinst gute Geschichten anzuziehen, William.«

»So habe ich das noch gar nicht betrachtet«, meint Will. »Ich dachte eigentlich ... na ja, dass ich immer nur dabei bin, wenn sie anderen Leuten passieren.«

Mr. Dorian lächelt. »Nun, diese Geschichte hier würde ich jedenfalls gern von Anfang an hören, aber zuerst ...«

»Ich glaube, er würde zuerst gern ein Bad nehmen«, meldet sich eine Stimme hinter Will.

Er dreht sich um. Maren steht in der Tür. Sie trägt ein schlichtes, grünes Kleid und sieht ohne Schminke und die bunte Kleidung jünger aus. Sie ähnelt viel mehr dem Mädchen, dem er vor drei Jahren begegnet ist.

Er muss lächeln, als hätte er gerade etwas sehr Wichtiges wiedergefunden, das lange Zeit verloren war. »Ich hab dich gesucht«, platzt es aus ihm heraus. »Beim letzten Halt. Ich hab so gehofft ...« Auf einmal sind sämtliche Worte aus seinem Kopf verschwunden und er wird rot. Er plappert ja wie ein kleines Kind. Warum hat er nicht den Mund gehalten? Ihm wird bewusst, wie schlimm er riecht und wie schäbig er aussieht. Er schaut auf seine zerrissenen Socken hinab und fragt sich, wie lange sie wohl schon dort steht.

»Ich tauche immer plötzlich auf. Das ist so eine Angewohnheit von mir«, sagt sie.

»Wusstest du, William«, sagt Mr. Dorian, »dass Maren nur deinetwegen Teil unseres Ensembles ist?«

»Wirklich?«

»Damals im Zug auf der Fahrt in die Berge hast du mir erzählt, was für eine gute Seiltänzerin bei den Gebrüdern Klack auftritt. Ich habe mich umgehört und du hattest tatsächlich Recht. Und nun sehen wir uns alle hier wieder. Zweifellos würdest du dich gern ein bisschen frisch machen. Maren, kannst du ihm bitte den Waschraum zeigen? Und nimm doch unterwegs im Garderobenwagen ein paar saubere Kleider für ihn mit – seine müssen wirklich dringend gewaschen werden.«

»Es tut mir leid, dass ich so stinke«, entschuldigt sich Will, woraufhin Maren sich das Lachen verkneifen muss.

»Komm mit«, sagt sie.

Auf dem Weg durch den Gang bleibt er ein gutes Stück hinter ihr.

»Das hilft auch nichts, weißt du?«, sagt sie über die Schulter. »Ich kann dich trotzdem riechen.«

»Ich rieche schon nichts mehr«, gibt Will zu.

»So schlimm ist es auch nicht. Nach einem Tag bei den Tieren riecht Christian noch viel schlimmer.«

»Du kennst ihn?«, fragt Will mit einem Anflug von Eifersucht.

»Er ist mein Bruder.«

»Oh.« Will verstummt. In den letzten drei Jahren hat er sich häufig in seiner Fantasie mit ihr unterhalten. Nun überlegt er krampfhaft, was er sagen könnte.

Sie kommt ihm zuvor. »Du bist nie zu unserer Vorstellung gekommen.«

Es dauert einen Moment, bis er begreift, wovon sie spricht. »Oh, ich wollte unbedingt. Aber, also, oben in den Bergen gab es eine Lawine, und bis ich dann wieder zurück war, wart ihr weg.«

»Du bist jetzt richtig reich.«

Will lacht. »Ich sehe wohl kaum reich aus.«

Sie mustert ihn aufmerksam. »Du redest auch anders.«

»Kann schon sein.«

»Malst du noch?«

Er lächelt. »Ja.«

»Hast du Bilder dabei?«

»Nur ein Skizzenbuch.«

»Zeigst du es mir nachher?« Sie wirkt aufgeregt.

»Wenn du willst. Hast du die Niagarafälle überquert?«

Sie schüttelt den Kopf. »Noch nicht. Aber irgendwann mache ich das.«

»Aber den Verschwindetrick beherrschst du perfekt.«

»Danke. Lief ganz gut neulich, fand ich.«

»Hat Mr. Dorian dich damals gleich angeheuert?«

»Nein. Ich war noch fast ein Jahr bei den Gebrüdern Klack. Meine ganze Familie war dort. Aber dann hatte mein Vater einen Unfall, bei dem er sich das Bein zweimal gebrochen hat. Weil die Klacks ihn deshalb rausgeschmissen haben, sind wir alle weg. War sowieso ein mieser Laden. Ich habe an Mr. Dorian geschrieben und er sagte erst, er würde nur eine Seiltänzerin haben wollen. Aber dann hat er eingewilligt, auch meine Brüder anzustellen, wenn ich einen Fünf-Jahres-Vertrag unterschreibe.«

Sie führt ihn in einen weiteren Waggon. Hier stehen überall Ständer mit Unmengen von Kostümen und riesige Schrankkoffer, aus denen Handschuhe, Schals und Armbänder quellen. Schmale Pfade führen durch diese wogende Landschaft aus Stoffen und Farben.

Maren mustert ihn mit kritischem Blick und fängt an, die Haufen zu durchsuchen. »Schau mal, das hier dürfte passen.«

Will nimmt die Kleider. »Aber … das ist ja ein Clownskostüm!«

»Eher von einem Hilfsclown.«

Will mustert die Latzhose und sieht sofort, dass die Beine zu kurz sind. Das weiße Hemd hat Puffärmel und Rüschen an den Ärmeln.

»Du wirst wie ein Pirat aussehen«, verspricht sie ihm mit einem Blitzen in den Augen. »Wolltest du nie ein Pirat werden?«

Will verrät ihr nicht, dass er als Kind ständig davon geträumt hat. »Wie wär's mit dem Hemd dort, dem ganz normalen?«, fragt er und zeigt darauf.

Sie zuckt mit den Schultern. »Wenn du meinst. Und du brauchst noch Schuhe.« Sie durchwühlt eine Kiste am Boden und zieht ein Paar breite weiße Schuhe hervor, die doppelt so lang sind wie Wills Füße. »Hier.«

Will schaut sie in sprachlosem Entsetzen an. »Die sind eindeutig für einen Clown.«

Maren lacht – ein überraschend kräftiges Lachen für so eine zierliche Person. »Es gibt natürlich auch solche«, sagt sie und zaubert gewöhnliche schwarze Schuhe hervor.

Dankbar nimmt Will sie entgegen.

Aus einem anderen Kleiderberg sucht sie ohne jede Verlegenheit Socken und Unterwäsche heraus. Will ist das peinlich, er wendet sich ab, damit sie sein rotes Gesicht nicht sieht. »Und dann wäre da noch das hier«, sagt sie. Als er sich umdreht, streckt sie ihm den Sasquatch-Zahn entgegen.

Der Zahn ist ganz warm, als hätte er lange in ihrer Tasche gelegen. »Danke.«

»Irgendwie hab ich ihn dir ja schon geklaut.«

Wills Augen werden groß. »Ich dachte, du hast einfach nur vergessen ihn zurückzugeben!«

Maren räuspert sich. »Nein, ich wollte dir beweisen, wie schlau ich bin. Ich wollte ihn dir zurückgeben, wenn du zur Vorstellung kommst. Tut mir leid, dass ich ihn so lange behalten habe.«

Er lächelt. »Schon in Ordnung.« Ihm gefällt der Gedanke, dass sie den Zahn hatte. Ob sie ihn all die Jahre mit sich herumgetragen hat? Und hat sie dabei manchmal auch an ihn gedacht?

»Komm jetzt«, sagt sie und führt ihn zu der Tür am Ende des Waggons. »Hier ist der Waschraum für die Männer.«

Wäscheleinen mit allen möglichen Kleidungsstücken darauf ziehen sich durch den Raum. Das einzige Fenster ist mit Seife eingerieben worden, damit man nicht hineinschauen kann. Zwei große, runde Metallwannen stehen in der Mitte. Durch ein Abflussloch im Boden blitzen dunkel die Gleise auf.

Maren geht zu einem Wasserfass an der Wand, an dessen Hahn ein langer Gummischlauch hängt. Sie nimmt das Schlauchende, dreht am Griff und lässt Wasser in eine der Wannen prasseln. Kurz darauf dreht sie das Wasser wieder ab.

»Ist das alles?«, fragt Will.

»Mehr kriegst du nicht. Unsere Wasservorräte müssen noch eine Weile reichen.«

»Ist es warm?«

Sie schüttelt den Kopf. »Eiskalt. Wenn du mit dem Baden fertig bist, kannst du deine Kleider in der Wanne waschen.«

»Baden« scheint ihm eine etwas übertriebene Bezeichnung für das, was in diesem Waschraum stattfindet. Selbst als sie noch in der kleinen Wohnung in Winnipeg gelebt haben, wo es nur kaltes Wasser gab, hat er beim Baden heißes Wasser bekommen – allerdings durfte er damals nur selten baden.

Maren schließt die Tür hinter sich. Will ist etwas beunruhigt darüber, dass sie sich nicht verriegeln lässt. Er schaut auf die kleine Pfütze in der Zinkwanne, die selbst nicht besonders sauber ist, und zieht seine zerrissenen, stinkenden Kleider aus. Er will sie ordentlich zusammenfalten, sieht dann aber ein, wie sinnlos das wäre. Rasch steigt er in die Wanne. Das eiskalte Wasser reicht ihm gerade bis zu den Knöcheln. Am Wannenrand liegt ein fleckiger Klumpen, offenbar ein Seifenstück. Er hockt sich hin, begießt sich mit Wasser und fragt sich, wie viele Leute Seife und Wanne wohl schon benutzt haben.

Plötzlich fliegt die Tür auf und Will fährt erschrocken zusammen. Ein stämmiger Mann stürmt herein, ohne ihn auch nur eines Blickes zu würdigen.

»Ähm, ich bade gerade«, sagt Will.

»Das seh ich!«, sagt der Mann in einem breiten schottischen Akzent. »Mach nur weiter!«

»Aber … bin ich jetzt nicht dran?«, fragt Will und kommt sich dabei augenblicklich sehr kindisch vor.

»Junge, wie viele Wannen siehst du hier?«

»Zwei«, seufzt Will.

»Na also!« Der Mann nimmt den Schlauch, füllt die zweite Wanne, zieht sich aus und steigt mit großer Befriedigung hinein. »Ah! Ist das nicht angenehm? Hab schon seit Ewigkeiten nicht mehr gebadet!« Er seift sich ein. »Geht doch nichts über ein erfrischendes Bad mit ordentlich Seife!« Er hält inne und schnuppert in Wills Richtung. »Na, du könntest ruhig ein bisschen mehr Seife nehmen!«

Will seufzt. »Ja, das ist nur … Sasquatch-Urin.«

»Fieses Zeug!«, bemerkt der Mann verständnisvoll.

Will schrubbt sich so gründlich und schnell wie nur möglich ab. Immer wieder schaut er besorgt zur Tür, aus Angst, sie könnte erneut aufgehen und eine Truppe Salto schlagender Akrobaten hereinschneien. Oder vielleicht sogar der Riese.

Das schmirgelpapierähnliche Rubbeln erinnert ihn an seine Kindheit und er findet es seltsam beruhigend. Als das Wasser einen unappetitlichen Grauton angenommen hat, steigt er aus der Wanne und sieht sich nach einem Handtuch um. An einem Nagel hängt ein Stofffetzen, der so zerschlissen und verdreckt ist, als würde er schon seit zwanzig Jahren seine Dienste verrichten. Wenigstens ist er trocken. Vorsichtig tupft Will sich damit ab.

Er zieht seine neuen Zirkuskleider an. Dann holt er seine Uhr, das Skizzenbuch und den Stift, die Muskeg-Brille, das Geld, den Sasquatch-Zahn und zuletzt den Bestattungswagen-Schlüssel aus seiner Jacke. Mit einem erschrockenen Blick zu dem Schotten versteckt er den Schlüssel unter dem Skizzenbuch, doch der interessiert sich nicht für ihn.

Will wirft die schmutzigen Kleider in die Wanne, reibt sie mit Seife ein, wringt sie aus und hängt sie an einem freien Stück Wäscheleine auf. Die Jacke hat er nun wohl vollends ruiniert.

Einen Moment lang denkt er traurig an seinen Vater, der im gleichen Zug sitzt, Kilometer entfernt, und vermutlich keine Ahnung hat, was Will zugestoßen ist. Und selbst wenn er es wüsste – was könnte er tun? Würde er den Zug anhalten und von vorn bis hinten nach ihm durchsuchen? Würde er ihn retten? Will verzieht das Gesicht, als ihm klar wird, dass er gar nicht von seinem Vater gerettet werden will.

Vor der Waschraumtür steht Maren und unterhält sich mit Mr. Dorian. »Hast du dein Bad genossen?«, fragt sie mit einem leisen Lächeln.

»Vielen Dank, das habe ich. Es ist immer schön, Gesellschaft zu haben.«

»Wie wäre es mit einem Frühstück, Will?«, fragt Mr. Dorian.

Frühstück? Will schaut auf die Uhr. Kurz nach sechs. Der Duft von gebratenem Speck zieht ihm in die Nase und sein Magen gibt ein langes, lautes Knurren von sich.

»Das hab ich gehört«, sagt Maren. »Ich bringe dich ins Speisezelt.«

»Zelt?«

»Wir nennen es Zelt, obwohl wir in einem Zug sitzen. Die Macht der Gewohnheit.«

»Ich komme gleich zu euch«, sagt Mr. Dorian.

Will folgt Maren durch mehrere Waggons. In ihnen befinden sich bescheidenere Schlafkojen und lange Gemeinschaftswaschbecken, wo sich Männer in Hosenträgern rasieren oder Wasser ins Gesicht spritzen. Es riecht durchdringend nach Rasierwasser und Parfüm. Leute schlüpfen in ihre Hosen, schnallen Gürtel fest, kämmen sich die Haare, ziehen Strümpfe an und zwängen sich in dem engen Gang aneinander vorbei. Es ist noch zu früh für mehr als einen kurzen Gruß. Ein ganzes Dorf voller Menschen macht sich für den Tag bereit.

»Es ist sehr … gemütlich hier«, sagt er.

Sie nickt. »Ein Zuhause fern von zu Hause.«

Das Erste, was Will beim Betreten des nächsten Waggons sieht, sind ein Mann und eine Frau, die auf einem riesigen Tandem sitzen und wild in die Pedale treten. Das Rad kann jedoch nirgendwohin fahren, weil die surrenden Räder den Boden gar nicht berühren. Dicke Kabel ragen an den Achsen hervor und verschwinden in der Decke.

»Was machen die da?«, flüstert Will, als er mit Maren an den beiden vorbeigeht.

»Sie erzeugen Strom für die Waggons«, erwidert sie. »Alle müssen pro Tag eine zwanzigminütige Schicht einlegen.«

»Das ist ja unglaublich!«, staunt er.

»Dachtest du, nur die erste Klasse hat Strom?«

Sie öffnet eine Tür und Will wird fast umgeworfen vom Lärm Hunderter Menschen, die reden, lachen und sich gegenseitig lautstark auffordern, doch die Eier rüberzureichen oder Kaffee zu holen. Lange Holztische ziehen sich durch den Wagen, und in den schmalen Gängen dazwischen drängen sich Leute, die schwer beladene Servierteller mit Pfannkuchen, Bratkartoffeln, Speckstreifen, Maismehlbrötchen und gebackenen Bohnen oder riesige Milchkrüge schleppen. Noch nie hat Will so viele Menschen in einem Raum gesehen. Sobald jemand aufsteht, schlüpft der Nächste auf den Platz und futtert drauflos.

Will bemüht sich, die Zirkusmenschen nicht anzustarren. Dennoch fallen ihm allerlei merkwürdige Gestalten auf, wie er sie noch nie gesehen hat. Mr. Beauprey ist angesichts seiner beträchtlichen Körpergröße natürlich unmöglich zu übersehen. »Ich wollte ihn ja vom Zug schmeißen«, hört Will ihn zu dem Burschen neben sich sagen, »aber sie haben mich nicht gelassen!« Ihm gegenüber sitzen zwei Asiaten, die an der Hüfte zusammengewachsen zu sein scheinen. Eine groß gewachsene Frau tupft ihren Bart anmutig mit einer Serviette sauber. Und dann muss Will doch hinstarren, weil auf einmal ein grauer Affe über den Tisch huscht, einen Stapel dreckiger Teller in der Hand. Weißes Fell umrahmt das kleine Tiergesicht und verleiht ihm das Aussehen eines ernsten Kellners. Und er ist nicht der Einzige: Überall auf den Tischen sieht Will nun noch mehr Affen umherturnen und den Leuten Tassen und Teekannen bringen.

»Da sind ja Affen!«, sagt er etwas dümmlich.

»Japanische Makaken. Sie sind sehr nützlich«, erklärt Maren.

Ohne große Umschweife nimmt sie ihn bei der Hand und führt ihn durch das Gedränge zu einem kleinen Tisch mit Tischdecke und einer kleinen Blumenvase in der Mitte. Dort lässt sie ihn los und er starrt auf seine Hand, als wäre sie auf einmal verzaubert. Noch nie hat ein Mädchen seine Hand gehalten.

»Greif zu«, sagt sie und deutet mit einem Nicken auf die vollen Platten.

Will nimmt sich einen sauberen Teller und türmt einen ganzen Berg Essen darauf. Noch nie hat er solchen Hunger gehabt! Aber wo anfangen? Schließlich gießt er Ahornsirup über den Pfannkuchenstapel und schneidet ein riesiges Stück heraus. Doch bevor er es sich in den Mund schieben kann, klopft ihm ein Affe auf den Arm. Will dreht den Kopf und sieht einen Makaken, der ihm erwartungsvoll ein dampfendes Tuch entgegenhält.

»Zum Händewaschen«, sagt Maren grinsend.

»Oh«, sagt Will und nimmt das Handtuch. »Danke.«

Er reibt sich die Hände sauber und fängt gierig an zu essen. Eine Viertelstunde später hat er auch den letzten Speckstreifen und sämtliche Bratkartoffeln verputzt.

Wie aus dem Nichts sitzt ihm auf einmal Mr. Dorian gegenüber. »Also, William Everett, es scheint, als hättest du dich gestärkt. Bist du nun in Stimmung für deine Geschichte?«

Ein Affe kommt und nimmt Wills Teller und Besteck. Nur das Milchglas hält Will noch fest. Er trinkt einen Schluck, dann fängt er an zu erzählen. Er kann nicht sagen, warum, aber er vertraut Mr. Dorian und lässt nichts aus. Es ist eine lange Erzählung und Will weiß nicht, wann er jemals so viel auf einmal geredet hat. Aber bald steckt er mittendrin und merkt, dass es ihm gefällt, sie zu erzählen. Es gefällt ihm zu sehen, wie aufmerksam Maren und Mr. Dorian ihm zuhören – manchmal wirken sie sogar regelrecht gefesselt –, und er fragt sich, ob er vielleicht doch nicht so ungeschickt darin ist, mit anderen Leute zu reden, wie er immer gedacht hat.

»Was für eine Geschichte«, sagt Mr. Dorian. »Du bist ein Mann mit verborgenen Talenten, Will.«

Will wird rot.

»Nachts von einem Waggon zum nächsten zu springen, ist eine beachtliche Leistung.«

»Sonst hätte er mich getötet«, erwidert Will.

»Vermutlich«, meint Mr. Dorian. »Du bist der einzige Zeuge eines Verbrechens. Und wenn dieser Bursche einen Mann umgebracht hat, kann er ebenso gut auch zwei umbringen.«

Auf einmal liegt Will das Frühstück unangenehm schwer im Magen. »Er will den Schlüssel haben«, sagt er und erinnert sich daran, wie Brogans Blick darauf gerichtet war und wie er angeboten hat Wills Leben zu verschonen, wenn er ihm nur den Schlüssel geben würde.

Maren nickt. Will schaut sie immer wieder an, obwohl sie kaum etwas sagt. Er mag es, sie anzuschauen.

»Darf ich ihn mal sehen?«, fragt Mr. Dorian.

Will zieht den Schlüssel hervor und reicht ihn dem Zirkusdirektor, der ihn aufmerksam von allen Seiten betrachtet, bevor er ihn zurückgibt.

»Der letzte Gleisnagel liegt in dem Waggon«, flüstert Will. »Der Nagel aus Gold.«

»Tatsächlich?«

Will fragt sich, ob es ein Fehler war, das zu verraten. Aber er will Maren beeindrucken. Und er wünscht sich so sehr, dass ihm jemand sagt, was nun zu tun ist.

»Wir werden bald erneut Besuch von Mr. Brogan bekommen«, sagt Mr. Dorian. »Und diesmal kommt er sicher nicht allein.«

»Vielleicht begleitet ihn Mackie«, meint Will. »Er steckt mit ihm unter einer Decke.«

»Und sehr wahrscheinlich noch ein paar andere. Schon in diesem Moment wandern Bremser über uns entlang und beobachten die Kupplungen zwischen den Waggons.«

»Wirklich?«, sagt Will.

»Sie vermuten, dass du bei uns bist, und erwarten, dass du zu fliehen versuchst.«

»Im Zug fährt auch ein Mountie mit«, sagt Will. »Samuel Steele.«

»Nun, bedauerlicherweise bilden unsere Wagen eine eigene kleine Insel in diesem Zug«, sagt Mr. Dorian. »Zwischen uns und den Kolonistenwaggons liegen viele Kilometer an Güterwagen. Und der nächste fahrplanmäßige Halt ist erst heute Nachmittag.«

»Was ist mit den Tauben?«, fragt Maren. »Wir könnten eine Nachricht zur Lok vorschicken.«

»Die Tauben sind schnell, aber nicht schnell genug, um den Trans-Kanada-Express zu überholen, der mit sechzig Stundenkilometern dahinbraust.«

»Darf ich bis zum nächsten Halt bei euch bleiben?«, fragt Will.

»Natürlich«, sagt Mr. Dorian mit einem freundlichen Lächeln, »aber ich glaube nicht, dass deine Probleme damit gelöst sind. Sie werden nach dir Ausschau halten. Wenn Brogan wirklich so versessen auf den Schlüssel ist, wie wir annehmen, dann wirst du nicht weit kommen, ohne erwischt zu werden.«

»Vielleicht doch, wenn er sich dem Zirkus anschließt«, meint Maren.

Will glaubt, dass sie einen Witz macht – bis er Mr. Dorian nicken sieht. »Ich verstehe, worauf du hinauswillst«, überlegt der Zirkusdirektor und wendet sich an Will. »Wir haben mit der Eisenbahngesellschaft vereinbart, während der Reise einige Vorstellungen zu geben. Die erste davon hast du ja schon gesehen. Sobald der Zug heute Nachmittag anhält, werden wir in die Kolonistenklasse wechseln und dort eine zweite Vorführung geben. Danach bleiben wir in den Passagierwagen und geben in jeder Klasse eine Vorstellung. Das Finale findet am letzten Tag der Reise in der ersten Klasse statt.«

»Du kannst doch bei der Vorstellung mitmachen«, sagt Maren.

»Aber wenn Brogan zuschaut, wird er mich erkennen!«, wendet Will stirnrunzelnd ein.

»Du musst natürlich verkleidet sein«, erklärt Maren.

»Und zwar bis zur Unkenntlichkeit«, fügt Mr. Dorian hinzu. »Madame Lamoine gehört zu den besten Maskenbildnerinnen der Welt.«

Will senkt den Blick, seine Finger fahren das Stickmuster der Tischdecke nach. »Aber ich kann doch gar nichts.«

Mr. Dorian winkt ab. »Unsinn. Jeder kann etwas.«

»Mal abgesehen von diesem Winston«, bemerkt Maren.

Mr. Dorian schürzt die Lippen. »Tja, nein, der war tatsächlich völlig hoffnungslos, aber wir haben ihn trotzdem in die Vorstellung integriert.«

»Was hat er vorgeführt?«, fragt Will.

»Wir haben ihn jeden Abend in zwei Hälften zerschnitten.«

»Sonntags zweimal«, fügt Maren hinzu.

»Bis zu dem Unfall.« Mr. Dorian zieht eine Grimasse.

Will stockt der Atem. »Haben Sie ihn wirklich …«

»Gute Güte, nein«, sagt Mr. Dorian mit einem seltenen Lächeln. Er sieht Maren an. »Er denkt, wir hätten ihn tatsächlich durchgesägt! Nein, nein. Er wurde von den Kamelen zertrampelt.«

»Das stimmt«, bestätigt Maren nüchtern.

Mr. Dorian nimmt einen Schluck Kaffee. »Ich spüre jetzt schon, dass du, William Everett, ein junger Mann mit vielen Talenten bist. Was meinst du? Ich denke, das wäre der sicherste Weg für dich zurück in die Passagierklasse.«

»Und Sie werden beide mit dabei sein?«, vergewissert Will sich.

»Auf jeden Fall. Wir drei gemeinsam.«

Ihm gefällt die Idee ebenso sehr, wie sie ihn nervös macht. Mr. Dorian scheint mehr Zutrauen in Wills Fähigkeiten zu haben als er selbst. Er kann nur hoffen, dass er den Zirkusdirektor nicht enttäuscht – oder Maren.

»Gut«, sagt er. »Abgemacht.«

»Ausgezeichnet. Maren, warum nimmst du Will nicht mit

in den Probesaal, damit ihr schauen könnt, worauf er Lust hat? Seid vorsichtig, wenn ihr von einem Waggon zum nächsten geht. Achtet darauf, dass euch keine Bremser auflauern. Ich werde Madame Lamoine aufsuchen und ihr erklären, was wir vorhaben.«

»Ich hätte nie gedacht, dass ich mal zum Zirkus gehe«, sagt Will.

»Träumt nicht jeder Junge davon?«, fragt Maren.

Mr. Dorian steht auf und beugt sich noch einmal zu Will hinunter. »Ich werde niemandem von dem Schlüssel erzählen, den du bei dir trägst. Zu deiner eigenen Sicherheit, wenn du verstehst.«

»So hätt's nicht laufen sollen«, sagt Mackie nervös.

»Sinnlos darüber zu jammern«, blafft Brogan und nimmt einen Schluck Whiskey. Er hat schon viele Männer verprügelt, aber das war der erste, den er umgebracht hat, und er würde die Erinnerung an das erstaunte Gesicht des Wachmanns am liebsten aus seinem Gedächtnis streichen. »Dieser Narr, was musste der sich auch so aufspielen. Hat auf einmal total rumgeschrien.« Er schüttelt verbittert den Kopf. »Dabei hätt er doch seinen Teil abbekommen.«

Das Bremserabteil holpert zitternd über einen rauen Gleisabschnitt. Eine Federung gibt es nicht. Die winzigen Hütten auf Rädern, in denen zwei Leute schlafen können, sind alle vierzig Güterwagen zwischen zwei Waggons untergebracht. Das Abteil riecht nach Teeröl, vergammeltem Essen und Männermief. Zwei Hängematten hängen quer durch den Raum. Außerdem gibt es einen kleinen Ofen, einen Tisch und ein Loch im Holzboden, um die Notdurft zu verrichten. In den Wänden stecken so viele Nägel und Haken, dass es gefährlich ist, sich irgendwo anzulehnen. Im Vergleich wirkt selbst der Schlusswagen noch wie die erste Klasse.

Im Moment drängen sich noch acht weitere Bremser in dem Abteil – alles Männer, die Brogan für diese Mission ausgewählt hat. Mit jedem von ihnen hat er irgendwann mal zusammengearbeitet. Er vertraut ihnen nicht wirklich, aber er kennt genug schmutzige Geschichten über sie. So etwas sichert einem die Treue eines Mannes. Außerdem verlässt er sich darauf, dass ihre Gier sie bei der Stange halten wird. Dieser Raubzug verspricht einen solchen Gewinn, dass man durchaus gierig werden könnte.

»Was sollen wir jetzt tun?«, fragt Chisholm mit seinen Triefaugen, die Brogan an gekochte Eier erinnern.

Brogan schaut sich unter den verwitterten Gesichtern seiner Männer um: Peck, Richter, Strachan, Delaware, Talbot, Welch. Er weiß, dass alle nervös sind und darauf warten, dass er sagt, was zu tun ist.

»Nichts geht ohne diesen Schlüssel«, erklärt er. »Der Junge hat den Schlüssel und sitzt irgendwo in diesen Zirkuswaggons. Dieser Bastard von einem Zirkusdirektor versteckt ihn. Wenn wir den Schlüssel haben, sind wir wieder im Geschäft.«

»Bist du sicher, dass der Junge nicht längst vom Zug gefallen ist?«, fragt Mackie. »Schwer zu glauben, dass er es nachts so weit über die Dächer geschafft hat.«

»Sein Vater war früher mal Bremser«, sagt Brogan, »und ein verdammt guter dazu. Ich habe den Jungen in den Bergen gesehen. Hat 'ne Lawine überlebt. Der hat Mumm. Wenn er runtergefallen ist, dann mitten rein in den Elefantenkäfig.«

»Wenn er lebt, hat er längst geredet«, sagt Welch.

»Das ist egal«, sagt Brogan. »Wem soll er's denn erzählen? Glaubst du, jemand würde so 'ner Zirkusmissgeburt auch nur ein Wort glauben? Und wenn er in diesen Wagen steckt, wird er sie nicht lebend verlassen.«

Eine kurze, schwere Stille breitet sich aus.

»Bist du sicher, dass du den Sohn des Generaldirektors um die Ecke bringen willst?«, fragt Chisholm und schaut sich besorgt unter den anderen Männern um.

»Fällt dir was Besseres ein, um jemanden zum Schweigen zu bringen?«, will Brogan wütend wissen. »Ihr Jungs könnt euch jederzeit verdünnisieren. Aber wenn so viel auf dem Spiel steht, müsst ihr euch auch die Hände schmutzig machen. Diese Sache ist 'ne einmalige Gelegenheit. Ihr werdet mehr Geld haben, als ihr in eurem Leben ausgeben könnt. Oder wollt ihr lieber weiter auf den Schienen arbeiten? Peck, wenn du noch mehr Finger verlierst, bist du bald nicht mal mehr im Postwagen zu was nütze. Und, Richter, weißt du noch, was mit deinem Kumpel McGovern passiert ist? Wer kümmert sich denn um deine Familie, wenn dir beim Rangieren eines fahrenden Zugs die Beine abgetrennt werden? Uns verkauft keiner 'ne Versicherung, Jungs. Wir haben nichts. Wir sind Sklaven. Das ist unsere Chance, auszubrechen.« Er schaut seine Männer an und weiß, dass er sie überzeugt hat. »Wir gehen zurück zu diesem Zirkus. Diesmal alle zusammen«, verkündet er. »Und dann holen wir uns den Jungen.«

KAPITEL 8

# BEIM ZIRKUS

Die Artisten des Zirkus Dante proben in einer langen, schmalen Turnhalle, die einen gesamten doppelstöckigen Wagen ausfüllt. Licht strömt durch Fenster und Dachluken, die allesamt mit Reispapier beklebt sind, damit niemand von außen hereinschauen kann, wenn der Zug in einem Bahnhof steht. Bunte Handzettel an den Wänden preisen wilde Tiere, tollkühne Kunststücke und sensationelle Wunder an.

Zwei Stelzenläufer schieben sich durch den Raum. Will stellt fest, dass es sich um die siamesischen Zwillinge handelt, die er vorhin im Speisewagen gesehen hat. Die beiden stehen auf drei Stelzen und bewegen sich derart harmonisch miteinander, dass Will vor Staunen der Mund offen steht.

»Das sind die Brüder Zhang«, erklärt Maren. »Sie gehören zu unseren beliebtesten Darbietungen.«

»Sie sind unglaublich!«

»Nur schade, dass sie sich nicht besser verstehen.«

»Wie bitte?«

»Sie hassen einander. Na ja, wem würde das nicht so gehen, wenn man das ganze Leben lang mit jemandem so eng verbunden ist. Li hat tatsächlich mal versucht, Meng zu ersticken. Zum Glück sind seine Augen so schlecht. Er braucht Meng zum Sehen.«

Ein Stück entfernt wirft sich ein Akrobat von seinem Trapez, wirbelt durch die Luft und landet auf einer Wippe, die einen zweiten Akrobaten zu einem Paar Ringe hoch oben an der Decke katapultiert. Beide Männer sind schlank und muskulös. Ihre Köpfe sind kahl bis auf ein Büschel langer Haare am Hinterkopf, das zu drei Zöpfen geflochten ist.

»Sind das …?«, setzt Will an.

»Irokesen, ja«, sagt Maren. »Die besten Akrobaten, die ich je gesehen habe. Die Höhe macht ihnen überhaupt nichts aus. Sie kennen keine Angst.«

Vor einem großen Wandspiegel auf der anderen Seite des Waggons wärmen sich drei langbeinige, weißblonde Ballerinas auf.

»Mr. Dorian meint, das Ballett würde dem Zirkus eine besondere Note verleihen«, erklärt Maren, als sie sieht, dass Will zu den Tänzerinnen hinüberschaut. »Verlieb dich ja nicht in sie. Sie sind keineswegs so engelsgleich, wie sie aussehen.«

»Ach, wirklich?«, fragt Will neugierig.

»Du solltest sie mal fluchen hören.«

An anderer Stelle studieren ein paar Artisten eine komplizierte Jonglage ein. Will hat das Gefühl, auf einmal Teil einer seltsamen, sehr aufregenden Truppe zu sein. Gleichzeitig ist das bunte Treiben in dem Waggon ein wenig überwältigend und er kann sich nicht wirklich vorstellen, was er in der Manege vorführen könnte.

»Hör zu«, sagt Maren. »Mach dir keine Sorgen. Niemand erwartet von dir etwas in dieser Art. Du brauchst nur etwas Kleines zu finden, das du während der Vorstellungen tun könntest.«

»Wenn nichts funktioniert, könnt ihr mich immer noch in zwei Hälften zersägen.«

»Genau. Oder vielleicht kannst du mir bei meinem Seiltanzauftritt helfen.« Maren führt Will zu einem langen, dicken Drahtseil, das knapp einen Meter über dem Boden gespannt ist. Hier kann er unbesorgt üben.

Maren verschwindet hinter einem Vorhang und kehrt kurz darauf in einem Turnanzug zurück. Sie ist sehr dünn, aber ihre Beine wirken kräftig. »Hier«, sagt sie und reicht Will einen Stoffbeutel. »Da sind ein paar Dinge drin, die ich nachher brauche.«

Nachdem sie sich eine Weile gründlich gedehnt hat, nimmt sie einen langen Balancierstab und steigt auf das Seil. Erst geht sie ein paarmal leichtfüßig hin und her, dann springt sie einen Salto. Bei der Landung zeigt sich eine kleine Falte auf der Stirn. Mit konzentriert zusammengepressten Lippen lässt sie den Balancierstab fallen und vollführt einen Rückwärtssalto. Dann legt sie sich rücklings auf das Seil und schiebt sich geschickt mit den Füßen über den schmalen Draht. Will sieht ihr staunend zu.

»Gut«, sagt sie, immer noch auf dem Rücken liegend. »Wirf mir die vier Bälle rüber. Schnell!«

Will holt die Bälle aus dem Beutel und wirft sie ihr zu. Einer prallt von ihrem Knie ab, ein anderer segelt unerreichbar über sie hinweg.

»Du solltest sie eigentlich schon so ungefähr zu meinen Händen werfen«, meint sie lachend.

Er rennt los, sammelt die Bälle ein und versucht dabei, nicht von den Brüdern Zhang auf ihren Stelzen zertreten zu werden.

»Aus dem Weg, kleiner Käfer!«, ruft Li zu ihm hinunter.

Als Will die Bälle ein zweites Mal wirft, fängt Maren sie auf und fängt sofort an zu jonglieren.

»Das ist ja unglaublich!«, ruft Will.

Kurz darauf wirft sie ihm die Bälle wieder zu und sagt: »Jetzt das Schloss!«

Er kramt in dem Beutel und wirft ihr das schwere Eisenschloss zu.

Sie fängt es mit einer Hand, zieht ein paar schmale, spitze Werkzeuge aus dem Ärmel und stochert damit in dem Schloss herum, bis es aufspringt.

»Ich glaube es nicht«, raunt Will.

»Es dauert immer noch zu lang«, sagt sie. »Noch mal, bitte.«

Sie üben den Trick mit dem Vorhängeschloss erneut, diesmal ist sie schneller. Will kaut auf seiner Unterlippe. »Ich habe nicht das Gefühl, dir sehr nützlich zu sein.«

»Am besten wäre es, wenn du mit mir auf das Drahtseil

kommen könntest«, sagt sie, springt hinunter und schiebt eine Trittleiter heran. »Zieh die Schuhe aus und probier's mal.«

Mit nackten Füßen steigt er die Leiter hoch.

»Setz erst mal nur einen Fuß auf das Seil«, erklärt sie. »Achte darauf, dass der Draht genau in der Mitte der Fußsohle ist, zwischen dem großen Zeh und dem zweiten ... Genau so! Und jetzt die Arme ausstrecken! Immer schön nach vorn schauen. Und vergiss nicht zu balancieren!«

Er verliert fast sofort das Gleichgewicht und landet unbeholfen am Boden.

»Schon gut«, sagt sie. »Das geht allen am Anfang so. Noch mal.«

Er versucht es wieder. Und wieder. Und wieder. Irgendwann kommt er sich blöd vor, wie er so schwankend mit den Armen fuchtelt. »Ich glaube, mir liegt das nicht so«, sagt er.

»Vielleicht, wenn ich dir helfe. Komm noch mal hoch.«

Er steigt wieder aufs Seil. Diesmal steht Maren direkt hinter ihm und legt ihm die Hände fest um die Taille. Ihm stockt der Atem und eine Sekunde lang kann er nur an den Druck ihrer Finger an seinem Körper denken.

»Geht doch!«, sagt sie.

Sobald er an sein Gleichgewicht denkt, gerät er wieder ins Wanken. Seine Arme rudern wild, aber Marens Hände halten ihn aufrecht und führen ihn. Diesmal bleibt er auf dem Drahtseil stehen.

»Es gefällt mir nicht, wenn du mich so führst«, sagt er.

»Ich will dir doch nur helfen.«

»Lass es mich lieber allein versuchen.«

Sie schiebt ihn zur Seite. »So weit bist du noch nicht. Konzentrier dich!«

Er versucht, ohne sie einen Schritt zu gehen – und kippt sofort vom Seil.

»Wie du willst«, sagt sie genervt. »Dann versuch es mit was anderem, wenn es dir nicht passt.«

Dann macht sie mit ihrem eigenen Training weiter. Will fragt sich, ob er sie gekränkt hat. Er wollte nicht unfreundlich sein. Er kommt sich nur so lächerlich vor, wenn er wie ein junger Vogel mit den Armen flattert. Er will nicht, dass ihm jemand hilft, schon gar nicht Maren.

Er schaut sich in der Turnhalle um. Was könnte er sonst tun? Er sieht ein Paar verkürzte Stelzen an der Wand lehnen. Obwohl er auf ihnen nur ein kurzes Stück über dem Boden schwebt, dauert es, bis er länger als zwei Sekunden stehen bleiben kann. Sobald er einen Schritt macht, landet er sofort auf dem Sägemehlboden. Er rappelt sich auf und versucht es noch mal. Diesmal schafft er drei wacklige Schritte, bevor er wieder am Boden liegt. Es ist einfacher, als auf dem Seil zu laufen, aber immer noch schwer genug.

Von der anderen Seite des Übungssaals schaut ihm ein Clown zu. Er hat ein weißes Gesicht, einen riesigen, aufgemalten Mund, schwarz umrandete Augen, eine Lockenperücke und einen roten Ball auf der Nase. Er steht ganz niedergeschlagen da, die langen Arme hängen reglos an der Seite herab. Und als hätten sich sämtliche Knochen in seinem Körper auf einmal aufgelöst, bricht er zusammen und sackt als ein bauschender Kleiderhaufen zu Boden. Gleich darauf springt er wieder auf, diesmal in seiner normalen Gestalt, und Will lächelt. Der Clown winkt ihn mit dem Finger zu sich. Will legt die Stelzen weg und geht zu ihm. Der Mund des Clowns öffnet sich zu einem freudigen Lächeln. Sie schauen sich an. Der Clown tätschelt Wills Wangen sanft mit beiden Händen, und Will grinst ein wenig verlegen. Der Clown zieht eine saure Gurke aus Wills Ohr, stemmt beide Hände in die Hüften und legt unter stummem, wildem Gelächter den Kopf schief.

»So lustig war das auch wieder nicht«, sagt Will. Der Clown setzt einen so unglücklichen Gesichtsausdruck auf, dass Will unwillkürlich lachen muss. »Schon gut. Du bist wirklich lustig.«

Mit großen Augen und einem breiten Grinsen nimmt der Clown Will bei der Schulter und führt ihn zu einer Wand. Er tätschelt Wills Kopf und bedeutet ihm, genau an der Stelle stehen zu bleiben.

»Mach ich«, sagt Will.

Der Clown geht davon, wobei er alle paar Schritte innehält, um sich zu vergewissern, dass Will immer noch an Ort und Stelle steht. Will muss lachen. Nachdem er gut zwanzig Schritte zurückgelegt hat, dreht sich der Clown um und lächelt breit. Dann schlägt er mit der Hand in die Luft.

»Du willst, dass ich hier stehen bleibe?«, fragt Will.

Der Clown ballt die Fäuste und macht seinen Körper ganz starr.

»Du willst, dass ich ganz still stehen bleibe?«

Der Clown hüpft erfreut.

»Na gut«, sagt Will.

Der Clown dreht ihm den Rücken zu und bindet sich in einer fließenden, schnellen Bewegung ein Tuch vor die Augen. Er bückt sich, klappt ein schmales Kästchen auf und holt drei Messer heraus. Eines davon wirft er über die Schulter nach hinten – und bevor Will auch nur ein Wort sagen kann, bohrt sich die Klinge neben seinem Hals ins Holz.

Will wagt nicht zu schlucken, nicht mal zu blinzeln. Der Clown wirft nun auch das zweite Messer nach Will. Die Klinge wirbelt auf ihn zu und dringt mit einem dumpfen Schlag über seinem Kopf in die Wand. Bevor Will sich's versieht, gräbt sich bereits die dritte Messerspitze auf der anderen Seite ins Holz, so dicht an seinem Hals, dass er das kalte Eisen spüren kann.

Der Clown dreht sich mit dem allerbreitesten Grinsen um und springt jubelnd auf und ab.

Alle anderen haben in ihrem Tun innegehalten und klatschen nun begeistert Beifall.

Alle außer Maren. Sie marschiert zu dem Clown und boxt ihn gegen die Schulter. »Roald!«, schimpft sie. »Das war fies!«

Will tritt vorsichtig von der Wand weg. Er hat Angst, ein Stück seiner Haut könnte an einer der Messerspitzen hängenbleiben.

»Ich treffe fast immer!« Der Clown spricht zum ersten Mal. Er hat einen leichten Akzent.

»Du hast ihm Angst gemacht!«

»Mir geht's gut«, sagt Will und seltsamerweise stimmt das tatsächlich. Er fühlt sich auf merkwürdige Weise unsterblich. Er hat einen Mörder überlebt und einen Sasquatch. Nichts kann ihm etwas anhaben. »Du bist also ein Clown *und* ein Messerwerfer!«

»Und leider auch mein Bruder«, sagt Maren.

»Wie geht's meiner Kleinen?«, fragt Roald und packt sie bei den Schultern. Geschickt windet sie sich aus seinem Griff. »Oho! Nicht schlecht.« Sein Blick richtet sich auf Will. »Ist das der Schurke?«

»Ich heiße Will. Und ich bin kein Schurke.«

»Ich habe gehört, du sollst ein Mörder sein.«

»Das stimmt nicht.«

»Ich würde so was auch abstreiten. Na ja, Verbrecher hin oder her, ich freue mich jedenfalls, dich kennenzulernen.« Er streckt die Hand aus. Als Will sie ergreift, fällt sie wie ein fauliger Pfirsich in sich zusammen. Mit einem erschrockenen Aufschrei lässt Will die falsche Hand los, die aus Roalds Ärmel hervorschaut.

»Das ist so kindisch«, sagt Maren zu ihrem Bruder.

»Zu den Vorstellungen kommen ja auch viele Kinder«, gibt er zurück. Dann zieht er die Perücke und die rote Nase ab. Seine Haare haben die gleiche Farbe wie die seiner Schwester.

»Wie hast du diesen Messertrick gemacht?«, fragt Will.

»Mit viel Übung«, sagt Roald.

»Und mit Hilfe eines Spiegels«, sagt Maren. »Da drüben.« Sie weist in die Richtung, wo Roald eben noch stand.

Nun erst bemerkt Will den kleinen Spiegel in der Wand. »Trotzdem«, sagt er, »du hast die Messer hinter dich geworfen.«

»Ja. Ich gestehe, ich bin ein bisschen aus der Übung. Aber es lief doch sehr gut.«

Will beschließt, nicht weiter darüber nachzudenken.

»Dann beherbergen wir also einen Mörder unter uns«, sagt Roald und wischt sich mit einem Lappen die Schminke vom Gesicht.

»Er ist kein Mörder! Und er begleitet mich und Mr. Dorian zu den Vorstellungen im Zug. Wir müssen ihn nur irgendwie in unsere Darbietung einbauen.«

Roald kaut auf seiner Lippe. »Ich bin mir nicht sicher, ob seine Körperbeherrschung so gut ist.«

»Ist sie auch nicht.«

»He!«, protestiert Will.

»Kannst du ihm nicht ein paar Tricks beibringen?«, fragt Maren ihren Bruder.

»Wie viel Zeit habe ich?«

»Sechs Stunden.«

»Ich glaube nicht. Hast du irgendein Talent, Will?«

»Nicht wirklich«, gesteht er.

»*Natürlich* hast du das!«, sagt Maren, als wäre ihr plötzlich etwas eingefallen. »Du kannst zeichnen! Zeig's ihm!«

Widerstrebend zieht Will das Skizzenbuch hervor. Sie

nimmt es ihm aus der Hand, auf die gleiche unbefangene Art wie schon vor drei Jahren. Damals hat es ihn gestört, jetzt gefällt es ihm. Es ist, als wären sie alte Freunde. »Schau dir die an!«

»Das bist ja du«, sagt Roald grinsend.

Wills Gesicht wird ganz heiß.

»Schau doch nur, wie gut die alle sind«, sagt Maren und blättert hastig weiter. Auch sie ist rot angelaufen.

»Tja«, sagt Roald schulterzuckend. »Die sind ja ganz nett, aber … Sag mal, kannst du auch eins von mir malen?«

»Ich versuch's«, sagt Will.

Roald nimmt ein Messer und hält es wurfbereit in die Höhe. »So bitte!«

Will schaut ihn konzentriert an und fertigt eine grobe Skizze an. Dass Maren ihm zuschaut, macht ihn ganz nervös.

»Roald, sieh nur!«, sagt sie, als Will fertig ist.

»Bin das ich?«, fragt ihr Bruder.

»Natürlich«, sagt Maren ungeduldig.

Roald schaut Will nach Bestätigung heischend an. Der nickt.

»Aber meine Haare sehen ganz anders aus.«

»Es ist nur eine Skizze«, erklärt Will. »Die dich im Moment des Werfens zeigt.«

Ein Lächeln breitet sich auf Roalds gut aussehendem Gesicht aus. »Ich sehe ja richtig groß aus. Wie ein Riese, der einen Felsbrocken wirft. Das Bild gefällt mir. Darf ich?« Ohne auf eine Antwort zu warten, reißt er die Seite raus.

»Roald!«, sagt Maren tadelnd. »Du kannst doch nicht einfach eine Seite aus einem Skizzenbuch reißen.«

»Oh. Tut mir leid.«

»Nein, nein, du kannst es gerne haben«, sagt Will.

»Schaut euch das an!«, ruft Roald den anderen Artisten zu und hält grinsend die Zeichnung in die Höhe.

Und ehe Will sich's versieht, versammelt sich eine kleine Gruppe um ihn.

»Kannst du von mir auch ein Bild malen?«, fragt die hübscheste der Ballerinas und klimpert mit den Wimpern.

»Ich hätte auch gerne eins«, sagt Meng von seinen Stelzen hinunter.

»Ich bin der Ältere. Ich sollte zuerst eine bekommen«, sagt Li.

»Du bist doch fast blind«, entgegnet Meng. »Du kannst dich sowieso nicht daran erfreuen.«

»Ich beiß dich gleich, kleiner Bruder.«

»Ich zeichne euch alle gern«, versichert Will den Artisten hastig.

»Ich will aber ein richtiges Porträt«, verlangt eine korpulente Frau in Reitkleidung, die sich nach vorn durchgedrängt hat. »Nicht nur so eine Kritzelei. Kriegst du das hin?«

»Ich weiß nicht genau, gnädige Frau.«

»Du kannst mich Herzogin Sabourin nennen. Meine Familie in Luxemburg ist von adeliger Abstammung. Du musst ein Porträt mit Ölfarben von mir malen, im eleganten Stil der alten Meister. Dafür werde ich dir hundert Dollar bezahlen. Du fängst gleich nach dem Mittagessen an.« Mit diesen Worten marschiert die Herzogin unter dem unterdrückten Gekicher der anderen Artisten davon.

»Sie besitzt gar keine hundert Dollar«, erklärt Maren.

»Muss ich sie trotzdem malen?« Zeichnungen macht Will ja gern, aber Ölporträts sind nicht so sein Fall. Irgendwie trifft er die Leute nie richtig.

Maren schüttelt den Kopf. »Sie hat mal jemandem tausend Dollar für sein Haar geboten. Keine Sorge. Noch vor dem Mittagessen hat sie das Ganze wieder vergessen. Aber du könntest trotzdem ein Geschäft daraus machen. Vielleicht gestattet dir Mr. Dorian eine kleine Nebennummer. Wir könnten dich vornehm anziehen und … Das ist es!«

»Was?«, fragt Will.

»Deine Nummer«, sagt Mr. Dorian.

Überrascht dreht Will sich um und sieht den Zirkusdirektor hinter sich stehen.

»Die Leute lieben es, eine Zeichnung von sich zu bekommen«, sagt Maren.

»Aber das sind keine richtigen Porträts«, widerspricht Will beunruhigt.

»Und es ist noch lange keine Zirkusnummer«, meint Roald.

»Wenn er sie mit verbundenen Augen zeichnet, dann schon«, sagt Maren und zieht das Tuch vom Hals ihres Bruders.

Mr. Dorian nickt. »Interessant.«

»Mit verbundenen Augen?«, fragt Will mit zunehmender Panik.

Maren bindet ihm das Tuch fest übers Gesicht, und zu Wills Überraschung kann er bestens hindurch sehen, fast so, als wäre kein Stoff über seinen Augen. Er wickelt das Tuch ab und betrachtet es eingehend. »Wie funktioniert das?«

»Wenn du es mit der einen Seite nach oben bindest, kannst du durchschauen. Mit der andere Seite dagegen …« Sie hält das Tuch vor sein Gesicht und es ist, als wäre der Raum auf einmal in völlige Dunkelheit getaucht. »Wenn jemand im Publikum misstrauisch wird, ziehen wir ihm das Tuch von dieser Seite über, aber dir binden wir es andersherum um den Kopf. Außerdem drehst du den Leuten den Rücken zu. Du wirst sie nie mit eigenen Augen sehen.«

»Das kann ich nicht!«, protestiert er.

»Natürlich kannst du das. Weil ich nämlich vor dir stehe, mit einem kleinen Spiegel an meinem Kostüm. Darin kannst du die Person sehen. Und dann malst du sie. Die Zuschauer gehen mit einem hübschen Bild von sich nach Hause und alle sind glücklich.«

Mr. Dorian grinst Maren an. »Eines Tages wirst du selbst mal einen Zirkus leiten, da bin ich mir sicher. Da ist Madame Lamoine, um Will bei seiner Verkleidung zu helfen.«

Eine kleine, kegelförmige Frau trippelt mit kummervoller Miene durch den Raum.

»Wir müssen William hier verwandeln … vielleicht in einen Inder«, schlägt Mr. Dorian vor.

Madame Lamoine mustert Will kurz und hebt dann seufzend die fleischigen Hände.

»Ausgezeichnet«, sagt Mr. Dorian.

Madame Lamoine zuckt nur mit den Schultern und tänzelt wieder davon.

»Was war denn das?«, erkundigt sich Will bei Maren.

»Wir sollen mit ihr kommen. Sie ist nicht besonders gesprächig, die gute Madame Lamoine.«

Will und Maren folgen der dicken Frau in den nächsten Waggon, in ein Abteil, das vollgestopft ist mit Perücken, bunten Gläsern, Pinseln, Schnurrbärten, Nasen und anderen menschlichen Körperteilen. Eine Reihe von Hockern steht vor einem langen Spiegel. Madame Lamoine bedeutet Will, vor einem fleckigen Kupferbecken Platz zu nehmen. »Zuerst Haare«, sagt sie und klingt dabei unendlich deprimiert.

Sie legt ihm ein zerschlissenes Stück Sackleinen um die Schultern und schiebt seinen Kopf nach hinten. Nachdem sie ihm die kurzen Haare nass gemacht hat, zieht sie sich Handschuhe über. Dann öffnet sie eine Dose mit einer übel riechenden schwarzen Paste.

»Was ist das?«, fragt Will und zieht erschrocken den Kopf ein.

»Ist egal.« Ohne viele Umstände fängt sie an, die Paste auf sein Haar aufzutragen. Dabei ist sie nicht gerade sanft: Ihre fleischigen Finger drücken immer wieder schmerzhaft an seinem Kopf herum. Maren lächelt ihm aufmunternd zu.

»Augenbrauen auch«, sagt Madame Lamoine und reicht Maren die Dose.

»Schließ die Augen«, sagt Maren zu Will.

Sie ist viel sanfter. Er konzentriert sich darauf, wie ihre Fingerspitzen über seine Augenbrauen streichen. Es kitzelt ein bisschen, fühlt sich aber sehr angenehm an – vor allem jetzt, nachdem Madame Lamoine aufgehört hat, an seinem Kopf herumzukneten.

Als Maren fertig ist, tupft sie die Haut um seine Augenbrauen vorsichtig mit einem feuchten Tuch ab, um die Farbe zu entfernen. »Du kannst die Augen wieder aufmachen«, sagt sie.

Will setzt sich auf. »Wie lange muss die Farbe drinbleiben?«

»Eine Stunde.«

Als Will sich im Spiegel sieht, erschrickt er. Die Augenbrauen und die glitschigen Haare heben sich bestürzend schwarz von seinem bleichen Gesicht ab. »Es sieht irgendwie nicht ganz richtig aus«, murmelt er.

»Warte bis Gesicht«, sagt Madame Lamoine. »Nicht anfassen! Geh und komm wieder. Ich bereiten Farbe vor.«

Maren führt ihn aus dem Abteil.

»Ich komme mir wie eine Missgeburt vor«, beklagt er sich.

»Dieses Wort vermeiden wir hier eigentlich«, sagt sie.

»Oh. Entschuldigung.«

»Wir nennen sie Wunderwesen. Das klingt doch viel netter, findest du nicht?«

Will nickt. »Auf jeden Fall.«

»Wo wir gerade von Wundern reden …« Sie verstummt, als würde sie nachdenken. »Außenstehende dürfen da eigentlich nicht rein, aber du gehörst jetzt ja praktisch zu uns.«

Will lächelt in sich hinein. Was für eine riesige und merkwürdige Familie dieser Zirkus ist! Wie es wohl wäre, Teil des Zirkus Dante zu sein?

»Ich wette, das wird dir gefallen«, sagt sie. »Komm mit.«

Will folgt ihr; ihre Begeisterung hat ihn neugierig gemacht. Nachdem sie über die Kupplung zum nächsten Wagen gestiegen sind, öffnet Maren die Tür und scheucht ihn hinein. Schwarze Vorhänge verdunkeln die Fenster. Von der Decke hängt eine einzelne, blasse Öllampe. Der Wagen sieht aus wie ein düsteres Museum, sämtliche Tische und Schaukästen sind mit Vorhängen und Tüchern verdeckt. Überall stehen Vitrinen und Schrankkoffer herum, ein paar davon sind geöffnet und offenbaren grässliche Masken oder eine Ansammlung von Knochen. Etwas tiefer im Wagen schaukelt ein Dutzend lebensgroßer Marionetten von Haken an der Decke. Ihre Glieder zucken jedes Mal, wenn der Zug über eine unebene Stelle in den Schienen rattert.

Will zögert beim Anblick eines schmalen Tischs, auf dem ein Körper liegt, der von einem Laken bedeckt ist. Unten ragt ein Paar großer gelber Füße hervor. Auf einer Werkbank daneben schimmern scharfe Metallinstrumente. Auf einmal stößt der Körper ein gequältes Stöhnen aus und skelettartige Rippen wölben sich gegen das Laken.

Will weicht erschrocken zurück. »Wer ist das?«

»Der sterbende Zuave«, sagt Maren und legt eine kühle Hand auf seinen Arm. »Das ist nur ein Automat.« Sie zieht das Laken zurück und enthüllt eine beängstigend lebensechte

Puppe, die mit geöffnetem Mund daliegt und mit den Augen rollt. »Es soll aussehen, als wenn er gerade mit dem Tod ringt.«

»Wie funktioniert das?«, flüstert Will.

»Es ist ein Aufziehspielzeug.«

»Aber wer hat ihn aufgezogen?«

»Na ja, das ist es ja. Man muss ihn nur alle paar Wochen mal aufziehen. Er läuft einfach immer weiter. Es ist ganz unvorhersehbar.«

Will schluckt. »Das ist ja grässlich.«

»Ich weiß. Deshalb bezahlen die Leute einen Nickel, um ihn zu sehen!«

Will zieht eine Grimasse, als die Aufziehpuppe erneut keuchend aufstöhnt. Maren deckt sie wieder zu und geht zum nächsten Tisch. Auch hier zieht sie das Laken zurück und enthüllt eine wunderschöne Frau mit langen rabenschwarzen Haaren. Ihre Augen sind geschlossen, aber sie sieht völlig lebendig aus. Ein schwacher Atemhauch entflieht ihren rubinroten Lippen, ihre Brust hebt und senkt sich leise.

»Wir nennen sie Dornröschen.«

Will weiß nicht, was er unheimlicher finden soll: das gurgelnde Totengestöhne oder das geisterhafte Seufzen der ewigen Schläferin. Auf einmal stößt Dornröschen ein lautes Hicksen aus. Will lacht.

»Das sollte sie eigentlich nicht«, erklärt Maren. »Mr. Dorian versucht, sie zu reparieren. Er hat viele der Automaten hier gebaut.«

Maren nimmt ihn bei der Hand und zieht ihn tiefer in die Dunkelheit des Abteils. Aus dem Innern einer versiegelten Truhe ertönt ein leises Murmeln und Will bleibt stehen.

»Was ist da drin?«

»Indonesische Stabpuppen. Sie sind sehr aktiv. Nicht mal Mr. Dorian weiß genau, wie sie funktionieren. Mach bloß den Deckel nicht auf! Es ist unmöglich, sie zu fangen, wenn sie erst durch den ganzen Raum hüpfen. Hier, sieh dir das an.«

Sie teilt einen Vorhang und enthüllt einen großen Behälter mit trübem, grünem Wasser, in dem ein bizarres Skelett treibt. Ein paar Schuppen hängen noch an den zerfetzten Überresten eines Fischschwanzes. Auf einem mit Algen bewachsenen Brustkorb und einer krummen Wirbelsäule thront ein furchtbarer Schädel mit gefletschten Zähnen. Eine üppige Haarmähne wogt im Wasser, eingeschrumpelte Augäpfel hängen in den Augenhöhlen. Auf einem Schild am Kasten steht: DIE FIDSCHI-MEERJUNGFRAU.

»Ist sie echt?«, haucht Will.

»Manchmal ist es schwer zu sagen, was echt ist und was nicht. Vor allem in diesem Wagen.«

In der offenen Schublade einer Vitrine entdeckt Will eine große, fleischige Hand, die in einem blutigen Stumpf endet.

»Was ist das?«

»Wie? Oh, das ist nur, um die Kinder zu erschrecken. Fass sie mal an!«

Will stupst die Hand an, worauf sie zusammenfährt und

sein Handgelenk packt. Mit einem leisen Aufschrei schüttelt Will den Stumpf von sich ab. Die Hand fällt zu Boden und huscht wie eine Spinne umher, während er versucht, sie mit dem Absatz zu zertreten.

Maren hält ihn lachend zurück. »Tut mir leid. Ich konnte einfach nicht widerstehen.« Ihre Stimme nimmt den Tonfall eines Zirkusausrufers an. »Diese Hand gehört keinem anderen als Attila dem Hunnen. Jawohl, meine Damen und Herren! Sie überlebte in einem Gletscher in den Bergen Chinas! Für immer vom Geist des wilden Kriegsherrn besessen! Hüten Sie sich! Wenden Sie ihr nie den Rücken zu, sonst werden sich Attilas Finger um Ihren Hals krallen!«

Die Hand springt außer Sicht.

»Oh nein! Kannst du sie sehen?«, fragt Maren.

Will sinkt neben ihr zu Boden, doch die Hand hat sich unter ein paar staubige Kisten verzogen.

»Gott weiß, wo sie jetzt landet«, sagt Maren. »Egal. Wir suchen sie später.«

Auf dem Dach ertönt plötzlich ein dumpfes Poltern. Will schaut beunruhigt nach oben und folgt den Schritten von einem Ende des Waggons zum anderen. Gleich danach trampelt eine weitere Person über sie hinweg.

»Brogan!«, sagt Maren.

»Diesmal sind sie zu mehreren gekommen«, sagt Will, als wieder Schritte über das Dach laufen. Dabei ist seine Tarnung noch nicht fertig! Die schwarzen Haare werden niemanden täuschen.

»Keine Angst. Hier drin können sie uns nicht finden«, sagt Maren. »Hier lang.«

Das Mädchen eilt zu einer großen Puppe, die wie ein Boxer gekleidet ist. Sie hält die Fäuste schützend vors Gesicht, der Kiefer ist angriffslustig vorgeschoben, die Augen zu schmalen Schlitzen verengt.

Maren lüpft das Trikot der Puppe und dreht einen Schalter an ihrem Brustbein.

»Und was tut der?«, fragt Will.

»Was glaubst du denn?«

Auf dem schweren Eisensockel prangt ein Schild: EINEN DOLLAR FÜR JEDEN, DER UNSEREN BOXER BESIEGT!

Aus dem Innern der Boxerbrust ertönt ein leises Ticken, das jedoch rasch von noch mehr schweren Schritten auf dem Dach übertönt wird.

Maren dreht den Docht der Hängelampe herunter und führt Will mitten in das Gewirr der lebensgroßen Marionetten. Sie stellen sich zwischen die Puppen, schlingen ihre Arme und Beine um die Drähte und tarnen sich mit Stofffetzen und Packpapierstücken.

Der Türknauf quietscht und in der Öffnung tauchen die Umrisse zweier Männer auf.

»Mach mal Licht, Chisholm!«, bellt einer von ihnen.

Will beobachtet, wie ein Mann durch den vollgestopften Waggon watet und einen Rollladen hochschiebt. In dem fahlen Licht, das durchs Fenster dringt, erkennt Will den kurzen, drahtigen Bremser mit den Tränensäcken. Und auch der zweite Mann ist nun eindeutig zu sehen: Brogan. Wills Pulsschlag rast wie ein ungeduldiger Zug.

Gemeinsam arbeiten sich die beiden Bremser langsam den Mittelgang vor. Brogan hält ein Messer in der Faust.

Der sterbende Zuave stößt ein gequältes Stöhnen aus.

»Was zum Teufel war das?«, zischt der Mann mit den Tränensäcken, der offenbar Chisholm heißt.

»Nur 'n verflixtes Spielzeug«, sagt Brogan und schlägt das Laken mit der Messerspitze zurück.

»Ich hab hier drin 'n ganz übles Gefühl«, sagt Chisholm. »Meine Ma sagt, die Zirkusleute reisen mit dem Teufel!«

»Ruhe jetzt.«

»Meinste nicht, der Junge ist einfach vom Zug geplumpst?«, fragt Chisholm.

»Wir brauchen den Schlüssel.«

»Hat der Wachmann nicht gesagt, es gäb noch einen?«

»Gibt's auch«, sagt Brogan, »aber an den kommen wir noch schwieriger ran. Außerdem müssen wir dafür sorgen, dass der Junge die Klappe hält.«

Will bekommt weiche Knie. In wenigen Momenten werden die beiden Bremser direkt vor ihm und Maren stehen. Er bemüht sich, Glieder und Kopf locker hängen zu lassen.

»Glaubste, die Meerjungfrau da ist echt?«, fragt Chisholm.

»Weiß nicht.«

»Hätt nichts dagegen, mal 'ne echte Meerjungfrau zu treffen. Nicht so 'n verfaultes Dings.«

In der Wagenecke ertönt ein leises Trippeln.

»Hast du das gehört?«, fragt Brogan.

Will hört es auch. Das unregelmäßige Galoppieren von fünf kräftigen Barbarenfingern, dann herrscht wieder Schweigen.

»Vermutlich 'ne Maus«, sagt Chisholm.

»Zu laut«, meint Brogan. »Geh mal nachschauen.«

Widerstrebend schlurft Chisholm los und murmelt: »Ist doch nur wieder so 'ne Missgeburt, wie das ganze andere Zeugs hier. 'ne zweiköpfige Ratte oder so …«

Brogan bleibt vor den Marionetten stehen und stößt die Puppe vor ihm verächtlich mit dem Messer an. Will versucht, nicht zu blinzeln, er atmet nicht mal mehr. Seine Augen fangen an zu tränen. Warum geht Brogan nicht weiter?!

»Da ist nichts«, sagt Chisholm und kehrt zurück. »Schau dir den Kerl da an.« Er beugt sich zu dem Boxer, liest das Schild und stellt sich kichernd vor der Puppe auf. Er zielt mit einem Schlag nach ihrem Kopf, doch die linke Hand des Automaten fährt sofort hoch und wehrt ihn ab. »Verflixt!« Chisholm weicht erschrocken zurück. »Da kriegste ja Gänsehaut.«

»Lass das!«, sagt Brogan ungehalten.

Doch Chisholm ist offenkundig fasziniert von dem Boxer. Er hebt beide Fäuste und tritt der Puppe entgegen. Erst schlägt er einen rechten Haken und wird abgeblockt, dann will er mit einer kurzen linken Geraden nachsetzen. Auch diesen Hieb wehrt der Boxer ab. »Wie macht er das nur?«, murmelt Chisholm.

»Das ist doch nur 'ne Maschine«, sagt Brogan.

»Verdammt schlaue Maschine.«

Will wünscht sich, sie würden endlich weitergehen.

Chisholm schlägt schneller und härter zu. Er schnauft und grunzt, während der Automat alle seine Schläge mühelos abblockt.

Da erblickt Will auf einmal aus dem Augenwinkel die Hand von Attila dem Hunnen, die direkt neben ihm im Schatten auf einer Kiste kauert. Sie krümmt erwartungsvoll die Finger und krabbelt näher.

Chisholm tritt zurück und macht eine Verschnaufpause.

Entsetzt beobachtet Will, wie die Hand zu ihm huscht.

»Hörste nicht?«, sagt Brogan. »Da ist wieder dieses Trippeln.« Er nähert sich den Marionetten.

Die Hand krabbelt zögernd zu Wills Schuh und tippt ihn mit den Fingerspitzen an. Will zwingt sich wegzusehen. Er will sie nicht ermutigen. Da spürt er ein Gewicht an seinem Fuß und weiß sofort, dass sie nun sein Bein hochklettert. Er schluckt.

»Das kam von hier irgendwo«, sagt Brogan keine zwei Meter von Will entfernt.

Will rührt keinen Muskel. Die Hand zieht sich an seinem Knöchel hoch und ihre Finger packen so schmerzhaft fest zu, dass er anfängt zu schwitzen.

»Das ist 'ne Hand!«, ruft Brogan. »Da, am Bein von der Puppe!«

»Diese Puppen machen mir Angst«, sagt Chisholm und schaut Will direkt ins Gesicht. Der versucht, einen glasigen

Blick aufzusetzen. »Mit der da stimmt was nicht.« Der Bremser beugt sich vor, um genauer hinzusehen, und stützt sich dabei mit der Hand auf die Schulter des Boxers. Der linke Arm der Puppe fliegt in einem Aufwärtshaken nach oben und trifft voll in Chisholms verhärmtes Gesicht. Der Mann kippt wie ein Sack Mehl um und geht zu Boden.

»Verfluchter Idiot«, sagt Brogan. Er kniet sich nieder und tätschelt Chisholms Gesicht.

»Was … was …?«, stöhnt der Bremser.

Die Barbarenhand hüpft auf Wills Knie, das sofort reflexartig zuckt.

Brogan schaut erst zu ihm hinüber und dann nach oben, wo nun wieder Schritte auf dem Dach zu hören sind. Laute Rufe ertönen, doch Will kann die Worte nicht verstehen. Auf ein zweites Paar schneller Schritte folgt ein drittes.

Will kann nichts sehen, hört aber, wie die hintere Waggontür plötzlich aufgerissen wird. Jemand brüllt: »Die haben 'n verflixten Sasquatch dabei!«

Vor der Tür erklingt ein grässliches Tiergebrüll und Brogan erstarrt.

»Ach, du heilige Mutter …«, quiekt Chisholm und rappelt sich auf.

Will spürt ein großes Wesen in den Waggon treten. Und im gleichen Moment riecht er ihn, diesen seltsamen Geruch nach saurer Milch, den kein anderes Tier auf der Welt hat.

»Nicht wegrennen!«, ruft eine Stimme von der Rückseite des Wagens. »Sonst greift er an!«

Dennoch weichen Brogan und Chisholm ein paar Schritte zurück, als die riesige Gestalt des Sasquatch in Sicht kommt, gezügelt von drei Dompteuren, die ihn an Ketten halten. Goliath ist zwei Meter groß und trotz seines dürren Körpers sind die Kraft und die Wut unter seinem Fell kaum zu bändigen. Der Sasquatch bleibt stehen. Er schnauft zornig und starrt Brogan lange und eindringlich ins Gesicht.

»Ruhig, Goliath«, sagt einer der Dompteure. Es ist Christian.

Ohne Vorwarnung stürzt Goliath vor und reißt mit den muskelbepackten Armen an seinen Ketten. Die Dompteure müssen sich mit ihrem ganzen Körper dagegenlehnen, um ihn zu halten. Will kann förmlich die Hitze spüren, die von dem Sasquatch ausgeht.

»Nehmt das Vieh von mir weg!«, bellt Brogan, das Gesicht grau vor Entsetzen.

»Ich an Ihrer Stelle würde das Messer fallen lassen«, sagt Christian.

Klirrend landet die Waffe am Boden.

»Goliath kennt Sie offenbar«, bemerkt Mr. Dorian, der nun hinter den Dompteuren hervortritt.

Will erinnert sich schlagartig daran, wie Brogan dem jungen Sasquatch sein Messer in die Schulter gestochen hat. Goliath scheint es ebenfalls nicht vergessen zu haben.

»Vielleicht habe ich mich bei unserer ersten Begegnung nicht klar genug ausgedrückt«, sagt Mr. Dorian. Die höfliche Gelassenheit des Zirkusdirektors ist verschwunden, Wut klingt in seiner Stimme. »Sie und Ihre Männer sind in meinem Zug nicht willkommen, *Sir!* Der Junge, den Sie suchen, befindet sich *nicht* in unseren Wagen!« Wie um diese Worte zu unterstreichen, stößt Goliath ein schauerliches Heulen aus. »Das ist das letzte Mal, dass Sie unbefugt in unsere Waggons eindringen!«, zischt Mr. Dorian zornig. »Wenn ich Sie oder einen Ihrer Männer noch einmal in meinem Teil des Zuges erwische, werde ich Goliath auf Sie hetzen. Es wird mir ein ebenso großes Vergnügen sein wie ihm, dabei zuzusehen, wie er Ihnen die Gliedmaßen aus dem Leib reißt! Habe ich mich deutlich genug ausgedrückt, Mr. Brogan?«

»Ich heiße Brinley«, murmelt der Bremser.

»Ach wirklich?«, sagt Mr. Dorian. »Einen schönen Tag noch, die Herren. Und nun raus mit Ihnen!«

Brogan und Chisholm treten schleunigst den Rückzug an und rennen zum Wagenende. Die Tür fällt hinter ihnen zu.

Mr. Dorian schaut Will ins Gesicht und sagt: »Ihr könnt rauskommen.«

Maren streckt die Hand aus und legt einen kleinen Schalter an Attilas Handrücken um. Sofort löst sich der Griff der Finger und die Hand fällt von Wills Bein. Er steht unsicher da, den Blick unverwandt auf den Sasquatch gerichtet.

»Alles in Ordnung, Schwesterherz?«, fragt Christian.

»Natürlich«, erwidert sie.

»Ich würde dich ja gern umarmen, aber Goliath könnte eifersüchtig werden.«

»Danke, dass du uns gerettet hast.«

»Ihr könnt Goliath zurück in seinen Käfig bringen«, befiehlt Mr. Dorian den Dompteuren.

»Hier lang, Goliath«, sagt Christian und zieht an der Kette.

Will empfindet plötzlich Mitleid mit dem Sasquatch. Er wurde in der Wildnis der Berge geboren und haust nun in einer gefängnisähnlichen Enge, allein und ohne einen Artgenossen. Der Sasquatch achtet nicht auf Christian, sondern starrt Will mit seinen unergründlichen Augen an. Will steht ganz still da.

»An dich erinnert er sich auch«, sagt Mr. Dorian.

»Hoffentlich auf eine gute Weise«, murmelt Will.

Nach einer Weile, die Will sehr lang vorkommt, schnaubt Goliath schließlich und trottet mit seinen Dompteuren aus dem Wagen.

Mr. Dorian sieht so ernst auf, dass Will schon fürchtet, der Zirkusdirektor könnte wütend auf ihn sein.

»Es tut mir leid, dass ich Ihnen so viele Umstände …«, fängt er an.

»Sei nicht albern«, sagt Mr. Dorian. »Du kannst nichts dafür.«

»Wie viele waren es?«, fragt Maren.

»Neun diesmal. Goliath zu holen war die letzte Möglichkeit, um einen Kampf mit unseren Leuten zu verhindern.« Der Zirkusdirektor blinzelt nachdenklich. »Neun Männer also. Brogan muss wirklich eine große Sache geplant haben.«

»Vielleicht gibt er die Suche jetzt auf«, meint Maren hoffnungsvoll.

Will schluckt. »Er weiß, dass es noch einen Schlüssel gibt.«

»Bei deinem Vater«, sagt Mr. Dorian.

»Wir müssen ihn warnen! Wenn Brogan bereit ist, einen Wachmann umzubringen …«

»Mit deinem Vater ist nicht zu spaßen, Will«, meint Mr. Dorian gelassen. »Ich bezweifle sehr, dass unser Mr. Brogan eine solche Konfrontation riskieren würde. Solange dein Vater vorn in der Lokomotive sitzt, ist er ständig von Leuten umgeben. Das würde Brogan nicht wagen.«

Will wünscht, diese Worte könnten ihn beruhigen.

»Jedenfalls werden wir in ein paar Stunden aufbrechen«, sagt Mr. Dorian und klopft ihm auf die Schulter. »Aber zuerst müssen wir deine Verkleidung vollenden. Madame Lamoine wartet schon auf dich.«

Pinselstrich um Pinselstrich wird die dicke, ölige Farbe aufgetragen. Will mag das Gefühl auf der Haut gar nicht.

»Bald trocken ist«, erklärt Madame Lamoine vage.

Mit Gesicht und Hals ist sie fertig und malt nun noch seine Hände an.

Maren kehrt mit ein paar Kleidern im Arm zurück. »Wir haben ein Kostüm für einen indischen Wahrsager, das passen könnte«, erklärt sie Mr. Dorian, der Wills Verwandlung überwacht.

Das Kostüm besteht aus einem weiten weißen Hemd mit aufgestickten Perlen an Kragen und Ärmelaufschlägen, einer weißen Baumwollhose und einer braunen Lederweste.

»Steh auf«, sagt Mrs. Lamoine und tritt zurück, um ihn zu begutachten. Sie dreht ihn hin und her, damit sie ihn aus allen Blickwinkeln betrachten kann, und trägt hier und da noch etwas Farbe auf. »Nicht Gesicht anfassen.«

Nun versteht er auch, was sie damit gemeint hat, die Farbe würde trocknen. Die Farbschicht fühlt sich schon nicht mehr ganz so nass und dick an.

»Probier das mal«, sagt Maren und reicht ihm die Kleider.

Will geht damit hinter einen verblichenen japanischen Wandschirm. Erst weiß er nicht recht, wo er nun seine ganzen Sachen unterbringen soll, vor allem den Schlüssel. Erleichtert entdeckt er aber dann im Innern der Weste zahlreiche versteckte Taschen. Nachdem er seine Habseligkeiten darin verstaut hat, zieht er die geliehenen Kleider aus. Er ist froh sie loszuwerden. Das neue Kostüm passt ihm viel besser.

Als er hervortritt, tut Maren ganz erstaunt. »Was hast du mit William Everett gemacht?«, will sie wissen.

Mr. Dorian nickt beifällig. »Das wird auf alle Fälle genügen.«

Will geht zum Spiegel. Ein Fremder schaut ihn an. »Ich erkenne mich gar nicht wieder.«

»Gut zu hören«, sagt Mr. Dorian.

Will sieht älter aus und irgendwie grimmiger. Die Zähne sind verblüffend weiß, die Augen stechend hell in dem nun leicht gebräunten Gesicht. Ein Gefühl von Freiheit steigt in ihm auf. Er hat soeben seinen eigenen Verschwindetrick vollbracht.

KAPITEL 9

# DIE GAUKLER

Sie sehen gar nicht aus wie Zirkusartisten, als sie in Kirkton aus dem Zug steigen. Keine Clownschminke, keine glitzernden Kleider. Stattdessen wirken sie ernst wie eine Trauergesellschaft. Mr. Dorian ist ein schlanker Rabe in Frack und Zylinder, mit einem Stock mit Silberspitze. Marens Zöpfe stecken züchtig im Kragen eines marineblauen Wintermantels, der ihr bis zu den Knöcheln reicht. Will selbst trägt eine dunkle Wolljacke über Hemd und Hose und eine Mütze auf dem schwarzen Haarschopf. Nur Mr. Beauprey sticht auf Grund seiner beeindruckenden Größe hervor. Obwohl er nicht mit ihnen auftreten wird, besteht der Riese darauf, sie bis zur Kolonistenklasse zu begleiten und ihre Taschen zu tragen. Will fragt sich, ob er wohl insgeheim auf eine Gelegenheit hofft, jemanden durch die Luft zu schmeißen.

Falls das so sein sollte, hat er kein Glück. Während sie über das Kiesbett laufen, entdeckt Will zwar mehrere Bremser, die auf den Güterwaggons stehen und rauchen oder die Kupplungen überprüfen, aber alle halten Abstand.

Die kalte Nachmittagsluft kündigt Schnee an. Sie sind jetzt noch weiter im Norden, wo nur noch dürre, kleine Bäume wachsen. Der Boden ist felsig und karg. Weit und breit ist keine Stadt zu sehen, ebenso wenig wie Verkaufsstände – entweder ist der Halt zu kurz oder es gibt nicht genug Menschen in Kirkton.

Gemeinsam mit Maren geht Will hinter Mr. Dorian her und bemüht sich, keine Eile zu zeigen. Auf dem Weg zur dritten Klasse passieren sie einen Waggon nach dem anderen. Obwohl Mr. Beauprey bei ihnen ist, hat Will Angst, sie könnten von Brogan und seinen Kumpanen angehalten werden.

Er kann es kaum fassen, dass er nicht erkannt wird. Sein Gesicht hat die gleiche Form, die Augen immer noch die gleiche Farbe. Aber offenbar schauen die Menschen nicht so genau hin. Wie Mr. Dorian sagte: *Wir lassen uns leicht von unseren Augen täuschen.*

Trotzdem hat Will das Gefühl, dass ihn einige Bremser eingehend mustern, als er vorbeigeht. Vielleicht sind sie aber auch einfach nur neugierig auf die Zirkusartisten. Es können ja nicht *alle* Bremser für Brogan arbeiten, auch wenn es der großen Gruppe von gestern nach zu schließen doch einige sein müssen. Und wie soll Will die Ehrlichen von den Gaunern unterscheiden?

Seine Verkleidung ist nicht das Einzige, was ihm Sorgen macht. Er muss auch darauf achten zu schweigen, wenn andere Leute in der Nähe sein – also vermutlich so ziemlich die ganze Zeit über. Da er meistens sowieso nicht besonders gesprächig ist, wird ihm das vermutlich nicht schwerfallen. Nur bei Maren vergisst er seine Schüchternheit. Das ist auch einer der Gründe, warum er sie so mag.

Auf dem Weg den Zug entlang posaunt Mr. Beauprey gut gelaunt die Namen der verschiedenen Baumarten und Vögel heraus, die zwischen den Zweigen herumflattern. Ein Bremser pfeift Maren vom Dach eines Viehwaggons bewundernd hinterher. »Kannst ruhig auch für mich pfeifen, du frecher Halunke!«, brüllt Mr. Beauprey sogleich zu ihm hoch. Der Bremser zuckt zusammen und schleicht sich davon.

Maren scheint das nicht zu kümmern. Vermutlich ist sie an die Art von Aufmerksamkeit gewöhnt. Zum ersten Mal begreift Will, was für eine raue Welt der Zirkus für ein Mädchen sein muss. Und dann noch ohne Eltern. Wenigstens hat sie ihre Brüder um sich. Nur in den nächsten Tagen werden sie nicht bei ihr sein können; da gibt es dann nur Mr. Dorian und ihn – nicht gerade viel Schutz vor den rüpelhaften Eisenbahnern. Er schaut zu Maren rüber. Zweifelsohne kommt sie gut allein klar, trotzdem würde er wirklich gern auf sie achtgeben. Fast muss er über sich lachen. Ist nicht eher sie diejenige, die ihn beschützt? Will wünscht, er könnte mit ihr reden. Es gibt so vieles, was er erzählen und fragen möchte. Fragen aus drei langen Jahren. Er begnügt sich damit, ihr Profil zu studieren. Sie hat eine sehr interessante Nase.

Sie biegen um eine Kurve in den Schienen und plötzlich erblickt Will weiter vorn eine große Menschenmenge. Es sind keine Händler oder Marktstände, nur Kolonisten, die sich die

Beine vertreten und neben dem Zug ein bisschen frische Luft schnappen.

Aus der hinteren Tür des letzten Kolonistenwaggons taucht nun ein junger, gut aussehender Schaffner auf. Bei seinem Anblick, so ordentlich und wichtig aussehend in der Zuguniform, steigt Erleichterung in Will auf.

»Sie sind sicher Mr. Dorian?«, fragt der Schaffner den Zirkusdirektor.

»In der Tat.«

»Ich heiße Thomas Drurie. Wir haben Sie bereits erwartet. Dürfte ich bitte Ihren Ausweis sehen, Sir?«

»Natürlich.« Mr. Dorian zieht ein Papierbüchlein hervor und reicht es Drurie.

Der Schaffner schaut zu Maren und Will. »Und Ihre Namen, bitte?«

»Maren Amberson.«

Drurie mustert Will mit leichtem Argwohn. »Und Sie, Sir?«

Mr. Dorian sagt: »Das ist Amit Sen, unser Spiritual-Künstler. Er versteht ein wenig Englisch, kann es aber nicht sprechen.«

»Welche Sprache spricht er dann?«

»Hindi«, erklärt der Zirkusdirektor.

»मै माफी माँगता हूँ, लेकनि मै नही अंग्रेज़ी बात नही करते«, sagt Will höflich, so wie es ihm einer der anderen Artisten vor einer Stunde erst beigebracht hat.

Drurie macht große Augen. »Was hat er gesagt?«

»Er hat sich dafür entschuldigt, dass er kein Englisch spricht«, sagt Mr. Dorian.

»Und der … große Herr hier?«, fragt Drurie leicht besorgt.

»Das ist Mr. Eugene Beauprey. Er wird uns hier wieder verlassen.«

»Ausgezeichnet. Bitte steigen Sie ein.«

»Danke, Mr. Beauprey«, sagt Maren und schlingt die Arme um den schrankkofferbreiten Leib des Riesen.

»Wir sehen uns dann in Lionsgate City wieder, mein Wundermädchen«, erwidert Mr. Beauprey liebevoll. Noch einmal schaut er sich mit blitzenden Augen um, ob auch ja keiner wagt sie zu belästigen – dann schlendert er pfeifend zu den Wagen des Zirkus Dante zurück.

Will steigt in den Waggon. Aus seiner Kindheit weiß er noch, wie beengt die Wagen der dritten Klasse sind, doch so etwas wie die Kolonistenwaggons hat er noch nie gesehen. Zuerst meint er in einem Gepäckwagen zu sein, weil überall so viel Zeug herumsteht: Koffer, Säcke und dicke Bündel, die mit Schnüren zugebunden sind. Aber dazwischen sitzen Menschen, und zwar so viele, dass man sie nicht zählen kann! Obwohl zahlreiche Fahrgäste noch draußen neben dem Zug stehen, wirkt der Wagen unfassbar vollgestopft.

Dann schlägt ihm der Geruch entgegen. Es riecht nach Wurst, ungewaschenen Kleidern und Fäkalien. Dazu gesellt sich das Aroma von sauren Gurken, Schweiß, nassen Stiefeln und Räucherkerzen.

Zu beiden Seiten eines schmalen Gangs erstrecken sich lange Reihen kahler Holzbänke. Ein alter Mann lässt ein weinendes Baby auf seinen Knien hüpfen und singt ein Kinderlied in einer fremden Sprache. Vier Männer sind in ein Kartenspiel vertieft. Eine ängstliche Frau zählt Perlen an ihrem Rosenkranz. Zwei Männer haben eine Karte zwischen sich ausgebreitet. Sie zeigen mit dem Finger darauf und streiten laut.

Über den Holzbänken befinden sich zwei Ebenen mit ausklappbaren Schlafpritschen. Auf einer schlafen eine Mutter und ihr Baby dicht aneinandergeschmiegt, auf einer anderen knibbelt ein stämmiger Mann an seinem großen Zeh herum. Zwei Jungen springen von Pritsche zu Pritsche, während ihre Mutter ihnen von unten etwas zuruft. Überall liegen abgewetzte Decken und zusammengeschnürte Bündel als Kissen herum. Es gibt kaum Platz, um sich zu bewegen. Noch mehr Kinder springen wild auf dem Gang umher, sie klettern über die Lehnen der Sitzreihen und verwandeln den Waggon in einen Spielplatz. Licht kommt nur von ein paar schmalen Fenstern hoch oben unter dem Dach und den wenigen Öllampen an den Wänden.

Langsam zuerst, dann immer schneller werden die Leute auf Will und seine Gefährten aufmerksam.

»Zirkus …«

»Cirque …«

»Sirkuksen …«

»Cirkuszi …«

Das leise geflüsterte Wort huscht in verschiedenen Sprachen durch den Wagen. Die meisten Menschen wirken erfreut, nur ein paar wenige weichen zurück, als die drei vorbeigehen. Ein kleines Mädchen fängt beim Anblick von Mr.

Dorian in seinem strengen Zylinder und dem schwarzen Mantel an zu weinen, bis der Zirkusdirektor einen Lutscher aus der Tasche zieht und ihr überreicht. Auf einmal werden die Zirkuskünstler von einem Rudel Kinder verfolgt, die mit flehenden Augen an ihren Kleidern zupfen. Noch mehr Lutscher und Bonbons tauchen aus den unergründlichen Taschen des Direktors auf. Applaus und Freudenrufe ziehen durch den Wagen.

»Sie müssen den Gang freiräumen«, ruft Drurie überflüssigerweise, weil sowieso keiner auf ihn hört. »Die Sachen dürfen hier nicht stehen! Der Gang muss frei von Hindernissen sein! Ist das da etwa ein Huhn?!«

Ein Ofen lodert in der Mitte des Waggons. Nicht weniger als sieben Töpfe köcheln oben auf der Herdplatte vor sich hin. Offenbar ist dies die einzige Möglichkeit für die Kolonisten, sich mit Essen zu versorgen: Man kocht, sobald der Ofen frei ist, und nimmt die Mahlzeiten dann ein, wenn es eben geht.

»Gibt es nur diesen einen Ofen hier?«, fragt Maren den Schaffner.

Drurie sieht sie mit einem verwirrten Lächeln an und ignoriert die Frage, als sei sie es nicht wert, beantwortet zu werden. »Es tut mir leid, dass Sie hier durchmüssen«, sagt er zu Mr. Dorian. »Hier stinkt es ziemlich.«

»Das überrascht mich nicht«, wo es offenbar nur einen Waschraum pro Wagen gibt«, bemerkt Mr. Dorian trocken.

Während Will sich durch das Gedränge schiebt, wird ihm bewusst, dass diese Menschen weniger Platz haben als die

Tiere des Zirkus Dante. Es kommt ihm nicht richtig vor, dass es derartig überfüllte Wagen gibt, wenn weiter vorn ein solcher Luxus herrscht. Weiß sein Vater, wie furchtbar die Verhältnisse hier hinten sind?

»Diese Menschen können sich glücklich schätzen, überhaupt im Trans-Kanada-Express mitfahren zu dürfen«, sagt Drurie naserümpfend. »Sie sind die Ärmsten der Armen und an unseren Ufern angespült worden, um unser Land in Besitz zu nehmen.«

»Wie interessant«, sagt Mr. Dorian. »Meine Mutter stammt von den Cree-Indianern ab. Vielleicht sind es ja eher Menschen wie Sie, die an *unsere* Ufer angespült wurden. Ein recht lehrreicher Gedanke, finden Sie nicht?«

Drurie räuspert sich und marschiert zügig weiter. »Es gibt Gerüchte, wir hätten einen Mörder im Zug«, sagt er, »und ich könnte wetten, dass er sich unter diesen Leuten befindet. Ich würde an Ihrer Stelle wachsam sein.«

Mr. Dorian lüpft den Hut vor einer großen Frau mit einem farbenprächtigen Kopfschmuck. »Guten Tag, gnä' Frau. Also, Drurie, vielleicht zeigen Sie uns jetzt, wo wir auftreten.«

»Wir haben Ihnen ein paar Waggons weiter vorn etwas Platz gemacht«, sagt der Schaffner. »Ich hoffe, das reicht Ihnen.«

»Ich bin mir sicher, dass es mehr als ausreichend sein wird«, entgegnet Mr. Dorian.

Sie durchqueren noch einige weitere Waggons, bis sie einen Wagen erreichen, wo der hintere Bereich durch einen Vorhang vom restlichen Abteil abgetrennt wurde. Will vermutet dahinter die Bühne, doch als Drurie den Vorhang aufzieht, enthüllt er eine Art Kaufmannsladen mit vollen Regalen, in denen sich Schwarzbrotlaibe, Schinkenkeulen, Gemüsekonserven, Obst, Seifenstücke, Handtücher und verschiedene zugekorkte Flaschen in unterschiedlichen Formen und Farben drängen.

Ein vornehm gekleideter Herr auf einer bequem gepolsterten Bank blickt bei ihrem Eintreten auf. »Ah, Sie sind sicher für das Unterhaltungsprogramm heute zuständig«, näselt er mit einem überaus vornehmen englischen Akzent. »Ich bin Mr. Peters.« Will fällt sofort auf, wie erstaunlich sauber seine Fingernägel sind, dazu perfekt poliert und gefeilt.

»Sind Sie der Oberschaffner hier?«, erkundigt sich Mr. Dorian.

»Nein, nein, nur ein ganz normal zahlender Passagier. Nicht wahr, Drurie?«

»Ja, Mr. Peters, Sir«, bestätigt Drurie.

Der Mann wirkt jedoch ganz und gar nicht wie die anderen Passagiere. Seine Ecke des Wagens, etwa drei Sitzreihen breit, ist mit einer dicken Stoffbahn vom Rest des Abteils abgetrennt. An beiden Eingängen sitzt jeweils ein bärtiger Mann in einem langen Mantel und mit einer Flinte in der Hand.

»Ich nehme an, Sie sind ein Händler?«, sagt Mr. Dorian und mustert die Waren.

»Nun, wie Sie wissen, stellt der Trans-Kanada-Express diesen armen Menschen keinen Speisewagen zur Verfügung, deshalb leiste ich meinen bescheidenen Beitrag«, erklärt Peters.

»Zwei Dollar für ein Brot?«, sagt Maren empört, die das Schild gelesen hat.

»Ja, Miss.«

»Das kommt mir recht teuer vor«, bemerkt sie.

»Es ist ein angemessener Preis hier an Bord des Trans-Kanada-Express, junge Dame. Und bevor Sie mir einen Vortrag über Nächstenliebe halten, überlegen Sie lieber, wie viele Menschen meines Berufsstands sich dazu durchringen würden, mit diesen Leuten zu reisen. Ich tue das nur, um ihnen zu helfen.«

»Ah«, sagt Mr. Dorian. »Das ist wirklich äußerst ehrenwert von Ihnen.«

»Wir müssen nur noch in den nächsten Wagen«, drängt Drurie.

»Wie abscheulich«, murmelt Maren beim Hinausgehen.

»Weiß der Zugführer, dass er einen Wucherer im Zug sitzen hat?«, erkundigt sich Mr. Dorian.

»Er hat seine Sitzplätze anständig und ehrlich bezahlt«, erklärt der Schaffner mit kleinlauter Stimme. »Die Passagiere sind froh über sein Angebot, wenn sie etwas brauchen«, leiert er den Satz herunter, so dass Will den Eindruck bekommt, Drurie habe diese Rechtfertigung schon öfter vorgebracht. Wieder fragt er sich, ob sein Vater überhaupt weiß, was an Bord des Trans-Kanada-Express alles vor sich geht.

»Wir haben die Passagiere gebeten, hier einen Abschnitt zu

räumen«, sagt Drurie kurz angebunden und führt sie in die Mitte des nächsten Waggons. Will kann sich gut vorstellen, wie Drurie Leute dazu bringt, ihre Plätze zu verlassen. Überrascht stellt er fest, dass die Menschen, die von ihren Sitzbänken vertrieben wurden, sie dennoch fröhlich lächelnd und mit Applaus begrüßen.

»Danke, vielen Dank«, sagt Mr. Dorian liebenswürdig. »Thank you. Merci. Grazie. Wir versprechen Ihnen eine spannende Vorstellung. Sie werden nachher die besten Plätze haben. Wir fangen in einer Stunde an!«

Um die leeren Sitzreihen herum wurden Laken aufgehängt, um einen kleinen Bereich hinter der Bühne abzutrennen. Drurie wünscht den drei Zirkusleuten einen schönen Tag und verschwindet durch eine Tür vorn im Wagen. Nachdenklich ruhen Wills Augen auf dieser Tür. Dahinter befindet sich wieder ein Kolonistenwaggon und hinter diesem noch zahllose weitere, die irgendwann zur dritten Klasse führen, dann zur zweiten und schließlich bis zur ersten Klasse. Der Weg liegt vor ihm und wartet nur darauf, dass er ihn einschlägt.

»Die zwei sind wirklich abscheulich«, sagt Maren und stellt ihre Tasche hinter den Vorhängen ab. »Peters und dieser feige Schaffner. So etwas dürfte nicht erlaubt sein.«

»Es war schon immer so«, meint Mr. Dorian. »Und ich glaube nicht, dass sich das so bald ändert.«

Inmitten des Lärms der anderen Fahrgäste meint Will, gefahrlos etwas sagen zu können. »Ich werde meinem Vater davon erzählen«, flüstert er. »Er ist ein gerechter Mann. Er wird das nicht zulassen.«

Mr. Dorian lächelt milde. »Gerade du müsstest doch wissen, wie die Eisenbahn erbaut worden ist, William: auf dem Rücken schlecht bezahlter Arbeiter, die für einen Dollar am Tag ihr Leben riskierten. Weniger noch, wenn man kein Weißer war.«

»Trotzdem«, sagt Will störrisch, »mein Vater hat früher auch zu den Arbeitern gehört. Er würde nicht wollen, dass sie in seinem Zug schlecht behandelt werden.« Nun, da er von seinem Vater spricht, regt sich die Ungeduld in Will. »Ich habe nachgedacht … von hier aus komme ich allein weiter.«

Maren schaut ihn überrascht an. »Wie meinst du das?«

»Ihr braucht mich sowieso nicht. Da kann ich doch einfach weiter nach vorn gehen.«

»Aber so war das nicht ausgemacht!«

Mr. Dorian mustert ihn ruhig. »Das würde ich dir nicht empfehlen, William. Du hast keine Fahrkarte dabei und keinen Pass, um von einer Klasse in die nächste zu wechseln. Die Schaffner werden dich nicht durchlassen. Und selbst wenn, woher willst du wissen, ob dich Brogans Männer nicht doch beobachten? Offenbar hat er mit diesem Drurie gesprochen und vielleicht auch mit anderen Schaffnern. Sie halten nun nach einem Mörder Ausschau und werden alles Verdächtige sofort Brogan melden. Es ist am besten, wenn du bei uns bleibst, bis wir die erste Klasse erreichen.«

»Es sind doch nur zwei Nächte, Will«, sagt Maren beschwörend. Sie wirkt aufrichtig besorgt. »Bei uns bist du sicher.«

Will kaut an seiner Unterlippe und starrt auf die Tür. Und wenn Brogan seinem Vater den Schlüssel stehlen will und es dabei zu einem Kampf kommt? Sein Vater ist stark, aber wie gut kann er mit den Fäusten umgehen oder sich gegen ein Messer zur Wehr setzen? In seinen Geschichten vom Eisenbahnbau hat er allerdings immer wieder behauptet, Prügeleien beendet zu haben. Und wenn er drei Jahre als Schwellenleger und Sprenger überstanden hat, wird er auch mit jemandem wie Brogan fertig. »Na gut«, sagt Will schließlich und reißt den Blick von der Tür los. Trotzdem macht er sich immer noch große Sorgen um seinen Vater.

Außerdem hat er furchtbare Angst vor seinem Auftritt nachher.

Er hat so was noch nie in seinem Leben gemacht. Wenn er nur in der Schule vor der Klasse sprechen musste, hat er sich immer schon lange vorher davor gefürchtet. Und an dem Tag selbst ist er mit einer solchen Angst zur Tafel gegangen, dass er meinte, gleich ohnmächtig zu werden. Jeder kluge Gedanke, jeder sinnvolle Satz waren aus seinem Kopf getilgt.

»Es wird schon alles gut gehen«, flüstert Maren, als könnte sie seine Gedanken lesen. »Du bist nicht mehr Will Everett. Du bist jemand ganz anderes. Das ist ja das Schöne am Zirkus – nicht du stehst da vorn, sondern jemand mit so erstaunlichen Fähigkeiten und Begabungen, wie du es dir nie hättest träumen lassen.«

Und da blitzt wieder dieses Gefühl in ihm auf – die Freiheit, in einen fremden Körper zu schlüpfen, in dem ihn niemand erkennt.

»Du wirst es lieben«, verspricht Maren.

Leichtfüßig trabt Brogan über die Wagendächer. Dieser ständig ruckelnde, wackelnde Pfad, auf dem er jeden Abschnitt genau kennt – das ist sein Revier. Hier bewegt er sich trotz eines leichten Hinkens selbstsicher wie eine Bergziege vorwärts.

Das Hinken kommt nicht von einem Unfall beim Sprengen oder Schienenlegen. Viele Jahre hat er bei der Eisenbahn gearbeitet. Ständig sind um ihn herum Männer gestorben, vor allem Chinesen, aber er war stets gegen alle Gefahren gefeit. Er war der beste Sprenger weit und breit und ist niemals verletzt worden. Bis zu jenem allerletzten Tag, als ihn der Sasquatch am Bein gepackt und in die Schlucht geschleudert hat. Eigentlich hätte er tot sein müssen. Aber er bekam einen dürren Strauch an der Felswand zu fassen und hing dort, unbemerkt von allen anderen, ohne sich zu rühren, bis die Luft rein war. Hinterher ist er zurück nach oben geklettert und über die Berge davongehumpelt, auf der Suche nach einer neuen Identität. Ein neuer Name, mehr brauchte es nicht.

Brogan hat keine Ahnung, ob der junge Everett noch im Zug sitzt oder nicht. Vielleicht ist der Bursche in jener Nacht tatsächlich runtergefallen. Brogan weiß nur, dass er auf keinen Fall zurück zu den Zirkuswagen kann, solange sich dieser

Sasquatch dort herumtreibt. Es gibt nicht viel, wovor er Angst hat, aber bei dieser Kreatur zieht sich alles in ihm zusammen.

Doch das ist jetzt egal. Schließlich gibt es noch einen Schlüssel. Das hat ihm dieser betrunkene Narr von einem Wachmann verraten.

Brogan erreicht den vordersten Waggon der ersten Klasse und springt auf die Plattform hinunter. Bremser dürfen diese Wagen eigentlich nicht betreten. Er wird in seiner schäbigen Kleidung auffallen und muss sich beeilen.

Er betritt den eleganten Waggon und steckt den Kopf in das Abteil des Schlafwagenschaffners. Leer. An der Wand hängt ein Brett mit den Schlüsseln der Privatabteile, alle fein säuberlich beschriftet für die Reise. Er entdeckt den mit der richtigen Aufschrift und schnappt sich den Schlüssel.

Es ist das erste Abteil im Gang. Zwei Sekunden später ist er drin. Er lauscht, aber alles ist ruhig. Er huscht zum Schreibtisch, zieht die Schubladen auf und blättert die Papiere durch. Nichts. Nun durchsucht er jede Ablagefläche, jedes Fach und jeden Winkel und arbeitet sich so durch den Salon und dann weiter nach oben. Das große Schlafzimmer sieht aus, als hätte lange niemand mehr darin geschlafen. In den Schubladen der Kommode findet er nichts. Nun das Zimmer des Jungen. Hier ist ebenfalls nichts. Wut steigt in Brogan auf; am liebsten würde er das ganze Zimmer kurz und klein schlagen. Er holt tief Luft, um sich zu beruhigen.

Offenbar trägt James Everett den einzigen anderen Schlüssel stets bei sich.

Brogan verlässt das Zimmer so, wie er es vorgefunden hat, schleicht sich aus dem Waggon und klettert zurück aufs Dach.

Dann wird eben noch mehr Blut fließen. Es gibt kein Zurück mehr. Und mit jedem Schritt auf seinem langen Rückweg nimmt sein neuer Plan Gestalt an.

Will späht durch die Lücke in den Vorhängen. Der Trans-Kanada-Express fährt und nun, da alle Passagiere wieder eingestiegen sind, kommen ihm die Kolonistenwagen unfassbar vollgestopft vor. Zu beiden Seiten der provisorischen Bühne kauern Leute am Boden, sie sitzen auf den Schößen anderer, hocken auf den Schultern kräftiger Männer und stapeln sich auf den gefährlich durchhängenden Pritschen.

Auf der Bühne hat Mr. Dorian soeben einen Mann hypnotisiert, der wie ein Vogel zwitschert. Die Menge lacht schallend.

Will lässt den Vorhang sinken und schluckt.

»Alles in Ordnung?«, flüstert Maren ihm zu.

Er nickt. Er will nicht reden.

Vier Zeichnungen – mehr muss er nicht machen. Trotzdem hat er das Gefühl, sich gleich übergeben zu müssen. Seine Finger tasten nach dem Sasquatch-Zahn in seiner Tasche und reiben über die schartige Oberfläche.

»Ich bin ja bei dir«, sagt Maren und drückt seine Hand. Einen Moment lang lenkt ihn die Berührung ab.

Dann hört er, wie Mr. Dorian seinen Auftritt ankündigt. »Und nun, meine Damen und Herren, dürfen Sie sich auf ein einmaliges Schauspiel freuen. In der Kunstgeschichte gab es immer schon begabte Porträtmaler, aber vermochte auch nur einer von ihnen, ein Bildnis zu erschaffen, ohne den Porträtierten jemals gesehen zu haben? Der junge Mann, den ich Ihnen nun vorstellen möchte, wurde im Königreich Indien geboren und musste viele Jahre seine spirituellen Fähigkeiten schulen, um diese Gabe zu verfeinern. Vier Glückliche in diesem Publikum werden heute Abend ihr Porträt von ihm gezeichnet bekommen. Bitte begrüßen Sie Amit, den Spiritual-Künstler!«

Will hört das meiste nicht. Die Worte verschwimmen in seinem Kopf zu einem einzigen Kuddelmuddel. Marens sanfter Stoß verrät ihm, dass er dran ist. Er schluckt und geht hinaus. Glücklicherweise muss er nur einen kurzen Moment vor dem Publikum stehen, das wie eine feste Wand aus Körpern und Köpfen und erwartungsvoller Hitze vor ihm aufragt. Erleichtert lässt er sich dann von Maren zu einem Hocker führen, auf dem er sich mit dem Gesicht zur Wand niederlässt.

»Wer möchte als Erster eine Zeichnung von sich haben?«, fragt Mr. Dorian.

Laute Rufe hallen durch den Wagen.

»Sie, Sir, kommen Sie bitte vor. Stellen Sie sich dort hin. Genau, direkt hinter Amit. Und nun bitte keine Bewegung mehr. Um sicherzugehen, dass der Künstler auch wirklich nichts sieht …«

Auf dieses Stichwort hin präsentiert Maren dem Publikum ein Tuch, das sie zuerst dem Freiwilligen, der hinter Will steht, umbindet.

»Können Sie etwas sehen, Sir?«, fragt Mr. Dorian.

»Njet! Nicht sehen!«

»Dann verbinde bitte unserem Künstler die Augen«, sagt Mr. Dorian zu Maren, »damit er anfangen kann!«

Will bekommt das Tuch umgebunden, kann aber durch den Stoff trotzdem alles sehen. Er streckt die Hände aus und Maren legt Skizzenbuch und Bleistift hinein. Dann weicht sie ein paar Schritte zurück und stellt sich vor ihn.

Will konzentriert sich auf die raffiniert angeordneten Spiegelpailletten an ihrem Kleid, die sich zu einer Art Mosaik zusammenfügen. Es ist kein perfektes Spiegelbild, aber es reicht. Will und Maren haben zuvor einen Zeichencode vereinbart: Wenn er sich am Ohr kratzt, dreht sie sich leicht nach rechts, wenn er mit dem Fuß klopft, wendet sie sich nach links. Er kann das Gesicht des Mannes sehen, ein Rechteck aus festem Fleisch und Knochen, eine dicke Augenbraue.

Will ist nervös, er hat Angst, das Publikum könnte merken, dass seine Hand zittert. Da fällt ihm der Trick aus seiner Kindheit wieder ein. Sein Auge ist der Stift. Und so legt er los und lässt seinen Blick über die Gesichtslandschaft aus Falten und Kurven wandern, während seine Hand hier und dort etwas schraffiert. Er arbeitet schnell, weil er das Publikum nicht zu lange warten lassen darf.

Es ist keine wirklich gute Zeichnung, aber nach einer Minute reißt ihm Mr. Dorian das Blatt aus den Händen und präsentiert es dem Publikum. »Ist die Ähnlichkeit nicht verblüffend?«, ruft er.

Zustimmende Rufe erklingen, dann Klatschen und schon stürmen die Leute vor und drängeln sich vor der Bühne, um als Nächstes an die Reihe zu kommen. Deutlich selbstsicherer zeichnet Will ein weiteres Porträt. In Marens Pailletten kann er das glückliche Gesicht der Frau sehen, als sie ihre Zeichnung bekommt. Stolz zeigt sie das Bild Mann und Kindern, bevor sie es vorsichtig zusammenrollt. Will fragt sich, ob sie überhaupt schon mal ein Foto von sich gesehen hat.

Noch zwei weitere Skizzen, dann ist er auf einmal fertig. Er verbeugt sich tief und wird fast umgeblasen von dem Applaus, der ihm entgegenschlägt. Aufgekratzt und hibbelig findet er sich bei Maren hinter dem Vorhang wieder.

Die lacht. »So schlimm war es doch nicht, oder?«

»Es hat mir sogar richtig gut gefallen!« Bei der Lautstärke um sie herum hat er keine Angst, belauscht zu werden.

»Hab ich doch gesagt. Du gehst bestimmt auch mal zum Zirkus!«

»Bist du denn gar nicht mehr nervös?«, fragt er.

»Nur manchmal.«

Als Maren auf die Bühne gerufen wird, um ihre Seiltanznummer vorzuführen, schaut Will durch eine Lücke im Vorhang aufmerksam zu.

Sie wirkt ruhig und gefasst und hält eine dicke Spule, ähnlich wie bei einer Angelrute, in der Hand. Als sie an der kleinen Kurbel dreht, kommt ein dicker Draht aus der Spule, mit einem kleinen Haken am Ende. Je mehr sie kurbelt, desto länger wird der Draht, bis irgendwann das Publikum beiseiterücken muss. So ein Gerät hat Will noch nie gesehen, es ist an sich schon ein kleiner Zaubertrick. Sobald sich das Drahtseil durch den ganzen Wagen zieht, macht Maren eine kurze Bewegung mit dem Handgelenk und der Haken verfängt sich an einem Sims etwa einen Meter hoch an der Wand.

Maren dreht sich zur anderen Seite des Wagens um. Sie lässt das Drahtseil noch länger ausfahren und befestigt die Spule dort ebenfalls an der Wand. Nun spannt sich ihr Draht straff mitten durch den Waggon. Mit einem Satz springt Maren hinauf, ihr Kopf berührt nun fast die Decke.

Die Menge jubelt. Auf dem Drahtseil wirkt Maren auf einmal wie verwandelt. Will erkennt sie gar nicht wieder. Voller Bewunderung beobachtet er, wie sie über das Seil hüpft, Salti schlägt, mit geschlossenen Augen rückwärtsläuft, sich auf den Bauch legt und so tut, als würde sie schlafen.

Missmutig stellt Will fest, dass es inmitten der fröhlich jubelnden Menge einige Männer gibt, die Maren verstohlen hungrige Blicke zuwerfen.

Maren fordert die Zuschauer auf, ihr ein paar Gegenstände zuzuwerfen, und fängt sie auf: einen Hut, eine Flasche, eine Wurst. Sogleich beginnt sie damit zu jonglieren. Nachdem sie die Sachen zu den Besitzern zurückgeworfen hat, hüpft sie vom Seil, löst die Haken und springt im Flickflack auf die Bühne.

Zeit für den Verschwindetrick! Wie immer wickelt ein Zuschauer die schweren Ketten um Maren, bevor Mr. Dorian sie mit dem großen Tuch verhüllt. Will schaut genau hin, weil er den Trick verstehen will – und erschrickt zu Tode, als sie ihm unversehens von hinten an die Schulter tippt.

»Wie hast du das gemacht?«, will er wissen.

»Das werde ich dir nie verraten«, erwidert sie atemlos und mit roten Wangen. Er wünscht, er könnte sie genau so malen.

Mr. Dorian zieht den Vorhang zurück, damit sie sich alle noch mal dem Publikum zeigen können, und ein riesiger Applaus bricht über sie herein. Selbst die glücklichen Männer und Frauen, die Sitzplätze haben, springen nun auf, klatschen wild und rufen »Bravo«, »Brava« und andere Worte, die Will nicht versteht. Ein schwindelerregendes Glücksgefühl breitet sich in ihm aus.

Das Publikum wogt auf sie zu und Will fürchtet schon, zerdrückt zu werden. Alle drei werden gepackt und auf Schultern gehoben und in den nächsten Wagen getragen, in dem ein Ofen mit zahlreichen Töpfen darauf steht. Bündel werden weggeschoben, Menschen rücken zur Seite, und Will findet sich auf einer Bank neben Maren wieder. Sie sieht ebenso verwirrt aus wie er. Kaum hat er Platz genommen, drückt ihm jemand eine Schüssel mit Essen und einen Löffel in die Hand. Und Will begreift, dass man sie zum Abendessen einlädt.

Das Essen riecht köstlich, aber kaum hat er einen Löffel davon gegessen, da fangen die Leute schon an, ihn zu berühren und ihm in verschiedenen Sprachen Fragen zu stellen. Weil er nicht auf Englisch antworten darf, lächelt er nur und nickt und wiederholt gelegentlich die paar Hindi-Worte, die er sich gemerkt hat.

Über dem Meer aus wogenden Körpern sieht er, wie sich ein Mann, der ebenfalls indisch aussieht, zu ihm durchdrängt. Wenn er nun mit Will reden möchte?! Dann kommt man ihm auf die Schliche!

Zum Glück werden plötzlich überall Musikinstrumente hervorgeholt. Seltsame Saiteninstrumente, Mundharmonikas und ein Tastengerät, das vage an ein Akkordeon erinnert. Die Kolonisten führen nun ihre eigene Vorstellung auf, vielleicht, um den Zirkusleuten auf diese Weise zu danken. Will fühlt sich etwas beengt und von der Musik betäubt, aber alle sind so freundlich, dass es ihn nicht wirklich stört.

Jemand drückt ihm ein Getränk in die Hand. Der Mann sieht ihn so erwartungsvoll an, dass Will keine andere Wahl hat, als den Becher zu leeren. Brennend rinnt die Flüssigkeit durch seine Kehle. Die Menge jubelt laut.

Bis der Tanz beginnt, hat Will zwei weitere Becher ausgetrunken und findet Tanzen die beste Sache auf der Welt. Er reiht sich in ein verschwitztes Gewirr aus Armen ein und stampft polternd über den Boden, ohne eine Ahnung zu haben, was er da eigentlich tut. Neben ihm wird Maren herumgewirbelt, eine leuchtend bunte, verschwommene Gestalt. Er möchte sie gern festhalten, damit sie aufhört sich zu drehen, und um ihre Haut zu spüren.

Auf einmal stehen sie eng aneinandergedrückt da und die Menge drängt sich begeistert klatschend um sie.

»Sie wollen, dass wir tanzen«, sagt Maren.

Er will ihr sagen, dass er nicht tanzen kann, aber dazu ist

es schon zu spät. Sie nimmt seine Hände und beginnt einen schwankenden Walzer mit ihm. Nach ein paar Schritten will er führen und tritt ihr auf die Füße, dann führt sie wieder, und bald darauf lachen beide hilflos.

Auf einmal gellt der Schrei einer Frau durch die Musik. Die Instrumente verstummen, ein schroffer Wortwechsel ertönt. Die Menge bewegt sich und schwappt in Richtung des Lärms.

Einer der kräftigen Wachmänner von Mr. Peters hat sich bedrohlich vor einem kleineren Mann mit rotem, wutverzerrtem Gesicht aufgebaut. Eine Frau, vermutlich seine Gattin, schreit den Wachmann an, während sich ein kleiner Junge an sie klammert und die Auseinandersetzung mit angstbleichem Gesicht beobachtet. Der Wachmann schubst den Mann gegen die Wand, greift ihm in die Jacke und zieht eine kleine Flasche heraus. Der Mann will sie ihm wegnehmen, doch der Wachmann schlägt ihm brutal ins Gesicht.

Einen Moment lang herrscht verdutzte Stille im Waggon. Dann protestieren mehrere andere Kolonisten lautstark und gehen angriffslustig auf den Wachmann los. Der hebt jedoch drohend sein Gewehr, worauf die Männer stehen bleiben und ihm zögernd den Weg freimachen.

»Gibt es ein Problem?«, fragt Mr. Dorian den Wachmann, als er an ihnen vorbeikommt.

»Geht euch nichts an«, brummt der Mann und verlässt den Wagen.

Die Frau schluchzt bitterlich.

»Ihr Junge sehr krank«, sagt ein Mann zu Dorian. »Mr. Peters verkauft Medizin. Vater von Jungen hat kein Geld, um zu bezahlen. Mr. Peters gibt ihm Medizin, will aber später Geld dafür. Vater hat versucht, etwas zu verkaufen, um Geld zu bekommen, aber geht nicht. Jetzt Mr. Peters Medizin wieder wegnehmen.«

»Die Familie hat kein Geld bei sich?«, fragt Mr. Dorian.

»Hat nur Essen für Reise, aber Mr. Peters will nicht Essen. Er will Urkunde.«

»Eine Urkunde?«, fragt Maren verwirrt.

»Landurkunde. Dafür Familie hergekommen ist.«

»Ah«, sagt Mr. Dorian. »Ihre Landschenkung vom Staat.«

Will begreift. Die meisten Kolonisten sind unterwegs, um Land in Besitz zu nehmen, auf dem sie Ackerbau und Viehzucht betreiben wollen. Die Urkunde ist der Nachweis, dass ihnen das Land überschrieben wurde. Ohne sie besitzen sie gar nichts.

»Unser guter Mr. Peters scheint ein Bodenspekulant zu sein«, sagt Mr. Dorian.

Will schaut den Jungen an. Das Gesicht des Kleinen ist schmerzverzerrt. Noch nie hat er eine solche Empörung empfunden. Ohne nachzudenken, marschiert er dem Wachmann hinterher. »Amit«, flüstert Maren, »was machst du?« Er beachtet sie nicht und läuft schnurstracks bis zu Mr. Peters Waggon. Maren folgt, gleich dahinter Mr. Dorian. Sie zischt Will zu: »Mach keine Dummheiten!«

Will hat keine Tricks auf Lager und verfügt auch über keinerlei Einfluss. Aber er hat fast drei Dollar in der Tasche.

Er stürmt in den abgetrennten Bereich, wo Mr. Peters gerade von einem feinen Porzellanteller isst und ein Glas Wein dazu trinkt. Bei seinem plötzlichen Eintreten stehen beide Wachmänner auf. »Ah, der Zirkusjunge«, sagt Mr. Peters. »Bitte entschuldigen Sie, dass ich Ihre Vorstellung verpasst habe. Aber für derart niedere Unterhaltung habe ich mich noch nie erwärmen können.«

Will zieht die Münzen aus seiner Tasche und legt sie vor den Händler. »Medizin«, sagt er.

»Ach, dann sprechen Sie doch ein wenig Englisch?«

Will schweigt. Er weiß, dass er einen Fehler gemacht hat, aber schließlich hätte er auch als Amit mittlerweile ein paar englische Wörter aufschnappen können.

»Er möchte die Medizin für den kleinen Jungen kaufen«, erklärt Maren neben ihm.

Mr. Peters mustert Will amüsiert – und voller Neugier. »Ich bin froh, dass Ihr Direktor Sie so großzügig entlohnt. Wie man hört, sollen einige dieser Zirkusleute ja richtige Sklaventreiber sein. Natürlich verkaufe ich Ihnen die Medizin.« Er nickt seinem Wachmann zu, der die kleine Flasche aus dem Regal holt und sie Will zuwirft.

Will fängt sie und steckt sie ein.

»Nicht nur wohlhabend, sondern auch ein guter Samariter«, flötet Mr. Peters. »Wie herzerwärmend. In dieser Beziehung sind wir beide uns sehr ähnlich. Zum Glück habe ich die richtige Arznei für den Jungen dabei. Wenn der Schaffner erfährt, dass eine kranke Familie an Bord ist, könnte er sie ohne weiteres aus dem Zug werfen, was ihre Situation noch schlimmer machen würde. Es ist also besser, wenn so mitfühlende Menschen wie wir sich um diese Leute kümmern.«

Will weiß genau, welche Drohung hinter diesen Worten steckt: *Wenn ihr ausplaudert, was ich hier tue, wird die Familie dafür büßen müssen.*

Will wendet sich an Maren und tut so, als hätte er kein Wort verstanden. Marens Gesicht wird bleich vor Wut. Diesmal ist er es, der ihr die Hand auf den Arm legt, aus Angst, sie könnte etwas Unbedachtes tun.

»Vergessen Sie das Rückgeld nicht«, sagt Mr. Peters.

Will nimmt die Münzen entgegen.

Mr. Dorian, der die Szene vom Eingang aus schweigend beobachtet hat, lüpft tatsächlich noch den Hut vor Mr. Peters, bevor er davonschreitet.

Will läuft zurück zur Familie des Jungen und reicht der Mutter die Arznei. Ihre Augen werden groß vor Staunen.

»Der Mann, er nicht kommen und holen zurück?«, fragt der Vater nervös.

»Nein«, sagt Maren.

Der Junge schaut die Flasche an und bricht in Tränen aus.

»Warum weint er?«, fragt Maren.

»Schmeckt bitter«, sagt seine Mutter. »Er nicht mag.«

Der Junge schluchzt etwas, das wie »Boot« klingt.

»Was sagt er?«

»Er hat gehabt Spielzeug, kleines Boot, wir nicht mitnehmen«, sagt die Mutter. »Er traurig.«

Will flüstert Maren ins Ohr: »Frag sie, wie das Boot aussah.«

Maren fragt und Will wartet, bis die Mutter die Frage für ihren Sohn übersetzt hat. Der Junge lächelt, sein blasses Gesicht wird auf einmal ganz lebhaft. Er plappert eine lange Erklärung. Während die Mutter Maren das Spielzeugboot eingehend beschreibt, zieht Will sein Skizzenbuch hervor und fängt an zu zeichnen, hastig, aber mit so vielen Einzelheiten wie möglich. Dann reißt er das Blatt heraus und reicht es dem Jungen.

Der Junge runzelt die Stirn und deutet auf den Schornstein.

Die Mutter tadelt ihn in scharfem Ton und die Augen des Jungen füllen sich wieder mit Tränen.

»Was ist los?«, fragt Maren.

»Er zu gierig«, erwidert die Mutter.

Will beobachtet, wie der Junge mit dem Finger einen größeren Schornstein auf das Papier zeichnet. Will nimmt den Stift, vergrößert mit ein paar schnellen Strichen den Schornstein und fügt noch eine dicke Dampfwolke hinzu.

Als der Junge Will anstrahlt, fühlt er sich wie ein Held.

»Ich hoffe, Ihrem Sohn geht es bald besser«, sagt Maren.

»Danke«, sagt der Vater zu ihm. »Vielen Dank.«

»Zirkus …«

»Cirque …«

»Sirkuksen …«

»Cirkuszi …«

Das Wort, mit dem sie in der Kolonistenklasse empfangen wurden, begleitet sie nun auch bei ihrem Abschied. Ein mürrischer Drurie führt die drei Zirkuskünstler unter Jubelrufen und lautem Klatschen durch die letzten Waggons. Will schleppt seinen kleinen Koffer hinter sich her und ist auf einmal völlig erschöpft. Noch nie hat er sich so sehr nach einem Bett gesehnt. Drurie bringt sie zu einer verstärkten Tür, die sich nur mit einem Schlüssel öffnen lässt. Als er sie aufmacht, dringt das laute Rattern der Schienen herein und kalte Luft schlägt Will entgegen. Mittlerweile ist es draußen wieder dunkel geworden.

Auf der anderen Seite der Kupplung wartet ein anderer Schaffner hinter dem erleuchteten Fenster des nächsten Waggons. Er nickt Drurie zu, öffnet die Tür und Will schiebt seinen bleischweren Körper über die ruckelnde Plattform in die dritte Klasse.

KAPITEL 10

# MUSKEG

»Achtung, Stufe«, warnt der Schaffner und scheucht sie in den Waggon. Er ist ein schlaksiger junger Mann, dessen schmale Handgelenke weit aus den Ärmeln herausragen. »Im Postwagen ist es ein bisschen unordentlich. Hier kommen nur selten Passagiere durch.«

Will geht um prall gefüllte Baumwollsäcke herum. Sie befinden sich in einem langen Doppelstockwagen ohne Fenster, der von Gaslaternen erhellt wird und an einen Bienenkorb erinnert: Eine kleine Armee uniformierter Männer sortiert an schmalen Tischen die Post und verteilt Briefe und allerlei merkwürdig geschnürte Päckchen auf mehrere offene Säcke. Die gesamte linke Seite des Wagens besteht vom Boden bis zum Dach aus Postfächern. Auf hohen Leitern stehen Postangestellte mit Taschen und sortieren Briefe in die Fächer. Die Leitern fahren auf Schienen die Wand entlang und gleiten mit erstaunlicher Geschwindigkeit hin und her.

»Das ist unser Postvorsteher James Kilgour«, erklärt der schlaksige Schaffner.

Ein Mann mit einem weißen Schnurrbart und Dienstmütze schaut von seinem Klemmbrett auf. Von seiner rechten Hand sind nur noch Daumen und Zeigefinger übrig. »Einen schönen guten Abend«, begrüßt er sie und ruft dann: »Owney? Wo bleibt das Paket für Edmonton?«

Verdutzt beobachtet Will, wie ein struppiger braun-weißer Köter mit dem Kopf eine Kiste zu Mr. Kilgour schiebt und sich auf die Hinterbeine setzt. Er wirkt ungeheuer stolz auf sich.

»Guter Junge«, sagt der Postmeister, wirft das Paket in einen großen Sack und hakt etwas auf seinem Klemmbrett ab. Anschließend kratzt er den Hund ausgiebig zwischen den Ohren. »Das ist Owney, unser Posthund.«

Owneys braune, dreieckige Ohren stellen sich auf und sein Schwanz klopft fröhlich auf den Boden. An seinem Halsband hängen so viele Anhänger, dass Will sich wundert, wie er mit dem Gewicht den Kopf noch anheben kann. Fast hätte er gefragt, wozu sie alle gut sind, hält sich aber gerade noch zurück.

Mr. Kilgour scheint die Frage zu spüren. »Überall, wo wir hinkommen, schenken ihm die Leute solche Anhänger. Unser Owney hier ist ein Glücksbringer. Befördert die Post immer pünktlich an ihren Bestimmungsort, und in den fünfzehn Jahren, die er bei uns ist, haben wir noch nie einen Unfall gehabt.«

»Was für ein süßer, kleiner Kerl«, sagt Maren und bückt sich, um ihn zu streicheln.

Auch Will tätschelt ihn, hauptsächlich deshalb, um dabei unauffällig Marens Hand zu berühren.

»Entzückend«, sagt Mr. Dorian ungerührt. »Wollen wir weiter?«

»Einen kleinen Moment noch«, sagt der Postmeister. »Gleich passieren wir eine Poststation, da wird es bei uns ein bisschen hektisch.« Er schaut auf seine Taschenuhr. »Harrison! Reid! Aufklappen!«

Zwei Männer eilen herbei und ziehen an einer Kette, worauf eine Eisenplatte in der Seitenwand des Wagens hochfährt. Kalte Nachtluft donnert herein. In der Dunkelheit sieht Will einen Telegrafenmast vorbeirasen. »Sack ran!«, brüllt der Postmeister über das Rattern des Zuges hinweg.

In der Mitte des Wagens erhebt sich ein dicker Metallpfosten wie ein Mast. Zwei Arme ragen an ihm hervor, der eine ein gutes Stück über dem anderen. Harrison und Reid hängen einen Postsack an den unteren Arm und drehen beide Arme, bis sie aus der Öffnung hinausragen. »Los geht's!«, ruft einer der Männer und späht durch die Öffnung hinaus.

»Zieh den Kopf ein, verdammter Narr!«, schimpft Kilgour. »Wie oft muss ich euch das noch sagen? Wollt ihr geköpft werden?« Der Postmeister schaut Will an und verdreht die Augen.

Ein Umriss saust am Fenster vorbei und ein ohrenbetäubendes Klappern erklingt. Der Sack am unteren Arm verschwindet, im selben Moment schwingt der obere Arm, der eben noch leer war, mit einem klobigen Baumwollsack zurück in den Waggon.

»Habt ihr das gesehen?«, fragt Kilgour mit einem stolzen Kopfschütteln, obwohl er die Prozedur sicher schon tausend Mal miterlebt hat. »Ein Arm streift unseren Postsack ab und wir nehmen dafür ihren an Bord! Also gut, Männer, legen wir los! Wir haben eine Stunde bis zur nächsten Abwurfstelle. Danach geht's in den Muskeg!«

»Wiedersehen, Owney«, sagt Maren zu dem Hund, als sie den Postwagen verlassen. Der Hund wedelt mit dem Schwanz und schnuppert an den verschiedenen Bündeln am Boden, als könne er die Adressen lesen.

Der Schaffner führt sie zum nächsten Waggon. Sobald sich die Tür hinter ihnen geschlossen hat, fällt Will auf, wie ruhig es hier im Vergleich zur Kolonistenklasse ist. Die Wagen scheinen deutlich besser isoliert zu sein. Außerdem sind sie gefedert, denn die Fahrt fühlt sich längst nicht mehr ganz so holprig an. Der Boden ist kürzlich erst weiß lackiert worden und an der Decke prangen Gipsverzierungen. In regelmäßigen Abständen hängen Gaslampen an den Wänden und in jedem Wagen stehen zwei Öfen. Trotzdem gibt es keine Essensgerüche und keinen Ruß.

Im Moment begeben sich die Fahrgäste des Wagens gerade zu Bett. Schaffner teilen Kissen und Decken aus und klappen die Schlafpritschen herunter. Zwischen den Kojen hängen schwere Vorhänge, um ein wenig Privatsphäre zu schaffen. Es ist eng, aber längst nicht so vollgestopft wie in der Kolonistenklasse. Die Leute starren sie an und Will wird bewusst, wie sehr Maren, Mr. Dorian und er zwischen den wettergegerbten

Viehknechten und Bauern in ihren Unterhemden und Jeanshosen hervorstechen.

Nach ein paar weiteren Waggons führt der Schaffner sie an Abstellräumen und Mannschaftsquartieren vorbei und schließt schließlich die Tür zu einem winzigen Abteil auf. Er tritt zurück und lässt sie hinein. Das Dreierstockbett an der Wand verdeckt fast das einzige Fenster, ihm gegenüber steht eine lange, schmale Bank. Kaum Platz, um die Gedanken zu sortieren – das hat Wills Mutter immer über ihre alte Wohnung gesagt und das würde auch hier gut passen.

»Da in der Wand finden Sie Fächer für Ihr Gepäck«, sagt der Schaffner. »Ich hoffe, Sie sind mit der Unterkunft zufrieden. Es ist das einzige freie Abteil in der dritten Klasse.«

»Es ist wunderbar«, sagt Mr. Dorian. »Herzlichen Dank.«

»Ich habe einen der Schaffner angewiesen, die Betten zu machen, und am Ende des Waggons befindet sich ein Waschraum. Der Speisewagen liegt ein paar Wagen weiter vorn. Möchten Sie heute Abend noch eine Mahlzeit zu sich nehmen?«

»Wir haben bereits gegessen, vielen Dank«, sagt Maren.

»Hinter dem Speisewaggon finden Sie den Salon, wo Sie morgen Mittag auftreten«, sagt der Schaffner. »Es ist ein sehr schöner Raum.«

»Ausgezeichnet. Gute Nacht«, sagt Mr. Dorian und schließt die Tür.

Will verstaut seinen kleinen Koffer in einem der Fächer und setzt sich auf die Bank. Seine Knie stoßen fast gegen das untere Stockbett.

»Dein Vorgehen vorhin in der Kolonistenklasse war sehr unbedacht«, sagt Mr. Dorian ruhig. »Du hast mehr offenbart, als gut für dich ist.«

Will fragt sich, ob Mr. Dorian wütend auf ihn ist. »Es tut mir leid. Aber was dieser Peters da macht, ist furchtbar. Warum verhindert Sam Steele so was nicht?«

»Die Mounties patrouillieren nicht in den Kolonistenwagen«, erklärt Mr. Dorian. »Die Leute dort müssen allein klarkommen.«

»Ich werde mit meinem Vater darüber reden«, erklärt Will. »Die Waggons sind so vollgestopft. Selbst das Vieh wird besser behandelt.«

»Das finde ich auch«, sagt Maren. »Es ist ungerecht.«

»Vieles ist ungerecht«, sagt Mr. Dorian milde, doch zum ersten Mal ist hinter seiner enervierenden Gelassenheit eine tiefe Wut zu spüren. »Die Familie meines Vaters kam aus Frankreich, um dieses Land in Besitz zu nehmen. Dann kamen die Engländer und nahmen es den Franzosen weg. Später versuchten die Amerikaner, es den Engländern wieder abzujagen. Als Métis habe ich miterlebt, wie mein Volk verjagt und verhöhnt wurde. Das Elend dieser Siedler lässt mich wahrlich nicht kalt. Aber sie sind nur eine weitere Gruppe von Europäern, die hierherkommen und sich Land nehmen, das früher einmal allein den Indianern gehört hat.«

So hat Will die Sache noch nie betrachtet und er weiß nicht, was er darauf sagen soll. Es ist alles so kompliziert!

»Dennoch«, sagt der Zirkusdirektor schließlich, »es war

sehr nett, was du für den kleinen Jungen getan hast. Und dein Auftritt war hervorragend.«

»Tatsächlich?«, fragt Will, überrascht von dem Lob.

»Eines der besten Debüts, das ich je erlebt habe.«

»Ich hatte eine Riesenangst!«

»Das hat man dir nicht angemerkt. Und deine Zeichnungen waren wirklich beeindruckend. Was für eine Energie in ihnen steckt!«

Will hatte gar keine Gelegenheit, sie richtig zu betrachten, weil Mr. Dorian sie ihm so schnell aus der Hand gerissen hat. Röte steigt ihm ins Gesicht. Er kann sich nicht erinnern, dass sein Vater ihn je so gelobt hat.

»Ihr Lob wird ihm noch zu Kopf steigen«, meint Maren.

»Ich glaube, sein Kopf sitzt recht fest auf den Schultern. Nun, William, warum suchen wir beide nicht den Waschraum auf, damit Maren sich in Ruhe umziehen kann?«

Will fragt sich, wie er sich säubern soll. Mit der Schminke im Gesicht kann er sich nicht richtig waschen und Zähne putzen kann er auch nicht, weil Zahnbürste und Zahnpasta fein säuberlich auf einem blitzblanken Keramikwaschbecken in seinem Erste-Klasse-Abteil liegen. Er wird sich die Zähne mit dem Finger und etwas Wasser putzen müssen. Als Will die Weste auszieht, fällt die seltsame Stoffbrille, die er gekauft hat, zu Boden.

»Was ist das?«, fragt Maren und hebt sie auf.

»Oh.« Er kommt sich etwas albern vor. »Die habe ich bei einem Händler an der Schienenkreuzung gekauft …«

»Eine Muskegbrille«, sagt Mr. Dorian.

Will ist nicht wirklich überrascht, dass der Zirkusdirektor so etwas kennt. Er scheint über alles Absonderliche Bescheid zu wissen. »Stimmt das?«, fragt er. »Kann sie wirklich vor der Nebelhexe schützen?«

»Manche Leute glauben daran. Ich selbst habe noch nie eine Nebelhexe gesehen. Die Geschichten über sie habe ich erst gehört, nachdem die Schienen durch die Sümpfe gelegt wurden.« Mr. Dorian nickt nachdenklich. »Es ist, als hätte die Eisenbahnstrecke eine Wunde in den Kontinent geschnitten und alle möglichen Geister aufgeweckt. Aber natürlich kann es auch eine ganz einfache Erklärung dafür geben. Vielleicht werden manche Leute von der kahlen Landschaft und dem Mondlicht in Trance versetzt. Von einer Art Wahnsinn übermannt. Und dann stürzen sie sich in den Sumpf.«

»Ich kann nur noch Umrisse erkennen«, sagt Maren mit der Brille auf der Nase.

»Das ist ja der Sinn daran«, sagt Will. »So kann man der Hexe nicht in die Augen schauen.«

Maren nimmt die Brille ab und verstaut sie wieder in Wills Weste. »Ich kann mir nicht vorstellen, dass sie wirklich zu was gut ist.«

»Heute Abend fahren wir durch den Muskeg«, sagt Will besorgt, weil ihm die Bemerkung des Postmeisters wieder einfällt.

»Wir halten die Vorhänge geschlossen«, sagt Mr. Dorian. »Was ist? Gehen wir?«

Im Waschraum warten Will und Mr. Dorian, bis sie an den vollen Waschbecken und Toiletten Platz finden. Ein Mann mit einem haarigen Rücken spritzt sich Wasser unter die Arme und hinterlässt große Lachen am Boden. Misstrauisch beäugt er die beiden Zirkusleute im Spiegel. Will ist sich bewusst, wie sehr sie hier auffallen – ein indischer Wahrsager und ein Métis in einem Frack.

Auf dem Rückweg zu ihrem Abteil öffnet sich die hintere Waggontür und Leutnant Samuel Steele kommt herein. Sogleich bricht ein Sturm widerstreitender Gefühle über Will herein. Zum einen ist da die Freude darüber, dass der Mountie in seiner roten Uniform auf einmal vor ihm steht, unbezwingbar wie eine Bergfestung. Er muss den Mann nur ansprechen und ihm seine Geschichte erzählen, dann wird man ihn zurück in die erste Klasse bringen. Er würde seinen Vater wiedersehen, Brogan und seine Männer würden festgenommen werden.

Gleichzeitig ist er enttäuscht. Soll sein Abenteuer so bald schon zu Ende sein? Das kommt ihm viel zu einfach vor, zu schnell.

Nach kurzem Zögern geht er auf den Mountie zu. In diesem Moment schließt sich Mr. Dorians Hand fest um seinen Oberarm. Der Griff kommt ihm bekannt vor. Genauso hat Mackie ihn festgehalten, als er Will an Brogan übergeben wollte. Verwirrt schaut Will zu Mr. Dorian auf. Angst regt sich in ihm. Der Zirkusdirektor blickt ihn gelassen an und schüttelt fast unmerklich den Kopf.

Will weiß, dass er nur um Hilfe rufen bräuchte und der Mountie würde kommen. Aber er tut es nicht. Er vertraut Mr. Dorian. Es muss einen Grund geben, warum er sich still verhalten soll.

»Ah, Mr. Dorian«, sagt der Mountie nun, »ich habe Ihre Aufführung am Abend nach der Abfahrt gesehen. Wunderbar.«

»Danke, Leutnant«, sagt Mr. Dorian. »Wir freuen uns darauf, in ein paar Tagen wieder für Sie auftreten zu dürfen.«

»Und wer ist dieser junge Mann hier?«

»Amit, unser Spiritual-Künstler. Er könnte mit verbundenen Augen Ihr Porträt malen, und zwar detailgenau, aber nun, da er Sie gesehen hat, wird er jemand anderen zeichnen müssen.«

Der Mountie lacht. »Wie schade. Passen Sie gut auf sich auf. In den billigeren Klassen sind gelegentlich ein paar raue Kerle unter den Fahrgästen.«

»Wir werden achtgeben.«

»Heute Nacht durchqueren wir den Muskeg, meine Herren. Halten Sie die Vorhänge lieber geschlossen.«

»Auch das werden wir«, versichert Mr. Dorian.

Will sieht Samuel Steele, der durch den Gang davongeht, mit einem Kloß im Hals hinterher. Mit bleischweren Schritten folgt er Mr. Dorian dann in ihr Abteil. Sobald der Zirkusdirektor die Tür zugezogen hat, flüstert er: »Warum durfte ich nicht mit ihm reden?«

»Was ist passiert?«, fragt Maren vom oberen Stockbett. Sie hat bereits ihr Nachthemd angezogen. Trotz seiner Verwirrung fällt Will sofort auf, wie hübsch sie mit offenen Haaren aussieht.

»Wir sind Samuel Steele im Gang begegnet«, erklärt Mr. Dorian.

»Vertrauen Sie ihm nicht?«, will Will wissen. »Sie nehmen doch nicht ernsthaft an, er könnte mit Brogan unter einer Decke stecken?!«

»Ich würde Leutnant Steele mein Leben anvertrauen. Nein, er ist wirklich ein höchst ehrenwerter Mann. Aber wenn du dich an ihn gewandt hättest, William, und ihm deine Geschichte erzählt hättest, wäre Brogan festgenommen worden …«

»Aber das ist doch gut!«, ruft Will verwundert.

»… und der Bestattungswagen wäre ohne Zweifel von da an mit äußerster Sorgfalt bewacht worden.« Mr. Dorian verstummt und sieht Will geduldig an.

»*Sie* sind auch hinter dem goldenen Gleisnagel her«, haucht Will entsetzt.

Ein amüsiertes Lächeln umspielt Mr. Dorians Lippen. »Nein. Ich bin auf etwas gänzlich anderes aus.«

»Aber Sie wollen etwas aus dem Bestattungswagen stehlen?«

»So ist es.«

»Sie wollen den Trans-Kanada-Express berauben?«

»Es gibt da ein Gemälde, das ich unbedingt haben möchte.«

»Ein Gemälde!«, ruft Will. »Und das soll ich Ihnen glauben? Nur ein Gemälde?«

»Es überrascht mich«, bemerkt Mr. Dorian trocken, »dass

du als aufstrebender junger Künstler keine höhere Meinung von Kunstwerken hast.«

»Ist es wertvoll?«

»Für einige Menschen schon. Ich habe Van Horne vor Jahren ein kleines Vermögen dafür geboten. Hätte er es mir da verkauft, müsste ich es jetzt nicht stehlen.«

Auf einmal erinnert sich Will daran, wie sich Mr. Dorian im Zug der Eisenbahngesellschaft mit dem Generaldirektor unterhalten hat.

»Ist es das Gemälde von damals?«, fragt er. »Das Bild von der Schmiede?«

»Ah, du erinnerst dich doch. Van Horne hat dieses Bild geliebt. Warum, weiß ich nicht genau. Ich selbst finde es eher mittelmäßig.«

»Und warum wollen Sie es dann haben?«

»Das ist meine Angelegenheit.«

Verwundert dreht Will sich zu Maren. Bei ihrem schuldbewusst gesenkten Blick tut sich ein tiefer Krater in ihm auf. Er schluckt mit trockenem Mund. »Du wusstest davon?«

Sie nickt langsam.

Wieder blickt er zu Mr. Dorian. »Ich dachte, ihr würdet mich beschützen …«

»Wir beschützen dich doch, Will«, sagt Maren.

»… aber ihr benutzt mich nur!« Er schaut zwischen ihr und Mr. Dorian hin und her. Er ist gekränkt – und zum ersten Mal, seit er bei ihnen ist, hat er Angst. »Mein Schlüssel! Das ist es, was ihr von mir wollt!«

Mr. Dorian setzt sich auf das untere Stockbett und macht bedächtig seine Schnürsenkel auf. »Keineswegs. Ich besitze meinen eigenen Schlüssel.« Der Zirkusdirektor zieht eine Kette mit einem großen Schlüssel aus seiner Jacke.

»Wie das?«, fragt Will erstaunt.

»Dein Vater hatte ihn bei unserer Aufführung in der Tasche. Ich habe einfach einen Abdruck davon gemacht und mir von meinem Chef-Maschinisten eine Kopie davon fertigen lassen.«

Will geht die Szene in seiner Erinnerung noch mal durch. Das Publikum war wie gebannt von der Fahrt durch die verschiedenen Zeitzonen und von Mr. Dorians Hypnose oder von beidem – in der Zeit hätte der Zirkusdirektor alles Mögliche unbemerkt tun können.

»Und was wollen Sie dann von mir?«, fragt er beunruhigt.

»Wir brauchen deine Mitarbeit – und dein Schweigen«, erklärt Mr. Dorian. »Nur noch zwei Nächte, William. Dann bist du frei und kannst zu deinem Vater zurückkehren.«

»*Frei*?«, wiederholt Will wie betäubt. »Heißt das, ich bin jetzt ein Gefangener?«

»Vielleicht habe ich meine Worte schlecht gewählt«, sagt Mr. Dorian. »Ich hoffe, du wirst so freundlich sein, uns zu helfen.«

»Euch helfen?«, sagt Will. Plötzlich steigt Wut in ihm auf. »Warum sollte ich euch helfen? Ihr seid doch nur lausige Diebe!«

»William, du bist müde …«, sagt der Zirkusdirektor. Er

schaut Will mit dunklen Augen an und der fühlt sich tatsächlich auf einmal sehr erschöpft. Immerhin hat er in der vergangenen Nacht fast nicht geschlafen. »Du hast in letzter Zeit viel durchmachen müssen«, sagt Mr. Dorian. »Da wäre jeder sehr, sehr müde.«

Will wendet die Augen mit Gewalt von dem Zirkusdirektor ab.

»Wagen Sie es ja nicht, mich zu hypnotisieren!«, wehrt er sich.

»Ich sage nur, dass du dich ausruhen solltest, William«, meint Mr. Dorian. »Das brauchst du jetzt mehr als alles andere. Wenn du mir nur zuhören würdest, wenn du auf die Vernunft hören …«

Will erhebt die Stimme, um den Zirkusdirektor zu übertönen. »Brogan hat versucht mich umzubringen! Je länger ich warte, desto größer wird die Gefahr, dass er mich findet!«

»Ja, deshalb haben wir dich so verkleidet, dass Brogan dich nicht aufspüren wird. Wir haben dich aufgenommen, ohne dir auch nur eine Frage zu stellen, und dir Unterschlupf gewährt.«

»Wir beschützen dich, Will«, sagt Maren.

Er kann ihr nicht in die Augen sehen. Wie konnte er nur so dumm sein! Er hat gedacht, sie würde ihn gernhaben – aber sie hat nur so getan, damit sie ihn wie eine Marionette für sich tanzen lassen kann! »Wie wollt ihr mich vor einem Messer oder einer Pistole schützen?«, schnaubt er höhnisch.

»Du machst es uns auf jeden Fall deutlich schwerer, wenn

du die Aufmerksamkeit anderer Leute auf dich ziehst«, sagt Mr. Dorian leise.

»Was ist mit meinem Vater?«, beharrt Will. »Und wenn Brogan ihn nun auch töten will?!«

»Nicht so laut, Will!«, sagt Maren scharf.

»Ich muss ihn sofort warnen!«

Das Mädchen schweigt unbehaglich.

»Dein Vater ist in Sicherheit«, sagt Mr. Dorian.

»Das können Sie nicht wissen! Und es kümmert Sie auch nicht!«

»Zwei Nächte, William. Mehr verlange ich nicht.« Mr. Dorian steht auf und stellt sich vor die Tür. Seine Körperhaltung wirkt nicht bedrohlich, aber Will weiß, dass der Zirkusdirektor ihn aufhalten würde. Will käme niemals an ihm vorbei. Der Gedanke macht ihm Angst. Deshalb nickt er und schweigt.

Doch er weiß schon, was er später in der Nacht tun wird.

Brogan zittert, als er die Kolonistenklasse betritt; er ist froh über die Wärme, aber nicht über den stechenden Geruch. Er kämpft sich bis zu Peters Wagen durch, wo der Engländer auf seiner gemütlichen Bank liegt und Zeitung liest.

»Wie laufen die Geschäfte?«, fragt Brogan und betrachtet die Regalfächer, um abzuschätzen, wie viel Umsatz Peters wohl gemacht hat.

»Heute ist wenig los«, sagt Mr. Peters.

»Ich hab Ihnen doch gesagt, dass Sie sich ins eigene Fleisch schneiden, wenn Sie zu viel verlangen.«

»Sie wollen doch nur Ihren Anteil kassieren, möchte ich behaupten«, sagt Peters. Er setzt sich widerwillig auf und greift unter der Bank nach einer Schatulle.

»Behalten Sie das Geld vorerst«, sagt Brogan. »Als Anzahlung. Haben Sie gekriegt, was ich wollte?«

»Ah ja. Das habe ich tatsächlich.« Peters zieht eine kleine Holzkiste aus einem der Fächer und klappt den Deckel auf. Darin liegt, auf Sand gebettet, ein schlankes, hölzernes Gefäß. Brogan nimmt es vorsichtig heraus und liest das Etikett, dann öffnet er das Flakon und schnuppert.

Peters grinst. »Ein annehmbarer Jahrgang, was?«

»Genau richtig für meinen Zweck.« Brogan zieht einen Beutel aus der Tasche, füllt ihn mit Sand und steckt das Fläschchen hinein.

»Sie gehen ja recht sorglos damit um«, sagt Peters ein wenig nervös.

»Wenn man so viel mit dem Zeugs gearbeitet hat wie ich, weiß man, was geht und was nicht. Aber ich glaube, da war noch was, das Sie mir verkaufen wollten.«

»Natürlich«, sagt Peters, schiebt eine flache Kiste über den Tresen und klappt sie auf.

»Das hab ich gemeint«, sagt Brogan und will nach der Pistole greifen.

Peters zieht die Kiste zurück. »Sie haben da ein paar ziemlich teure Dinge bestellt.«

»Keine Angst, Sie kriegen Ihr Geld schon noch.«

»Aber bitte, bevor Sie sich in die Luft gesprengt haben.«

Einer von Peters Wachmännern räuspert sich und klopft mit dem Gewehrkolben auf den Boden.

Schniefend zieht Brogan ein Bündel Geldscheine aus der Tasche, sucht ein paar heraus und reicht sie Peters. »Ich bin heute mal in großzügiger Stimmung.«

»Große Pläne, nehme ich an«, meint Peters.

»Jep. Den Jungen, von dem ich erzählt habe – den haben Sie nicht zufällig gesehen?«

Peters Augen nehmen einen verschlagenen Ausdruck an. »Den Rotschopf?«

Brogan schaut ihn eindringlich an. »Genau den.«

»Hatten Sie nicht gesagt, Sie würden für diese Information bezahlen?«

Zähneknirschend zieht Brogan noch ein paar Scheine hervor.

»Sie sollten sich mal den indischen Jungen anschauen, der mit Mr. Dorian unterwegs ist.«

»Warum sollte ich das tun?« Brogans Stimme klingt feindselig.

»Er ist nicht der, der er vorgibt zu sein.«

»Meine Männer haben den Jungen draußen rumlaufen gesehen.«

Peters zuckt die Schultern. »Drurie, der Schaffner, behauptet, er würde kein Englisch sprechen, aber einer meiner Männer hat ihn reden hören. Und er hatte drei Dollar bei sich. Eine Menge Geld für einen Zirkusburschen.«

»Ich hoffe, der Tipp taugt was.«

»Das werden Sie erst wissen, wenn Sie dem Hinweis nachgegangen sind.«

Ein Gefühl sagt Brogan, dass Peters Recht haben könnte. »Sind die noch hier?«

»Sie sind vorhin weiter in die dritte Klasse, um dort zu übernachten.«

»Na, dann mal danke dafür.«

»Gern geschehen. Ach, hatten Sie eigentlich vor, auch ein paar Kugeln für die Pistole zu kaufen?«

Will liegt im mittleren der drei Betten und wartet. Er zittert vor Wut und Angst.

Unter ihm schnarcht Mr. Dorian leise, über ihm liegt Maren schweigend in ihrem Bett. Das Abteil ist fast völlig dunkel; nur ein schwacher Streifen Mondlicht dringt durch die Vorhänge. Will weiß nicht, wie lange er schon wartet, aber mittlerweile müssten die beiden tief und fest schlafen.

Was für ein Narr er doch war, sich von ihnen übers Ohr hauen zu lassen! Die ganzen Geschichten darüber, was für Halunken diese Zirkusleute sind – sie stimmen alle! Mr. Dorian ist trotz seiner vornehmen Manieren und den schlauen Tricks nichts weiter als ein gewöhnlicher Dieb. Und Maren auch. Hat sie ihm nicht damals schon den Sasquatch-Zahn gestohlen? Er würde sie so gern als Schurkin sehen, aber ständig geistert ihm das Mädchen mit den lebhaften Augen durch den Kopf, das er vor drei Jahren in den Bergen kennengelernt hat. Wütend versucht er, dieses Bild wie eine missglückte Zeichnung im Geiste zu zerknüllen. Er muss unbedingt weg von ihr! Dazu muss er nur leise von seinem Bett rutschen und zur Tür schleichen, dann kann er fliehen. Er hat ein wenig Sorge, weil er dann von einem Waggon zum anderen umsteigen muss. Wenn die Bremser immer noch nach ihm Ausschau halten, könnten sie ihn dabei entdecken. Und wie soll er ohne Fahrkarte in die nächste Klasse kommen? Aber vielleicht glauben ihm die Schaffner seine Geschichte ja. Und wenn er genügend Rabatz macht, werden sie ihn zumindest zu Samuel Steele bringen – es sei denn, sie arbeiten auch für Brogan. Aber nicht jeder hier im Zug kann mit ihm unter einer Decke stecken.

Er atmet langsam ein und spannt die Muskeln an.

»Will«, flüstert Maren aus dem oberen Bett.

Er sagt nichts, macht nur schnell die Augen zu. Er hört, wie sie sich bewegt und zu ihm hinunterstarrt.

Dann stößt sie ihn an. »Ich weiß, dass du wach bist.«

Er antwortet nicht.

»Geh nicht«, sagt sie.

Ganz still liegt er da.

Ihr Finger sticht ihm ins Auge.

»Au!«, krächzt er.

»Tut mir leid – tut es weh?«

»Ja!«

Er sieht den Umriss von Marens Kopf, ihre Haare, die wie ein dunkler Vorhang vor ihrem Gesicht hängen. Unter ihnen dreht sich Mr. Dorian herum, schnarcht aber leise weiter.

»Es tut mir leid«, flüstert sie ganz leise. »Ich wollte dir nicht ins Gesicht fassen. Ich weiß, dass du abhauen willst.«

»Wovon redest du?«

»Wenn du gehst, kann Mr. Dorian nicht in den Bestattungswagen einbrechen.«

»Ich nehme an, du erhältst einen Anteil der Beute?«

»Nicht wirklich.«

Will verzieht das Gesicht. »Nicht wirklich? Was soll das heißen?«

»Das Bild ist mir egal. Er braucht mich nur, um den Strom abzustellen.«

»Warum macht er das nicht selbst?«

»Das Schlüsselloch dazu befindet sich unterm Waggon – und das Ganze muss während der Fahrt passieren.«

»Während der Fahrt?«

Ihre Stimme klingt unbekümmert. »Ich schaff das schon. Ich habe geübt.«

Er erinnert sich daran, wie sie sich im Probensaal auf dem Rücken liegend über das Drahtseil geschoben hat. Bei der Vorstellung wird ihm ganz mulmig zu Mute. »Zwingt er dich, das zu tun?«

»Nicht wirklich.«

»Wieso machst du es dann?«

Sie seufzt. »Weil er versprochen hat, mich dann aus meinem Vertrag zu entlassen und meine Brüder auch. Außerdem bezahlt er mir fünftausend Dollar.«

Will holt scharf Luft. Das ist viel Geld.

»Damit können wir einen eigenen Zirkus eröffnen, meine Familie und ich. Das Bein von meinem Vater wird nie wieder richtig gesund werden. Kein Zirkus wird ihn mehr anheuern. Ich brauche das Geld, wenn wir alle zusammen sein wollen. Das ist meine Chance, mich zu befreien.«

»Trotzdem. Diebstahl ist nun mal unrecht. Es muss einen anderen Weg geben.«

»Und was willst du tun, Will Everett? Willst du mich retten?«

Will läuft rot an. Zum Glück ist es dunkel. »Ich wüsste nicht, wie. Es kommt mir nur irgendwie nicht … richtig vor, dass du dein Leben riskierst.«

»Ich habe keine Angst.«

»Ketten können dich nicht fesseln, Schlösser dich nicht halten.«

»Ganz genau. Bitte, Will. Geh nicht weg.«

Eigentlich will er sich nicht von ihr umstimmen lassen. Er vertraut ihr immer noch nicht. Er hat gedacht, sie würde ihn mögen, aber wie soll er das jetzt noch glauben? Ja, sie helfen ihm, aber gleichzeitig benutzen sie ihn auch. Und welcher Mann würde von einem Mädchen etwas so Gefährliches verlangen? Und alles nur für ein Gemälde?

»Bleibst du bei uns?«, fragt Maren.

»Na gut«, seufzt er.

»Du lügst.«

Sie hat Recht, aber er traut ihr immer noch nicht. Schließlich könnte sie das kaputte Bein ihres Vaters und die Geschichte von einem eigenen Zirkus genauso gut erfunden haben. Vielleicht ist auch das Gemälde nur eine Lüge und sie sind in Wirklichkeit beide hinter dem goldenen Gleisnagel her.

»Ich schlafe jetzt«, sagt er.

»Ich werde die ganze Nacht wach bleiben und dich beobachten.«

»Wie du willst«, sagt er und dreht sich zur Wand. Er hat nicht die Absicht, einzuschlafen. Er wird warten, bis sie selbst schläft. Aber bald kann er sich nicht länger gegen die Erschöpfung wehren und sinkt in einen tiefen Schlummer.

Im Licht der Laterne traben Brogan, Mackie und Chisholm sicheren Schritts nacheinander über die Dächer des Trans-Kanada-Express. Auf beiden Seiten der Gleise erstreckt sich der Kanadische Schild, eine Kruste aus uraltem Gestein, die von riesigen Schneisen tiefen Sumpflands durchzogen ist. Hutzelige Bäume kauern überm Boden und wiegen sich wie alte Weiber hin und her, wie um sich gegen den schneidenden Wind zu wärmen. Die Tümpel glitzern rastlos, als könnte das Wasser jeden Moment ansteigen und sich in alle Richtungen ausbreiten. Brogan hat diese Landschaft schon zu jeder Tag- und Nachtzeit gesehen, bei Gewitter und in grellem Sonnenlicht, und immer ist sie trostlos. Es ist das gottverlassenste Ödland, das man sich nur vorstellen kann.

»Wir sollten nicht hier draußen sein«, hört er Chisholm hinter sich murren. »Denkt an die Nebelhexe.«

Brogan dreht sich mit höhnischer Miene zu ihm um. »Was ist mit ihr?«

Chisholms Wangen sehen in der Dunkelheit ganz eingefallen aus. »Nur dass man sagt, sie würde im Mondlicht noch wilder ihr Unwesen treiben.«

»Nebelhexen gibt's nicht«, behauptet Brogan. »Und wenn doch, verpass ich ihr 'ne Abreibung, die sie so schnell nicht vergisst. Hättste den Jungen erkannt, als er an dir vorbeispaziert ist, müssten wir jetzt nicht draußen sein.«

»Er hatte doch sowieso den Riesen dabei«, verteidigt sich Chisholm.

»Jetzt nicht mehr«, sagt Brogan und schaut wieder nach vorn.

Wenn dieser Mischlingsbastard von einem Zauberer meint, er könnte den Jungen einfach verschwinden lassen, hat er sich geirrt! So ein bisschen Schminke mag vielleicht einen Idioten wie Chisholm täuschen, aber Brogan wird ihn schon erkennen. Er hätte gleich Verdacht schöpfen müssen, als Dorian ihn gestern im Zirkuswagen mit seinem richtigen Namen angesprochen hat. Wer hat ihm den verraten? Wenn es der Junge war, heißt das, er lebt noch und hockt irgendwo im Zug. Und wenn er im Zug ist, muss er in der dritten Klasse sein. Es gibt nicht viele Abteile, in denen drei Zirkusartisten übernachten können. Sicher schlafen sie längst und ein Hieb mit dem Kolben von Brogans Pistole wird schon dafür sorgen, dass der Zirkusdirektor und das Mädchen nicht aufwachen.

Und auf den Jungen wartet dann – leise und tödlich – das Messer!

Da stößt die Lokomotive unversehens ein schrilles, lautes Pfeifen aus, das wichtigste Signal für einen Bremser: Plötzlicher Halt.

»Zurück zu euren Wagen!«, brüllt Brogan Chisholm und Mackie zu.

Überall am Zug flackern Laternen auf, während sämtliche Bremser eilig auf die Dächer klettern und zu den Bremsrädern stürmen. Ein langer, verzweifelter Pfeifton zerreißt die Nacht, dann noch einer. Das muss ein Notfall sein, vielleicht blockiert etwas die Gleise …

Während Brogan zurück zu seinem Posten rennt, spürt er, wie der Zug langsamer wird. Er schaut hinab, wo das Wasser bereits um die Schienen herumschwappt. Nun weiß er auch, was passiert ist.

Der Muskeg.

Will träumt von einer Frau, die schreiend an seinem Bett steht. Sie schaut ihm in die Augen und reißt ihm mit einer schnellen Handbewegung die Decke weg.

Als er aufwacht, verwandelt sich ihr Schreien in das panische Schrillen einer Zugpfeife und das Quietschen von Bremsen. Sein Körper wird schmerzhaft gegen das Bettgeländer gepresst, als der Zug mit einem nervösen Ruck zum Stehen kommt. Ein Zittern zieht durch die dicke Eisenhaut wie bei einem durchgehenden Pferd. Hinter den Wänden ihres engen

Abteils hört Will das Murmeln überraschter Passagiere. Das dünne Weinen eines Babys dringt aus einer fernen Schlafkoje herüber.

Als er sich aufsetzen will, stellt er fest, dass er mit Handschellen ans Bettgeländer gefesselt ist. »He!«, sagt er und zerrt an der Kette.

»Sie hat dich festgebunden«, dringt Mr. Dorians leise Stimme aus der Dunkelheit. »Ohne Zweifel zu deinem eigenen Schutz.« Der Mann sitzt auf der Bank und ist bereits angezogen.

»Zu meinem Schutz?«

»Du wolltest fliehen«, erklärt der Zirkusdirektor. »Du hättest entdeckt werden können.«

»Ihr könnt mich doch nicht einfach festketten!« Heiße Wut steigt in Will auf.

»William, bitte sprich leiser.«

»Und wenn ich um Hilfe rufe?«

Auf einmal steht Mr. Dorian neben Wills Bett, sein Gesicht schwebt wütend in der Dunkelheit über ihm. »Nur zu, aber das wirst du nicht. Denn dann würde womöglich irgendwann ein Schaffner kommen. Man würde dir Fragen stellen. Und während sie noch überlegen, was sie mit dir anstellen, würde sich die Nachricht wie ein Lauffeuer bis zu den Bremsern herumsprechen. Bevor du auch nur die zweite Klasse erreicht hättest, würde Brogan dir bereits einen Besuch abstatten, und sein Messer findet gewiss eine weiche Stelle zwischen deinen Rippen.«

Will schweigt einen Moment. »Warum haben wir angehalten?«

»Das wollte ich eben herausfinden. Vielleicht hat es einen Unfall gegeben.«

Sofort muss er an seinen Vater denken. »Was für einen Unfall?«

»Bleib hier.«

Will rasselt trotzig mit den Handschellen. »Ich kann ja sowieso nirgends hin, oder?«

Mr. Dorian schlüpft hinaus und schließt die Tür hinter sich.

»Maren!«, sagt Will und hämmert von unten gegen ihr Bett.

Sie murmelt etwas, das wie ein »Nein« klingt, und wälzt sich auf die Seite. Er tritt gegen das Bett und schlägt sich dabei die Zehen an.

Draußen vor der Tür hört er Schritte. Dann sagt jemand, vielleicht ein Schaffner: »Die Schienen sind überschwemmt. Die Männer arbeiten daran, neue Gleise zu verlegen ... kein Grund zur Sorge ... dürfte nicht lange dauern ... schon daran gewöhnt ...«

Will windet sich in seinem Bett herum und zieht den Vorhang am Fenster auf. Im silbernen Mondlicht liegt die karge, aber seltsam schöne Landschaft des Muskeg schimmernd da. Unterholz, schwarze Fichten und dunkel schimmernde Wasserflächen breiten sich vor ihm aus. Weil der Trans-Kanada-Express in einer leichten Linkskurve steht, kann Will fast die gesamte Länge des Zuges überblicken. Ganz weit vorn bildet er sich ein, sogar den Umriss der Lokomotive zu erkennen.

Wie ein kleiner Berg ragt sie vor dem flachen Horizont auf. Die Lok scheint unbeschädigt zu sein, seinem Vater ist bestimmt nichts passiert.

In diesem Moment überkommt ihn eine fast erdrückende Sehnsucht nach ihm. Die Lok ist kilometerweit entfernt, aber er könnte zu ihr rennen, ohne sich mit Schaffnern oder Fahrkarten herumschlagen zu müssen. Er könnte einfach den Gleisen folgen, bis ganz nach vorn. Dort muss er nur aufspringen und wäre bei seinem Vater. Damit hätte er sich gerettet, ohne die Hilfe anderer zu benötigen.

Da erblickt er die Frau neben den Gleisen und stöhnt erschrocken auf. Ihre Blicke begegnen sich. Ein kalter Schauder durchfährt Will: Es ist die Frau aus seinem Traum!

Er lässt den Vorhang wieder fallen und drückt mit der Hand dagegen, als könne er löschen, was er soeben gesehen hat. *Was habe ich getan, was habe ich getan?* Blinzelnd versucht er, das Bild aus seinem Kopf zu vertreiben. Es gelingt ihm aber nicht.

Ein Wind weht um den Waggon und führt das leise Wiehern von Pferden und das dumpfe Muhen von Rindern mit sich. Will möchte auf keinen Fall den Kopf drehen, weil er fürchtet – nein, weil er sich *sicher* ist –, dass da jemand neben ihm im Bett sitzt. Vergeblich versucht er, den gewundenen Linien im Muster der Vorhänge nachzuspüren, doch seine Augen wollen ihm nicht gehorchen. Sie wollen unbedingt zur Seite schauen. Sein Kopf dreht sich, als hätte ein brutaler Schuldirektor ihn am Schädel gepackt.

Sie kauert mit unnatürlich gefalteten Gliedern neben ihm und blickt ihn mit furchterregendem Entzücken an.

Er will schreien, aber seine Angst ist wie in einem Albtraum in ihm eingeschlossen, und der einzige Laut, den er von sich geben kann, ist ein dumpfes Grunzen.

Die Hexe streckt die Hand aus und berührt seine Handschellen. Sie springen auf. *Du wolltest doch ein Abenteuer*, sagt sie, ohne zu sprechen.

Sein Herz rast. Ja.

*Dann komm und erlebe ein Abenteuer mit mir. Du kannst vor zur Lokomotive rennen. Du kannst bei deinem Vater sein.*

Seine Beine schwingen über die Bettkante, er gleitet zitternd wie eine Marionette zu Boden. Nur mit langer Unterhose und Hemd bekleidet schwankt er zur Tür und tritt auf den Flur. Die ganze Zeit schaut er stur geradeaus. Er muss den Kopf nicht drehen, um zu wissen, dass sie direkt neben ihm ist, an ihn gefesselt wie ein Schatten. Er kann ihren klauenartigen Griff an seinem Unterarm spüren.

Kurz darauf hat er die Waggontür erreicht. Hier gibt es keinen Schaffner und er tritt auf die Plattform hinaus. Vier Schritte bringen ihn die Leiter hinunter. Dickes, sumpfiges Wasser leckt wie eine ölige Strömung am Gleisbett.

*Sieh doch*, sagt sie in seinem Kopf. *Die Lok ist so nah!*

Er geht los. Wenn er die Augen nur auf den Zug richtet und nicht auf die Frau neben ihn, wird er es schaffen. Doch sein Weg führt ihn von den Gleisen weg. Er platscht durch nassen Matsch. Die Dreckbrühe strömt über seine Füße.

Will merkt es erst, als sie ihm schon bis zu den Knöcheln reicht.

*Geh weiter*, sagt ihm die hilfsbereite Stimme in seinem Ohr. *Der kürzeste Weg zwischen zwei Punkten ist eine gerade Linie.*

Der moosige Untergrund saugt an seinen Füßen, die er für jeden langsamen Schritt anheben muss. Er geht weiter, nun bis zu den Knien im Morast. Der kalte Griff des Wassers hat seine Schenkel erreicht. Dann ist der Boden unter ihm plötzlich verschwunden und er zappelt bis zum Hals in einem Sumpfloch.

*Hilfe!*, schreit er wortlos mit weit aufgerissenem Mund.

Er reckt das Kinn in die Höhe und versucht Wasser zu treten, ohne die Brühe zu schlucken. Panisch tastet er mit den Händen nach festem Grund, doch jedes bisschen Erde zerbröckelt sofort, wenn er es berührt. Er tritt um sich und sucht nach Halt. Das Wasser saugt hungrig an ihm und er spürt, dass es kein normales Wasser ist. Es will ihn in die Tiefe ziehen und in seine Lungen dringen.

Keine zwei Meter von ihm entfernt steht ein toter Baum. Will strampelt hustend zu ihm hin, ohne wirklich voranzukommen. Irgendwo zwischen den knorrigen Wurzeln kauert die Muskeg-Nebelhexe.

Da weiß er, dass er den Baum niemals erreichen wird.

*Gefällt dir dein Abenteuer?*, fragt sie stumm. Sie ist so dicht vor ihm, dass sie die Hand ausstrecken und ihn herausziehen könnte. Ihr Gesicht ist ausdruckslos. Sie sitzt da und beobachtet, wie er immer tiefer sinkt. *Sachte*, sagt sie. *Nur zu. Atme.*

Der Morast ist so dick, dass er kaum die Arme heben kann.

Mit toten Augen lächelt sie ihn an. *Schon gut. Nur einen tiefen Atemzug.*

Sein Kopf versinkt.

*Atme.*

Er kämpft gegen den Drang, den Mund zu öffnen und seine Lungen zu füllen. Etwas stößt hart gegen seinen Kopf, einmal, zweimal, und ihm ist, als würde er aus einem tiefen Schlaf aufgeweckt. Entsetzen durchströmt ihn. Träge hebt er die Hand, um seinen Kopf zu schützen, und wieder stößt ihn etwas an, diesmal in die Schulter. Er schließt die Finger um einen spitzen Gegenstand, spürt ein Ziehen und hält sich instinktiv mit beiden Händen daran fest. Etwas zerrt ihn nach oben, bis sein Kopf endlich aus dem Morast hervorbricht. Gierig saugt er die Luft in sich ein.

Er erblickt Maren am anderen Ende ihres langen, festen Drahts, seine Muskegbrille auf der Nase. Sie zieht und kurbelt ihn mit aller Kraft zu sich her.

Er strampelt auf sie zu.

»Dreh dich nicht um!«, brüllt sie.

*Dreh dich um.*

Er will sich umdrehen.

*Sieh mich an, William.*

»Schau *mich* an, Will!«, brüllt Maren und er hält die Augen so starr auf sie gerichtet, als würde er sie malen. Gleich darauf greifen ihre Hände nach ihm, zerren mit Macht – und er gleitet aus dem Sumpf heraus.

Maren keucht und weint sogar ein bisschen. Dann dreht sie der Nebelhexe den Rücken zu und führt Will eilig mit sich. Seine Beine sind ganz taub, er kann sie kaum spüren. »Du musst unbedingt zurück zum Zug«, sagt sie. »Deine Schminke ist völlig verwischt.«

»Danke«, röchelt er.

Erstaunt bemerkt er, wie weit entfernt der Zug ist. Er stampft mit den Füßen, um das taube Gefühl zu vertreiben.

Da sieht er drei Gestalten auf sie zukommen.

»He!«, ruft Brogan. »Was habt ihr zwei hier draußen zu suchen?«

»Wer sind die?«, fragt Mackie.

»Ich kann sie nicht erkennen«, erwidert Chisholm und späht mit seinen Käferaugen auf die beiden Gestalten, die aus dem Sumpf getorkelt kommen.

Brogan hebt die Laterne. Eine der Gestalten ist ein Mädchen und es stützt die andere. Offenbar ein Junge, denkt Brogan, ist sich aber nicht sicher, weil die zweite Gestalt den Kopf gesenkt hält. Wer wäre denn so dumm, sich hier draußen herumzutreiben?! Es sei denn, es ist jemand, der zu fliehen versucht … Brogan tastet nach dem Messer in seiner Tasche und packt es mit festem Griff.

Auf einmal humpeln die beiden Gestalten, so schnell sie können, in Richtung Zug davon.

»Schnappt sie euch!«, bellt Brogan, und die Männer rennen los. Es ist dunkel, das Laternenlicht hüpft über den matschigen Boden. Der Mond verschwindet hinter einer Wolke, Brogan stolpert und fällt in den Dreck. Die Laterne wird ihm aus der Hand geschlagen, ihr Licht erlischt. Einen Moment lang ist er wie blind und stemmt sich hoch. Er meint, ein Frauengesicht im Matsch zu erkennen, das ihn anlächelt. Das kann nicht sein, sicher war es nur ein Schatten. Jetzt kommt der Mond hervor. Er ist wieder auf den Beinen und der Junge steht direkt vor ihm. Er ist es – William Everett!

*Da ist er ja. Besser hätt's nicht laufen können!*

Brogan stürzt sich auf ihn und beide landen in einer Schlammpfütze.

*Warum ertränkst du ihn nicht einfach*, säuselt die Stimme in seinem Kopf.

»Brogan!«, ruft der Junge. »Brogan! Hören Sie auf!«

Der Junge schlägt wild um sich und zieht sie beide tiefer in den Sumpf. Brogan will aufstehen und spürt, wie seine Füße einsinken. Er richtet sich auf, schlägt dem Jungen mit der Faust ins Gesicht, dann legt er ihm die Hände um den Hals und drückt ihn runter. Der Kopf des Jungen verschwindet im Wasser und kommt prustend wieder hoch. Brogan drückt ihn erneut nach unten, diesmal endgültig.

*Na also*, sagt sie in seinem Kopf. *Du musst ihn nur gut unter Wasser drücken …*

»Brogan!«, brüllt jemand neben ihm. Es ist Mackie. »Brogan! Lass los! Das ist Chisholm!«

»Renn!«, zischt Maren.

Will wirft einen letzten Blick auf Brogan, der mit einem seiner eigenen Männer im Sumpf kämpft. Was ist passiert? Ein dritter Mann, Mackie vielleicht, steht am Rand des Sumpflochs und brüllt ihm was zu, während er versucht, die beiden zurück auf festen Grund zu ziehen.

Dann schaut Will wieder starr nach vorn und zwingt seine tauben Beine, ihn so schnell wie möglich zum Trans-Kanada-Express zu tragen.

KAPITEL 11

# DIE WELT DER WUNDER

Mr. Dorian wartet an der Tür ihres Waggons und führt sie hastig hinein. »Gott sei Dank«, sagt er mit offenkundiger Erleichterung. »Ich wollte gerade nach euch suchen.«

Will zittert. Er ist patschnass und von oben bis unten voller Schlamm. Im Gang sind andere Leute und er wendet rasch den Kopf ab, damit sie die verwischte Schminke nicht sehen.

»Nur ein kleiner Spaziergang im Muskeg«, erklärt Mr. Dorian den Neugierigen. In ihrem Abteil verschließt der Zirkusdirektor schnell die Tür hinter sich. »Was ist passiert?«

»Wie konnte ich nur so blöd sein und den Vorhang öffnen?«, murmelt Will.

»Ich bin aufgewacht«, erklärt Maren, »und du warst weg. Die Handschellen lagen am Boden. Als ich aus dem Fenster gesehen habe, warst du da draußen – und bist irgendwie ganz komisch gegangen, als würdest du schlafwandeln. Es sah total merkwürdig aus. Da hab ich deine Brille aufgesetzt und bin raus zu dir.«

»Gut gemacht, Maren«, lobt der Zirkusdirektor.

»Du hast sie gesehen, nicht wahr?«, sagt Will zu Maren.

»Durch die Brille kann man wirklich nur Schatten erkennen. Aber da war auf jeden Fall jemand bei dir. Sie hat sich sehr schnell bewegt. Manchmal schien es, als würden ihre Füße gar nicht den Boden berühren.«

»Sie ist hier reingekommen.« Er deutet auf die Handschellen. »Sie hat die abgemacht. Was ist das für ein Wesen?«

Mr. Dorian holt tief Luft. »Tja, das weiß ich nicht. Was sie zu tun vermag, liegt jenseits meines Wissens und meiner Fähigkeiten. Die Welt ist voller Wunder. Vor allem entlang dieses Schienenwegs.«

»Brogan und ein paar seiner Männer waren auch da draußen«, berichtet Maren dem Zirkusdirektor.

Mr. Dorian dreht sich zu Will. »Haben sie dich erkannt?«

»Ich weiß nicht. Er hat uns was zugebrüllt. Da sind wir losgerannt.«

»Ich hab schon gedacht, wir wären erledigt«, sagt Maren mit einem Schaudern, »weil du erst nur so langsam laufen konntest. Aber dann hat Brogan auf einmal einen seiner eigenen Männer angegriffen. Es sah aus, als wolle er ihn ertränken!«

»Bestimmt ist er auch der Nebelhexe begegnet«, meint Will. »Sie macht einen ganz wirr im Kopf.«

»Vielleicht hat er den Mann mit dir verwechselt«, sagt Maren.

Bei der Vorstellung erschaudert Will.

»Du willst sicher die nassen Kleider ausziehen«, meint Mr. Dorian.

»Es tut mir wirklich leid«, sagt Will, der den durchdringenden, modrigen Gestank seiner Unterwäsche ebenfalls riecht. Er fühlt sich immer noch wie getrennt von seinem Körper, als wären seine Sinne und Empfindungen noch nicht wieder in alle Glieder zurückgekehrt. Mit einem verlegenen Blick zu Maren schält er sich aus den nassen Kleidern.

»Ich guck schon nicht hin«, sagt Maren und dreht sich um. »Hier, ich leg dir ein paar trockene Sachen aufs Bett.«

»Und ich bringe die hier in den Waschraum und wasche sie«, sagt Mr. Dorian, steckt die schmutzigen Kleider in einen Beutel und verlässt das Abteil.

Dankbar trocknet sich Will mit einem kleinen Handtuch ab und zieht eine saubere Hose und ein frisches Hemd an.

Maren wühlt in ihrer Tasche. »Madame Lamoine hat mir ein bisschen Schminke zum Ausbessern mitgegeben.« Sie zieht mehrere kleine Fläschchen und einen Pinsel hervor.

Will setzt sich auf die Bank und Maren kniet sich vor ihn.

»Kannst du das wieder reparieren?«, fragt er.

»Es wird lange nicht so gut aussehen wie bei Madame Lamoine, aber ich werd's versuchen.« Sie mustert ihn eingehend, beißt sich konzentriert auf die Unterlippe und streicht ihm mit dem Pinsel über die Wangen. Peinlich berührt starrt Will zu Boden, späht aber immer wieder heimlich in ihr Gesicht.

Unversehens begegnen sich ihre Blicke. »Du hast mich mit Handschellen ans Bett gefesselt«, sagt er vorwurfsvoll.

»Na und? Dafür habe ich dir eben erst das Leben gerettet!«

»Du wolltest mich im Abteil gefangen halten!« Er ist immer noch sauer auf sie, aber längst nicht mehr so wütend wie zuvor.

»Ich wusste, dass du wegrennen würdest, deshalb hab ich dich angekettet.«

Mr. Dorian kehrt zurück und schließt die Abteiltür hinter sich. Er hält zwei dampfende Tassen in der Hand. »Heiße Schokolade«, sagt er und reicht sie den beiden. »Deine Kleider hängen zum Trocknen im Waschraum.«

»Danke«, sagt Will. »Ist mit dem Zug alles in Ordnung?«

»Es scheint so. Ich habe mich erkundigt. Unter den Gleisen hat sich ein Erdloch aufgetan, das gerade mit Sand und Kies aufgefüllt wird.«

»Schaffen wir es durch den Sumpf?«

»Für solche Notfälle hat der Trans-Kanada-Express stets zusätzliche Schienen dabei.«

»Und weiter vorn wurde niemand verletzt?«, fragt Will und denkt an seinen Vater.

Mr. Dorian schüttelt den Kopf.

Will nimmt einen Schluck von seinem Kakao. Er ist genau richtig süß und sehr sahnig. Er weiß immer noch nicht, wie er mit Mr. Dorian sprechen soll. Ist der Mann sein Freund oder sein Gefängniswärter?

»Ketten Sie mich jetzt wieder fest?«

»Das kommt darauf an. Können wir dir vertrauen?«

»Ob Sie *mir* vertrauen können? Ich bin doch hier nicht der Dieb!«

»Ich habe meine Gründe, das Gemälde zu stehlen«, erklärt der Zirkusdirektor.

»Was ist so besonders daran?«

»Ganz einfach. Ich kann ohne dieses Bild nicht leben.«

Will schnaubt belustigt, bis er Mr. Dorians ernsten Gesichtsausdruck sieht. Der Zirkusdirektor schaut die beiden an. »Ihr habt ein Recht darauf, es zu wissen. Vor allem du, Maren, weil du mir behilflich bist. Ich bin der Erbe eines alten Familienfluchs – keine Angst, er ist medizinischer Natur und kein Zauberbann. Mein Urgroßvater, ein Mann von enormer Stärke und Tatkraft, verstarb mit neununddreißig Jahren. Mein Großvater starb im gleichen Alter, ebenso mein Vater. Alle drei wurden von einem plötzlichen Herzanfall niedergestreckt. Und mein neununddreißigster Geburtstag ist nur noch zwei Wochen entfernt.«

Will mustert Mr. Dorian; er kann fast nicht glauben, dass der Mann an einer Krankheit leiden könnte. »Haben Sie schon einen Arzt aufgesucht?«, fragt er.

»Viele. Und alle haben das Gleiche gesagt. Ich leide unter einem tragischen Herzfehler, der sich nicht behandeln lässt. Mein Herz ist wie eine Uhr, die irgendwann langsamer schlägt und schließlich stehenbleibt.«

Will fragt sich, was das alles mit dem Diebstahl des Gemäldes zu tun hat.

»Angesichts meiner Herkunft war es nicht einfach, mir ein beruflich erfolgreiches Leben aufzubauen«, fährt Mr. Dorian fort. »Doch ich habe es geschafft. Ich habe meinen Zirkus zu einem der besten auf der Welt gemacht. Aber es gibt immer noch vieles, was erreichen will. Ich möchte nicht in der Blüte meines Lebens dahingerafft werden.«

»Aber Sie können doch nicht wissen, ob es bei Ihnen auch so kommt«, sagt Maren.

Mr. Dorian lacht trocken. »Die Geschichte sagt was anderes. Aber ich habe fest vor, ihr einen Strich durch die Rechnung zu machen.«

»Und wie?«, fragt Will und sieht Maren fragend an, die ebenso verwirrt wirkt wie er.

»Ihr habt doch sicher schon von der Legende des Jungbrunnens gehört, oder?«

Will nickt. »Aber …«

»Hört mir zu. Das Volk der Awarak, das einst in der Karibik lebte, hat den ersten spanischen Siedlern davon erzählt. Es gibt zahlreiche Berichte über eine Quelle in Florida, die ewige Jugend verleiht. Ein Spanier namens Juan Ponce de Léon hat sie entdeckt, aber keinen schriftlichen Bericht darüber hinterlassen. Ich habe Jahre damit verbracht, nach der Quelle zu suchen.«

»Ich dachte, Sie glauben nicht an Zauberei«, meint Will.

»Das tue ich auch nicht. Aber warum soll eine solche Quelle nicht ebenso existieren wie der Sasquatch oder die Nebelhexe? Beide hast du schon mit eigenen Augen gesehen, sie sind also keine Zauberwesen. Wir wissen vielleicht noch nicht genug über sie, aber sie gehören zu unserer Welt und alles, was in dieser Welt existiert, ist auch real.«

»Haben Sie die Quelle gefunden?«, fragt Maren.

»Nur den Ort. Der Teich selbst ist schon lange ausgetrocknet. Aber ich habe erfahren, dass sich ein unternehmungslustiger Bursche ein Verfahren ausgedacht hat, mit dem er das Wasser heimlich transportieren konnte. Er saugte die letzten Tropfen der Quelle mit einer Stoffbahn auf und zerteilte diesen Stoff dann in mehrere Leinwände. Es stellte sich heraus, dass ein Mensch, der ein Porträt auf eine solche Leinwand gemalt bekam, selbst jung blieb. Nur sein Abbild alterte.«

Will sagt: »Aber … das ist unmöglich!«

»Nun, die Zeit ist ein mysteriöses Phänomen. Du hast gesehen, wie sie ins Stocken gerät, wenn wir eine Zeitzone überqueren. Das Wasser des Jungbrunnens bringt die Zeit offenbar dazu, sich selbst zu vergessen. Darüber hinaus habe ich allerdings keine Ahnung, welch weitere Eigenschaften dieses Wasser hat. Angeblich gelangte eine der Leinwände nach England, wo sie einen sehr unerfreulichen Burschen viele Jahre lang jung erhielt, eine weitere kam nach Persien, wieder eine andere zu einem russischen Prinzen. Eine Leinwand fand ihren Weg an unsere Gestade und landete in den Händen eines Malers, eines gewissen Cornelius Krieghoff, der eine Schmiede darauf malte. Offenbar hatte er keine Ahnung, um was für eine Leinwand es sich handelte. Ebenso wenig wie Van Horne.«

In Wills Leben hat es immer wieder Momente gegeben – er erinnert sich an jeden einzelnen ganz genau –, wo er gespürt hat, dass sich sein Leben verändert. So war es an dem Tag in den Bergen, als er Maren zum ersten Mal begegnet ist, und nun fühlt er es wieder. Die ganze Welt kommt ihm auf einmal viel größer und aufregender vor, als er es sich je hätte träumen lassen. Sie umfasst nun nicht nur seltsame Wesen wie den Sasquatch, sondern auch Nebelhexen und Leinwände, welche die Zeit überlisten können. Er begreift das alles nicht und ist sich nicht mal sicher, ob er es glauben soll.

»Ich brauche dieses Gemälde«, sagt Mr. Dorian, »und ich weiß zufällig genau, dass es sich in Van Hornes Bestattungswagen befindet. Es hängt einfach da drin, ohne dass es jemand sehen kann, wie eine Grabgabe im Sarg eines ägyptischen Pharaos. Ich möchte auf der Rückseite mein Porträt aufmalen lassen. Von diesem Moment an wird mein Körper nicht mehr altern. Die Feder in der Uhr meines Herzens wird nicht zerspringen. Das ist meine Geschichte, William Everett. Nun sag, bin ich ein Schurke? Was meinst du?«

Will denkt sorgfältig darüber nach. Es ist immer noch Diebstahl. Aber es ist schwer, sich daran zu stören, wenn es um einen Gegenstand geht, der sonst für immer in einem dunklen Eisenbahnwaggon stecken würde. Warum das Bild dort hängen lassen, wenn es das Leben eines Mannes retten könnte? Und doch …

»Dass Sie Maren zwingen, unter den Waggon zu klettern …«, sagt er zögernd. »Das sollten Sie nicht tun. Es ist nicht richtig, etwas so Gefährliches von ihr zu verlangen.«

Mr. Dorian lächelt. »Deine Ritterlichkeit spricht für dich,

William. Aber ich denke, Maren hat ihre eigene Entscheidung getroffen.«

»Ja«, sagt sie. Überrascht hört Will Ärger in ihrer Stimme. »Bitte sprich nicht mehr davon.«

Er runzelt die Stirn. »Na gut …«

»Es bringt Unglück, wenn jemand dabei ist, der nicht glaubt, dass man etwas schafft«, sagt sie. »Hände her!«

Er streckt die Hände vor, damit sie die Farbschicht darauf ausbessern kann. »Ich glaube sehr wohl, dass du das hinkriegst«, sagt er, während sie mit groben Pinselstrichen die braune Tönung aufträgt. »Aber damit schaltet ihr ja nur den Strom aus. Wisst ihr überhaupt, wo die Tür ist?«

»Natürlich«, sagt Mr. Dorian. »Sie befindet sich an der rechten Seite, drei Meter von der Frontseite des Waggons entfernt.«

Will versucht, sich den Wagen vorzustellen. Er hat ihn nur ganz kurz beim Halt an der Schienenkreuzung gesehen, weil er es so eilig hatte, Maren zu finden. Er weiß noch, wie sich seine Augen in den verschlungenen Verzierungen beinahe verirrt hätten. All die aus Eisen geformten Kränze und Girlanden, das Efeu, die Blüten und Früchte – irgendwo dazwischen muss die Tür versteckt sein.

»Und wenn Sie das Gemälde erst haben, wer wird dann Ihr Porträt malen?«

»Madame Lamoine«, antwortet Mr. Dorian. »Sie kann recht gut mit einem Pinsel umgehen.«

»Ah«, sagt Will, irgendwie enttäuscht.

Der Waggon macht einen kleinen Ruck, dann setzt sich der Zug endlich wieder in Bewegung.

»Na also«, sagt der Zirkusdirektor. »Es geht weiter.«

»Was ist mit Brogan und seinen Männern?«, fragt Will. »Sie haben doch bestimmt nach mir gesucht. Warum sollten sie sonst dort draußen herumirren?«

»Ich hoffe, sie sind ertrunken«, murmelt Maren.

»Das bezweifle ich«, sagt Mr. Dorian. »Aber ich hoffe doch sehr, dass sie dich nicht erkannt haben. Auf jeden Fall sind heute Nacht zu viele Leute wach und in den Waggons unterwegs, als dass sie es noch einmal wagen werden. Unsere Tür ist verriegelt und ich habe genug geschlafen. Ich hoffe, du hast nicht wieder vor, wegzulaufen, William.«

Will stößt einen langen Seufzer aus. Sie haben ihm zweimal das Leben gerettet – das zählt viel. Außerdem hat er keine Unze Kraft mehr in seinem Körper. »Ich geh nirgendwohin«, murmelt er und wird mit einem Lächeln von Maren belohnt.

»Gut.« Mr. Dorian zieht eines der Indianerwerkzeuge heraus, die in seinem Abteil hingen.

»Was ist das?«, fragt Will beunruhigt.

»Ein Schabeisen der Cree-Indianer. Tricks können nützlich sein, aber ich habe festgestellt, dass eine solche Waffe gleichermaßen überzeugend wirken kann.« Er legt die gefährlich scharfe Eisenklinge auf seinen Schoß und wendet das Gesicht zur Tür.

»Halten Sie wegen Brogan Wache oder wegen mir?«, erkundigt sich Will.

Mr. Dorian schaut ihn lächelnd an. »Ihr solltet beide versuchen, vor dem Morgengrauen noch etwas zu schlafen. Um Punkt zwölf Uhr mittags haben wir die nächste Aufführung.«

KAPITEL 12

# DER SALONWAGEN

Will schläft lange. Als er aufwacht, sitzt Maren bereits im Schneidersitz am Boden und schaut aus dem Fenster.

»Wo ist Mr. Dorian?«, fragt er.

»Er holt uns Frühstück. Er möchte nicht, dass wir das Abteil verlassen.«

Vor dem Fenster ziehen Bäume vorbei, ihre Blätter leuchten in der Morgensonne. Der Trans-Kanada-Express hat den Muskeg hinter sich gelassen. Nun fahren sie durch Weideland, das von grob gezimmerten Zäunen umgeben ist. Über den Wiesen hängt noch Nebel. In der Ferne tauchen ein Haus und eine Scheune auf, dann ein Pferd auf der Weide.

Will angelt Hose und Hemd vom Haken und zieht sich hastig an. »Glaubst du, es stimmt wirklich?«

»Das mit der magischen Leinwand? Ich weiß es nicht. Dorian kennt sich mit vielen Dingen aus. Man kann ihn nicht überlisten, weil er alle Tricks schon kennt.« Maren schüttelt den Kopf. »Wenn er meint, der Jungbrunnen würde tatsächlich existieren, dann muss das auch so sein.«

»Wie gut kennst du ihn?«

»Nicht sehr gut. Ich glaube nicht, dass irgendwer ihn wirklich kennt. Er ist sehr charmant, wenn er was von einem will, und manchmal hitziger, als nötig wäre.«

»Ist er ein guter Mensch?«, fragt Will hoffnungsvoll.

»Nun, er leitet jedenfalls einen guten Zirkus. Niemand ist besser darin, Talente zu entdecken und neue Attraktionen zusammenzustellen. Er will der beste Zirkusdirektor der Welt sein und zeigt die besten Darbietungen auf dem ganzen Kontinent. Manche Leute halten ihn für einen Sklaventreiber, weil er die Artisten dazu bringt, sehr langfristige Verträge zu unterzeichnen.«

»So wie du.«

Sie nickt. »Er zahlt recht gut und behandelt die besonderen Attraktionen ordentlich, behält aber den Großteil des Geldes, den sie einbringen, für sich. Ich habe gehört, dass er eine ziemlich harte Kindheit hatte.«

»Weil er ein Métis ist«, meint Will.

»Darüber spricht er fast nie. Aber ich glaube, dass seiner Mutter etwas Schlimmes zugestoßen sein muss. Mehr weiß ich nicht. Er ist ein Rätsel – so wie alle Menschen vermutlich.«

»Es ist nur …« Will sucht nach den richtigen Worten. »Warum sollte ausgerechnet er sein Porträt auf diese Leinwand gemalt bekommen? Warum nicht der kranke Junge aus der Kolonistenklasse? Warum nicht du? Warum hat er das verdient? Es heißt doch, die Welt wäre voller Heiliger. Aber ich bin mir ziemlich sicher, dass Mr. Dorian nicht dazugehört.« Wills Blick fällt auf die Tür ihres Abteils, die in diesem Moment unbewacht ist.

»Zweifelst du immer noch, ob du ihm helfen sollst?«, fragt Maren.

Will seufzt. »Bei ihm bin ich mir einfach nicht sicher. Aber *dir* will ich auf jeden Fall helfen.«

»Dann bleibst du?«

»Ich bleibe.«

Bei ihrem strahlenden Lächeln wird sein Gesicht ganz heiß.

Sie nimmt ihre Wunderspule aus dem Regal und wischt den getrockneten Torf davon ab.

»Warum hast du die Spule letzte Nacht mit rausgenommen?«, fragt er.

»Gewohnheit. Es klingt vielleicht albern, aber allein sie bei mir zu haben beruhigt mich irgendwie. Als könnte ich damit aus jedem Schlamassel rauskommen.«

»Das klingt überhaupt nicht albern«, sagt er. »Ich verstehe das sehr gut.«

»Manchmal träume ich davon, wie ich auf meinem Drahtseil eine riesige Schlucht überquere …«

»Die Niagarafälle?«, erkundigt sich Will.

»Vielleicht. Ich bin schon halb drüben und unter mir ist nur Wasser und Nebel. Ich bin so weit von den Klippen entfernt, dass ich das Ufer gar nicht mehr sehen kann.«

»Hast du Angst?«

»Erst nicht. Es fängt immer ganz friedlich an. Aber dann

weiß ich auf einmal nicht mehr, in welche Richtung ich gehen soll.«

»Wenn es mein Traum wäre, würde ich vermutlich runterfallen«, sagt Will.

»Oh, solche Träume hab ich auch. Jedenfalls nehme ich meine Spule überallhin mit. So wie du deinen Stift.«

Will lacht überrascht. »Stimmt. Weißt du, meine Gedanken … na ja, wenn meine Hand und meine Augen beschäftigt sind, können sie ungestört umherwandern. Das hilft mir beim Denken. Außerdem zeichne ich einfach gern.«

»Das sehe ich.«

»Es macht Spaß, besonders bestimmte Teile von einem Bild.«

»Was denn?«

»Ach, ich weiß nicht. Es gibt einfach Stellen, die Spaß machen. Zum Beispiel ein Vorhang mit vielen Falten. Und Schatten liebe ich auch.«

»Die zu zeichnen ist sicher ganz schön schwer.«

Will lacht. »Nicht so schwer wie Seiltanzen.«

»Wenn ich oben auf dem Seil bin, habe ich das Gefühl, ich könnte alles schaffen.«

»Hm«, meint er. »Ich bin kein wirklich guter Maler. Aber ich würde gerne einer werden.« Er denkt an das Gespräch mit seinem Vater am ersten Abend. »Mein Vater will, dass ich bei der Eisenbahngesellschaft anfange.«

»Willst du das auch?«

»Na ja, ich habe gedacht, wenn ich für die Eisenbahn arbeite, könnte ich vielleicht die Lage der Kolonisten ein wenig verbessern. Leute wie Peters loswerden.«

»Das wäre schön«, stimmt Maren zu.

»Oder ich könnte mithelfen, Dinge zu entwerfen«, erklärt Will. »Brücken und Schiffe vielleicht.«

»Darin wärst du bestimmt sehr gut.«

»Es wäre eine sichere Anstellung«, meint Will.

»Mag sein. Aber du willst das nicht wirklich, oder?«

»Nein. Es gibt eine Kunstschule in San Francisco, auf die ich gern gehen würde.«

»Und warum machst du das nicht?«

»Mein Vater will das Schulgeld nicht bezahlen.«

Sie rümpft die Nase. »Du kannst doch arbeiten. Bezahl die Schule einfach selbst. Ich habe schon mit fünf Jahren angefangen zu arbeiten.«

Verglichen mit ihr kommt Will sich wie ein Kleinkind vor. Selbst als die Everetts noch arm waren, hat Will nie arbeiten müssen. In den Jahren, wo er mit seiner Mutter allein war, hat er ihr viel geholfen. Er ist einkaufen gegangen und hat Holz gehackt, Wasser gepumpt, Wäsche gewaschen und geputzt. Aber er musste nie arbeiten. Viele Kinder arbeiten. In Fabriken oder Werkstätten. Ihm ist das erspart geblieben. Es klingt hart, sein eigenes Geld verdienen zu müssen. »Vielleicht bin ich für so ein Leben nicht geeignet«, sagt er. »Das meint mein Vater jedenfalls.«

»Denkst du das auch?«

Er zuckt mit den Schultern. »Hätte Mr. Dorian mich nicht

versteckt, hätte Brogan mich getötet. Und dann bin ich auch noch von einer Hexe verzaubert worden – ich hab nicht mal mehr daran gedacht, die Muskegbrille aufzusetzen. Wenn du nicht gewesen wärst, wäre ich ertrunken …«

»Du kannst es auch andersherum sehen«, sagt Maren. »Du bist Brogan entkommen. Du bist über das Dach des Trans-Kanada-Express geflohen, und das bei Nacht. Das ist schon eine Leistung.«

Will nickt lächelnd. »Deine Sichtweise gefällt mir besser.«

»Dann solltest du auch auf diese Kunstschule gehen.«

Sobald Will die Tür des Salonwagens aufzieht, bricht der Lärm wie ein Schwall Pokerchips über ihn herein. Ein Lied dröhnt von einem Klavier in der Ecke durch den Raum und wird fast übertönt vom Gelächter und Getrampel der Gäste.

Eine hohe, hölzerne Bar zieht sich fast durch den gesamten zweigeschossigen Waggon. Unten kauern auf Hockern Männer am Tresen, die Stiefel auf einer Fußleiste aus Messing. Sie trinken und spucken Tabaksaft in Spucknäpfe. Hinter der Bar hängt ein langer Spiegel an der Wand, der den Raum größer und voller wirken lässt. Zwei ausgestopfte Fasane stehen erschrocken auf dem Tresen, ein Elchkopf mit Geweih wacht ernst über den Spieltischen. Durch die Dunstwolke aus schalem Bier, Zigarrenrauch und schwitzigem Leder zieht der Duft von Frauenparfüm. So etwas hat Will seit seinem ersten Abend im Zug nicht mehr gerochen. Allerdings ist dieser Geruch ganz anders als die zarten Duftschwaden, die er aus

Damensalons und von seiner Mutter kennt. Der Geruch hier ist durchdringend und laut, passend zu den bunten Plisseeröcken der Frauen, die an den Tischen bedienen oder mit den Männern tanzen. Das Tanzen sieht wegen des allgemeinen Ruckelns und Wackelns des Zuges umso wilder aus: Alle torkeln und taumeln hin und her.

Im Obergeschoss stehen Männer mit ihren Getränken am Geländer einer Empore und beobachten Tänzer und Kartentische. Türen führen in kleinere Räume und Will beobachtet, wie ein Mann von einer Frau mit nackten Schultern in eines dieser Abteile geführt wird. Als Maren seinem Blick folgt, wird er rot.

Der Schaffner führt sie zur Mitte des Salons. Dort ist an der Wand eine kleine Bühne aus Whiskeykisten aufgebaut worden, mit einem kleinen Vorhang, hinter dem sich die Artisten zurückziehen können. »Ich hoffe, das genügt Ihnen so«, sagt der Schaffner.

»Ich bin mir sicher, dass die Leute uns ihre ungeteilte Aufmerksamkeit schenken werden«, erwidert Mr. Dorian trocken.

»Oh, die sind alle gekommen, um Sie zu sehen«, erklärt der Schaffner. »Deshalb ist es auch so voll.«

An einem der Kartentische stößt ein Mann einen Freudenschrei aus und steht mit einem dicken Geldbündel in der Hand auf. Sofort stürzt sich ein anderer Kerl auf den Gewinner; sie rollen über den Boden und schlagen aufeinander ein. Hinter der Bar nimmt der Barmann einen Vorschlaghammer von einem Halter an der Wand und haut damit laut auf den Tresen. Sofort hört der Kampf auf und mehrere Männer humpeln blutend davon.

»Tja, ich freue mich schon auf unsere Vorstellung«, bemerkt Maren, nachdem der Schaffner sich hastig verabschiedet hat.

»Sollen wir alles vorbereiten?«, fragt Mr. Dorian und scheucht Will und Maren mit einer Handbewegung hinter den Vorhang.

Verborgen vor den Blicken der Leute zieht Will die Jacke aus und denkt: *Noch diese Vorstellung und dann noch zwei, schon bin ich wieder vorn in der ersten Klasse.* Doch ein Teil von ihm brodelt bereits vor Nervosität und Aufregung.

Sorgsam legen sie ihre Requisiten bereit. Als Mr. Dorian seinen Mantel auszieht, zuckt er plötzlich zusammen. Sein Gesicht wird ganz bleich. Doch dann holt er tief Luft und stellt sich noch aufrechter hin.

»Geht es Ihnen gut?«, fragt Will.

Ohne zu antworten, geht der Zirkusdirektor durch eine Lücke im Vorhang auf die Bühne.

Will und Maren spähen gemeinsam durch den Spalt. Will kann den schwachen, muffigen Metallgeruch ihres mit Pailletten besetzten Kostüms riechen und den weichen Duft nach Seife, Haut und Haaren, der im drückenden Bierdunst des Salons noch unschuldiger wirkt.

Mr. Dorian steht stumm auf der grob gezimmerten Bühne. Schließlich bringt allein seine Präsenz die Menge zum Schweigen. Der Lärm ebbt ab wie ein Sturm, der sich erschöpft hat.

Schweigend rollt Mr. Dorian die Ärmel ordentlich bis zu den Ellbogen hoch. Da der Zirkusdirektor im Vorfeld nie verrät, was er vorhat, ist Will ebenso neugierig wie alle anderen. Mr. Dorian hebt die Arme in die Luft und spreizt die Finger. Dann ballt er sie zu Fäusten, und als er sie wieder öffnet, hält er in jeder Hand zwischen Daumen und Zeigefinger eine Karte, beide Male die Herz Zwei.

Leises Murren und Flüstern zieht durch den Salon.

»Das kann ja meine Oma besser«, spottet jemand.

Hinter dem Vorhang flüstert Will Maren zu: »Sie wirken nicht sehr beeindruckt.«

»Wart's ab.«

»Was hat er vor?«

»Das wirst du schon sehen.«

Mr. Dorian hält die Karten in die Höhe und dreht sie hin und her, um der Menge zu zeigen, dass er wirklich nur zwei einzelne Karten in den Händen hält. Dann kommt mit einer schnellen Handbewegung in jeder Hand die Herz Drei hinzu. Ein paar beifällige Rufe erklingen und verhaltener Applaus. Mr. Dorian stampft mit den Füßen auf den Kistenboden, als würde er die Zuschauer für ihre Ungeduld tadeln, und eine dritte Karte erscheint in jeder Hand. Langsam schlängeln sich seine Arme wie verzauberte Schlangen durch die Luft. Und mehr Karten gesellen sich hinzu, die Herz Fünf, die Sechs, die Sieben … Immer schneller bewegt er sich, stampft mit den Absätzen wie ein Flamencotänzer, bis er in jeder Hand einen breiten Kartenfächer hält.

Bis auf den wilden Rhythmus von Mr. Dorians Fersen ist der Raum völlig verstummt. Selbst die Pokerspiele sind zum Erliegen gekommen und sämtliche Falschspieler schauen ihm mit offener Bewunderung zu.

Der Herz Bube, die Königin, der König – Mr. Dorians Arme wirbeln rasend schnell durch die Luft, dann taucht mit einem letzten, wilden Schlenker das Herz Ass in jeder Hand auf und vervollständigt die Kartenfolge.

Der ganze Raum bricht in Applaus aus. Aber Mr. Dorian ist noch nicht fertig. Er wirft beide Kartensätze in die Luft, wo sie sich zu großen Bögen auffächern, die sich noch in der Luft miteinander vermischen. Der Zirkusdirektor steht konzentriert da, die Hände erhoben, als würde er die Karten dirigieren und umeinanderschweben lassen. »Genug!«, ruft er ihnen schließlich zu, woraufhin sämtliche Karten in seine Hände zurückfallen. Er schiebt sie zu einem dicken Haufen zusammen und macht Anstalten, sie in die Hosentasche zu stecken. Dann überlegt er es sich anders und wirft die Karten ins Publikum, wo sie sich sogleich in zwei Dutzend weiße Tauben verwandeln, die zur Decke flattern und durch die oberen Fenster verschwinden.

Der Applaus verdoppelt sich, dazu trampeln die Leute auf dem Boden und pfeifen laut.

»Meine Damen und Herren, ich bin Mr. Dorian und das hier ist der Zirkus Dante.«

Nun hat er sie gepackt, jeden Einzelnen im Raum, und führt sie mit leichter Hand durch noch mehr Tricks und

Kunststücke. Er hypnotisiert ein paar Zuschauer, verwandelt die Haare eines Mannes in eine Fledermaus und zaubert sie dann wieder zurück auf seinen Kopf, anschließend steigt er sechs unsichtbare Stufen empor.

Durch den grauen Qualm der Zigarren und Zigaretten sieht Will, wie sich ein Mann zur Bar durchdrängt. Er wirft einen Geldschein auf den Tresen und deutet auf eine Flasche im Regal. Will erstarrt. Mit dem Glas in der Hand dreht Brogan sich um und beobachtet Mr. Dorian.

»Er ist also doch nicht ertrunken«, flüstert Maren, bevor Will etwas sagen kann.

Unter lautem Applaus tritt Mr. Dorian zurück hinter den Vorhang.

»Brogan ist im Publikum«, verkündet Will hastig.

»Sollte Will dann nicht lieber hinter der Bühne bleiben?«, fragt Maren den Zirkusdirektor.

»Vielleicht verschwindet er vor deiner Nummer wieder«, sagt Mr. Dorian zu Will. »Wenn nicht, bleibst du hinten.« Dann tritt er wieder heraus, um Maren vorzustellen und ihr zu helfen, das Drahtseil zwischen den Balkongeländern zu spannen. Schrille Pfiffe ertönen aus der Menge.

Will starrt zu Brogan hinüber, der mit dem Rücken zur Bar dasteht und beobachtet, wie Maren auf das Drahtseil hüpft. Er scheint sich pudelwohl zu fühlen, Will hat nicht den Eindruck, dass er bald gehen wird. Maren beendet ihren ersten Auftritt und kommt hinter die Bühne. Brogan hat ein neues Bier in der Hand.

»Dann machen wir direkt mit dem Finale weiter«, raunt Mr. Dorian ihnen zu und tritt wieder vor das Publikum. »Meine Damen und Herren, zum Abschluss unserer Darbietung begrüßen Sie bitte noch einmal die wundersame Maren.«

Maren will schon vor den Vorhang treten, da ruft jemand aus dem Publikum: »Der kleine Sultan!«

Will stockt der Atem.

»Wo ist der kleine Sultan?«, ruft ein anderer.

»Der braune Junge, der die Zeichnungen macht!«

»Wir wollen den kleinen Sultan sehen!«

»Sie haben schon von dir gehört«, haucht Maren.

»Ich möchte auch ein Porträt von mir haben!«, ruft eine Frau mit einer beängstigend schrillen Stimme.

Mr. Dorian tritt hinter den Vorhang und blickt Will an. »Ich kann leider nichts tun. Gehst du raus?«

Wills Kehle ist ganz trocken. Er nickt. Unter anfeuernden Rufen, die allerdings nicht nur wohlmeinend klingen, geht er auf die Bühne. Er meidet es, in Brogans Richtung zu schauen, ist sich aber bewusst, dass der Mann ihn anstarrt, ein Gefahrenpunkt hinten in der Menge.

Nachdem er sich verbeugt hat, wendet er dem Publikum den Rücken zu. Während Mr. Dorian ihn vorstellt, erscheint Maren mit dem Schal. Der erste Freiwillige wird ausgewählt. Will sitzt mit verbundenen Augen auf dem Hocker und zeichnet das Gesicht, das sich in Marens Pailletten spiegelt. Er ist ganz durcheinander, seine Hand zittert. Die Zeichnung ist nicht besonders schön, aber Mr. Dorian reißt sie ihm nach der üblichen Minute aus den Händen und präsentiert sie dem Publikum und dem porträtierten Zuschauer. Erleichtert hört Will den Mann sagen: »Nicht übel! Der braune Junge hat wirklich Talent!«

Wieder jubelt die Menge, diesmal klingt es aufrichtiger.

»Der verarscht euch doch nur!«, ruft eine Stimme aus der Menge. Will muss den Sprecher nicht sehen, um zu wissen, dass es Brogan ist.

»Gibt es ein Problem, Sir?«, erkundigt sich Mr. Dorian.

»Lassen Sie dieses vornehme Getue.« Brogans Stimme kommt näher. »Schließlich sind wir alte Freunde, nicht wahr, Dorian?«

In Marens Kleid kann Will verschwommen verfolgen, wie Brogan sich durch die Menge zur Bühne drängt. Er setzt sich aufrecht hin und versucht, ruhig zu atmen. Am liebsten würde er wegrennen. *Brogan hat den Wachmann getötet – er kann auch mich töten.*

»Ich hab so das Gefühl, dass Junge 'n Schwindler ist, Mr. Dorian.«

»Ich kann Ihnen versichern, Sir, Amit ist nichts dergleichen.«

»Dann will ich ein Porträt von mir!«

»Nun gut, Sir. Ich überzeuge immer gern einen Ungläubigen vom Gegenteil. Wenn Sie sich bitte hier hinstellen würden …«

»Nein, nein«, sagt Brogan und Will sieht im Spiegel, wie er ein schwarzes Tuch von seinem Hals zieht. »Nehmen Sie das hier.«

Nervöses Schweigen breitet sich im Raum aus wie die Ruhe vor einem Sturm. Warum schreitet der Barmann nicht ein? Und warum kommt Samuel Steele auf seiner Runde nicht endlich hier vorbei?

»Falls Sie Zweifel haben«, sagt Mr. Dorian, »dürfen Sie sich gerne mal unser Tuch umbinden.«

»Nee, mit dem stimmt was nicht – damit können Sie mich nicht reinlegen. Nehmen Sie meins.«

Will schluckt.

»Nun gut«, sagt Mr. Dorian. »Das Tuch hat keinerlei Einfluss auf Amits Fähigkeiten.«

»Na, dann darf ich wohl mal«, sagt Brogan höhnisch, poltert auf die Bühne und zieht Will so grob das Tuch herunter, dass dessen Kopf nach hinten gerissen wird. Will hat Todesangst, so wie in der vorletzten Nacht, als Brogan ihn durch den Wald gejagt hat. Er zwingt sich, den Blick des Bremsers zu erwidern, und betet dabei, dass der Mann seine Tarnung nicht durchschaut. Sein Herz schlägt wild in seiner Brust.

Will schaut zu Mr. Dorian, der nun etwas auf Hindi zu ihm sagt. Gehorsam wiederholt Will einen der drei Sätze, die er gelernt hat, und Mr. Dorian nickt.

Das Tuch des Bremsers stinkt nach Tabak und Haarpomade. Brogan bindet es ihm sehr fest um den Kopf. Will schluckt mühevoll und bemüht sich, ruhig zu bleiben. »So«, hört er Brogan sagen. »Und jetzt schau'n wir mal, ob er immer noch malen kann!«

»Ein Porträt von Ihnen, Sir?«, fragt Mr. Dorian.

»Nee. Mich hat er ja schon gesehen. Er soll die Frau da malen. Komm her, Süße, und hol dir 'n Bild ab. Stell dich da rein in den magischen Kreis.«

Die blutrünstige Menge ruft laut und lacht. Sie alle sind nun auf Brogans Seite und wollen einen guten Auftritt sehen.

Eine dicke schwarze Wand trennt Will von der Welt. Panik klettert in ihm hoch wie auf einer Wendeltreppe. »Und schicken Sie das Mädchen weg«, hört Will Brogan hinter sich sagen. »Die flüstert ihm sonst bestimmt was.«

»Aber gern«, sagt Maren. Will hört, wie sie näher kommt, dann drückt sie ihm Stift und Skizzenbuch in die blinden Hände und zeichnet ihm dabei unauffällig mit der Spitze des Stifts etwas in die Handfläche. War das nicht der Buchstabe B? B wie Brogan? Ist das alles nur ein Trick? Steht da keine Frau hinter ihm, sondern nur Brogan selbst? Will holt tief Luft. Hoffentlich kann er sich noch an Brogans Gesicht erinnern, falls das stimmt. Er versucht, sich die Gesichtszüge des Mannes ins Gedächtnis zu rufen, aber alles ist wie verschwommen. Doch sobald er den Stift auf das Papier setzt, wird er ganz ruhig. Seine Schultern entspannen sich. Blindlings bewegt sich seine Hand über das Blatt, sie ist schneller als sonst. Die Spitze des Stiftes verlässt keine Sekunde das Papier und folgt den Konturen von Nase und Augen, die Will in seinem Kopf heraufbeschwört. Kurz darauf reißt er das Blatt mit schwungvoller Geste aus dem Buch und hält es in die Höhe.

Mr. Dorian nimmt es ihm ab und präsentiert es der Menge

im Salon. »Meine Damen und Herren, bestaunen Sie die spirituellen Wunderkräfte von Amit!«

Applaus und spöttisches Gelächter erklingen, dann Jubelrufe. Gilt das ihm oder Brogan?

»Der Junge hat's dir aber gezeigt«, hört er einen Mann rufen. »Hat dich gut getroffen!«

Jemand reißt Will unsanft das Tuch vom Kopf. Vor ihm steht Brogan, die Zeichnung in der Hand, und mustert ihn eindringlich. Unwillkürlich wirft Will einen Blick auf das Blatt. Gar nicht mal so übel.

Der Bremser zwingt ein Lächeln auf sein Gesicht. Er tätschelt Will den Kopf und reibt ihm dabei mit dem Daumen hart über die Stirn. »Hübscher Trick, Junge«, flüstert er. Sein Atem riecht nach Essigeiern.

Will hebt die Augenbrauen und tut, als würde er ihn nicht verstehen, obwohl ihm die Angst aus den Poren quillt.

»Macht der Mann Ihnen Ärger, Mr. Dorian?« Die imposante Gestalt von Samuel Steele in seiner roten Mountie-Uniform ragt in der Menge auf. Die Augen des Polizisten sind auf Brogan gerichtet.

Bei Steeles Anblick erstarrt der Bremser. Sein Blick wandert angespannt zu Mr. Dorian.

Will kann nichts tun, als zu schweigen.

»Keineswegs, Leutnant Steele«, sagt Mr. Dorian gut gelaunt. »Ein Zirkus begrüßt jede Form der Zuschauerbeteiligung.«

»Nun gut«, dröhnt der Mountie und wendet sich zum Publikum. »Bitte führen Sie sich anständig auf. Jeder Schaden an Personen oder Gegenständen wird streng bestraft. Das gilt auch für niederes moralisches Verhalten.« Seine Augen wandern zur Galerie, von wo die geschminkten Frauen engelsgleich zu ihm hinablächeln.

Brogan zieht sich zur Bar zurück und schaut dem Rest der Vorführung von dort aus mit einem aufreizend gelassenen Gesichtsausdruck zu. Samuel Steele bleibt ebenfalls im Salon.

Will ist froh, hinter den Vorhang flüchten zu können. Für das Finale kommt Maren noch einmal unter Pfiffen und Kussgeräuschen auf die Bühne, um den Verschwindetrick vorzuführen. Mr. Dorian wählt diesmal eine weibliche Freiwillige aus, um die Ketten festzubinden. Doch das kesse Fräulein kann nicht widerstehen, mit dem Publikum zu flirten und ihren Spitzenrock zu präsentieren. Sie streicht über Marens nackte Schultern und sagt: »Oh-là-là, ist das nicht ein frisches, hübsches Ding, meine Herren?«

Will wünscht sich, Maren würde möglichst schnell verschwinden.

Mr. Dorian breitet das Tuch über sie. »Meine Damen und Herren, es war uns ein Vergnügen, heute vor Ihnen auftreten zu dürfen. Ich hoffe, Sie bewahren den Zirkus Dante wohlwollend in Erinnerung und besuchen auch einmal unsere richtige Vorstellung, wenn wir in Ihre Stadt kommen. Dann werden Sie sehen, dass die Wunderdinge, die wir Ihnen heute präsentiert haben, nur einen winzigen Teil unserer Zauberwelt darstellen.« Damit zieht er das Tuch weg – und Maren ist verschwunden.

»Erklärst du mir irgendwann, wie das geht?«, fragt Will, als sie hinter ihm auftaucht.

»Du wärst nur enttäuscht«, sagt sie. »Ist es nicht besser, über manche Dinge einfach zu staunen?«

»Ich weiß nicht«, meint Will zweifelnd.

Sie ziehen ihre Jacken an, packen rasch alle Sachen zusammen und verlassen in Begleitung des schlaksigen Schaffners den Salon.

Als Will an Samuel Steele vorbeikommt, nickt dieser ihm zu.

Erleichtert hört Will, wie die schwere Tür zur dritten Klasse hinter ihnen verriegelt wird – auch wenn Brogan sich davon sicher nicht aufhalten ließe. Immer noch spürt er den Druck des schwieligen Daumens an seinen Schläfen. Ob es dem Bremser gelungen ist, die braune Schminke zu verwischen? Will hatte noch keine Gelegenheit, sich im Spiegel zu betrachten.

Ein kleiner, geschäftiger Schaffner führt sie durch einen Waggon mit Mannschaftskojen und Dienstabteilen. Dann öffnet er eine Tür und Will findet sich zu seiner Überraschung im hellen Sonnenschein unter einem blauem Himmel wieder. Männer und Frauen stehen am Geländer eines offenen Flachwagens und genießen die Aussicht auf die hügelige Prärielandschaft. Will holt tief Luft und lächelt. Nach den stickigen, rauchigen Waggons freut er sich über den frischen Wind in seinem Gesicht.

»Ist das der Aussichtswagen?«, fragt Maren den Schaffner.

»Nein, Miss. Das ist der Schießstand.«

Bei näherem Hinsehen bemerkt Will die Gewehre in den Händen der Fahrgäste. Am anderen Ende des Wagens steht ein großer Schrank mit noch mehr Waffen. Ein Mann reicht einem Zugbegleiter etwas Geld und sucht sich eine Flinte aus.

»Auf was schießen sie?«, erkundigt sich Maren.

»Ach, meistens ballern sie einfach nur in der Gegend herum«, sagt der Schaffner. »Manche Menschen scheinen das beruhigend zu finden. Ab und an fahren wir auch an Tieren vorbei und dann wollen natürlich alle ausprobieren, ob sie auch was treffen.«

Will schaut zum Horizont. Der Anblick hat etwas Hypnotisches: nichts als weites Grasland, wo sich nach einem langen Winter nun die ersten grünen Halme zeigen, und mittendrin die Schienen, die sich wie zwei Narben durch die Landschaft ziehen. Über allem wölbt sich der blaue Himmel. »Hörst du das?«, fragt er Maren. Das Zugrattern übertönt das Geräusch fast, aber Will spürt gleichzeitig ein Vibrieren in sich, das durch seine Fußsohlen dringt und die Luft um ihn herum erfüllt.

Und dann kommen sie. Links vom Zug schwappt eine dunkle Welle über einen Hügel und strömt auf den Zug zu. Riesige Fellbündel, stämmige Schultern und behornte Köpfe. Hufe donnern über den Boden.

»Wer sagt's denn!«, brüllt einer der Passagiere, hebt sein Gewehr und zielt. »Auf zur Büffeljagd!«

Die Prärie hat sich in ein dunkles, wogendes Meer verwandelt. Einen Moment lang fürchtet Will, der Trans-Kanada-Express könnte durch die schiere Wucht der vielen Tiere umgeworfen werden, die geradewegs auf den Zug zustürmen. Doch im letzten Moment schwenken die Büffel zur Seite und galoppieren neben den Gleisen her.

Sämtliche Fahrgäste drängeln sich nun am linken Geländer und feuern Schuss um Schuss auf das Büffelmeer ab – in Wills Augen das sinnloseste Treiben, das er sich vorstellen kann.

»Ich glaub, ich hab einen erwischt!«, ruft ein Mann.

»Ich auch! Seht euch das an!«, brüllt ein anderer.

Eines der mächtigen Tiere knickt in den Vorderbeinen ein und schlittert inmitten von einer riesigen Wolke aus Staub und Erde über den Boden. Andere Büffel rennen von hinten in das gefallene Tier hinein.

Will schaut zu Mr. Dorian. Auf dessen sonst so gelassenem Gesicht brodelt bleiche Wut. »So vernichtet man ein Volk«, sagt der Zirkusdirektor verbittert. »Man tötet ihre Nahrungsquelle.«

»Indianer!«, ruft einer der Passagiere.

Gleich hinter der riesigen Herde reiten Dutzende Ureinwohner auf Pferden heran, einige mit Gewehren, andere mit Pfeil und Bogen bewaffnet. Sie teilen die Herde meisterhaft auf und lenken sie geschickt in verschiedene Richtungen.

Will erblickt einen jungen Krieger, der wütend sein Gewehr in Richtung Zug schwenkt.

»Es wäre klüger, wenn wir jetzt alle hineingehen«, ruft der Schaffner von vorn.

»Doch nicht jetzt, wo die Jagd gerade so gut läuft«, sagt ein Mann und gibt einen weiteren Schuss ab.

»Verdammte Rothäute!«, brüllt ein anderer Fahrgast mit rotem Gesicht und kleinen, eng beieinanderstehenden Augen. »Sie treiben die Büffel von uns weg!« Entsetzt beobachtet Will, wie der Kerl auf den Indianer zielt, der dem Zug am nächsten ist, und ein paar Schüsse abfeuert.

Mr. Dorian tritt vor und packt den Gewehrlauf. »Was machen Sie da, Sir?«, ruft er mit lodernden Augen.

»Nur ein Warnschuss, mehr nicht«, sagt der Mann streitlustig. »Was geht Sie das an?«

»Die Indianer brauchen die Jagd, um sich mit Fleisch und Fell zu versorgen.«

»Ich nehme ihnen die Büffel ja nicht weg, oder? Ich helfe ihnen nur.«

»Indem Sie auf die Jäger schießen?«

»Was schert mich ein Indianer weniger?«, schnaubt der Mann. Gleich darauf bohrt sich ein Pfeil in sein Herz. Er stolpert vom Geländer weg und ist tot, bevor er umkippt.

»Oder ein Weißer weniger«, murmelt Mr. Dorian.

Panik bricht auf dem Wagen aus. Einige Männer rennen zum Ausgang, doch die meisten laden ihre Gewehre und fangen an, wie wild auf die Indianer zu schießen.

»Hört auf!«, brüllt Mr. Dorian die Fahrgäste an. Der Zirkusdirektor hat nun völlig die Fassung verloren. Mit hochrotem Gesicht reißt er einem Mann das Gewehr aus den Händen und zerbricht es über seinem Knie. »Hört auf damit, ihr Narren!«

»Alle bitte reinkommen!«, ruft der Schaffner wieder vergeblich.

Inmitten eines wilden Schussgewitters nähern sich die Ureinwohner dem Zug. Pfeile zischen durch die Luft. Will duckt sich und packt Marens Hand. »Komm«, sagt er und zieht sie durch die panische Menge zum nächsten Waggon.

Auf einmal riecht er versengten Stoff und eine kleine Rauchfahne steigt von seinem kleinen Koffer auf, nur Zentimeter von seiner Brust entfernt. Erschrocken blickt er sich um. Im Gewimmel der Leute sieht er einen Mann am Geländer stehen, die Mütze tief im Gesicht, der sein Gewehr auf ihn gerichtet hat. Will steht da wie erstarrt, während um ihn herum Dutzende Schüsse gleichzeitig abgefeuert werden. Und auf einmal ist Mr. Dorian da und schwingt seinen dicken Mantel wie einen Umhang vor ihm. Eine Gewehrkugel fällt aus den Falten des Mantels und kullert über den Boden. »Weg hier!«, brüllt er.

Geduckt flitzt Will hinter dem Zirkusdirektor her. Dicht vor der Tür sieht er einen Ureinwohner, der furchtlos auf einem riesigen, schwarzen Pferd neben dem Wagen hergaloppiert. Das Pferd ist unglaublich schnell, es überholt den Trans-Kanada-Express und sprintet unversehrt durch das wilde Gewehrfeuer. Der Jäger spannt seinen Bogen und erschießt einen Fahrgast, dann zieht er einen weiteren Pfeil aus seinem Köcher und zielt. Instinktiv packt Will Maren und reißt sie zu Boden. Lautlos bohrt sich der Pfeil, genau dort, wo Maren eben noch stand, in einen Holzpfosten. Sie sieht Will mit großen Augen an.

Auf einmal dröhnt eine Stimme durch Geschrei, Gewehrfeuer und das Rattern des Zuges. Will hätte nie gedacht, dass ein Mensch so laut sein kann. »Sofort die Waffen runter!«

Die rote Gestalt von Sam Steele marschiert über das Wagendeck. Er hält eine riesige Pistole in der erhobenen Hand und feuert einen Warnschuss ab. »Waffen runter, und zwar sofort, sonst schieße ich auf euch und mäh euch nieder!« Er wendet sich an die indianischen Jäger und ruft: »Das gilt auch für euch! Sofort aufhören!«

Die Schüsse verstummen.

Kurz darauf wird der keuchende Will von einem Schaffner in den nächsten Waggon geschubst. Darin unterhält sich eine Gruppe verschwitzter Männer begeistert über das Scharmützel. Uniformierte Zugbegleiter drängen sich durch die Menge, um dem Mountie zu helfen.

»Sie müssen die Gewehre wieder abgeben, meine Herren«, sagt einer der Schaffner und nimmt den zögernden Passagieren die Waffen aus den Händen. »Sie sind Eigentum der Eisenbahngesellschaft und dürfen nur auf dem Schießstand benutzt werden.«

»Den Rothäuten haben wir's gezeigt!«, jubelt einer der Fahrgäste. »Denen haben wir's so was von gezeigt!«

Der Schaffner führt Will, Maren und Mr. Dorian durch den Wagen. Wills Knie sind weich und auch Maren wirkt sichtlich mitgenommen. Sie beugt sich zu ihm und flüstert: »Danke.«

Der Schaffner zeigt ihnen ihr Abteil, aber Will beachtet es kaum.

Mr. Dorian verschließt die Tür und späht dann durch die Vorhänge aus dem Fenster. Von Büffeln oder Indianern ist nichts mehr zu sehen. »Leutnant Steele scheint diesem Wahnsinn schnell ein Ende bereitet zu haben«, bemerkt er, immer noch mit angespannter Miene. Er schaut Will an. »Das war kein Indianer, der da auf dich geschossen hat. Das weißt du, oder?«

Will nickt. »Ich glaube, es war Chisholm.«

»Ich hab ihn gesehen. Es wäre die perfekte Gelegenheit gewesen, dich in dem ganzen Wirrwarr zu töten. Keiner hätte was bemerkt.«

Will blickt auf das Einschussloch in seinem Koffer und ihm wird schlecht. »Danke«, murmelt er. »Sie haben mich gerettet.«

»Ein dicker Mantel ist zu vielem gut«, erwidert der Zirkusdirektor.

»Sie wissen jetzt, wer ich bin«, sagt Will und kämpft gegen die Panik in seiner Stimme an. »Sie werden es bestimmt wieder versuchen!«

»Gut möglich«, nickt Mr. Dorian.

Will schließt die Augen. Er hat auf ein Kopfschütteln gehofft, auf ein paar beruhigende Worte.

»Tagsüber werden sie das nicht wagen«, tröstet ihn Maren.

»Eben haben sie es aber getan!«, widerspricht Will.

»Vor Einbruch der Nacht wechseln wir das Abteil«, sagt Mr. Dorian. »Bis dahin ist es am klügsten, wenn wir so viel Zeit wie möglich in öffentlichen Räumen verbringen. Je voller, desto besser. Beginnen wir mit einem Besuch im Speisewagen. Ihr beide müsst am Verhungern sein.«

Essen ist das Letzte, wonach Will der Sinn steht. Jemand hat versucht ihn zu töten! Aber nachdem Maren ihr Seiltänzerkostüm ausgezogen hat, gehen sie gemeinsam zum Speisewagen.

Die zweite Klasse ist deutlich bequemer als die dritte, auch wenn sie noch weit vom Luxus der ersten Klasse entfernt ist. Die Gänge sind holzvertäfelt und mit Stofftapeten verziert. Dicke Teppiche dämpfen Wills Schritte und schirmen den Waggon vom Schienenlärm ab. Die Fenster sind größer und es hängen mehr Gaslaternen an den Wänden.

Im Speisewagen richten sich sämtliche Blicke auf Will und er erkennt ein paar Männer vom Schießstand wieder. Wohin er auch blickt, überall meint er, Brogan, Chisholm oder Mackie zu sehen. Das Essen wird serviert und es sieht köstlich aus, doch Will fürchtet sich, auch nur einen Bissen davon zu nehmen. Woher soll er wissen, ob nicht einer von Brogans Männern heimlich in der Küche Gift hineingegeben hat? Neidisch beobachtet er, wie Maren ihre Hühnerpastete verdrückt. Sie ertappt ihn dabei und bemerkt seinen unangerührten Teller. Offenbar versteht sie, was ihm Sorge bereitet, denn sie sieht ihn mit hochgezogener Augenbraue an und schaufelt sich eine Gabel von seinem Essen in den Mund. »Lecker«, sagt sie, nachdem sie es hinuntergeschluckt hat.

Nun isst auch Will. Alle um sie herum reden über die Schießerei mit den Indianern und wilde Gerüchte schwirren zwischen den Tischen umher. Zehn Passagiere seien getötet worden. Fünf Indianer. Drei Passagiere, zwei Indianer. Ein Krieger sei an Bord gesprungen und habe einen Schaffner skalpiert. Sam Steele sei auf ein Indianerpferd gesprungen, habe die Jäger verjagt und sei anschließend wieder mit einem Tomahawk in der Hand in den Zug gestiegen.

Nach dem Essen geht es Will besser. Inmitten der vielen Leute kann er sich fast einbilden in Sicherheit zu sein. Als könnte er jederzeit aufstehen und in sein altes Leben zurückkehren.

Gegen Ende der Mahlzeit kommt Sam Steele in den Speisewagen. Er spricht kurz mit einem der leitenden Zugbediensteten und geht dann weiter zum nächsten Waggon.

»Meine Damen und Herren«, verkündet der Schaffner. »Leutnant Steele hat mich gebeten Ihnen mitzuteilen, dass es ein kleines Scharmützel mit Indianern gab. Bedauerlicherweise sind dabei zwei unserer Fahrgäste ums Leben gekommen.«

Entsetzte Rufe werden laut. Männer hauen auf die Tische und schwören blutige Rache. Mr. Dorian isst schweigsam weiter. Zwei Männer vom Schießstand schauen mit finsteren Mienen zu ihnen hinüber und Will meint, sie das Wort »Bastard« murmeln zu hören. Sehnsüchtig starrt er zu der Tür, durch die Sam Steele verschwunden ist. Sie führt zu den vorderen Waggons. Maren mustert ihn besorgt. Hat sie Angst, er könnte weglaufen? Das wird er nicht tun. Die beiden Zirkusleute haben ihm mittlerweile dreimal das Leben gerettet. Er hat Maren ein Versprechen gegeben. Und das wird er auch halten.

»Fast hätt ich ihn gehabt!« Chisholm schaufelt sich nervös aus einer Dose Fleisch in den Mund. »Hatte ihn voll im Visier, und dann wedelt Dorian mit seinem Mantel vor ihm rum. Wie kann so 'n Mantel 'ne Kugel aufhalten?«

»Hättest mich schießen lassen sollen«, sagt Mackie. »Ich hätt beim ersten Mal nicht danebengeschossen.«

»Lass es gut sein, Mackie«, sagt Brogan und pult sich einen Essensrest aus den Zähnen. »Klingt, als wärs'n schwerer Schuss gewesen.« Zwar ärgert er sich auch, dass Chisholm die Sache vermasselt hat, aber er muss ihn bei Laune halten, vor allem, nachdem er ihn fast im Sumpf ersäuft hat. Für das, was kommt, braucht er alle seine Männer.

Die drei sind zu Pecks und Strachans Bremserhaus gleich hinter der Kolonistenklasse zurückgekehrt.

»So 'ne Chance kriegen wir nicht noch mal«, murrt Mackie missmutig.

»Vielleicht brauchen wir auch keine«, sagt Brogan.

»Was soll das heißen? Du hast gesagt, wir müssen den Jungen beseitigen.«

»Oh, das machen wir auch, keine Sorge.«

»Und wie ist dann der Plan?«, fragt Chisholm, der noch glupschäugiger guckt als sonst.

»Als ich da in dem Salonwagen war, ist der Mountie reingekommen. Ich dacht schon, ich bin geliefert. Warum ist der Junge nicht zu ihm? Weil der Junge was will – oder besser: weil Mr. Dorian was will. Er hat jetzt auch einen Schlüssel zum Leichenwagen in den Fingern. Die haben bestimmt eigene Pläne.«

»Die Warterei gefällt mir gar nicht«, sagt Mackie.

»Dorian kann Sachen verschwinden lassen«, sagt Chisholm. »Woher sollen wir wissen, dass er das, was wir haben wollen, nicht verschwinden lässt – und sich gleich mit?«

Brogan denkt nach und schüttelt dann den Kopf. »Das wäre Zauberei. Und an so was glaub ich nicht.«

Nachdem die Schlafwagenschaffner ihre letzte Runde gedreht und die Fahrgäste sich zur Ruhe gebettet haben, schlüpfen Will, Maren und Mr. Dorian still und leise aus dem Abteil. Mit dem Gepäck in der Hand schleichen sie fünf Türen zurück zu einem kleineren, leeren Abteil.

Nachdem Will die Tür verriegelt hat, hilft er den anderen, die Liegebetten hinunterzuklappen. »Und wann soll es losgehen?« Er breitet ein Laken und eine Decke über die mittlere Pritsche. »Ich meine, der Einbruch.«

Mr. Dorian zieht seine Uhr heraus und betrachtet die beiden Ziffernblätter. Am Nachmittag hat er die Zugbegleiter mehrmals nach dem genauen Standort und der exakten Geschwindigkeit des Zuges befragt. »Wir müssen spätestens um vier Uhr morgens im Innern des Bestattungswagens sein.«

»Du kannst ruhig hierbleiben, Will«, sagt Maren. »Schließ die Tür hinter uns zu. Niemand weiß, wo du bist. Und bis zum Frühstück sind wir längst wieder da.«

Will schüttelt den Kopf. »Ich bleibe auf keinen Fall allein hier.«

»Es ist besser, wenn du da nicht mit reingezogen wirst, Will«, sagt sie.

Will lacht. »Ich steck doch sowieso schon bis zum Hals mit drin. Ich begleite euch. Da fühle ich mich immer noch sicherer als hier.«

Mr. Dorian schaut ihn an. »Ich warne dich, Will. Du könntest deine Entscheidung bereuen. Ich habe das Gefühl, wir werden vielleicht auf Widerstand stoßen.«

Trotzdem fällt ihm die Entscheidung nicht schwer. Die Aussicht, allein im Abteil zurückzubleiben, jagt ihm eine Heidenangst ein. Außerdem will er Maren helfen, falls sie Unterstützung braucht. »Ich komme mit«, wiederholt er.

»Nun gut. Ich schlage vor, dass ihr beide euch ein wenig ausruht.«

»Wollen Sie denn gar nicht schlafen?«, fragt Maren den Zirkusdirektor.

»Nachher.«

Später, unter seiner Decke, ist Will immer noch hellwach. Die Gaslampe ist heruntergedreht. Über ihm wälzt sich Maren im Schlaf hin und her. Auf der gegenüberliegenden Seite liegt Mr. Dorian angezogen auf seiner Pritsche und schreibt. Er bemerkt, dass Will ihn beobachtet.

»Werden Sie wirklich immer jung bleiben?«, fragt Will. »Wenn Sie Ihr Porträt haben?«

»Ich glaube nicht. Das Porträt altert ja auch, und wenn es irgendwann ein hohes Alter erreicht hat, wird es sicher sterben.«

»Was geschieht dann mit Ihnen?«

Mr. Dorian schaut von seinen Aufzeichnungen auf. »Vielleicht holen mich dann die ganzen Lebensjahre wieder ein, oder ich fange einfach an normal zu altern. Das wäre natürlich eine unerwartete Dreingabe. Ich möchte aber nur die mir zustehenden Jahre, William. Findest du das zu gierig?«

Darauf weiß Will keine Antwort. »Maren sagt, Sie hätten große Pläne für den Zirkus.«

Mr. Dorian lächelt. Auf einmal verändert sich sein Gesicht und trägt nicht mehr die distanzierte Gelassenheit. Es ist ein Lächeln, das sich nur zeigt, wenn einem etwas wirklich am Herzen liegt. »Ja. Ich würde gern im Ausland noch mehr Zirkusse eröffnen und noch mehr Tiere für meine Menagerie finden, bis die Arche Noah im Vergleich dazu mickrig aussieht!« Er kichert.

Auch Will muss lachen. »Sie sind bestimmt der einzige Zirkus auf der Welt, der einen Sasquatch besitzt.«

»Ich glaube, das bin ich im Moment wohl tatsächlich. Aber es gibt immer noch mehr Tiere und Wunder, die man sammeln kann. Stell dir vor, ich könnte einen Wendigo fangen!«

»Haben Sie schon mal einen gesehen?«, erkundigt sich Will, fasziniert von der Begeisterung des Zirkusdirektors.

»Noch nicht, aber ich habe es vor. Und es gibt da einen Mann im Fernen Osten, der fliegen kann. Denk nur, Will, fliegen! Ich hoffe, ich kann ihn unter Vertrag nehmen, bevor Mr. Barnum es tut. Ich will alles auf dieser Erde sammeln, jedes erdenkliche Meisterstück. Eine neue Welt erschaffen, um unserer zu entkommen.« Aus den letzten Worten klingt tiefe Wehmut. Der Zirkusdirektor steckt das Papier in seine Tasche und schreibt eine kurze Notiz auf einen zweiten Zettel. »Nur eine Botschaft an meine Zirkusfreunde, wie es uns geht«, erklärt er Will.

»Wie soll die Nachricht zu ihnen kommen?«, fragt Will leise.

»Mit Hilfe eines günstigen Rückenwinds«, erwidert Mr. Dorian.

Unter Wills neugierigem Blick knickt Mr. Dorian den Zettel der Länge nach um und faltet ihn mehrmals, auf immer kompliziertere und raffiniertere Weise. Am Ende hält er etwas in der Hand, das einer Wildgans ähnelt. Er zieht an einer kleinen Schlaufe am Schwanz. Sogleich heben sich die Flügel und beben erwartungsvoll.

»Kann der Vogel wirklich fliegen?«, fragt Will ungläubig.

»Ja, das kann er.« Mr. Dorian geht zum Fenster und zieht es auf. Nachtluft vermischt mit Kohlenrauch dringt herein. Der Zirkusdirektor streckt den Kopf hinaus, dreht ihn prüfend hin und her, streckt ihn wieder rein und nimmt dann noch eine kleine Änderung an den Papierflügeln vor.

Dann wirft er den Vogel in die Luft.

Will wünscht aus ganzem Herzen, er könnte den Flug des Papierwesens verfolgen. Hätte er es getan, hätte er gesehen, wie der Vogel leicht zitternd in die Höhe steigt. Der Zug rattert so schnell vorwärts, dass man nicht recht sagen kann, ob sich der Vogel überhaupt bewegt. Doch gelegentlich flattern seine Flügel ein wenig oder strecken sich, und er steigt auf und schwenkt zur Seite. Unter ihm flitzen die Waggons dahin.

Der Papiervogel schwirrt auf einen Bremser zu, der rauchend auf einem Güterwaggon steht. Der Mann kneift die Augen zusammen und will danach greifen, doch der Vogel kurvt geschickt um die ausgestreckte Hand herum.

Etwas weiter vorn entdeckt ihn ein anderer Bremser. Er hält ihn für eine Fledermaus und schlägt nach ihm, wodurch der Papiervogel weg von den Gleisen gewirbelt wird. Das Vögelchen richtet sich sofort wieder auf und flattert weiter. Doch der Zug ist schon ein gutes Stück entfernt und das kleine, hirnlose Papierwesen segelt einfach immer weiter geradeaus durch die Nacht.

Möglicherweise ist es schlauer als gedacht, denn kurz darauf taucht vor ihm wieder die hintere Hälfte des Trans-Kanada-Express auf, der um eine breite Kurve gebogen ist. Der Papiervogel dreht bei und fliegt nun neben dem Zug her. Der mysteriöse Mechanismus, der ihn antreibt, gerät allmählich ins Stocken. Die Flügel hören auf zu flattern und langsam sinkt das Vögelchen nach unten, auf das Dach der Güterwaggons zu. Tiefer und tiefer schwebt es, bis es direkt in einer Art Netz landet, das aus einem Waggon hervorragt, auf denen *Zirkus Dante* steht.

Es ist ein indianischer Traumfänger. Der Papiervogel hängt wohlbehütet zwischen den Fäden und wird dann hastig in den Wagen gezogen.

Dort wird das Papier aufgefaltet und die Nachricht gelesen.

KAPITEL 13

# DER BESTATTUNGSWAGEN

Eine Hand rüttelt Will wach.

»Es ist Zeit«, sagt Maren.

Die Gaslampe ist heruntergedreht. Maren ist bereits angezogen, genau wie Mr. Dorian, der sich eine Seilrolle über die Schulter wirft. Hastig schlüpft Will unter der Decke in seine Hose.

»Bist du sicher?«, fragt Maren, bevor sie das Abteil verlassen.

Er nickt. Mr. Dorian nimmt eine Laterne, schließt die Tür auf und sie schleichen auf den Gang hinaus. Will kommt sich vor wie ein Geist, als sie durch die Schlafwagen huschen. Zu beiden Seiten des Gangs hängen dicke Vorhänge vor den Kojen und dämpfen das Schnarchen und Murmeln der schlafenden Passagiere. Wills Blicke huschen hin und her, aus Angst, ein Arm könnte plötzlich herausschießen. Bei jedem Husten, jedem Schniefen fährt er zusammen. Mr. Dorian hat jedoch einen sechsten Sinn dafür, den wenigen Zugbegleitern und schlaflosen Fahrgästen, die ihnen entgegenkommen, aus dem

Weg zu gehen. Jedes Mal scheucht er Will und Maren in einen Waschraum oder ein leeres Schlafabteil, bis sie unbemerkt weitergehen können.

Der Speisewagen liegt leer und verlassen da, die Tische sind bereits mit Tischtüchern und Besteck eingedeckt. Als die drei an der Küche vorbeikommen, schaut Will durch das runde Fenster in der Tür. Er sieht lange, glänzende Arbeitstische, lodernde Öfen und Töpfe, so groß wie Schornsteine, aus denen Dampf quillt. Die Köche schneiden Gemüse und kneten Brotteig für den Frühstücksansturm.

Jedes Mal, wenn sie von einem Waggon zum nächsten wechseln müssen, späht Mr. Dorian erst durch das Fenster, um festzustellen, ob auf dem Dach ein Bremser Wache schiebt. Dann öffnet er lautlos die Tür und sie laufen hastig über die Kupplung.

In der Wäscherei hängt der Geruch von Stärke und Bleichmittel in der Luft. Unzählige Wäscheleinen mit Tischtüchern, Laken und Uniformen schwanken sachte im Rhythmus des Zuges hin und her. Die Stoffe schimmern im bleichen Licht der Gaslaternen. Will schaut mit einem Schaudern in die schattigen Winkel und läuft möglichst schnell weiter.

An der Tür zum nächsten Wagen weicht Mr. Dorian vom Fenster zurück. »Da ist jemand auf dem Dach«, flüstert er. »Brogan hat einen Wachposten aufgestellt.«

Sie warten eine Weile darauf, dass der Bremser weitergeht.

»Er rührt sich nicht«, sagt Mr. Dorian schließlich. »Wir müssen ihn ablenken.«

»Ich habe eine Idee«, sagt Will. Er rennt in die Wäscherei zurück, nimmt ein gestärktes weißes Hemd von der Wäscheleine und schiebt ein Fenster auf. Er hängt das Hemd halb heraus und drückt das Fenster wieder fest. Der wild im Wind flatternde Hemdärmel soll aussehen wie jemand, der um Hilfe ruft.

»Gut gemacht«, lobt Mr. Dorian. »Mal sehen, ob er anbeißt.«

Sie kehren zur Waggontür zurück und warten. Will kniet nieder und späht zum Dach hinauf. Die Zigarette des Bremsers glüht rot. Plötzlich fährt sein Kopf herum und eine Laterne flammt auf. Der Bremser springt auf ihren Waggon hinüber und macht sich auf den Weg zur Wäscherei.

»Schnell!«, raunt Will. Er zieht die Tür auf und geht voran in den nächsten Wagen.

Dort strahlt Maren ihn an. »Eine gute Idee. Du bist ein toller Komplize.«

»Ich bin doch kein Komplize«, sagte er, entsetzt über diese Vorstellung.

»Jeder, der uns hilft, ist ein Komplize«, wendet Mr. Dorian ein.

Will überlegt und lacht leise. »Dann bin ich wohl doch einer.«

Er hat Van Horne gut gekannt; vielleicht würde es den alten Knaben gar nicht stören, wenn jemand sein Gemälde stiehlt. Schließlich hatte der Eisenbahnmagnat immer schon ein Faible für das Außergewöhnliche. Er war selbst stets voller Lebenslust und hätte sich sicher darüber geärgert, von dieser Möglichkeit, das Leben zu verlängern, nichts gewusst zu haben. Die ganzen Winkelzüge jedoch, die sein Gemälde verursacht, hätten ihn bestimmt amüsiert.

Kurz vor dem Ende der zweiten Klasse stoppt Mr. Dorian seine beiden jungen Begleiter. »Hier müssen wir aufs Dach hinauf«, sagt er. »An der Tür zur ersten Klasse steht ein Schaffner Wache und wir dürfen nicht entdeckt werden.«

Will hat sich auf so etwas schon gefasst gemacht. Seine Lust hält sich aber in Grenzen.

»Bereit für einen weiteren Spaziergang auf dem Trans-Kanada-Express, William?«, fragt Mr. Dorian. »Der Zug fährt gerade etwas langsamer. Die Strecke steigt allmählich zu den Bergen hin an und verläuft kerzengerade.«

Will nickt. »Ich kenn das ja. Das schaffe ich schon.«

»So gefällst du mir! Wir müssen uns beeilen, falls noch mehr Männer auf dem Dach herumlungern.«

Sie überqueren die nächste Kupplung, dann klettert Mr. Dorian als Erster die Leiter außen am Wagen hoch. Er steckt den Kopf über die Dachkante, schaut sich gründlich um und bedeutet dann Will und Maren ihm zu folgen.

Will zittert trotz seiner Jacke, als ihm oben auf dem Zug der Fahrtwind entgegenschlägt. Er kann gerade noch das Gleichgewicht halten. Im Gegensatz zu den Güterwagen gibt es oben auf den Passagierwaggons keine Trittbretter, außerdem sind die Dächer steiler geneigt.

Der Mond ist fast ganz hinter Wolken verborgen und Will kann kaum etwas erkennen. Mr. Dorian zündet die Laterne nicht an. So bleiben sie zwar unbemerkt, aber der Weg wird dadurch umso gefährlicher. Der Zirkusdirektor eilt flink über das Dach und auch Maren tänzelt völlig sorglos dahin. Für eine Seiltänzerin ist der Weg über die Trittbretter keine allzu große Herausforderung.

Am Ende des ersten Waggons springen Mr. Dorian und Maren über die Lücke und werden von der Dunkelheit verschluckt. Nur die Laternen an der Seite des Zugs verraten Will, dass der Trans-Kanada-Express immer noch kerzengerade vorwärtsbraust. Rasch streicht er über den Sasquatch-Zahn in seiner Tasche – dann rennt er los und wirft sich in die Schwärze der Nacht. Beim Sprung überkommt ihn ein kurzer Anflug von Höhenangst, doch da landet er auch schon und wird von Marens stützender Hand empfangen.

»Du hast es geschafft!«, flüstert sie.

Wagen um Wagen wächst sein Selbstvertrauen, und sein Körper gewöhnt sich erneut an das rastlose Stampfen und Schwanken des Zugs.

Weiter vorn, etwa drei Waggons entfernt, flackert eine Laterne auf. Bevor Will Maren darauf aufmerksam machen kann, dreht sie sich schon um, weil Mr. Dorian ihnen bedeutet umzukehren. Geduckt eilt Will wieder zum Wagenende.

»Runter!«, flüstert Mr. Dorian.

Will klettert auf die Plattform und presst sich neben der Waggontür an die Wand, damit er durch das Türfenster nicht zu sehen ist. Maren und Mr. Dorian stellen sich neben ihn.

»Vielleicht hat er uns ja nicht bemerkt«, sagt Mr. Dorian.

»Gehen wir einfach unter ihm weiter.« Er späht prüfend in den Waggon, öffnet die Tür und winkt die beiden hinein. Es ist ein seltsames Gefühl für Will, wieder in der ersten Klasse zu sein. Sie kommt ihm wie eine völlig andere Welt vor. Vielleicht ist es aber auch die gleiche Welt und nur er hat sich verändert. Er ist jetzt wie ein indischer Zirkuskünstler gekleidet und gehört zu einer Diebesbande, die den Bestattungswagen des Eisenbahndirektors ausrauben will.

Er versucht sich zu orientieren, und riecht in dem Moment den verlockenden Duft von gebrannten Mandeln und Popcorn. »Da vorn ist das Kino«, erklärt er.

Vorsichtig schleichen sie durch den mit dicken Teppichen ausgelegten Gang. Glühlampen leuchten hinter rosafarbenen Zierblenden. Am Wagenende schaut Maren zuerst prüfend zum Dach und nickt den anderen beiden dann zu. Schweigend öffnen sie die Tür und betreten einen Doppelstockwagen.

Im Innern wird Will von einem Plätschern empfangen. Er steigt die sechs Stufen zu der schwarz-weiß gekachelten Terrasse des Schwimmbads empor. Aus dem Silberbrunnen in der Mitte ergießt sich ein Sprühnebel in das fischreiche Wasser. Das einzige Licht kommt aus dem Schwimmbecken und wirft ein hellblau wogendes Wellenmuster an die Decke.

Will folgt den anderen über das Deck, vorbei an den Umkleidezelten. Da mischt sich das unverkennbar metallische Klicken eines Türknaufs durch das Plätschern des Wassers.

Will packt Maren an der Hand und zieht sie ins nächstbeste

Zelt. Es lässt sich mit einem Reißverschluss schließen, doch Will möchte keinen Lärm machen. Durch den schmalen Spalt in der Öffnung sieht er Mr. Dorian in dem Zelt vor ihnen verschwinden.

Ein Bremser mit Schirmmütze steigt die Leiter zur Schwimmterrasse hoch. Obwohl sein Gesicht nur undeutlich zu sehen ist, meint Will Mackie zu erkennen. Er hält eine lange Eisenstange mit einem spitzen Ende in der Hand und bleibt lauschend stehen. Dann geht er langsam über das Deck und sticht wie beiläufig mit dem Stab in das erste Umkleidezelt. Der schwere Stoff bauscht sich mit einem Rascheln. Er geht zum zweiten Zelt, stößt auf Brusthöhe wieder hart hinein und marschiert dann weiter. Entsetzt beobachtet Will, wie er sich Mr. Dorians Zelt nähert. Er greift ganz fest nach Marens Hand. Wieder sticht der Bremser hart zu. Der Stoff wird eingedellt und ein zaghaftes Wimmern dringt aus dem Innern. »Das tut weh!«

»Komm raus!«, bellt Mackie. Er tritt einen Schritt zurück und packt den Stab fester. Will erwartet, einen blutüberströmten Mr. Dorian hervorwanken zu sehen, doch niemand zeigt sich.

»Raus!«, blafft Mackie. Wieder stößt er in das Zelt, diesmal auf Kniehöhe.

Ein weiteres schrilles Quieken erklingt und dann: »Komm doch und hol mich!«

Finsteren Blickes schiebt Mackie die Zeltplanen mit der Stange auseinander und geht vorsichtig hinein, bereit jeden

Moment erneut zuzustechen. Sobald der Bremser im Zelt ist, kommt Mr. Dorian zu Wills großer Überraschung aus einer ganz anderen Umkleide hervor. Mit einem raschen Handgriff zieht er den Reißverschluss des ursprünglichen Zeltes zu und versetzt ihm einen kräftigen Tritt. Es kippt zappelnd um und Mackie flucht laut im Innern.

»Helft mir!«, ruft der Zirkusdirektor.

Will und Maren rennen zu ihm. Gemeinsam heben sie das Zelt an und schleudern es ins Becken. Exotische Fische flitzen wie farbige Blitze davon. Der Stoff saugt sich sofort mit Wasser voll und beginnt zu sinken.

»Er ertrinkt!«, sagt Will besorgt, doch da kommt schon Mackies Hand aus dem wogenden Zelt hervor und tastet nach dem Reißverschluss.

Mr. Dorian führt sie aus dem Schwimmbad heraus und zurück aufs Dach. Auf den doppelstöckigen Wagen ist das Schwanken des Zugs viel stärker zu spüren, außerdem kann man doppelt so tief fallen.

Langsam gewöhnen sich Wills Augen wieder an die nächtliche Dunkelheit, und er bemüht sich, mit Maren und Mr. Dorian Schritt zu halten. Sie müssen unbedingt so viel Abstand wie möglich zu Mackie gewinnen! Mit klopfendem Herzen springt er über eine Wagenlücke und kommt geduckt nicht ganz in der Mitte auf. Nach dem dritten Sprung fühlt er sich wieder sicherer. Er versucht zu erkennen, wo genau sie sich in der ersten Klasse befinden, und vermutet, dass sie irgendwo bei den Speisewagen sein müssen. Vor sich sieht er den bleichen Lichtschein des Aussichtswagens, dessen Gaslampen immer noch schwach leuchten. Kurz darauf landen sie auf der Terrasse, genau an der Stelle, wo er vor ein paar Tagen stand, als der Zug den Bahnhof in Halifax verlassen hat. Es kommt ihm vor wie eine Erinnerung aus einem anderen Leben. Durch die Glaskuppel sieht er einen einsamen Mann in einem Sessel schlummern, das Brandyglas in der Hand.

Noch ein Sprung und noch einer, über den Salonwagen, den Billardsalon, die Bibliothek. Endlich taucht vor ihm in der Ferne die Lokomotive auf. Sie erhebt sich über dem mit Kohle beladenen Tender wie eine kleine dampfbetriebene Stadt, eine Symphonie aus Kolben mit einem riesigen Schornstein, der bis zum Himmel aufragt.

Der nächste Sprung ist zu hastig. Wills Füße haben gerade das Dach verlassen, da dreht sich der Wind. Eine Wolke aus Ruß und Hitze schlägt ihm entgegen und versengt ihm die Augen. Er blinzelt heftig und sieht, wie sich der nächste Waggon in einer Kurve von ihm wegdreht. Ächzend streckt er die Arme aus. Er landet nur mit einem Fuß auf dem Dach und prallt hart mit der Schulter gegen die Kante. Verzweifelt sucht er nach etwas, an dem er sich festhalten kann.

Maren hört seinen Aufschrei und wirft sich ihm entgegen. Sie rutscht das schräge Dach hinunter und packt sein Handgelenk. Obwohl sie so zierlich ist, zerrt sie ihn mit überraschender Kraft nach oben. Mit ihrer Hilfe bekommt er beide Beine aufs Dach und kann sich schließlich zur Mitte des Waggons ziehen.

»Vorsicht«, murmelt sie und lehnt ihre Stirn gegen seine.

Schnaufend nickt er, rappelt sich auf und geht ihr hinterher. Bald darauf stellt er fest, dass er über das Schlafwagenabteil läuft, in dem er erst eine einzige Nacht verbracht hat. Danach sind die Waggons wieder einstöckig und die drei müssen sich noch leiser vorwärtsbewegen, weil sich hier die Versorgungs- und Mannschaftswaggons befinden, in denen die Schaffner und Zugbediensteten bald aufwachen und sich auf einen weiteren Tag an Bord des Trans-Kanada-Express vorbereiten werden.

Will kann nun schon die Eisenfedern sehen, die den Bestattungswagen schmücken. Nach zwei weiteren Waggons haben sie ihn endlich erreicht. Will klettert hinter Mr. Dorian und Maren auf eine kleine, ruckelnde Plattform. Hinter ihm befindet sich die türlose Front eines Dienstwagens – und vor ihm erhebt sich die dunkel schimmernde Eisenhülle des Bestattungswagens.

»Zurückbleiben«, warnt Mr. Dorian.

Es ist sehr laut wegen der Gleise unter ihnen, doch Will spürt noch ein zusätzliches Vibrieren: den Strom, der durch die Eisenhaut fließt.

Der Zirkusdirektor zieht seine Taschenuhr hervor und betrachtet die Zeiger. »Wir haben noch fünfunddreißig Minuten.«

»Was passiert dann?«, fragt Will, aber Mr. Dorian beachtet ihn nicht und zündet stattdessen die Laterne an.

Maren kauert sich nieder, schlüpft aus dem Mantel und

holt die Wunderspule hervor. Sie haben zwar darüber gesprochen und Will hat versucht sich vorzustellen, wie es ablaufen wird. Doch als er nun sieht, mit welcher Geschwindigkeit die Schwellen unter dem Bestattungswagen vorbeirasen, und er gleichzeitig das Schwanken und Ruckeln des Zugs spürt, bekommt er auf einmal entsetzliche Angst um sie. »Du musst das nicht tun«, sagt er.

»Sei still.« Sie zieht Gymnastikschuhe mit Gummisohlen an. »So was darf man vor einer Aufführung nicht sagen.«

»Das ist keine Aufführung«, widerspricht er.

»Sie hat dafür trainiert«, ruft Mr. Dorian ihm ins Gedächtnis.

»Sind Sie überhaupt sicher, dass sie da unten genügend Platz hat?«

»Es ist machbar«, sagt Mr. Dorian. »Ich habe alles sorgfältig ausgemessen.«

Wieder starrt Will auf den schmalen Zwischenraum hinab und stellt sich vor, wie sie zwischen die Räder fällt. »Warum warten wir nicht, bis der Zug hält?«, will er wissen.

»Es muss jetzt geschehen«, sagt Mr. Dorian scharf.

»Aber warum?«

»Das reicht, William.«

»Es ist viel zu gefährlich!«, ruft Will und zittert auf einmal vor Wut. »Warum machen Sie es nicht selbst, wenn es Ihnen so wichtig ist?«

»Ruhe jetzt!« Es ist Maren, die das sagt. Überrascht schaut Will in ihr zorniges Gesicht. »Du kannst gern gehen, wenn du willst«, sagt sie. »Aber hör auf dich einzumischen.«

Sein Gesicht brennt, als hätte sie ihn geohrfeigt. Er wollte sie nur beschützen – und sie behandelt ihn wie ein quengelndes Kind! »Dann mach doch«, blafft er, um seine gekränkten Gefühle zu verbergen. Er ist den Tränen nahe. Am liebsten würde er aufs Dach klettern und zurück zur ersten Klasse laufen. Die beiden Zirkusleute mit ihren dem Tod spottenden Kunststücken und ihren verrückten Einbruchsplänen ihrem Schicksal überlassen.

Aber er bleibt, wo er ist.

Als Maren zum Rand der Plattform rutscht, zieht er den Schlüssel aus der Tasche und reicht ihn ihr. »Hier. Nimm lieber den Originalschlüssel. Damit geht es vielleicht besser.«

»Danke, Will.«

Mr. Dorian stellt die Blenden an der Laterne so ein, dass ein dünner, heller Strahl die bewegte Welt unter dem Waggon beleuchtet: öliges Eisen, Drahtbündel, wirbelnde Stäbe und das Rattern der vorbeiflitzenden Schwellen.

Maren dreht an der Spule. Der steife Draht kommt hervor und wird immer länger.

»Denk daran, du darfst auf keinen Fall das Fahrwerk berühren«, warnt Mr. Dorian.

Sie nickt, kurbelt ihr Wunderseil weiter heraus und schiebt es unter den Waggon, bis sich der Haken an einer Querstrebe der nächsten Kupplung verfängt. Das andere Ende befestigt sie unter ihrer Plattform. Das Seil ist bereit.

In einer fließenden Bewegung schwingt sie sich auf den Draht, legt sich mit ausgestreckten Armen auf den Rücken und schiebt sich mit ihren gummibesohlten Schuhen Stück für Stück unter den Waggon. Sie kann die Beine nur leicht beugen, wenn sie nicht an das eiserne Fahrwerk stoßen will.

Der Zirkusdirektor drückt sich flach auf den Boden, damit der Lichtstrahl bis zu ihr vordringt. Will presst die Wange gegen das kalte Metall, um sie besser beobachten zu können. Er wagt kaum zu atmen. Der Zug holpert und Maren schwingt wild hin und her, während sie mit flatternden Händen versucht das Gleichgewicht zu halten. Er würde sie so gern anflehen zurückzukommen!

»Gleich hast du das Schloss erreicht«, ruft Mr. Dorian ruhig, weil Maren nicht sehen kann, was hinter ihr liegt. »Noch ein kleines Stück … Da ist es!«

Maren verharrt unter einer schwarzen Kiste und holt den Schlüssel aus dem Ärmel. Während sie im Rhythmus des Zugs weiter hin und her schaukelt, steckt sie den Schlüssel ins Loch und dreht ihn um. Das leise Surren verstummt.

»Mein Mädchen, du hast es geschafft«, haucht Mr. Dorian erleichtert. »Du kluges Kind, das hast du gut gemacht. Und jetzt komm ganz vorsichtig zu uns zurück.«

Der Rückweg ist kaum weniger nervenaufreibend für Will, auch wenn sich Maren nun am Fahrwerk festhalten und zur Plattform ziehen kann. Endlich rutscht sie unter dem Waggon hervor und springt mit einem breiten Lächeln auf die Füße.

Will muss einfach die Arme um sie schlingen und sie vor Erleichterung fest an sich drücken.

»Tut mir leid, dass ich dich so angefahren habe«, flüstert sie in sein Ohr.

»Ich bin nur froh, dass dir nichts passiert ist.«

»Beeilung«, drängt Mr. Dorian.

Sie klettern über die Leiter aufs Dach und laufen nach vorn. Mr. Dorian knotet sein Seil an eine Strebe und seilt sich hastig am Wagen ab. Er tastet in dem verschnörkelten Eisenblattwerk herum und steckt schließlich irgendwo den Schlüssel hinein. Ein Teil der Waggonwand löst sich und gleitet auf Schienen zur Seite. Der Zirkusdirektor schwingt sich ins Wageninnere.

»Geh du«, sagt Maren zu Will. »Ich halte das Seil für dich fest.«

»Wunderbar«, sagt Will dankbar.

Hätte ihm noch vor ein paar Tagen jemand gesagt, dass er mit einem Seil an einem fahrenden Zug hinunterklettern würde, hätte er nur gelacht und sich gewünscht so viel Mut zu haben. Doch nun traut er sich, obwohl seine Hände schweißnass vor Angst sind. Er starrt die ganze Zeit zu Maren empor; allein ihr Anblick gibt ihm Selbstvertrauen.

Mr. Dorian wartet im Innern der Öffnung und zieht ihn am Arm in den Wagen. Gleich darauf steht auch Maren neben ihnen. Mr. Dorian zündet seine Laterne wieder an.

Im Waggon hängt ein durchdringender Moschusduft in der Luft, eine Mischung aus Kerzenwachs, Staub, Möbelpolitur und einem leicht süßlichen Geruch, von dem Will befürchtet, es könnte sich um die langsam zerfallenden Überreste von Cornelius Van Hornes Leichnam handeln. Der Wagen mit den Unmengen von Grabgaben, die kreuz und quer herumliegen, erinnert Will an Bilder von Pharaonengräbern. Ein Stuhl und ein Hocker, die Van Horne besonders geschätzt haben muss. Eine kleine Urne mit Pfauenfedern. Ein Schachbrett mit Figuren, als würde noch darauf gespielt werden. Ein paar abgetragene Schneeschuhe. Der ausgestopfte Körper seines Lieblingshundes. Ein großes, gerahmtes Foto an der Wand.

Will geht näher und starrt es erstaunt an. Er hat dieses Foto noch nie gesehen – dabei ist er darauf abgebildet. Es wurde in Craigellachie aufgenommen. Da steht er, ganz vorn im Bild, in dem Moment erstarrt, als er mit dem Hammer den Kopf des letzten Gleisnagels trifft.

»Das ist ja unglaublich!«, sagt Maren. »Wieso weiß niemand davon?«

»Donald Smith hat das andere Foto besser gefallen«, erklärt der Zirkusdirektor. »Obwohl er den Nagel nur verbogen hat und man ihn erst wieder gerade klopfen musste.«

»Aber das hier ist die Wahrheit«, sagt Maren lächelnd zu Will.

Er meint Bewunderung in ihren Augen zu sehen und saugt ihren Blick in sich auf. Er hat nie groß Aufhebens um diese Geschichte gemacht, hat das Ganze nicht wirklich als eine besondere Leistung betrachtet. Er stand einfach nur zufällig auf diesem Bahnsteig in Farewell und Mr. Van Horne fand Gefallen an ihm.

»Der letzte Gleisnagel der gesamten Eisenbahnstrecke«, sagt sie. »Du bist fast berühmt.«

»Unsinn«, sagt er. »Ich habe zu ihrem Bau ja nichts beigetragen.«

Will merkt, wie Mr. Dorians Augen die Wände absuchen.

»Wo ist Ihr Gemälde?«, fragt Will.

»Nicht hier. Er hat es sehr geliebt. Es hängt sicher in der inneren Kammer.« Der Zirkusdirektor geht zu einer Trennwand, in deren Mitte eine Metalltür prangt, die wie der Eingang zu einem Banktresor aussieht.

»Da kommen wir nie durch«, murmelt Will. »Wir haben keinen Schlüssel. Kannst du das Schloss knacken?«

Maren atmet tief aus und schüttelt den Kopf.

»Das ist nicht nötig«, sagt Mr. Dorian und überrascht sie beide damit. »Das Schloss ist mit einer Zeitschaltuhr gekoppelt.« Tatsächlich sind in die Tür nebeneinander zwei Uhren eingelassen, die leise ticken. »Ihr werdet gleich sehen, dass die erste Uhr unsere derzeitige Zeit anzeigt, die zweite dagegen Zeit und Datum von unserer Ankunft in Lionsgate City. Das Schloss ist so eingestellt, dass es sich erst dann öffnen lässt.«

»Und was sollen wir jetzt tun?«, fragt Will genervt. Wenn Mr. Dorian die ganze Zeit davon gewusst hat, warum um alles in der Welt hat er sie zu dieser vergeblichen Unternehmung überredet?

Mr. Dorian schaut auf die Uhr. »Wie ich euch bereits bewiesen habe, führt sich die Zeit gelegentlich unberechenbar auf.

Und in fünf Minuten werden wir von einer Zeitzone in die nächste wechseln.«

Will erinnert sich daran, wie die Zeiger an seiner Uhr plötzlich ins Stocken geraten sind. »Aber … ich dachte, das war nur …«

»Ein Trick?« Mr. Dorian lächelt. »Das Universum spielt uns häufig die besten Streiche.«

»Sie wussten die ganze Zeit von diesem Schloss?«, fragt Maren erstaunt.

»Natürlich«, erwidert Mr. Dorian. »Schließlich war ich es, der den Schließmechanismus entwickelt hat.«

»Wenn wir also die Zeitzone wechseln …«, fängt Maren an.

»… werden die Zeiger kurz innehalten. Die Uhr bleibt stehen und ein paar Sekunden lang meint das Schloss, wir hätten unseren Zielort erreicht – oder zumindest weiß es nicht mehr, welche Zeit nun tatsächlich gilt. Auf jeden Fall lässt es sich dann öffnen.«

Ein langsames Klatschen lässt Will herumfahren. Hinter ihnen steht Brogan und applaudiert, neben ihm Chisholm und Mackie, dem die nassen Kleider am Körper kleben. Chisholm hält ein Messer in der zitternden Hand, in Mackies Faust klemmt ein Schlagring, Brogan hat eine Pistole auf sie gerichtet.

»Gut, dass wir euch die Führung überlassen haben«, sagt Brogan. »Der Schlüssel war nur der Anfang, was? Mir war nicht klar, dass es drinnen noch mehr Trickserein gibt. *Sie* sind der wahre Schlüssel, nicht wahr, Mr. Dorian?«

Will kann den Blick nicht von den bedrohlichen Gestalten abwenden.

»Nette Verkleidung, Junge«, sagt der Bremser. »Ich hab's gewusst, als ich dich bei der Aufführung gesehen hab – ich hab's gewusst, dass ihr was im Schilde führt. Ich hab mich gefragt: Wieso sagt er dem Mountie nichts? Und da hab ich kapiert, dass ihr auch hinter was aus dem Bestattungswagen her seid. So wie ich.«

»Ein vorzügliche Schlussfolgerung, Mr. Brogan«, sagt Mr. Dorian.

»Dann mal los, machen Sie Ihren Zauber …«

»Ich glaube nicht an Zauberei, Sir.«

»Mir doch egal! Machen Sie einfach die verfluchte Tür auf!«

Mr. Dorian schaut auf seine Uhr, dabei erhascht Will einen Blick auf die beiden Ziffernblätter: Das eine zeigt die irdische, das andere die kosmische Zeit.

»Und was genau hoffen Sie im Innern des Waggons zu finden, Mr. Brogan?«, erkundigt sich der Zirkusdirektor ruhig, ohne den Blick von der Uhr zu nehmen.

»Das geht Sie nichts an. Bringen Sie uns nur rein.«

»Ich sehe keinen Grund, warum wir nicht alle glücklich und zufrieden mit unserer Beute davonkommen sollten.«

Brogan lacht sarkastisch. »Woher wollen Sie wissen, dass wir nicht hinter demselben her sind?«

»Ich nehme an, Sie interessieren sich für Gold?«

»Sie etwa nicht?«

»Nicht wirklich.«

»Gut für Sie. Wie läuft das jetzt?«, will Brogan wissen.

»Wir müssen noch einen kurzen Moment warten.«

Brogan schaut nervös zu Mackie. »Behaltet ihn im Auge, Jungs. Er ist 'n hinterhältiger Bursche.« Er hält Mr. Dorian die Pistole an die Schläfe. »Versuchen Sie ja keine Tricks mit mir, Mann.«

»Ich denke nicht im Traum daran.«

Will schaut Maren an und stellt sich vor, wie die Waffe losgeht, wie leicht die Kugeln durch sie hindurchdringen können – durch sie alle, durch ihre weichen, wehrlosen Körper.

Mr. Dorian hält die Uhr gut sichtbar in die Höhe. »Meine Herren, es geht los …« Es ist eine merkwürdig dramatische Geste und alle Augen richten sich auf ihn. Will konzentriert sich auf den zweiten Zeiger der Uhr. »Jeden Moment ist es so weit …«, sagt Mr. Dorian. »Nur noch wenige Sekunden … Sie werden es gleich spüren …«

»Halten Sie die Klappe«, brüllt Brogan mit verzerrtem Gesicht. Falten ziehen sich wie vertrocknete Flussläufe über seine Wangen. »Ich weiß genau, dass Sie was im Schilde führen!«

»Ich muss nichts tun«, sagt Mr. Dorian beruhigend. »Das Ganze entzieht sich gänzlich meiner Kontrolle.«

»Seien Sie still«, zischt Brogan, diesmal deutlich leiser.

»Man kann nichts tun, absolut gar nichts …«

Ein seltsames Gefühl macht sich in Will breit, als würden sich seine Sinne vom Körper lösen und frei umherschweben.

»Gleich ist es so weit«, hört er Mr. Dorian murmeln, mit leiser, weit entfernter Stimme.

Will beobachtet, wie der zweite Zeiger der Uhr zitternd innehält. Die Gleise unter seinen Füßen dröhnen unnatürlich laut, doch dazwischen ist das langsame Ticken der Tresortür zu hören. Er zwingt sich den Kopf zu drehen. Es fühlt sich an, als wäre er unter Wasser. Die erste Uhr in der Eisentür stockt und bleibt stehen. Im Türschloss ertönt ein überraschend zartes Klicken, als würde jemand mit dem Finger schnippen.

Der Augenblick ist gleich wieder verflogen, dennoch spielt sich unendlich viel darin ab. Der Waggon scheint sich um Will herum auszudehnen, er spürt Maren neben sich und die drohende Präsenz von Brogan und seinen zwei Männern. Nur Mr. Dorian scheint seltsam verschwunden, wie nicht anwesend, obwohl er direkt neben Will steht und mit der Hand nach dem Rad in der Tür greift. Es dreht sich mit langsamer Anmut, während sich das Laternenlicht blitzend in den Streben spiegelt. Dann schwingt die Tür nach außen auf. Ein stechender Metallgeruch steigt Will in die Nase und schon setzen sich die Uhrzeiger wieder in Bewegung.

Mit einem tiefen Atemzug kommt Will zu sich.

Brogan packt Mr. Dorians Laterne und wedelt mit der Pistole. »Alle rein!«

Als Will durch die Tür tritt, hört er ein metallisches Knacken. Mr. Dorian bemerkt es ebenfalls und schaut überrascht, doch es bleibt keine Zeit, ihn danach zu fragen.

Der Lichtstrahl der Laterne hüpft ungeduldig durch den Raum. Verglichen mit dem ersten Abteil wirkt dieses fast leer. In der Mitte steht ein riesiger Sarkophag.

Will hat die letzten drei Jahre in einer Hafenstadt gelebt, in der immer und überall Geistergeschichten erzählt wurden – Geschichten von Geisterleuchttürmen und Geisterschiffen, überfluteten Minen, spukenden Gespenstern und üblen Vorzeichen. Aber noch nie hat er ein derart starkes Gefühl von etwas Übernatürlichem gehabt. Es ist ein Kribbeln in den Zehen, ein Schlaffwerden der Gelenke und ein leises, aber beharrliches Surren in den Ohren, das seinen Puls schneller schlagen lässt.

Das Laternenlicht wandert über die Fotografien von Van Hornes Familie an den Wänden und weiter zu dem Gemälde von Cornelius Krieghoff. Mr. Dorian starrt darauf wie ein Wüstenwanderer, der eine Oase entdeckt hat.

»Hinter dem sind Sie her, was?«, sagt Brogan. »Na, jetzt haben Sie ja genug Zeit, es anzuglotzen. Jungs, holen wir uns, weshalb wir gekommen sind.«

»Sie wollen den Gleisnagel, nicht wahr?«, sagt Will.

Brogan schnaubt verächtlich. »Den Gleisnagel?«

»Sie haben ihn doch schon in den Bergen stehlen wollen.«

»Oh, ich hol mir den Nagel, aber das ist nur der Anfang.« Brogans Augen werden schmal. »Dein Vater hat's dir nicht gesagt, was?«

Der Zug zittert und Will macht einen Schritt vor, um nicht das Gleichgewicht zu verlieren. »Was hat er mir nicht gesagt?«

»In den Bergen haben wir nicht nur Schienen verlegt, dein Vater und ich, wir haben auch Gold gesucht. Die Eisenbahn war pleite, Junge. Wir Männer hatten seit zwei Monaten keinen Lohn mehr gesehen. Du weißt sicher noch, wie es ist, wenn man Hunger hat, oder? Was hat dir deine Mama in der Zeit zu essen gegeben?«

Will erinnert sich noch gut daran, wie sie ständig die gleichen faden Suppen und Eintöpfe aßen, weil sein Vater kein Geld mehr nach Hause schickte. Ohne die Arbeit seiner Mutter in der Fabrik wären sie auf der Straße gelandet.

»Van Horne war verzweifelt. Keiner wollt ihm für seine geliebte Eisenbahn auch nur 'n Penny geben. Aber da hat er von ein paar Indianern gehört, in den Bergen würd's Gold geben. Er ließ 'n Trupp von uns Arbeitern Tunnel in den Fels sprengen, um das zu überprüfen. Und wir haben Gold gefunden, bei Gott, 'ne Riesenmenge sogar. Jedenfalls genug, um seine Eisenbahn zu retten. Aber er hat es geheim gehalten – wollt nicht, dass die Leute erfahren, dass er durch pures Glück gerettet worden ist. Aber ob das Gold wirklich der Eisenbahngesellschaft gehört hat, also, das war 'ne knifflige Frage. Eins ist sicher. Ich hab Van Horne kein einziges Mal mit Ruß und Nitro an den Händen gesehen. Das fette Schwein hat sich in Schweiß und Blut von anderen gesuhlt und ich hoffe, er ertrinkt jetzt darin. Wir haben das Gold ausm Berg geholt und Van Horne hat es sich genommen. Aber es ist noch 'ne Menge übrig. In dem Waggon hier liegt nicht nur 'n toter Mann.« Brogan richtet seine Laterne auf drei große Kisten an der hinteren Wand. Unter einem geöffneten Deckel schimmert Gold hervor. »Damit will dein Vater die neue Schifffahrtsgesellschaft finanzieren. Aber jetzt nehm ich es mir.«

»Das dürfen Sie nicht!«, ruft Will, auf einmal von wildem Zorn gepackt. »Sie dürfen das nicht stehlen!«

»Ich hab das Gold aus dem Fels gehauen!«, brüllt Brogan. »Genau wie er. Warum soll ich nicht auch 'n Anteil davon haben? Ich bin nicht befördert worden! Ich hab keinen Direktorenposten auf dem Silbertablett serviert bekommen wie dein werter Herr Vater!«

»Er hat Van Horne das Leben gerettet!«, gibt Will zurück. »Und er musste für das, was er bekommen hat, hart arbeiten. Er ist kein Dieb wie Sie!«

Bevor Will den Faustschlag überhaupt merkt, spürt er einen so stechenden Schmerz im Bauch, dass ihm schlecht wird. Er sackt stöhnend auf die Knie, Tränen laufen ihm übers Gesicht. Brogan spuckt vor ihm aus. »Ich ein Dieb? Frag mal deinen Vater, wie viel er sich von dem Gold in die Tasche gesteckt hat – falls du ihn wiedersiehst.« Er wendet sich an seine Männer. »Auf geht's! Bringt die Kisten zur Tür.«

Mackie hat keine zwei Schritte getan, da hält er plötzlich inne. Aus dem Innern des Sarkophags ertönt auf einmal ein Geräusch, das sich wie ein rasselnder Atemzug anhört. Mit einem Ruck gleitet der Deckel zurück. Wie vom Blitz getroffen fährt Will zusammen. Marens Finger bohren sich in seinen Arm. Aus der Dunkelheit des Sargs steigt langsam Van Horne empor. Sein mächtiger Bart und die Koteletten verbergen das eingefallene Gesicht, das Jackett hängt lose über der mageren Brust und die einst so kräftigen Hände sind von schlaffer Haut überzogen. Der Oberkörper erzittert, als hätte er einen Anfall, zuckt zusammen … und auf einmal hüpft der ganze Leichnam wie ein höllischer Springteufel in die Höhe.

Ein Knistern ertönt, ein stechender Geruch breitet sich aus – und Mackie gibt auf einmal grässlich schrille Würglaute von sich. Mit gekrümmtem Rücken richtet er sich auf Zehenspitzen auf, das Kinn in die Höhe gereckt, als würde eine unsichtbare Kette an ihm zerren. Seine feuchten Klamotten dampfen, die Arme zucken stocksteif neben seinem Körper hin und her. Gleichzeitig treten die Adern an seinem Hals wie knorrige Ranken hervor. Für Will ist sein Anblick fast so furchtbar wie der des Leichnams, der über ihm aufragt.

Chisholm packt Mackie und will ihn zurückziehen, doch sobald er den in Not geratenen Freund berührt, ist es, als wären die beiden aneinandergeschmiedet. Auch Chisholm stößt nun das schreckliche Stöhnen aus.

Will meint erst, es wäre Van Hornes Anblick, der diese teuflische Wirkung auf Brogans Männer ausübt. Doch beim genaueren Hinsehen stellt er fest, dass es sich um einen rein mechanischen Trick handelt, um einen Automaten, wie er sie auch beim Zirkus Dante gesehen hat.

Auch Brogan hat das nun erkannt. »Das ist nur 'ne Puppe!«, brüllt er seinen Männern zu.

»Die beiden stehen unter Strom«, erklärt Mr. Dorian ihm ruhig. »Das ist eine Falle.«

Brogan richtet die Pistole auf Mr. Dorian. »Ich dachte, Sie hätten das abgeschaltet.«

»Dieser Stromkreis wird aus einer getrennten Batterie gespeist.«

Wieder ertönt das Knacksen und Brogans Männer brechen auf dem Boden zusammen.

Ohne Mr. Dorian aus den Augen zu lassen, stößt der Bremser seine Gefährten misstrauisch mit dem Fuß an. Sie liegen stöhnend da und starren mit weit aufgerissenen Augen zitternd vor sich hin.

»Keine Sorge«, sagt der Zirkusdirektor. »Die erholen sich schon wieder.«

Zu Wills Entsetzen greift die schwankende Van-Horne-Puppe lautlos mit einer knochigen Hand nach Brogans Unterarm.

Brogan fährt mit einem Schrei herum und versucht sich loszureißen. Doch mit einem metallischen Knirschen schließen sich die Finger einer nach dem anderen um den Arm des Bremsers. Die steifen Glieder der Puppe sind außergewöhnlich stark und halten Brogan so fest, dass er den Sarkophag nicht erreichen kann.

Zornig wendet er sich an Mr. Dorian. »Sie wussten davon!«

»Natürlich. Ich habe geholfen, dieses Abteil für Mr. Van Horne zu entwerfen.«

»Machen Sie mich los oder ich schieße!«

»Ich fürchte, das werde ich nicht tun«, sagt Mr. Dorian.

Brogan drückt den Abzug und der Schusshahn klickt. Er drückt wieder und wieder, doch alle sechs Trommeln sind leer.

»Schwierig eine Waffe ohne Munition abzufeuern«, sagt der Zirkusdirektor und hält ihm die Patronen unter die Nase, als wolle er sie zurückgeben. Brogan stürzt vor, wird aber von Van Hornes Griff zurückgehalten.

»Sobald wir Lionsgate City erreichen, sind Sie wieder frei.« Mr. Dorian wendet sich an Maren. »Das Bild, bitte. Und nicht den Boden berühren. Von hier bis zur Wand ist alles mit Fallen gespickt.«

Geschickt wie eine Katze springt Maren durch das Abteil und landet auf einem kleinen Schreibtisch an der Wand. Sie nimmt das Gemälde vom Haken und wirft es Mr. Dorian zu. Dann springt sie flink zurück zu Will.

Mr. Dorian schneidet das Krieghoff-Bild bereits mit seinem Schabeisen aus dem Rahmen, faltet die Leinwand hastig zusammen und stopft sie in die Jacke. Seine Hände zittern.

»Wir gehen!«, ruft er und scheucht Will und Maren vor sich hinaus.

»Seien Sie kein Narr!«, brüllt Brogan. »Wir können das Gold doch teilen! Sie werden reich sein!«

Im Vorraum schlägt Mr. Dorian die Tür zu. Ein Klirren ertönt, sie will sich nicht schließen lassen. Mr. Dorian drückt noch fester, doch etwas scheint das Schloss zu blockieren.

»Das ist der Riegel«, sagt Will, dem nun dämmert, was für ein Klicken er beim Betreten des Abteils gehört hat. »Er ist wieder rausgesprungen.«

Tatsächlich ragt ein dicker Metallbolzen aus dem Schloss hervor. »Nachdem wir die Zeitzone passiert haben, muss der

Schließmechanismus wieder aktiv geworden sein«, murmelt Mr. Dorian.

»Wie schade!«, kräht Brogan auf der anderen Seite der Tür. »Dann könnt ihr uns gar nicht einsperren, was?«

Zum ersten Mal, seit Will ihn kennt, wirkt Mr. Dorian nervös.

»Schnell«, drängt der Zirkusdirektor. »Wir müssen hier weg.«

Schneebedeckte Bäume ziehen an der offenen Tür vorbei. Maren klettert das Seil hinauf, Will folgt ihr. Hinunterzuklettern war schon aufregend genug, doch sich Hand um Hand wieder aufs Dach zu ziehen ist deutlich schwieriger.

Maren hilft ihm über die Kante. Erstaunt sieht Will sich um. Im Osten vergolden die ersten Sonnenstrahlen die zerklüfteten Berghänge, die um den Trans-Kanada-Express herum aufragen. Der Himmel liegt wie ein frostiger Mantel über ihnen. Will erzittert.

Endlich zieht sich auch Mr. Dorian aufs Dach und hält auf einmal mit schmerzverzerrtem Gesicht inne. Will und Maren knien nieder, packen ihn an den Armen und wuchten ihn hoch. Dorian nickt dankbar und rollt das Seil wieder zusammen.

Entsetzt bemerkt Will, wie krank Mr. Dorian in der hellen Morgensonne aussieht.

»Geht es Ihnen gut?«, fragt Maren.

»Ich bin nur erschöpft«, erklärt der Mann und richtet sich auf.

»Wir haben es geschafft«, sagt Will leise. »Es ist vorbei.«

»Noch nicht ganz«, seufzt Mr. Dorian.

Will dreht sich um. Sechs Bremser kommen über das Dach des Trans-Kanada-Express auf sie zu. Ihre Gestalten zeichnen sich groß und dunkel vor dem blassen Morgenhimmel ab.

KAPITEL 14

# AUF DEM DACH

»Steh auf!«, brüllt Brogan. Er tritt nach Mackie und erwischt ihn am Kinn.

Mackie prustet, dreht sich um und übergibt sich auf Brogans Stiefel. »Was …«, stöhnt er.

»Du hast 'n Stromschlag abgekriegt. Komm da weg, bevor es dich noch mal erwischt, und nimm Chisholm mit.«

In Chisholms Wieselgesicht zuckt es, er öffnet die Augen und setzt sich benommen auf.

»Verdammich noch mal«, flucht Mackie und starrt auf die hoch aufragende Gestalt von Cornelius Van Horne, dessen Brust sich stockend hebt und senkt.

»Is nur 'ne Puppe«, sagt Brogan, »aber sie hält mich fest. Ihr müsst den Arm kaputt machen.«

»Ich mag keine Puppen«, sagt Mackie.

»Willst du den Rest deines Lebens im Gefängnis vermodern? Mach schon!«

Schlotternd vor Abscheu nähert sich Mackie der Puppe und packt das knochige Handgelenk. »Verdammt stabil«, murmelt er und schlägt mit der Faust auf den Unterarm. Sofort schießt die andere Hand der Leichenpuppe hervor und schnappt sich Mackies Oberarm. »Jetzt hat er mich auch!«, heult der auf. »Er hat mich auch erwischt!«

»Idiot«, knurrt Brogan. »Chisholm, schwing deinen faulen Arsch hier rüber und mach uns los!«

Chisholm tritt näher, seine Augen quellen vor Angst fast aus ihren Höhlen. »Und das ist wirklich nicht der echte Van Horne?«

»Die Leiche muss irgendwo in dem Kasten stecken. Das ist nur 'ne Marionette«, sagt Brogan. »Zieh den Ärmel hoch.«

Vorsichtig öffnet Chisholm den Manschettenknopf des Leichnams und schiebt den Ärmel hoch. Die Farbe der Haut ist überraschend lebensecht und nicht so hart wie bei einer Schaufensterpuppe.

»Du musst suchen«, sagt Brogan. »Da muss es irgendwo 'n Schalter geben oder so.«

Chisholm bohrt mit seinem Taschenmesser an dem Arm herum und zerschneidet schließlich die Gummischicht. Eine Reihe straffer Drähte ziehen sich wie Adern und Sehnen durch den mechanischen Arm.

»Trenn die durch – das müsste reichen«, sagt Brogan. »Nimm den Drahtschneider.«

»Hier«, sagt Mackie, zieht aus der hinteren Hosentasche einen hervor und reicht ihn Chisholm, der das Werkzeug prompt zu Boden fallen lässt.

»Bin noch 'n bisschen zittrig«, entschuldigt er sich.

»Gib her!«, bellt Brogan.

Er setzt den Drahtschneider an der Hauptader an und drückt fest zu. Ein lautes Knacksen ertönt und die Finger der Puppe werden schlaff. Brogan zieht den Arm heraus.

Nachdem er Mackie befreit hat, schaut Brogan bebend vor Zorn zu den Goldkisten, die unerreichbar im hinteren Teil der Kammer stehen. Ein Schritt, und sie fangen sich wieder einen Stromschlag ein. »Das Gold holen wir später«, faucht er. »Erst schauen wir, ob sich die anderen um Mr. Dorian gekümmert haben.«

Die sechs Bremser bleiben einen Waggon vor Will und den anderen stehen und versperren ihnen den Weg zu den Wagen der ersten Klasse. »Wo ist Brogan?«, ruft der Größte von ihnen. Die Männer scheinen auf eine solche Situation nicht vorbereitet zu sein. Vermutlich dachten sie, sie bräuchten nur das Gold abzutransportieren.

»Er sitzt mit Mackie und Chisholm im Bestattungswagen fest«, gibt Mr. Dorian zurück. »Es ist vorbei, meine Herren. Euer feiner Plan ist missglückt. Und wenn ihr Wert auf eure Freiheit legt, solltet ihr so schlau sein und auf eure Posten zurückkehren. Noch haben wir eure Gesichter nicht gesehen.«

Will hofft inständig, dass die Bremser denken, Mr. Dorian habe eine Waffe bei sich. Sie selbst sind mit Messern, einem langen Schraubenschlüssel und mehreren Schlagringen bewaffnet und machen nicht den Eindruck, als würden sie sich zurückziehen wollen.

»Wir könnten zur Lokomotive vor«, flüstert Will Mr. Dorian nervös zu. »Da sind die Heizer und Lokführer. Mein Vater …«

Mr. Dorian schweigt, sein bleiches Gesicht ist immer noch auf die Bremser gerichtet. Mit dem schwarzen Mantel, der sich im Wind bauscht wie ausgebreitete Flügel, ähnelt er mehr denn je einem verzauberten Raben.

»Was machen wir jetzt?«, fragt Maren den Zirkusdirektor.

Der dreht sich verwundert um und murmelt leise: »Sie müssten längst hier sein …«

»Wer?«, fragt Will.

»Macht sie fertig!«, schreit da eine Stimme hinter Will. Er fährt herum und sieht Brogan wie einen Affen am Bestattungswagen hochklettern, gefolgt von Mackie und Chisholm.

Will schluckt. Nun sitzen sie in der Falle!

Unter lautem Geschrei stürmen auch die sechs Bremser auf sie los.

»Wir kommen an ihnen vorbei«, sagt Will hastig zu Maren. »Sie können uns immer nur einzeln oder zu zweit angreifen. Du kämpfst dich bis zur ersten Klasse durch und schlägst Alarm.«

»Ich kümmere mich so lange um Brogan.« Mr. Dorian zieht das Schabeisen aus der Tasche. Drohend reckt er die Waffe vor den drei Männern in die Höhe und lässt sie mit einem bedrohlichen Schnalzen durch die Luft sausen.

»Sie kommen«, sagt Maren, als der erste Bremser über die Lücke zum Bestattungswagen springt.

Wills Körper will eigentlich nur fliehen, aber er zwingt sich, den anstürmenden Männern entgegenzugehen. Er hat nichts, womit er kämpfen könnte – doch dann fallen ihm Mr. Dorians Worte wieder ein: »Ein dicker Mantel ist zu vielem gut.«

Zwei Bremser rennen auf ihn zu, die Arme ausgestreckt wie Raubvögel auf der Jagd nach einem Festschmaus. »Los, pack ihn dir!«, ruft der eine zum anderen.

Will schlüpft aus seiner Jacke und schleudert sie seinen Gegnern entgegen. Der Wind weht den beiden das Kleidungsstück voll ins Gesicht. Ihre Hände fliegen hoch, um die Jacke wegzuzerren. Dabei geraten sie ins Wanken und bringen sich gegenseitig aus dem Gleichgewicht. Einer stolpert direkt vom Dach. Mit einem Aufschrei landet er im Kies und rollt die Böschung hinunter ins Unterholz. Der zweite Bremser wirft die Jacke von sich und kommt dabei ebenfalls ins Straucheln. Er klammert sich an die Dachkante und seine Beine baumeln hilflos in der Luft. Will bringt es jedoch nicht über sich, den Mann hinunterzustoßen.

Und dann geht auf einmal alles so schnell, dass Will nur noch kleine Ausschnitte des Geschehens mitkriegt. Hinter ihm geht Mr. Dorian auf Mackie, Brogan und Chisholm los. Sein tödliches Schabeisen zischt durch die eiskalte Luft. Der Gesichtsausdruck des Zirkusdirektors mit den gebleckten Zähnen und den bedrohlich lodernden Augen ist fürchterlich.

Neben Will hält ein Bremser Maren fest, die sich mit einer schnellen Bewegung aus seinem Griff windet. Wieder packt er sie, diesmal mit beiden Armen. Mit einem kleinen Schulterzucken befreit sie sich erneut und hinterlässt diesmal eine Handschelle an seinem Handgelenk. Fluchend greift der Bremser noch einmal an, gleichzeitig wird Maren von einem zweiten Mann bedrängt und festgehalten. Die beiden haben Maren nun fest im Griff, doch sie löst sich mit einem eleganten Schritt aus dem Gerangel, und als die beiden Bremser sich auf sie stürzen wollen, müssen sie feststellen, dass ihre Handgelenke aneinandergekettet sind. Sie reißen sich gegenseitig um und stürzen in einem einzigen Durcheinander aus Armen und Beinen.

Nun stehen nur noch zwei Männer vor Will, beide ein gutes Stück von ihm entfernt. Wenn er an ihnen vorbeikommt, sind die Mannschaftswagen nicht weit! Dort kann er Alarm schlagen. Er rennt los.

Er weicht dem einen Bremser aus und will auf den nächsten Waggon springen, da werden ihm die Beine von hinten weggerissen und er kracht so heftig auf das Dach, dass ihm die Luft wegbleibt. Schnaufend dreht er sich um und tritt nach seinem Gegner, der ihn vom Zug stoßen will. Will hat noch nie jemanden geschlagen, aber nun handelt er rein instinktiv. Er beugt sich vor und donnert seine Faust in das Gesicht des Mannes. Der Bremser wankt mit einem überraschten Grunzen zurück. Dann holt er mit seinem muskulösen Arm aus und trifft Will so hart am Kopf, dass ihm schwarz vor Augen wird. Als der Junge wieder zu sich kommt, hängt er über der Dachkante des Waggons. Wie in einem Nebel rasen die Schienen unter ihm vorbei und der Bremser beugt sich vor, um ihn vollends in die Tiefe zu stoßen. Verzweifelt sucht Will nach etwas, an dem er sich festhalten kann, aber da ist nichts.

Auf einmal trifft den Bremser eine lange Holzstange in den Bauch und wirft ihn vom Zug – wie ein chinesisches Essstäbchen, das ein Stück Fleisch von einem Teller schnippt. Will schaut sich um und sieht die Zhang-Zwillinge auf ihren Stelzen vorbeimarschieren. Li nickt zu Will hinab. »Hallo, kleiner Käfer!«, ruft er.

Will kriecht von der Dachkante weg. Im grellen Licht der Sonne entdeckt er mit zusammengekniffenen Augen einen weiteren Stelzenläufer. Es ist Roald, der sich einen Gürtel mit Wurfmessern umgeschnallt hat. Neben ihm marschiert Mr. Beauprey. Hier oben auf dem Zug muss er sich nicht ducken, sondern kann sich zu seiner ganzen gewaltigen Körpergröße von zwei Metern vierzig aufrichten. Er springt von einem Waggon zum nächsten und wirft sich ins Getümmel.

Will ist schon auf dem Weg zur ersten Klasse, da sieht er, wie Maren zurückweicht, um einem Bremser zu entgehen, der einen Kreuzschlüssel schwingt. Sie fällt; Will kann nicht erkennen, ob sie stolpert oder von dem Kreuzschlüssel getroffen wurde. Ihr Kopf knallt hart auf das Dach, danach rührt sie sich nicht mehr. Will ruft laut ihren Namen und stürzt sich erneut in den Kampf.

Mr. Beauprey versucht bereits, dem Bremser den Kreuzschlüssel aus den Händen zu reißen, während ein zweiter Kerl von hinten auf ihn einschlägt. Unterdessen gleitet Marens Körper langsam die Schräge hinunter. Will springt mit einem Hechtsprung vor, schlittert über das Dach und packt ihren Arm. Sofort schließen sich ihre Hände um ihn und sie zerrt ihn zur Dachkante.

»Maren!«, schreit er auf.

»Oh!«, macht sie und blinzelt. »Ich dachte, du wärst einer von denen!«

»Geht es dir gut?«

»Ich hab nur so getan, als wäre ich ohnmächtig. Ich wollte ihn vom Dach stoßen!«

»Wir haben Hilfe bekommen!«

»Ich weiß!«

»Tunnel!«, bellt jemand. Will fährt herum – und sieht einen Felshügel, der wie der Kopf eines Trolls geformt ist, mit weit klaffendem Maul auf sich zukommen. Schon dampft die Lokomotive hinein. Die Zhang-Zwillinge werfen sich mit ihren Stelzen auf das Zugdach.

»Roald!«, schreit Maren.

Ihr Bruder blickt erstaunt, als der Berg ihn verschluckt. Ein dumpfer Schlag ertönt, ein Klappern, dann gibt es einige endlose Augenblicke lang nur Dunkelheit, Lärm und Rauch, bis …

Auf einmal wird es um sie herum wieder hell. Will hustet und blinzelt.

»Roald!«, schreit Maren noch einmal.

Da springt ihr Bruder aus der Hocke auf, eine Stelze in der Hand. »Mir geht's gut!«, ruft er und wirft die Stelze wie einen Speer über das Zugdach. »Achtung!«

Mr. Dorian tritt mit einem schnellen Schritt zur Seite. Die Stelze trifft Mackie hinter ihm und holt ihn von den Beinen. Brogan stürzt sich auf den Zirkusdirektor und weicht dann fluchend zurück. Blut quillt aus einem Schnitt an seiner Wange.

Die beiden zusammengeketteten Bremser gehen auf die Zhang-Zwillinge los und hauen gegen die Stelzen, bis sie zerbrechen. Die siamesischen Zwillinge fallen aufs Dach und versuchen wie eine verletzte Spinne, auf die Beine zu kommen. Auf einmal stehen sie wieder auf zwei Stelzen und drehen sich wie eine Ballerina im Kreis. Einer der gefesselten Bremser schreit auf, als sich Roalds Messer in seine Schulter bohrt.

Will dreht sich um und sieht Roald mit einem weiteren Messer in der Hand bereitstehen. Doch bevor der Artist es werfen kann, wogt eine riesige Welle aus Dampf und Rauch über sie hinweg und lässt die Welt verschwinden. In dem stinkenden Nebel gibt es kein Oben und Unten mehr und Will wird schwindelig. Er sinkt auf die Knie und klammert sich fest.

Nachdem sich der Nebel verzogen hat, sieht Will, wie Mr. Beauprey einem heulenden Bremser den Arm verdreht. Der Riese hebt den Mann in die Höhe, brüllt: »Ich schmeiß dich vom Zug!«, und tut genau das.

Will schaut nach vorn. Die Lok dampft direkt auf eine weitere steinerne Felswand zu.

»Das ist der Connaught!«, brüllt einer der Bremser.

Will hat schon von diesem Tunnel gehört, der sich in drei engen, langen Windungen mitten durch den Berg schlängelt – und in dem Moment ist das klaffende schwarze Loch auch schon da und verschlingt sie alle.

Die Dunkelheit ist allumfassend. Drei schrille Pfiffe von der Lokomotive zerreißen Will fast das Trommelfell. Er kann die Decke über sich hinwegbrausen spüren. Der schwache Schein der Zuglaternen erhellt die Tunnelwände. Die Decke ist höher als gedacht, damit die Lokomotive mitsamt ihrem Schornstein hindurchpasst.

Sobald der lange, gewundene Abstieg durch den Berg beginnt, wird der Zug beträchtlich langsamer. Allerdings verringert sich seine Geschwindigkeit nicht so, wie es eigentlich geboten wäre, da einige Bremser nicht auf ihrem Posten sind.

»Ich bin hier«, hört er Maren neben sich sagen, dann nimmt sie seine Hand.

Eiskalte Tropfen fallen von der Decke. Ohne Jacke geht die Kälte durch und durch. Das Dach wird rutschig. Der dichte Qualm der Lok strömt durch den Tunnel, Asche brennt in Wills Augen. Er kann keinen Meter weit sehen. Am liebsten würde er sich wie ein Gürteltier zusammenrollen und in Luft auflösen. Er zittert und seine Muskeln verkrampfen sich, aus Furcht, jemand oder etwas könnte ihn in der Dunkelheit berühren. Dann verzieht sich der Rauch wieder.

»Achtung!«, schreit Maren und zieht ihn beiseite.

Ein länglicher Schatten huscht vorbei. Im Dämmerlicht kann Will einen wulstigen, grünbraunen Zapfen erkennen.

»Ein Tropfstein«, haucht er und duckt sich, als noch ein Zapfen an ihm vorbeijagt.

Schreie dringen durch den Qualm und die Dunkelheit. Will weiß nicht, was da los ist. Krampfhaft überlegt er, wie viele Bremser wohl noch übrig sind. Fünf? Sechs? Zwei sind aneinandergekettet, einer davon mit einer Messerwunde an der Schulter. Der mit dem großen Kreuzschlüssel. Dann noch Brogan, Mackie und Chisholm …

Eine weitere Schwade dichten Qualms zieht über sie hinweg, dann ragt ein Schatten über Maren und ihm auf. Mr. Beauprey beugt sich lächelnd zu ihnen hinunter. »Ich hab einen vom Zug geschmissen«, sagt er fröhlich. Unvermittelt plumpst er neben sie aufs Dach. Ein dunkler Fleck breitet sich auf seiner Brust aus.

»Sie sind ja verletzt!«, ruft Will entsetzt.

»Einer von denen hatte 'n Messer«, sagt der Riese nüchtern, dann sackt sein Kopf zur Seite, als würde er schlafen. Will und Maren probieren, ihn aufzufangen, doch in der scharfen Kurve gerät Beaupreys Körper ins Rutschen. Will versucht ihn festzuhalten, aber der Riese ist zu schwer und Will muss ihn loslassen, um nicht selbst vom Zug gerissen zu werden. Schluchzend beobachtet er, wie Mr. Beaupreys Körper vom Zug fällt und im Tunnel verschwindet.

Eine weitere Rauchwolke strömt über sie hinweg, und als sie sich diesmal wieder verzogen hat, steht Chisholm mit einem Messer vor ihnen. »Da bist du ja«, sagt er und kommt näher.

Gemeinsam mit Maren krabbelt Will auf allen vieren von Chisholm weg. Das Messer in der Hand des Bremsers zittert und er steht etwas wacklig auf den Beinen, während der Zug sich um eine endlose Kurve windet. Hinter ihm taucht ein heller Lichtschein auf. Offenbar nähern sie sich dem Tunnelende.

Im Dämmerlicht sieht Will einen gefährlich krummen Tropfstein aus der Decke ragen. »Achtung!«, ruft er unwillkürlich.

Chisholms ungläubiges Grinsen gefriert auf seinem Gesicht, als ihn der Tropfstein vom Dach reißt und gegen die Tunnelwand schleudert.

Der Trans-Kanada-Express braust aus dem Berg und Will wird für einen kurzen Moment von Sonnenlicht und Schnee geblendet. Mit zusammengekniffenen Augen richtet er sich vorsichtig in die Hocke auf und schaut sich hastig um. Die zwei gefesselten Bremser machen sich davon und fliehen humpelnd über den benachbarten Waggon. Ein Dritter springt über die Lücke zwischen den Wagen und läuft ihnen nach. Von Brogan und Mackie ist nichts zu sehen. Sind sie geflohen oder im Tunnel vom Zug geschleudert worden? Will atmet auf und lässt die Schultern sinken. Die Zhang-Zwillinge halten die Überreste ihrer zerbrochenen Stelzen in den Händen. Mr. Dorian schaut sich mit wilden Blicken um, das Schabeisen immer noch in der geballten Faust. Roald hebt ein Messer auf und eilt zu seiner Schwester.

»Mr. Beauprey …«, fängt Maren an und bricht in Tränen aus.

»Ich weiß«, sagt ihr Bruder und nimmt sie in den Arm. Sie schmiegt sich an seine Brust, was Will einen sehnsüchtigen Stich versetzt.

»Was ist passiert?«, fragt Mr. Dorian mit aschfahlem Gesicht.

»Er wurde erstochen«, erklärt Will benommen. »Wir konnten ihn nicht festhalten. Er ist im Tunnel vom Dach gerutscht.«

Schwerfällig sinkt Mr. Dorian nieder.

»Haben Sie bekommen, was Sie wollten?«, fragt Roald.

Einen Augenblick scheint es, als habe der Zirkusdirektor die Frage nicht gehört, doch dann nickt er. »Ja. Ja, das habe ich.«

»Ich hoffe, das war es wert!«, sagt Maren heiser. »Immerhin haben Sie ein Leben dafür geopfert!«

»Psst«, macht Roald sanft, aber Will bemerkt, dass die Zhang-Zwillinge ihren Direktor mit leichtem Argwohn betrachten. Mr. Dorian schweigt und Will fragt sich, was er wohl fühlt oder ob er in diesem Moment überhaupt etwas empfindet.

Es beginnt zu schneien. Große, wunderschöne Flocken schweben herab, landen auf Wills Kleidung und schmelzen dort. »Ich muss zurück in die erste Klasse«, sagt er. »Wir sind hier dann ja fertig.«

Allein die Vorstellung erscheint ihm völlig unmöglich. Die letzten vier Tage kommen ihm wie ein ganzes Leben vor. Er hat überlebt, aber in diesem Moment spürt er keine Freude, nur ein hohles Gefühl von Erschöpfung und Trauer. Er holt tief Luft. Er wird jetzt zur ersten Klasse gehen. Dort wird er Leutnant Samuel Steele berichten, was beim Halt an der Schienenkreuzung und danach im Zug passiert ist. Beim nächsten Stopp wird er seinen Vater in der Lokomotive aufsuchen. Und dann …

»Wir sind noch nicht fertig«, sagt Mr. Dorian und blickt Will an. »Noch nicht ganz. Ich brauche dein Talent, William.«

»Wofür?«

»Du musst mein Porträt zeichnen.«

»Was ist mit Madame Lamoine?«

»Du musst es tun, William. Und zwar sofort.« Unter Mühen stemmt sich der Zirkusdirektor in die Höhe.

Will schluckt. »Ist es Ihr Herz?«

»Ja.«

»Ich weiß nicht, ob ich das kann«, sagt Will und meint damit nicht nur, dass er an seinen Fähigkeiten als Maler zweifelt. Er ist sich nicht ganz sicher, ob er Mr. Dorian noch länger helfen will.

»Hör mir zu«, sagt Mr. Dorian, was ihn sichtlich Mühe kostet. »Ich habe wertvolle Jahre meines Lebens und ein beträchtliches Vermögen für diesen Augenblick geopfert! Jetzt habe ich die Leinwand endlich, und du wirst mein Porträt malen!«

»Warum sollte ich?«, ruft Will und auf einmal strömt seine ganze Wut aus ihm heraus. »Warum sollen Sie leben dürfen? Wo Mr. Beauprey doch gestorben ist? Wo Sie unser aller Leben riskiert haben? Maren hätte ebenfalls sterben können! Ist Ihnen das denn völlig egal?«

»Natürlich nicht«, sagt der Direktor müde. Wenn er vorher krank wirkte, so sieht er jetzt aus, als sei er dem Tode nahe.

»Worum geht es hier eigentlich?«, fragt Roald sichtlich verwirrt.

»Er stirbt«, sagt Maren zu Will.

Will sieht Mr. Dorian an – und seine Wut verwandelt sich in Mitleid. »Gut«, sagt er. »Ich werde Ihr Porträt malen.«

KAPITEL 15

# DAS PORTRÄT DES DORIAN

Nachdem Maren das Schloss des Dienstwagens geknackt hat, gehen alle hastig hinein, Mr. Dorian schwer auf Roald gestützt. In dem engen Waggon riecht es durchdringend nach Öl und Farbe. Vollgestopfte Regale ziehen sich die Wände entlang. Maren entzündet eine Laterne. Will sucht bereits nach Malutensilien und stößt in der Eile Verschiedenes um. Er zieht Pinsel hervor, mehrere Farbdosen und einen Krug, der offenbar Terpentin enthält, und richtet sich ein provisorisches Atelier ein.

Roald lässt Mr. Dorian vorsichtig zu Boden gleiten und lehnt ihn an ein Regal, dann geht er zu Meng und Li Zhang. »Ihr haltet an der hinteren Tür Wache«, befiehlt er den Zwillingen, »damit wir keine Überraschungsgäste bekommen.« Dann wendet er sich an Will und fügt hinzu: »Ich finde immer noch, dass wir einen Arzt holen sollten.«

»Keinen Arzt«, sagt Mr. Dorian durch zusammengebissene Zähne. »Was ich brauche, habe ich hier.« Er zieht die Leinwand aus der Tasche und reicht sie Will.

»Ich halte nach Brogan und Mackie Ausschau«, sagt Roald und begibt sich zum vorderen Ende des Waggons.

»Wir müssen die Leinwand spannen«, sagt Will. Er kniet sich hin und faltet den Stoff auf der leeren Seite auf.

»Keine Zeit«, sagt Mr. Dorian hustend.

»Sonst kann ich nicht malen.« Will sieht sich um, findet ein Stück Sperrholz, legt es vor sich auf den Boden und sucht in ein paar Kisten nach Hammer und Nägeln. »Halt mal«, sagt er zu Maren und hämmert die Nägel durch den Rand der Leinwand ins Holz. Er hat fast Angst, den Stoff zu berühren, doch der fühlt sich ganz normal an, weder brennend heiß noch eisig kalt. Seine Eltern haben nie viel von Bibelunterricht gehalten, aber in diesem Moment fragt Will sich unwillkürlich, ob dem Stoff etwas Teuflisches innewohnt. Schließlich hört er auf zu hämmern. An manchen Stellen ist die Leinwand nicht wirklich straff gespannt, aber es muss reichen.

So würdevoll wie möglich richtet sich Mr. Dorian auf. »Meine linke Seite ist die bessere«, sagt er und zwingt ein gequältes Lächeln auf sein Gesicht.

Will mustert die verklebten Pinsel und die Farben. Er hat Schwarz und Weiß, Grün und Rot zur Verfügung – die Farben vom Trans-Kanada-Express. Doch aus den Primärfarben kann er noch mehr Farbtöne mischen. »Wie ähnlich muss das Bild sein?«, fragt er, weil er sich nun doch ein wenig Sorgen macht. Das Leben eines Menschen liegt in seiner Hand. Woher soll er wissen, ob er gut genug ist, ein solches Porträt zu malen? Er kann gut kopieren, aber er hat noch nie ein richtiges Ölporträt gemacht.

»Das ist die Gelegenheit, auf die du gewartet hast, William«, haucht Mr. Dorian. »Die Geburt deiner Künstlerseele.«

Maren stellt die Laterne neben ihn. Er erschaudert in der schwachen Wärme ihres Lichts. Schatten umrahmen Mr. Dorians Gesicht und verleihen ihm das Aussehen eines Totenschädels.

Will bleibt keine Zeit, die Leinwand zu grundieren, und so sucht er in seiner Jacke nach dem Bleistiftstummel. Wie durch ein Wunder ist er noch da. Sein Bleistift ist offenbar ein echter Überlebenskünstler! Falls er dieses Bild zu Stande bringt, wird er den Stift für immer als Glücksbringer bei sich tragen. Er beugt sich über die Leinwand und skizziert den Umriss von Mr. Dorians Kopf. Er zeichnet die Gesichtszüge und fängt die Neigung von Kopf und Schultern ein.

Die Wahrheit ist, dass er gar nicht malen kann. Jedenfalls nicht gut. Seine Zeichnungen sind solide, aber seine Gemälde sind wie tot – zumindest findet er das. Sobald er anfängt, Farbe auf eine Leinwand aufzutragen, verlieren seine Bilder ihre ganze Kraft. Schicht um Schicht begräbt er das Leben in ihnen und tötet sie mit jedem Pinselstrich ein wenig mehr.

Er zwingt seinen Blick zurück auf Mr. Dorians Gesicht und arbeitet noch schneller.

Maren stemmt die Dosen auf. »In welcher Reihenfolge willst du sie haben?«

»Stell sie einfach neben mich«, sagt er. »Ich kann die Farben auf den Deckeln zusammenmischen. Suchst du mir ein paar Lumpen für die Pinsel?«

Als Will mit dem Bleistift die Leinwand berührt hat, sind keine geisterhaften Funken durch seine Hände geschossen. Er fragt sich, ob das Ganze vielleicht nur ein Schwindel ist und Mr. Dorian sie ganz umsonst in Lebensgefahr gebracht hat. Mr. Beauprey ist tot, ein paar der Bremser mit Sicherheit auch. Will denkt an den Mann, den er vom Dach gestoßen hat. Ob er auch ums Leben gekommen ist?

»Will?«, sagt Maren leise.

Da merkt er, dass er reglos auf die Leinwand starrt.

»Fang an«, keucht Mr. Dorian.

Will hat furchtbare Angst davor, den ersten Pinselstrich zu tun. Die Zeichnung besitzt immerhin eine gute Ähnlichkeit mit dem Zirkusdirektor. Er korrigiert noch hier und da etwas und weiß dabei genau, dass er nur Zeit schindet.

Nachdem er etwas Rot auf einen Deckel gegeben hat, fügt er Weiß hinzu und mischt beide Farben, bis er ein annehmbares Rosa erhält. Das Licht ist so schummrig, dass er nicht recht erkennen kann, ob er einen hautähnlichen Farbton getroffen hat. Auf einem anderen Deckel mischt er Rot und Grün, um Braun dezenter herzustellen, und gibt ein wenig davon zu seinem Rosa, um es zu machen. Dann verdünnt er die Farbe mit Terpentin. Auf die Art kann er genauere Linien ziehen.

Mit dem kleinsten Pinsel beginnt er nun, Mr. Dorians Haut aufzutragen. Dabei orientiert er sich streng an seiner Skizze. Vielleicht hätte er die Farbe etwas blasser machen sollen, weil

Mr. Dorian mittlerweile so schrecklich bleich aussieht. Die Pinselborsten sind hart, weil sie nicht richtig gereinigt wurden. Es ist fast unmöglich, die Striche genau zu setzen. Panik steigt in ihm auf. Wie soll er so Mund und Augen malen?

Immer wieder starrt er Mr. Dorian an und zwingt seine Augen den Gesichtszügen des Mannes nachzuspüren – aber sie weigern sich hinzusehen. Sein Kopf platzt fast vor Angst; wie der unaufhörliche Ruf eines Raben schreit sie auf ihn ein.

»Bitte beeil dich, William«, sagt Mr. Dorian.

Will zuckt zusammen. Er weiß, dass er schneller malen muss, aber er fürchtet, beim Übermalen der Bleistiftzeichnung irgendwann die Orientierung zu verlieren.

Mit einem Lappen säubert er den Pinsel und tunkt ihn anschließend in das Dunkelbraun, um mit Mr. Dorians Haaren anzufangen. Dann wechselt er die Pinsel und arbeitet die Schatten an Nase und Augenhöhlen des Zirkusdirektors hervor. Mit vorsichtigen Pinselstrichen verleiht er den Wangen tiefe Mulden.

»Will«, sagt Maren. »Ist alles in Ordnung?«

Er starrt auf sein Werk und da ist es wieder, so wie immer. »Das Bild stirbt«, murmelt er.

»*Er* stirbt«, erinnert ihn Maren.

»Hör auf so ängstlich zu sein, William!«, sagt Mr. Dorian mit schmerzverzerrtem Gesicht. »Schau her und male *mich*!«

Will betrachtet den Zirkusdirektor eingehend. Die Schatten werden tiefer und sein bleiches Gesicht hängt wie eine Maske in der Dunkelheit. Alles verschwindet bis auf den hell schimmernden Kopf. Und auf einmal sieht Will Mr. Dorian so, wie er ist, jenseits von Fleisch und Blut. Es ist, als würde sein ganzes Leben aus ihm hervorströmen, und Will erkennt die tiefe Verzweiflung in ihm, die Angst, die Sehnsucht – und einen beängstigenden Willen zu leben, wie ein Feuer, das alles niederbrennt, was ihm im Weg steht.

Fieberhaft schüttet Will Farbe auf einen Deckel und rührt. Er mischt sämtliche Farbtöne zusammen, die er braucht, und verdünnt sie diesmal nicht. Er arbeitet nass auf nass und trägt immer mehr Farbe auf, um eine möglichst dicke Farbschicht zu erhalten. Die Leinwand scheint geradezu danach zu hungern.

Der Atem des Zirkusdirektors geht mittlerweile nur noch ganz flach.

»Beeil dich!«, drängt Maren.

Mit diesen dicken, schnellen Pinselstrichen öffnet sich etwas in Will. Es ist, als könnte er Mr. Dorians Gesicht mit dem Pinsel fühlen. Hastig tunkt er den Pinsel in die Farben und schert sich nicht darum, ihn zwischendurch zu reinigen. Er klatscht die Farbe einfach auf die Leinwand.

»Fertig!«, sagt er schließlich.

Brogan starrt auf die Kupplung des Bestattungswagens.

»Das kannst du nicht tun«, sagt Mackie. »Nicht, wenn wir fahren.«

»Und ob«, sagt Brogan. Dann zeigt er Mackie das Fläschchen mit Nitro in dem gepolsterten Lederbeutel.

Mackie ist der Einzige, der ihm noch geblieben ist. Chisholm ist irgendwo im Tunnel vom Zug gefallen – aber Mackie war schlau genug in Deckung zu gehen, als die Zirkus-Kavallerie mit ihren Stelzen und Wurfmessern aufgetaucht ist. Zusammen haben sie sich hinter dem Bestattungswagen versteckt.

»Wir sind schon zu weit gegangen, um jetzt aufzugeben«, erklärt er Mackie, als er dessen Zweifel spürt. »Entweder bist du für mich oder gegen mich. Du musst dich entscheiden, aber es wird ein blutiger Weg werden.«

»Ich geh mit dir«, sagt Mackie wütend. »Entweder ich werde reich oder ich fahr zur Hölle.«

Brogan hat viele Jahre als Sprenger gearbeitet. Hat Löcher in die Felswand gebohrt, Sprengpulver oder Nitro reingestopft und sich dann ein Wettrennen mit der Lunte geliefert. Er kann schon nicht mehr zählen, wie oft er erlebt hat, dass Männer bei diesen Explosionen getötet wurden. Nur er selbst hat nie auch nur einen Kratzer abbekommen. Er ist wie eine Katze. Neun Leben.

»Wir jagen die Kupplung in die Luft und verabschieden uns vom Rest des Zugs«, erklärt er Mackie. »Dann haben wir den Bestattungswagen und müssen nur noch die Lok kapern.«

»Wie denn? Da sitzen Heizer und Lokführer drin!«

»Wir befehlen ihnen, vom Zug zu springen. Und sie werden sich bestimmt nicht weigern.« Er zeigt seine Pistole.

»Du hast aber keine Kugeln mehr«, widerspricht Mackie.

»Das wissen die doch nicht. Würdest du das riskieren? Und

wenn sie nicht springen, bekommen sie eben ein Messer in die Rippen.«

Mackie schweigt.

»Dann fahren wir mit der Lokomotive ins Vorgebirge, bis kurz vor Farewell. Da sprengen wir den Bestattungswagen in die Luft und holen uns das Gold. Und bevor die Mounties überhaupt die Pferde gesattelt haben, sind wir längst auf dem Fluss über die Grenze verschwunden.« Brogan weiß genau, was er tut. Er ist vielleicht angezählt, aber noch lange nicht besiegt. »Sieh's mal so.« Er zwingt ein Grinsen auf sein Gesicht. »So brauchen wir das Gold nicht groß zu teilen.«

Will betrachtet das Porträt. Es ist gut. Was er da gemalt hat, ist richtig gut. Trotz der grob gemischten Farben wirkt das Gemälde verblüffend lebendig. Es ist kein vorsichtiges, naturgetreues Abbild. Niemand würde es für seine fotografische Genauigkeit loben. Doch irgendwie fängt es das innere Wesen des Mannes ein. Seine Seele.

»Zeig es mir«, flüstert Mr. Dorian.

Will dreht das Bild zu ihm um, dieses wilde Durcheinander aus Farben und Schichten.

Mit regloser Miene betrachtet Mr. Dorian sein Porträt. Dann lächelt er und nickt. »Ja«, sagt er. »Das ist es.« Er atmet tief auf.

»Geht es Ihnen besser?«, fragt Maren.

»In der Tat«, sagt der Zirkusdirektor. Er will aufstehen, doch da verkrampft sich auf einmal sein ganzer Körper ohne

Vorwarnung. Er schreit auf und packt seine linke Hand, als hätte er sich verbrannt.

»Mr. Dorian!«, brüllt Maren.

Doch er hört sie nicht, weil er so laut stöhnt. Es ist ein drängender, herzzerreißender Laut, den Will noch nie von einem Menschen gehört hat. Dann sackt Mr. Dorian zusammen.

Will hilft Maren, ihn vorsichtig ausgestreckt auf den Boden zu legen.

»Was ist mit ihm?«, fragt der herbeigeeilte Roald.

»Es funktioniert nicht«, sagt Maren und sieht Will verzweifelt an. »Warum funktioniert das Bild nicht?«

»Ich hole einen Arzt!«, sagt Roald.

»Nein … nein …«, stöhnt Mr. Dorian, doch Roald stürmt bereits durch den Waggon davon. »Es gibt keine Hilfe.«

»Stimmt was nicht mit dem Bild?«, fragt Will schuldbewusst.

»Nicht das Bild …«, sagt Mr. Dorian und krümmt sich vor Schmerzen. »Die Leinwand!«

»Was ist damit?«, fragt Maren.

Mr. Dorian schüttelt den Kopf und verdreht die Augen. Seine Lippen sind blau angelaufen. Er murmelt etwas, das Will nicht versteht, dann verzieht er das Gesicht und seufzt: »Der Trickser wurde … ausgetrickst …«

Sein Körper zuckt noch ein paarmal und bleibt dann ganz still liegen.

»Ist er tot?«, fragt Maren.

Will nimmt Mr. Dorians kaltes Handgelenk, sucht nach einem Puls und findet keinen. »Sein Herz hat versagt«, murmelt er.

»Das verstehe ich nicht«, flüstert sie.

»Die Leinwand«, sagt Will, der Mr. Dorians letzte Worte verstanden hat. »Es war doch nichts Besonderes an ihr. Er hat sich geirrt. Er wurde ausgetrickst.«

In dem Moment wird der Waggon von einer gewaltigen Explosion erschüttert – so heftig, dass Will im ersten Augenblick meint, der Zug wäre entgleist. Der Wagen neigt sich zur Seite und die linken Räder lösen sich von der Schiene, bevor er wieder zurück auf die Gleise kracht.

Hastig klettert Will über die Leiter aufs Dach. Vor sich sieht er den Bestattungswagen, der sich immer weiter entfernt, und er begreift, dass der Zug zweigeteilt wurde. Langsam rattert die Lokomotive mit Tender und Bestattungswagen vom restlichen Zug davon. Die Rückseite von Van Hornes Wagen wurde durch die Explosion schwer beschädigt, die Farbe blättert ab, die eisernen Zierfedern sind zerfetzt. Auf dem Dach marschieren Brogan und Mackie gerade vor zur Lok.

Maren zieht sich neben Will aufs Dach. »Wie haben die das geschafft?«, keucht sie erschrocken.

»Nitroglyzerin«, sagt er.

Will versucht, die immer größer werdende Kluft zwischen den beiden Zugteilen einzuschätzen. Was ist, wenn Brogan noch mehr Sprengmittel bei sich hat? Da vorn in der Lok sitzt sein Vater!

Ein schrilles Pfeifen zerreißt die kühle Bergluft, das Alarmsignal, um den Zug zum Stehen zu bringen. Will kann nur hoffen, dass auf dem hinteren Zugteil noch genügend Bremser auf ihrem Posten sind. Ohne Lok braust er führerlos dahin, und einige gefährliche Kurven und Brücken liegen vor ihnen.

Brogan und Mackie sind nun schon bei dem Schlafwagen angelangt, in dem Heizer und Lokführer schlafen, wenn sie keinen Dienst haben. Dahinter ragt die Rückseite des riesigen Tenders auf, der mit Kohlen und Wasser gefüllt ist. Dort hinüberzuklettern ist unmöglich. Aber an der rechten Seite führt ein schmaler Steg entlang, auf dem die Zugmannschaft zwischen Lokomotive und Schlafwagen hin- und hergehen kann.

Geduckt rennt Will los.

»Will!«, schreit Maren ihm nach. »Was machst du da?«

»Ich muss da rüber!«, brüllt Will. »Zu meinem Vater!«

Am Wagenende muss er erkennen, dass der Abstand zum Bestattungswagen schon mehrere Meter beträgt. So weit kann er unmöglich springen, das weiß er. »Kannst du mich rüberbringen?«, fragt er Maren, die ihm gefolgt ist.

Sie schaut zur Lok. Vor ihnen liegt ein langer, gerader Schienenabschnitt. Ohne ein Wort nimmt sie ihre Drahtspule und kurbelt hastig das Drahtseil aus, um die Lücke zu überbrücken. Kurz darauf hakt sich der vordere Haken um eine Leitersprosse an der Rückseite des zerstörten Bestattungswagens. Das andere Ende befestigt Maren an dem Dach auf ihrer

Seite. Nun ist der Trans-Kanada-Express für kurze Zeit durch das Drahtseil wieder mit der Lok verbunden.

»Das sind ungefähr fünf Meter«, erklärt sie. »Ich habe zehn Meter in der Spule. Wir haben also nicht viel Zeit. Du musst mit mir richtig schnell rüberrennen. Dazu musst du mir vertrauen, Will. Kannst du das?«

»Ja. Du schaffst das doch, oder?«

»Ich habe schon einen Amboss getragen, da schaff ich dich mit Leichtigkeit. Los. Ich gehe direkt hinter dir.«

Kurz gerät seine Entschlossenheit ins Wanken.

»Mach schon!« drängt sie. »Geh aufs Seil und bleib nicht stehen. Schau nicht nach unten. Den Rest erledige ich.«

Er tut den ersten Schritt und dann noch einen – und bevor er schwanken und vom Seil kippen kann, spürt er Marens führende Hände, eine an seiner Taille, die andere an der gegenüberliegenden Schulter. Sofort findet er das Gleichgewicht wieder. Er zwingt sich weiterzugehen, den Blick starr aufs Ziel gerichtet, auf die schlingernde Rückseite von Van Hornes Wagen. Es erfordert Konzentration und noch mehr als das. Er muss sich ganz in ihre Hände begeben.

»Wehr dich nicht gegen mich«, flüstert sie.

Er hat gar nicht gemerkt, dass er das tut, und versucht nun ruhig zu atmen.

»So ist es gut«, flüstert sie ihm ins Ohr.

Obwohl sie schon ein ganzes Stück auf dem Seil zurückgelegt haben, scheinen sie ihrem Ziel nicht näher zu kommen, weil der Abstand zwischen den Waggons größer und das Drahtseil Meter für Meter aus der Spule herausgezogen wird.

»Will, du musst ein bisschen schneller gehen«, sagt sie zu ihm. »Nur ein bisschen. Gut so …«

Da trudelt etwas Großes an ihnen vorbei und verschwindet außer Sicht. Kurz darauf fliegt wieder ein Umriss vorbei. Diesmal erkennt Will einen Arbeitsoverall, wie ihn die Heizer tragen, und ihm wird klar, dass das ein Mensch war.

»Er zwingt die Männer, vom Zug zu springen!«, ruft er erschrocken.

»Du darfst da jetzt nicht dran denken!«

Eine dritte Person trudelt vorüber. Will kann nicht sehen, ob die Leute tot oder lebendig sind. War sein Vater darunter? Er glaubt es nicht, aber …

Maren stößt ihn unsanft an. Vor sich sieht er, wie sich die Schienen in eine Kurve neigen. »Wir schwenken gleich nach rechts«, ächzt er erschrocken.

»Ich halte dich fest. Geh weiter. Schau immer nur auf das Drahtende.«

Der Zug neigt sich zur Seite und Wills Körper wackelt. Marens Hände liegen fest auf ihm und drücken und schieben abwechselnd. Gegen seinen Willen schaut er nach unten. Hilfe! Gleich wird er fallen und zwischen den Waggons zerquetscht werden!

»Alles ist gut, Will«, sagt sie. »Wir haben's fast geschafft. Geh einfach immer weiter. Wir sind gleich da.«

Sie nähern sich dem anderen Zugende, doch es wirkt immer noch so, als würde sich der Zug für jeden Schritt, den sie näher kommen, wieder ein Stückchen entfernen.

Ein Ruck geht durch den Draht, dann erschlafft er plötzlich unter ihren Füßen.

Maren sieht sich um, doch Will wagt nicht, es ihr nachzutun.

»Renn!«, schreit sie. »Renn!«

Nun muss er sich nicht mehr umdrehen; er kann es vor seinem inneren Auge sehen: Der Draht hat sein Ende erreicht und ist dann gerissen. Jetzt fliegt er hinter ihnen durch die Luft und fällt dabei immer tiefer zu Boden.

Er rennt los, von Marens Händen geführt, die so dicht hinter ihm läuft, als wären sie eins. Ein Mensch mit vier Beinen, die sich in perfekter Harmonie zusammen bewegen. Das Seil ist weich wie Schnee unter seinen Füßen und sie rennen bergauf, während es tiefer und tiefer zu den Schienen absackt.

»Los! Los!«, brüllt Maren und er stürmt weiter, angetrieben von ihrem Körper hinter ihm.

Endlich kann er nach der verbogenen Leiter des Bestattungswagens greifen. Er klammert sich an eine Sprosse und schwingt zur Seite, um Platz für Maren zu machen. Nun erst schaut er hinter sich, wo das Drahtseil Funken sprühend über den Schienen schleift. Die restlichen Waggons des Trans-Kanada-Express scheinen unerreichbar weit entfernt zu sein.

»Nicht ganz die Niagarafälle«, keucht er, »aber fast.«

»Das hat jedenfalls noch nie jemand geschafft«, sagt sie mit einer gewissen Befriedigung in der Stimme.

Berge, so alt wie die Erde selbst, ragen um sie herum auf. Ihre Gipfel schimmern in der aufgehenden Sonne. Gemeinsam mit Maren rennt er über das Dach des Bestattungswagens und springt auf den Schlafwagen.

»Wir sollten drinnen nachsehen«, sagt er. Vielleicht hatte sein Vater gerade keinen Dienst, auch wenn Will das nicht wirklich glaubt. Sicher wollte er auf dem Weg durch die Berge vorn im Führerstand sitzen. Vermutlich haben Brogan und Mackie zuerst die Leute im Schlafwagen gezwungen vom Zug zu springen.

Hastig klettert er zum Eingang. Das Schloss ist zerstört, die Tür steht weit offen. Er geht hinein. Die Schlafpritschen sind leer, am Boden liegt Frühstücksgeschirr verstreut.

»Sie haben wirklich alle vom Zug springen lassen«, sagt Will entsetzt.

»Wie viele Männer müssten denn hier sein?«, fragt Maren.

»Keine Ahnung. Sie arbeiten in Schichten, mehr weiß ich auch nicht. Vielleicht noch zwei zusätzliche Heizer und ein Lokführer.«

Maren nickt grimmig. Drei Leute sind vorhin am Zug vorbeigeflogen.

An einem Haken sieht Will die Jacke seines Vaters hängen. Bei diesem Anblick schnürt sich ihm die Kehle zu. Sie haben sich so kühl voneinander verabschiedet!

»Aber die Heizer sind doch kräftige Kerle, oder?«, fragt Maren. »Und Brogan hat nicht mal eine Waffe.«

»Er hat schon eine Waffe, nur keine Kugeln mehr. Aber das

wissen die ja nicht. Und er kann gut mit dem Messer umgehen.«

»Sind hier irgendwo Waffen verstaut?«, fragt Maren.

Will zuckt mit den Schultern. »Keine Ahnung.«

Draußen ragt der Tender wie ein Berg vor ihnen auf. Auf dem Steg an der Seite ist keine Spur von Brogan oder Mackie zu sehen. Offenbar sind sie schon bei der Lokomotive angekommen.

Nacheinander schieben sich Will und Maren über die schmale Planke. Es fängt wieder an zu schneien. Als sie sich der Lokomotive nähern, wirbeln die Flocken bereits als dichter Schleier um sie herum und tünchen die eisernen Oberflächen.

Will bleibt stehen und beugt sich zur Seite, um einen Blick in das untere Geschoss der Lokomotive zu erhaschen. Normalerweise ist hier ein Heizer stationiert, der bei Bedarf Kohlen von der Schütte in den Feuerkasten schaufelt. Doch das Abteil ist leer.

Will schwingt sich durch die offene Tür, dicht gefolgt von Maren, und schaut sich um. Eine Schaufel liegt auf dem Boden, daneben ein paar Kohlebrocken. Er lauscht, kann aber wegen des lauten Tuckerns der Kolben nichts hören. Feuer lodert hinter der offenen Feuertür, Dampf zischt aus den zahlreichen Ventilen des Kessels.

Hier im vordersten Teil des Trans-Kanada-Express ist die unfassbare Schubkraft der Lok gut zu spüren. Vor den Fenstern fliegt die Landschaft förmlich dahin und zum ersten Mal kann Will nach vorn sehen, auf die Schienen, die von der Lok auf ihrer rasenden Fahrt Meter für Meter verschluckt werden.

Vor dem Abteil führen Eisenstufen zum zweiten Heizerdeck und dann noch weiter hoch zum Führerstand der Lok. Leise klettert Will nach oben. Der Schnee peitscht ihm hart ins Gesicht. Er drückt den Körper eng an die Lok und späht hinauf. Auch dieser Heizersitz ist leer. Doch über sich hört er Schritte in der Lokführerkabine und lautes, unverständliches Geschrei.

»Sie haben alle oben zusammengetrieben«, flüstert er Maren zu.

»Da kommt jemand!«, zischt sie. Hastig flüchten sie in den Heizersitz und ducken sich.

Durch ein kleines Fenster sieht Will zwei Heizer, die mit erhobenen Händen unglücklich die Stufen hinabsteigen. Auf halber Höhe biegen sie auf eine schmale Planke ab, die am Kessel vorbei zum Schienenräumer führt, dem vordersten Teil der Lokomotive. Schneeflocken wirbeln um sie herum.

Hinter den beiden Heizern kommt Wills Vater, ebenfalls mit erhobenen Händen. Dahinter geht Brogan mit drohend erhobener Pistole und treibt die Männer durch das Schneetreiben vorwärts.

Will steckt den Kopf durch die Türöffnung und beobachtet, wie sie sich der kleinen Plattform auf dem Schienenräumer nähern.

Voller Panik zieht er den Kopf ein und schaut sich nach etwas um, das als Waffe dienen könnte. Er packt die Schaufel.

»Was hast du vor?«, fragt Maren besorgt.

Bevor ihn der Mut verlässt, klettert Will ebenfalls auf die Planke und schleicht Brogan hinterher, in der Hoffnung, dass der Bremser sich nicht umdreht. Dampfende Hitze strömt aus der dicken Flanke des Kessels, und der Lärm der Kolben und Lüftungsventile ist ohrenbetäubend. Der wirbelnde Schnee verwandelt alles in eine schwarz-weiße Welt. Will packt den Schaufelgriff fester. Noch ein paar Meter, dann ist er nah genug und …

»Los, springt!«, bellt Brogan seinen Gefangenen zu, sobald sie den Schienenräumer erreicht haben. »Ihr seid hier so dicht über dem Boden, dass ihr mit 'n paar gebrochenen Rippen davonkommt.«

»Er hat keine Kugeln in seiner Pistole!«, brüllt Will.

»William?«, ruft sein Vater. Seine Stimme klingt fragend.

Zum ersten Mal seit langer Zeit fällt Will wieder ein, dass er ja ein geschminktes Gesicht und gefärbte Haare hat. »Ich bin's, Dad!«

Brogan dreht sich zu Will um, hält die Pistole aber weiter auf Wills Vater gerichtet. »Bist du dir wirklich sicher, Junge?«, sagt er. »Oder soll ich's mal bei deinem Vater probieren?«

»Mr. Dorian hat die Kugeln rausgenommen!«, ruft Will.

Brogan grinst. »Ein kluger Mann hat immer zusätzliche Munition dabei.«

»Er lügt!«, schreit Will und denkt: *Und wenn er doch die Wahrheit sagt?*

»Will! Geh weg!«, ruft sein Vater.

Brogan stürmt über die Planke auf Will zu, der dem Bremser mit erhobener Schaufel entgegentritt. Der Junge trifft Brogan hart an der Schulter und schlägt ihm die Pistole aus der Hand. Sie fällt auf den Metallsteg. Bevor Will erneut ausholen kann, entreißt ihm Brogan die Schaufel und stößt ihm damit gegen die Brust. Ein stechender Schmerz durchfährt Will.

»Brogan!«, hört er seinen Vater schreien.

Will spürt eine Messerspitze an seiner Kehle und Brogan dreht sich mit ihm zusammen um.

Sein Vater bleibt abrupt stehen, die Pistole in der Hand. »Lass ihn los!«, ruft James Everett.

»Schieß doch«, keucht Brogan. »Sind eh keine Kugeln drin.«

Wills Vater zielt auf Brogans Kopf und drückt den Abzug. Nichts.

»Tja«, sagt Brogan, »ich hab schon einen umgebracht. Da kann ich auch noch einen töten. Wenn du deinen Jungen lebend willst, solltest du mit deinen Männern vom Zug springen. Er kommt dann hinterher.« Das Messer bohrt sich noch tiefer in Wills Haut. Er verhält sich ganz still. »Macht schon!«, brüllt Brogan. »Oder ich schneid ihm die Kehle durch! Ihr alle! Verschwindet!«

Der Schneefall lässt ein wenig nach und der Himmel reißt weit genug auf, um die Sonne durchzulassen. Rechts von ihnen ragen hohe Berge auf. Ein Beben zieht durch die Luft. An den fernen Hängen wellt sich die Schneedecke und gerät ins Rutschen.

»Lawine«, stammelt Will durch den erstickenden Klammergriff um seinen Hals. »Lawine!«

Sein Vater schaut zu den Bergen hoch. »Brogan, lassen Sie mich zurück in den Führerstand!«

Will kann Brogans Gesicht nicht sehen, doch er spürt, wie sich dessen Körper verkrampft. »Keinen Schritt weiter, Everett! Mackie ist im Führerstand. Der kommt schon klar.«

»Sie müssen den Zug anhalten!« Wills Vater winkt Mackie oben im Führerhaus wild zu. »Anhalten!«

Will hat nicht den Eindruck, dass sie langsamer werden. Die Lokomotive biegt um eine Kurve. Fünfhundert Meter vor ihr ergießt sich ein riesiger Schneeberg in einer Dunstwolke über die Schienen und von dort weiter in eine tiefe Klamm.

Endlich hört Will das Kreischen der Bremsen. Der Zug wird langsamer, doch es ist zu spät. Sie fahren bereits durch Schnee, der mit jedem Meter tiefer wird, während der Schienenräumer eine Fontäne aus Eisbrocken emporschleudert. Dann ragt direkt vor ihnen eine meterhohe Schneewand auf.

Will fliegt durch die Luft, halb benommen von dem Aufprall, der den Zug jäh zum Stillstand gebracht und die Leute darauf von den Füßen gerissen hat. Brogans Hände sind verschwunden, um ihn herum ist alles weiß. Will rollt sich schützend zusammen, weil er nicht weiß, wie oder wo er landen wird. Er kann nur hoffen, dass es eine weiche Landung ist.

Niemand bemerkt es.

In einem der hinteren Waggons des Zirkus Dante marschiert Goliath unruhig in seinem Käfig auf und ab.

Der Trans-Kanada-Express ist inmitten des Schneetreibens endlich zum Stehen gekommen. Als er einen vertrauten Geruch wittert, weiten sich die Nasenlöcher des Sasquatch und er gerät in eine rasende Unruhe. Sein Jaulen dringt durch die schmalen Lüftungsschlitze und er hämmert mit den Fäusten gegen die befestigten Wände. Dann kauert er sich nieder und rupft mit den Händen im Stroh, richtet sich wieder auf und lauscht mit spitzen Ohren einem fernen Ruf. Wieder jault er, und als das nächste Mal eine Antwort kommt, klingt sie schon viel näher.

Der Sasquatch wirbelt durch seinen Käfig, schlägt gegen das Gitter und wirft sich mit solcher Wucht gegen die Wände, dass das Holz knackt.

Auf dem Dach des Wagens ertönt ein dumpfer Aufprall. Der Sasquatch hält inne und schaut nach oben. Ein zweiter Aufprall, dann ein dritter. Dunkle Gestalten huschen an den Luftschlitzen vorbei. Kräftige Finger schieben sich hindurch und fangen an die Wand aufzubrechen. Goliath heult jubelnd auf, als die Aussicht Brett für Brett besser wird: auf Himmel, Berge und hohe Wälder, die nach Heimat riechen.

Will hat Schnee in Mund und Nase. Er schlägt um sich, ohne zu wissen, wie lange er bewusstlos war und wo oben oder unten ist. Mit aller Macht kämpft er sich auf das Licht zu –

bis endlich sein Kopf die Schneeoberfläche durchstößt. Der Schnee bewegt sich nicht mehr, die Lawine ist zum Stehen gekommen. Schneedunst hängt immer noch über dem Boden. Die überwältigende Stille dringt mit voller Wucht auf ihn ein. Das klappernde Rütteln des Zugs, das ihn in den letzten Tagen ständig begleitet hat, ist verschwunden. Wind fährt ihm um die Ohren und er hört Vogelgezwitscher und das ferne Rauschen von Wasser.

Er schaut sich nach seinem Vater um, nach Maren, Brogan – sie alle müssen von der Lok geflogen sein, als sie gegen die Schneewand geprallt ist.

»Hilfe! William!«

»Dad!« Will rutscht über den Schnee in die Richtung, aus der die Rufe kommen – zur Schlucht. Wie ein Wasserfall hat sich die Lawine dort in die Tiefe ergossen.

Vorsichtig schiebt er sich den Hang hinunter und sieht seinen Vater in einem Gestrüpp am Rand des Abgrunds hängen.

»Ich komme!«, ruft Will. »Halt dich fest!«

Er krabbelt so nah zu seinem Vater, wie er sich traut. »Nimm meine Hand!«

»Erst musst du was finden, um dich festzuhalten«, drängt sein Vater, »sonst fällst du mit mir in die Tiefe!«

Will schaut sich suchend um. Hinter ihm ist ein Baum, aber der ist zu weit weg. »Wir müssen es so versuchen«, sagt er verzweifelt.

An den Hängen erklingt ein Ruf, den Will vor drei Jahren schon mal in diesem Gebirge gehört hat. Ein Heulen, wie es kein zweites gibt. Es beginnt mit einem leisen, kläglichen Jaulen und schwillt langsam zu einem furchterregenden Kreischen an. Eine zweite Stimme stimmt mit ein und noch eine dritte, bis ein gespenstischer Chor durch den schneebedeckten Kiefernwald hallt.

»Will! Warte!« Eine schneebedeckte Maren wühlt sich zu ihm durch.

Sie hält sich an dem Baum fest und streckt Will die Hand entgegen. Ihre Finger schließen sich umeinander und nun kann Will auch seinen Vater packen.

»Gut so«, ächzt sein Vater und klammert sich an seine Hand. Will zieht, Maren hält ihn fest, James Everett scharrt und strampelt und versucht über die Felskante zu gelangen. Mit einem gewaltigen Ruck gelingt es ihm schließlich. Nun hängen alle drei in den Ästen des Baums.

»Geht es dir gut?«, fragt Will.

Die Haare über den Ohren seines Vaters sind blutverklebt, ansonsten scheint er unversehrt. »Ja, alles in Ordnung. Und du?«

»Bei mir auch.«

James Everett klopft sich den Schnee von Schultern und Brust. Ein Papierbündel raschelt in der großen Tasche seines Overalls. Er zieht es hervor und wischt sorgfältig den Schnee davon ab. Es ist das handgenähte Skizzenbuch, das Will seinem Vater vor drei Jahren geschenkt hat. »Ich will nicht, dass es nass wird«, erklärt sein Vater.

Will muss lächeln.

Wieder zieht das unheimliche, mehrstimmige Tiergeheul zu ihnen hinüber. Nun sehen sie die einsame Gestalt von Brogan durch den Schnee zur Lok humpeln. Im Lawinendunst tauchen noch mehr Gestalten auf. Zuerst meint Will, es wären Leute vom Trans-Kanada-Express, die gekommen sind, um ihnen zu helfen. Aber bald wird ihm klar, dass sie zu groß sind und zu breite Schultern haben, um menschlich zu sein. Unheimlich still stehen sie im Schnee. Dann stürmt einer von ihnen los, springt durch die Luft, landet auf allen vieren und stößt sich erneut mit den Beinen ab. Ein Stück von Brogan entfernt richtet er sich auf.

Will kneift die Augen zusammen. »Ist das etwa …?«

»Goliath«, haucht Maren. »Er muss entkommen sein!«

Brogan weicht ein paar Schritte zurück, das Messer in der Hand. Goliath geht ihm nach. Daraufhin dreht sich Brogan unbeholfen um und rennt durch den Schnee davon. Goliath holt ihn mühelos ein und stößt ihn tief in eine Schneewehe. Brogan kämpft, er schlägt mit Händen und Füßen um sich, doch der Sasquatch beugt sich über ihn, ein Schrei ertönt – dann Stille.

Will wird es heiß und kalt. Er meint sich gleich übergeben zu müssen.

Goliath schaut von Brogans Leichnam auf und zu ihnen hinüber.

»Nicht bewegen«, zischt Wills Vater.

Die anderen Sasquatch stehen reglos da. Will hört Goliaths heiseren Atem und ist sich sicher, dass der Schneemensch ihm direkt in die Augen schaut.

Ein Gewehrschuss zerreißt die Luft, dann noch einer. Ein Mann in roter Uniform nähert sich auf Schneeschuhen der Lok. Die Sasquatch verschwinden so schnell wie trockenes Laub in einem plötzlichen Windstoß. Außer Goliath. Er beugt sich zu Brogans Leichnam, reißt ihm mit einer raschen Bewegung den Kopf ab und spießt ihn auf einen Ast. Dann heult er ein letztes Mal auf und verschwindet im Wald.

Leutnant Samuel Steele und zwei Heizer rufen Will, seinem Vater und Maren etwas zu und werfen Seile aus, um sie aus dem Tiefschnee zu ziehen.

KAPITEL 16

# DAS RÄUMEN DER GLEISE

»Sie können sie doch nicht verhaften!«, protestiert Will, als Leutnant Steele Maren Handschellen anlegt.

»Sie hat selbst zugegeben, an dem Raub beteiligt gewesen zu sein«, erklärt der Mountie.

»Aber Mr. Dorian hat sie gezwungen!«, widerspricht Will.

»Er hat mich nicht gezwungen«, sagt Maren leise.

»Hat er doch – in gewisser Weise!«, entgegnet Will, irritiert darüber, dass sie seine Lüge nicht bestätigen will.

Sie drängen sich alle im Schlafabteil der Lokführer und wärmen sich bibbernd am Ofen. Wills Vater schaufelt noch mehr Kohlen ins Feuer und stellt einen Wasserkessel auf die Herdplatte. Um ihre Stiefel herum bilden sich Pfützen. Maren mustert mit amüsiertem Interesse ihre Handschellen. Die beiden Heizer haben Mackies Leichnam aus der Lok geholt und ihn mit einer Decke verhüllt. Offenbar hat er sich bei dem Aufprall, der die anderen vom Zug geschleudert hat, im Führerstand den Hals gebrochen. Wie durch ein Wunder ist die Lok nicht entgleist, als sie in die Schneewand rauschte. Tender, Schlafwagen und Bestattungswagen – alle stehen unversehrt auf den Schienen.

»Dazu kommt«, sagt der Mountie, »dass sie andere in Gefahr gebracht hat, weil sie uns nicht schon früher von Brogans Plan erzählt hat.«

»Aber das habe ich doch auch nicht getan!«, ruft Will.

»Das ist mir wohl bewusst«, erklärt der Mountie streng. »Dreimal habe ich dich in den Waggons gesehen und du hast kein einziges Wort zu mir gesagt.«

»Dann sollten Sie mich auch verhaften!«, sagt Will leichtfertig.

»Will!«, rufen Maren und sein Vater gleichzeitig.

»Ich denke darüber nach, junger Mann«, sagt Steele.

Diese Worte lassen Will kurz innehalten, dann fährt er eigensinnig fort: »Sie hat mir im Muskeg das Leben gerettet. Ohne sie hätte ich meinen Vater nicht warnen können. Oder ihn vor dem Sturz in die Schlucht bewahren.«

»Die junge Dame hat in der Tat einen bemerkenswerten Heldenmut bewiesen«, sagt Samuel Steele. »Und das wird ganz sicher zu ihren Gunsten ausgelegt werden, wenn sie in Lionsgate City vor dem Richter steht.«

»Ist das denn wirklich notwendig, Leutnant?«, fragt Wills Vater.

»Ich fürchte, ja, Mr. Everett. Dem Gesetz muss Genüge getan werden. Sobald wir hier alles wieder in Ordnung gebracht haben, kommt sie in das Gefängnisabteil in der zweiten Klasse.«

»Könnte ich bitte eine Decke haben?«, fragt Maren zitternd.

Will nimmt eine große Decke von einer der Pritschen und legt sie ihr um die Schulter.

»Danke«, sagt sie.

»Tut mir leid«, meint Will verlegen. »Ich hätte nicht gedacht, dass es so endet.«

»Ich auch nicht.« Sie lächelt. »Na ja, wenigstens kannst du jetzt eine gute Geschichte erzählen, die von deinen eigenen Abenteuern handelt.«

Will nickt. »Das stimmt.« Er wünscht, er hätte nicht das Wort »enden« benutzt. Soll jetzt wirklich alles zu Ende sein?

Der Kessel auf dem Ofen beginnt zu pfeifen.

»Kann ich Ihnen eine Tasse Tee anbieten, Miss Amberson?«, fragt Wills Vater und geht zu dem kochenden Kessel. »Das wird Sie wärmen.«

Als Will zu Maren hinüberschaut, hat sie die Decke wie ein Zelt über sich gezogen. Ihr muss wirklich kalt sein.

»Maren?«, fragt Wills Vater und hält ihr die Tasse hin.

Sie gibt keine Antwort und rührt sich auch nicht. Mit angehaltenem Atem beobachtet Will, was nun geschieht.

Misstrauisch tritt der Mountie zu ihr. »Was führst du im Schilde, Mädchen?« Er reißt die Decke weg – und enthüllt eine leere Pritsche, auf der lediglich ein Paar Handschellen liegen. »Das ist doch wirklich unerhört«, murmelt Leutnant Steele.

Während der Mountie und James Everett hastig den Schlafwagen absuchen, rennt Will zur Tür und klettert aufs Dach, um sich dort umzusehen. In der schneebedeckten Landschaft ist keine Spur von ihr zu sehen. Er möchte jubeln und gleichzeitig nach ihr rufen.

»Das nennt man vermutlich den Verschwindetrick«, sagt James Everett, der mit Sam Steele ebenfalls aufs Dach geklettert kommt. Will meint den Anflug eines Lächelns auf seinen Lippen zu sehen.

»Wie tollkühn von ihr zu glauben, sie könnte einfach so fliehen«, bemerkt Steele, »wo doch ein Sasquatch frei herumläuft.«

Besorgt schaut Will sich um. Maren würde nicht allein in die Wildnis fliehen, oder? Dort draußen kann niemand überleben. Bestimmt hat sie einen Plan. Das leere Gefühl in seinem Innern verwandelt sich in einen stechenden Schmerz. Sollte es vielleicht sogar so laufen? Hatte sie die ganze Zeit geplant, dass sie sich nach dem Raub von ihm verabschiedet und ihn nie wiedersieht?

»Wir haben jetzt keine Zeit, länger nach ihr zu suchen«, erklärt der Mountie. »Ich muss endlich eine Rettungsmannschaft losschicken, um die Männer zu bergen, die von der Lok springen mussten. Bestimmt sind sie verletzt. Und ich brauche ein paar Hilfspolizisten, die sich um die verbliebenen drei Bremser kümmern.« Er schaut Will an. »Zwei davon sind entweder aneinandergekettet oder haben aufgeschürfte Handgelenke, nicht wahr? Dürften nicht schwer zu finden sein.«

Will folgt dem Blick seines Vaters zum Bestattungswagen, dessen Tür immer noch offen steht.

»Wir sollten die Tür schließen«, meint sein Vater. »Und dann müssen wir die Lok aus dem Schnee graben.«

»Ich schicke Ihnen ein paar Leute«, verspricht Steele.

Will zeigt zu den Gleisen. »Ich glaube, da kommen schon welche.«

Eine lange Reihe von Eisenbahnern und Passagieren marschiert die Gleise entlang: Männer in eleganten Mänteln, Kolonisten in zerschlissenen Wolljacken und mitten unter ihnen zwei Stelzenläufer und mehrere bunt gekleidete Leute, die zum Zirkus gehören.

»Wir brauchen nur ein paar Schaufeln!«, ruft einer von ihnen.

Will rammt den Spaten in den Schnee und schaufelt eine weitere Ladung beiseite. Überall an den verschütteten Gleisen graben Männer mit Schaufeln, Eimern, Suppenkellen und was sie sonst noch finden konnten, um die Schienen freizulegen. Ihre gedämpften Stimmen und ihr Gelächter ziehen durch die klare Bergluft. Küchenhelfer bringen belegte Brote und heiße Getränke. Die Stimmung ist beinahe ausgelassen. Das Ganze erinnert Will an die Winter in Halifax, wenn nach einem nächtlichen Schneefall alle Nachbarn morgens auf der Straße sind und Schnee schippen.

Er schaut zu seinem Vater, der neben ihm gräbt. »Kannst du den Zug wieder zusammenkuppeln?«

»Zuerst müssen wir die zerstörten Kupplungen reparieren, aber wir haben ja zum Glück einen Schweißer dabei. Dürfte kein Problem sein. Bei Anbruch der Dunkelheit möchte ich von hier weg sein.«

Will schaut zu dem Heizer oben auf der Lokomotive, der mit einem Gewehr in der Hand die Berghänge nach den Sasquatch absucht. Bisher hat sich noch keiner gezeigt. Will hofft, dass Maren in Sicherheit ist, egal wo. Vermutlich ist sie mit ihren Brüdern unterwegs. Wenigstens Christian sollte bei ihr sein. Will findet die Vorstellung beruhigend, dass ein Dompteur sie begleitet, der mit den Sasquatch umzugehen weiß. Und was ist eigentlich mit der Belohnung, die Mr. Dorian ihr versprochen hat? Die fünftausend Dollar für ihren eigenen Zirkus? Es kommt ihm so ungerecht vor, dass sie das Geld jetzt nicht bekommt. Wieder zieht sich seine Kehle schmerzhaft zusammen. »Glaubst du, Sam Steele wird versuchen Maren einzufangen?«, fragt er seinen Vater.

»Sicher nicht in nächster Zeit – und vielleicht auch nie. Ich rede noch mal mit ihm, ob er die Anklage nicht fallenlassen kann. Ich möchte sie jedenfalls nicht vor Gericht bringen. Sie scheint eine bemerkenswerte junge Frau zu sein.«

Aus dem Augenwinkel merkt Will, wie sein Vater ihn beobachtet. Mit heißen Wangen gräbt er weiter. Er hat keine Angst davor, dass Maren geschnappt werden könnte – nicht, wenn sie das nicht will. Ketten können sie nicht fesseln, Schlösser sie nicht halten. Sie wird immer in Freiheit bleiben. Aber wenn die Anklage fallengelassen wird, würde sie vielleicht zurückkommen …

Sein Vater schlägt ihm auf die Schulter. »Das hast du gut

gemacht. Ich weiß nicht, wie viele Jungen – oder Männer – einen solchen Mut gezeigt hätten wie du.«

Will grinst. »Danke.«

»Ich wünschte nur, du hättest dich zu deiner eigenen Sicherheit früher bei Mr. Steele oder bei mir gemeldet.«

»Aber ich hatte ihnen doch versprochen, dass ich warten würde, bis Mr. Dorian das Gemälde hat. Ich dachte, das bin ich Maren schuldig. Und Mr. Dorian auch«, fügt Will vorsichtig hinzu. »Er hat mir schließlich das Leben gerettet.«

Sein Vater hält im Schaufeln inne. »Was für ein absurder Gedanke zu glauben, ein Gemälde könnte einem die Jugend erhalten. Ich hätte ihn für klüger gehalten.«

»Mir kommt es nicht seltsamer vor als andere wundersame Phänomene«, meint Will.

Er denkt an den Körper des Zirkusdirektors, der nun kalt und steif im Krankenabteil der ersten Klasse liegt. Da hat er so große Anstrengungen unternommen, über so viele Jahre hinweg, und sich die Hände blutig gemacht, um sein Schicksal zu ändern. Und am Ende ist es ihm doch nicht gelungen, die Zeit zu überlisten.

»Ich frage mich nur«, überlegt Will, »ob am Ende nicht vielleicht die ganze Anstrengung seinen Herzanfall verursacht hat.«

Sein Vater schüttelt traurig den Kopf. »Er hätte nicht so viele Menschen in Gefahr bringen dürfen. Das war mehr als selbstsüchtig von ihm. Es war abscheulich.«

Will weiß, dass er wütend auf den Zirkusdirektor sein sollte, aber wenn er an die Furcht in Mr. Dorians Gesicht denkt und an das gequälte Stöhnen, empfindet er nur Trauer.

»Was passiert mit dem Porträt?«, fragt er plötzlich.

»Nun, ich denke, es wird von der Leinwand entfernt werden müssen, ohne den Krieghoff dabei zu beschädigen.«

»Es war richtig gut«, sagt Will sehnsüchtig.

Sein Vater sieht ihn an. »Oder wir lassen das Bild einfach, wie es ist, und rahmen es neu. Ein kleines Geheimnis auf der Rückseite des Krieghoffs.«

»Das würde mir gefallen.«

»Weißt du«, sagt sein Vater und lehnt sich auf seine Schaufel, »wir sind gar nicht so weit von der Stelle entfernt, wo du vor drei Jahren den letzten Gleisnagel eingeschlagen hast.«

Will schaut zu den Bergen hinüber. Er hatte schon selbst das Gefühl, dass sie in der Nähe von Craigellachie sein müssten – aber es fällt ihm schwer, in der Landschaft von heute die Berge von damals zu erkennen, als er noch ein kleiner Junge war und auf einen Vater wartete, den er kaum kannte.

»Brogan hat gesagt, ihr hättet gemeinsam nach Gold gesucht.«

Sein Vater dreht sich zu ihm. »Das stimmt.«

»Um die Eisenbahngesellschaft vor dem Bankrott zu bewahren.«

»Auch das ist wahr. Hätten wir die Goldader nicht gefunden, wäre die Strecke niemals fertiggestellt worden. Tausende von uns hätten den Lohn mehrerer Monate verloren.«

Will muss sich zwingen diese Frage zu stellen. »Hast du dir auch was genommen? Von dem Gold?«

»Hat Brogan das gesagt?«

Will nickt.

Sein Vater holt tief Luft.

Gespannt wartet Will auf seine Antwort.

»Es gab keinen Tag, an dem ich nicht in Versuchung war. Ein paar von uns haben sich die Taschen vollgestopft. Ich habe sie nicht angezeigt. Wir hatten lange Zeit kein Geld mehr bekommen, da fiel es schwer, das als Diebstahl zu betrachten. Wem gehörte das Gold überhaupt? Der Kolonie? Den Indianern? Oder vielleicht gar keinem? Aber wir waren bei der Eisenbahngesellschaft angestellt und ich habe meine Anweisungen immer befolgt. Ich hab mir nie ein Stück davon genommen, William. Ich hoffe, du glaubst mir.«

Ohne Zögern sagt Will: »Das tue ich.«

Trotz der Kälte scheint ihm die Sonne warm ins Gesicht und er denkt an den Frühling. Der Duft von Gras und Erde liegt in der Luft.

Eine Weile schaufeln sie schweigend weiter, dann sagt sein Vater: »Diese Kunstschule in San Francisco – ich finde, wenn dir so viel daran liegt, solltest du hingehen. Ich komme dafür auf.«

Will blickt ihn überrascht an. »Wirklich?«

»Ja. Und jetzt mach du bitte hier weiter. Ich gehe zu den Schweißern und sehe nach, wie sie vorankommen.«

Verblüfft stützt sich Will auf seine Schaufel. Ganz unerwartet ist ihm das, was er unbedingt wollte und was so unerreichbar schien, direkt vor die Füße gelegt worden. Fast wie im Traum. Nur – warum freut er sich nicht? Sein Vater hat endlich eingewilligt, ihn auf die Kunstschule gehen zu lassen. Aber auf einmal kommt ihm das gar nicht mehr so verlockend vor.

Er kratzt sich am Hals. An seinen Fingerspitzen bleibt braune Farbe hängen. Er hat versucht sich zu waschen, aber die Schminke haftet hartnäckig an seiner Haut. Als er sich nach langem Schrubben im Spiegel betrachtet hat, war er von dem Anblick irgendwie enttäuscht. Als sei ein Teil von ihm mit dem schmutzigen Wasser durch den Abfluss davongeflossen. Nun ist er wieder einfach nur William Everett.

Etwas streift seinen Kopf; er dreht sich um und sieht einen kleinen Vogel, der gegen ihn prallt und zu Boden flattert. Er bückt sich und stellt fest, dass es kein echter Vogel ist, sondern ein raffinierter Papierflieger, wie ihn Mr. Dorian an ihrem letzten Abend gefaltet hat. Mit klopfendem Herzen nimmt Will den Vogel in die Hand. Er schaut sich um, kann aber nicht feststellen, woher er kam.

Vorsichtig öffnet er das Papier und liest die handgeschriebenen Worte. Obwohl Will Marens Schrift nicht kennt, weiß er sofort, dass der Brief von ihr ist.

*Er hat mir den Zirkus vermacht! Das Testament war in meiner Tasche.*

Er muss die Sätze zweimal lesen, so erstaunt ist er. Mr. Dorian hat Maren den Zirkus hinterlassen? Wollte er damit wiedergutmachen, dass er sie mit seinem Vorhaben in Gefahr gebracht hat? Will erinnert sich daran, wie der Zirkusdirektor zwei Zettel geschrieben und einen davon eingesteckt hat. Den muss er später heimlich in Marens Tasche geschoben haben.

Eifrig liest Will weiter: *In zwei Wochen sind wir in San Francisco. Bist du bereit, offizielles Mitglied von unserem Zirkus zu werden? Schreib deine Antwort auf diesen Zettel und schick den Vogel nach Westen.*

*Komm diesmal nicht zu spät!*

Will bekommt auf einmal keine Luft mehr. Die Vorstellung ist einfach zu viel für ihn. Das ist mehr als nur eine Tür, die sich vor ihm auftut – es ist ein riesiges Tor, das aus den Angeln gerissen wird, damit eine ganze Zirkustruppe hereinstürmen, ihn packen und auf ihren Schultern davontragen kann.

Er schaut über die Schienen, auf denen der Trans-Kanada-Express heute Abend nach Lionsgate City rollen wird. In eine neue Zukunft. Wie diese Zukunft wohl aussehen wird? Seine Gedanken wirbeln durcheinander und er zwingt sich tief einzuatmen.

Mit zitternder Hand sucht er in seiner Tasche nach dem Bleistiftstummel. Dann schreibt er unten auf den Zettel seine Antwort, zweimal sogar, damit sie auch gut zu lesen ist.

Er hat Sorge, ob er den Vogel wieder richtig zusammenbekommt, aber das Papier scheint genau zu wissen, wie es gefaltet werden möchte.

Er hebt den Vogel hoch in die Luft, dreht sich nach Westen und lässt ihn fliegen. Das Papiergeschöpf schwingt sich in die

Höhe und es sieht fast so aus, als würde es mit den Flügeln flattern.

Der Vogel fliegt über die Bäume hinweg, in Richtung der untergehenden Sonne – und trägt Wills *Ja!* mit sich davon.

**Kenneth Oppel** hat bereits zahlreiche Kinder- und Jugendbücher veröffentlicht. Seine preisgekrönte Silberflügel-Trilogie hat sich weltweit über eine Million Mal verkauft und diente als Vorlage für eine Zeichentrickserie und ein Theaterstück. *Wolkenpanther* gewann diverse Buchpreise, der Nachfolgeband *Wolkenpiraten* war ein Bestseller und wurde von der Londoner *Times* zum Kinderbuch des Jahres gekürt.

Kenneth Oppel wurde auf Vancouver Island in Kanada geboren und lebte unter anderem auch in England und Irland. Mittlerweile wohnt er mit Frau und Kindern in Toronto.

www.kennethoppel.ca

MIX
Papier aus verantwortungsvollen Quellen
FSC www.fsc.org FSC® C083411

1. Auflage 2018

Published by arrangement with Firewing Productions, Inc.
Originaltitel: The Boundless
Aus dem Englischen von Anja Hansen-Schmidt
Umschlaggestaltung: Torben Kuhlmann, Hamburg
Lektorat: Steffi Korda, Büro für Kinder- & Jugendliteratur, Hamburg
Herstellung: Steffen Meier
Lithografie: Margit Dittes Media, Hamburg
Satz: Pinkuin Satz und Datentechnik, Berlin
Gesetzt aus der Palatino LT Pro und Schluber
Druck und Bindung: CPI books GmbH, Leck
Printed in Germany
ISBN 978-3-8489-2119-5

Dieses Werk wurde vermittelt durch die
Literarische Agentur Thomas Schlück GmbH, Garbsen

**www.aladin-verlag.de**

Danger Express

*Für Julia, Nathaniel und Sophie*